Lorenzo Silva
Lejos del corazón

W0265737

DESTINO

El papel utilizado para la impresión de este libro está calificado como **papel ecológico** y procede de bosques gestionados de manera **sostenible**.

Ediciones Destino, un sello editorial de Editorial Planeta, S. A.
Avda. Diagonal, 662-664, 08034 Barcelona (España)
www.edestino.es
www.planetadelibros.com

Adaptación de la cubierta: Booket / Área Editorial Grupo Planeta
Ilustración de la cubierta: © Ángel M. Charris
Primera edición en Colección Booket: mayo de 2019
Segunda impresión: febrero de 2020
Tercera impresión: abril de 2023

Depósito legal: B. 6.783-2019
ISBN: 978-84-233-5567-9
Impresión y encuadernación: CPI (Barcelona)
Printed in Spain - Impreso en España

Para Noemí,
en el centro de mi corazón

Para Laura, Pablo, Judith y Núria,
que encuentren siempre donde poner el suyo

Advertencia usual

Como de costumbre, los lugares que aparecen en este libro están inspirados, con cierta libertad, en lugares reales. Algún personaje, y alguno de los hechos narrados, se inspiran también en sucesos reales, pero con idéntica libertad en su recreación. El relato que sigue ha de considerarse por tanto fruto de la invención del novelista y no debe inducir a atribuir conductas, acciones o palabras concretas a ninguna persona existente o que haya existido en la realidad.

Del quinzeno grado del signo de Aries es la piedra que tira el oro, e es de su natura caliente e seca, e de color amariello que tira yacuanto a parda. E cuando la omne toma en la mano; siéntela lezne e como blanda. Esta tira el oro e fazle quel obedezca, bien como la aimán tira al fierro. E d'esta piedra usan mucho los orebzes o aquellos que quieren el oro apurar. E aun á esta piedra otra vertud, que da muy grand alegría al coraçón, assí el que la cata de mañana andará alegre todo aquel día, si nol fizieren sobejanía grand por que entristezca.

Alfonso X, *Lapidario*

I

Una íntima promesa

Quizá el mayor reto del arte de vivir consista en haber descubierto una manera de seguir prendido a los días cuando la vida empieza a mandarte señales de que has empezado a serle prescindible. Y quizá no exista una señal comparable a la que me tocó recibir aquella mañana en la explanada barrida por el viento glacial que bajaba de la sierra: la de ver a uno como tú, pero mejor armado, más limpio y con más hambre de todo, en el sitio exacto que tú ocupaste años atrás.

Eran demasiadas las sensaciones y las emociones con las que tenían que bregar, a la vez, mi cuerpo y mi alma; tantas que me costaba darles un orden para hacerme cargo de ellas. Quizá la primera, o mejor dicho la más perentoria, fuera la que provocaba la presencia a mi lado de mi anciana madre, aterida y sin querer reconocerlo, mientras yo calculaba lo que podía quedarle a la ceremonia y me maldecía por no haberla obligado a abrigarse más y mejor, si es que había tenido en realidad alguna opción de persuadirla de elegir otra indumentaria. De esta desazón colgaba otra, la que no podía evitar sentir por el culpable de todo, mi hijo, cuya decisión nos había conducido a su abuela y a mí a permanecer al aire libre aquella desapacible mañana de diciembre. No llegaba sin embargo este desasosiego a traducirse en alguna forma de reproche hacia mi único heredero: en primer lugar, porque quién era yo para decirle lo que tenía que ser o hacer; y en segunda instancia porque, si miraba en lo más hondo de mí —y tenía costumbre de hacerlo, así como de reconocer sin tapujos lo que del examen se desprendía—, al verlo allí no podía reprimir un pellizco de orgullo. Bobo, y acaso hueco, como suele ser ese sentimiento, pero no por ello menos intenso. Sobre todo aquel revoltijo, el que formaban mi orgullo, mi contrariedad y mi aprensión por la posibilidad cierta de que mi madre saliera de aquello premiada con una neumonía, tenía que colocar otro peso al que apenas estaba habituado y que nunca había conseguido terminar de creer que me correspondiera: el del tricornio que sostenía en frágil equilibrio sobre mi cabeza y el de las medallas que colgaban de una guerrera en la que muy rara vez solía meterme y que me hacía sentir, con las rigideces de sus costuras, lo poco que me reconocía.

Y envolviéndolo todo estaba ella, con sus asechanzas letales. Ella, la memoria, que en aquella explanada me azotaba a discreción con las estampas del tiempo lejano, de los años entre medias, de todos los días vividos o gastados o perdidos en el camino que me devolvía, como una broma de los dioses, y con la complicidad de mi hijo, al punto de partida. Yo había estado ahí, donde ahora estaba él, una fría mañana de casi treinta años atrás, formando y dispuesto a jurar una bandera en la que creía como en cualquier otra: más bien poco, o en todo caso menos que la mayoría de mis compañeros. Me pregunté de pronto si mi hijo afrontaba aquello como lo había hecho yo en su día, como una formalidad y con alguna mala conciencia de escéptico infiltrado en la asamblea de los creyentes; o si en los meses pasados en la academia, o gracias a alguna experiencia anterior de la que no me había informado, había encontrado la fe necesaria para hacerlo de otro modo.

El hecho era que había sucedido. Mi hijo, al que jamás se me había pasado por la cabeza animar en tal dirección, al que más bien había intentado disuadir por todos los medios a mi alcance de dar un paso como aquel, había decidido continuar la senda de su padre. La senda que yo había tomado en su día por descarte y casi por accidente, y que para él adquiría, insospechadamente, el sentido de una opción lógica, casi necesaria. Por eso estábamos allí su abuela y yo, en el patio de armas de la academia de guardias civiles y suboficiales de Baeza, bajo la llovizna helada que empezaba a caer y expuestos al viento inclemente que venía desde Sierra Mágina, esperando a que le llegara el turno de llegar desfilando hasta la bandera, descubrirse y restregar su mejilla contra la tela rojigualda. Y un poco más allá estaba también su madre, incapaz de cumplir su amenaza de no ir a verle, pero todavía furiosa conmigo por aquel delito que nunca tuve el afán de cometer.

Mi modesto puesto en la empresa, y sobre todo mi amistad con uno de los profesores de la academia, compañero de promoción, me habían permitido situarnos en un lugar desde el que se veía razonablemente bien la parada, a diferencia del que ocupaba el grueso de los familiares de alumnos; el acto era tan multitudinario que no había posibilidad de colocarlos a todos en las inmediaciones de la formación. Después de varios años de promociones de tamaño mínimo, debido a los recortes presupuestarios, la mejora de las cuentas públicas y la necesidad de cubrir las bajas vegetativas que diezmaban la plantilla habían llevado a reclutar de nuevo por centenares a los proyectos de futuros guardias. Entre ellos había abundancia de titulados superiores, como mi hijo, que me había proporcionado, por todos ellos, el motivo para abrazar una profesión que siempre se nutrió de hombres humildes:

—Si intento ejercer la abogacía y pongamos que entro en un bufete, me explotarán durante dos años como becario y dándose todo bien me ofrecerán un primer contrato de setecientos u ochocientos euros por un trabajo que será muchas veces rutinario y que haré con desgana, para enriquecer a otro. Ya cuento con que lo de ser guardia civil no siempre será apasionante, pero trabajaré por el bien y la seguridad de la gente y mi primer sueldo, por lo menos, me permitirá vivir con una mínima dignidad. Lo mires como lo mires, no hay color.

Tenía multitud de objeciones contra aquel alegato: podía contarle los sinsabores de toda índole a los que tendría que enfrentarse dentro del uniforme verde, aunque no tuviera que ponérselo mucho, como su padre; o tratar de tentarle con la ganancia alternativa que le aguardaba si perseveraba en la abogacía hasta convertirse en un profesional experimentado y cotizado. Sin embargo, sentí que él lo tenía tan claro como necesitaba tenerlo, que yo no tenía ningún derecho a intentar enturbiárselo y que, en el fondo, no dejaba de latir en su razonamiento una verdad sólida y persuasiva, de la que yo mismo era conocedor, y que temí, con una ligera sensación de culpa, haberle inculcado de manera inconsciente. Era cierto que en las filas del cuerpo a uno le tocaba, además de la sordidez del crimen, apechugar con las limitaciones y miserias de una organización jerarquizada que no siempre colocaba en los escalones de mando a los individuos más excelsos. Pero no lo era menos que, dentro de aquel tinglado militarizado y centenario, al universitario desubicado que también yo había sido —por circunstancias distintas a las suyas— se le había otorgado, más de una vez y contra todo pronóstico, la oportunidad de saborear la sensación de desempeñar un papel no del todo superfluo en el teatro del mundo.

No es necesario que un hombre crea en Dios o en una patria para seguir viviendo, pero sí le es preciso hacer con su vida algo, lo que sea, que le ayude a no dejar de creer que el tipo que le saluda cada mañana en el espejo del baño merece continuar gastando el aire que respira. Eso era lo poco que, pasado el medio siglo, creía haber aprendido sobre la condición humana. Y eso fue lo que vi, hermosamente encarnado, acaso como yo jamás había logrado ni lograría encarnarlo, en ese chaval que se me parecía, pero en mejor, y que al fin se acercaba sin perder el paso hacia la tela de colores que, valiera o significase algo o no —y al respecto, como sobre casi todo, existía entre los naturales del país del que era enseña oficial una abrupta división de opiniones—, iba a simbolizar su compromiso con una forma de vida que me atreví a augurar que no le deshonraría ni él dejaría nunca de honrar.

Me permití vivirlo así, como una íntima promesa, por sí mismo y por su deber de hacerse el hombre que era. A la vez o más allá de la adhesión patriótica que quizá, no se lo preguntaría, él hubiera llegado a sentir y de la que yo no había podido nunca imbuirme, aunque había aprendido a respetarla en aquellos que la profesaban de corazón y no tenían el mal gusto de servirse de ella para negar a sus semejantes otros credos o descreimientos que fueran más afines a su ser. Y en mitad de aquel frío que me recordaba a mi propia juventud, con las mejillas húmedas por la llovizna, mirando de reojo a mi madre, que con su reciedumbre castellana reprimía a duras penas una lagrimilla, sentí que podía aceptar que todo aquello era bueno, que la sangre de mi sangre sabía lo que se hacía y que yo no debía pedir más.

Luego vino el resto de los actos que contemplaba el protocolo, entre ellos los discursos de rigor del director de la academia y el ministro, menos inertes de lo que en tales ocasiones era habitual, o quizá fuera que yo estaba algo más blando que de costumbre. Pero el hecho es que me gustó escuchar al coronel que tenía la responsabilidad de dirigir el centro donde se formaban los futuros guardias decirles a estos que el patriotismo que se esperaba de ellos no era el rancio e imperativo de otros tiempos, sino el que pasaba por reconocer y amparar la libertad y la creatividad de los ciudadanos; y también tuve la impresión de que quienquiera que le hubiese escrito las palabras al ministro y este mismo, con su entrega al leerlas, lograban convencer a quienes las escuchaban de que el dolor y el respeto que expresaban por la muerte de un par de compañeros, en un desdichado encuentro con una alimaña humana días antes de aquella ceremonia, eran profundos y sentidos.

Tras el recuerdo ritual a ambos y al resto de los que incurrieron en ese gesto tan inactual de darlo todo en acto de servicio a los demás, las compañías de alumnos desfilaron y el acto se dio por terminado. A los familiares se nos permitió entonces acercarnos a los edificios de las distintas compañías para reunirnos con los nuestros. Deploré como siempre moverme uniformado y cubierto, lo que me obligaba a responder a todos los saludos que me hacían los guardias de menor graduación y a mirar los hombros de quienes podían ser de mayor rango para saludarles yo, fastidio que no me afectaba yendo de paisano. A la puerta de aquel pequeño edificio de planta rectangular, dos más allá del que en tiempos había sido mi casa durante un curso académico, nos arremolinamos unas cuantas decenas de personas.

Ni muy cerca ni muy lejos, a la distancia de cortesía y seguridad que ambos habíamos considerado preferible guardar desde que dejáramos de convivir veinte años atrás, estaba la madre de mi hijo, junto a su marido. Advertí en su rostro que al final se había emocionado, pese a su firme oposición a aquella elección profesional y su consideración reticente y aun cáustica de una institución que no podía dejar de asociar al fracaso vital que compartía conmigo. Todo es desdeñable hasta que pasa a formar parte de nuestra vida o se anuda a nuestro corazón —o, en este caso, se vuelve a anudar—, y por ella, y sobre todo por Andrés, lo único que teníamos ya en común, celebré que trocara el aspaviento y el reparo, siempre ásperos e improductivos, por ese temblor del alma que tal vez la incomodara, pero que acabaría resultándole más reconfortante.

Podría haber ido más allá, podría haber evocado los momentos de esa vida que ella y yo habíamos compartido poco después de mi paso por la academia, ya que verme de nuevo allí me empujaba casi sin querer a recordar; pero había optado tiempo atrás por cegar ese pasadizo, en la convicción de que hay cosas que dejan de ser porque simplemente no debían seguir siendo y de que respecto de ellas tan inoportuno es el rencor como cualquier forma de añoranza. El transcurso de los años me había persuadido de cargar con una mochila ligera y de llevar en ella sólo lo que me gratificaba, sin guardar de los descalabros más que las lecciones provechosas que me habían deparado.

De manera que cuando vi que se acercaba mi hijo, después de romper filas, con el fusil aún en la mano enguantada de blanco y el tricornio sobre la frente, le hice una seña para que fuera primero a saludar a su madre, que era la que más necesitaba en ese momento de su abrazo. Me apaciguó ver cómo ambos se fundían en él y no me causó mayor disgusto que recibiera de igual modo la felicitación de su padrastro, un tipo que había pasado por su vida sin perjudicarla en modo alguno. Luego vino hacia mí y me saludó algo torpemente, llevándose la mano al tricornio.

—A sus órdenes, mi subteniente —dijo.

Me di cuenta de lo vulnerable e inconsistente que podía llegar a ser mi personalidad cuando sentí, de improviso, que me faltaba el aire y mis ojos se humedecían. Por suerte, supe reaccionar a tiempo:

—Así no se saluda con arma larga. Anda, déjate de chorradas y dale lo primero un beso a tu abuela y luego un abrazo a tu padre.

Acató la orden. Mi madre ya no podía contener las lágrimas, que le resbalaban por las mejillas mientras le decía a su nieto:

—Ay, hijo, qué guapo estás. Ay, qué alegría y qué disgusto.

—Disgusto por qué, abuela.

—Porque yo tenía un tonto y ahora tengo dos tontos.

Los dos ahí, a tratar cada día con lo peor de lo peor, mientras otros golfos...

—Para golfo hay que valer, mamá —tercié—. Y me temo que este tampoco vale, así que no es lo más desastroso que podría hacer.

—Ah, no me hagáis caso. Enhorabuena, hijo.

—No te preocupes, me las arreglaré —la tranquilizó, al tiempo que la sujetaba por el hombro—. Si el subteniente ha podido llegar hasta aquí entero y sin que lo expulsen, tampoco será para tanto.

—Eh —lo atajé—. Un respeto a las canas y los galones, imberbe.

—Está bien. ¿Te dejas dar ese abrazo?

—Ya estás tardando.

Se acercó entonces a mí y con el brazo libre me aferró con la fuerza de sus veinticuatro años; un abrazo de hierro en el que encontré eso que tan pocas veces se encuentra y que es lo único que deberíamos buscar: la verdad de la vida que nos interpela, nos gobierna y al final avala, o no, nuestro paso por el mundo. Ahí estaba: en el hombre con ganas y vergüenza que era mi hijo y que ya andaba su propio camino, aunque para un observador superficial pudiera parecer que se limitaba a seguir mi rodada. Él iba a ser lo que yo pero de otra forma, con una soltura que esperaba vivir lo bastante para poder ver y admirar.

—Aquí estamos —dijo.

Meneé la cabeza.

—No, aquí estás. Yo ya voy de retirada. Esta es tu película.

—Dime que lo apruebas, anda.

—Lo acato. Tú mandas. Sólo te digo una cosa: ahora que estás aquí, a saco. No seas nunca uno de esos que se quedan a medias.

—Te lo prometo.

—A mí no tienes que prometerme nada. Dame otro abrazo.

Estaba así, con aquel nudo en la garganta y aquella

alegría grande y desconocida en el espíritu, cuando un artefacto diabólico comenzó a vibrar en el bolsillo de mi pantalón. Por una vez lo dejé sonar hasta que se cortó la llamada, pero tan pronto como me separé de Andrés volvió a zumbar con insistencia, reclamando mi atención. Lo saqué y comprobé que tenía, además, varios mensajes de WhatsApp. Todos, como las dos llamadas perdidas, de la misma persona: la sargento primero Chamorro, mi compañera de fatigas, que sabía que andaba en algo en lo que no deseaba ser importunado. Aquello sólo podía significar lo que yo ya sabía. Lo que mi madre y mi hijo supieron también.

—Virginia —leí en voz alta, para corroborárselo.

—Llámala, anda—dijo Andrés.

—No me lo puedo creer —protesté.

—Yo sí —dijo mi madre, resignada.

Me alejé unos pasos de ambos, aunque no dejé de mirarlos de reojo. Andrés se quedó con su abuela, para hacerle compañía mientras yo llamaba. Era raro verlo así, escoltándola de uniforme y con la culata del fusil apoyada en el pavimento, como un centinela fuera de lugar. Unos diez o doce metros más allá, su madre y el padrastro, algo envarados, esperaban a que terminara aquel interludio imprevisto. El plan era que Andrés se volvía con ellos a Madrid para disfrutar de sus días de permiso tras la jura de bandera, mientras yo llevaba a su abuela de regreso a Salamanca, doscientos kilómetros más allá. No tenían más remedio que aguardar a que resolviera lo que me reclamaba.

—Perdona, ya sé que no estás para nada —me dijo Chamorro en cuanto cogió el teléfono—. Tenemos novedades.

—¿A quién se le ocurre matar, en domingo y con este frío?

—No es un muerto, todavía. Que sepamos.

—¿Entonces?

—Un secuestro que se ha puesto chungo.

—Cómo de chungo.

—La familia ha entregado la pasta y el secuestrado no aparece.

—Cuándo.

—El secuestro, anteayer. La pasta, anoche. La denuncia, hoy. Hay dos testigos de cómo se lo llevaron. En plena calle, a la luz del día, a lo bestia. Ya nos estamos poniendo en lo peor, pero mientras no aparezca un cadáver aún podríamos estar a tiempo de liberar a alguien.

—Pues nada, que pongan gente a ello.

—Me pregunta el comandante cuándo podrías incorporarte.

—¿Dónde ha sido?

—Algeciras. Bueno, San Roque, para ser más exactos.

—En fin. Siempre podría ser Fuerteventura. O El Hierro.

—¿Qué le digo?

—Que estoy en Jaén y tengo que llevar a mi madre a Salamanca.

—Le gustaría que estuviéramos en zona mañana por la mañana.

—Eso sólo nos deja una posibilidad.

—¿A saber?

—Que yo lleve a mi señora madre a su casa, a donde puedo llegar, si salgo ahora y parando para que coma algo, a eso de las siete de esta tarde, y regrese luego a la mía, donde podemos quedar a las nueve, si no hay atasco de vuelta en la carretera de La Coruña. Hago la mochila y tú conduces hasta Algeciras mientras yo ronco detrás.

—Por mí, vale.

—Puedo llegar a roncar bastante.

—Ya sé cuánto.

—Necesitaremos más gente.

—Salgado sale hacia allá con Arnau y Lucía en media hora, para ir desbrozando el terreno. Y están con el asunto, desde el principio, los de la unidad territorial de

Algeciras. Si nos hacen falta más refuerzos no hay más que pedirlos. Instrucciones directas del coronel.

—Bueno, pues tenemos un plan —dije.

—Eso parece —confirmó—. Un plan lastimoso.

—Sobre todo para ti, que tienes que conducir.

—A mí conducir me gusta. Y de noche más todavía.

—Pues no se hable más, Vir. Carretera y manta, una vez más. Y ya que nos han hecho el favor de librarnos de la melancolía siniestra del domingo por la tarde, disfrutemos de la caza. Mientras dure.

—Pídeles perdón a Andrés y a tu madre de mi parte.

—¿Por? ¿Has organizado tú el secuestro?

—De todos modos. No debería haber conseguido localizarte.

—Les doy recuerdos tuyos. Te voy llamando.

Me concedí unos segundos allí solo, contemplando las montañas que se alzaban al final del patio de armas y que habían sido tantas veces testigos de las zozobras de mi juventud. Por allí solía pasear al caer la tarde, mientras me preguntaba quién era y qué estaba haciendo con mi vida, con una sensación de extrañeza que no me desagradaba. Al verlos en retrospectiva, aquellos días de tránsito me parecían sencillos y felices, quizá como pocos otros. Sentirme inmerso en algo a lo que no acababa de pertenecer me producía más placer que disgusto, y el régimen de vida de la academia, centrado en el estudio y el ejercicio físico, no dejaba apenas espacio a las espesas dolencias del espíritu. Podía pues comprender el talante eufórico que se percibía en mi hijo y en el resto de sus compañeros. Y compañeras, la diferencia fundamental con el ambiente que yo había conocido. Eran todavía minoría, pero habría cerca de un par de centenares. Con sus cabelleras recogidas bajo el tricornio, ocupando salvo excepciones, por estatura, las últimas filas de las formaciones, eran las más serias, las más marciales y dispuestas de todos. Las más convencidas, porque la naturaleza, sabia y consciente de sus decisiones y sus fines, las eximía de la exposición a la duda que a los varones nos lastra y zarandea en cualquier coyuntura.

Me reuní de nuevo con los míos. Les informé sin demora:

—Mañana a primera hora tengo que estar en Algeciras.

—¿Y cómo lo vas a hacer? —preguntó mi madre.

—Después de dejarte en tu casa, por supuesto.

—Hijo, ¿te vas a dar esa paliza?

—No sufras. Desde Madrid hasta allí conducirá Virginia. Y el chasis todavía me aguanta eso y algo más. Es lo que tenemos los clásicos.

—Los viejos rockeros no mueren, abuela —bromeó Andrés.

—Mueren cuando les toca, como todos —dije—. Despídete de la abuela y ve a celebrarlo con tu madre. Ayúdala a irse haciendo a la idea de que dio a luz a un picoleto. Haz que se sienta bien.

—Lo intentaré.

—Tú y yo ya lo mojaremos otro día.

—¿En algún tugurio de los tuyos?

—Yo sólo piso tugurios por necesidades del servicio.

—Tanto da.

—Vamos. Tú a lo tuyo. Y yo a darle de comer en condiciones a tu abuela. Estoy orgulloso de ti. Te han enseñado a desfilar.

—Gracias.

—Que es lo que prácticamente nunca vas a tener que hacer cuando salgas de aquí. Ahora ya sólo te queda aprender todo lo demás.

—Aprenderé.

—Estoy seguro.

Me abrazó de nuevo, esta vez con los dos brazos, sujetando el fusil en equilibrio a mi espalda. Lo agarré por los hombros, le miré dentro de los ojos y no nos dijimos más. Hay ocasiones en que son las cosas que las palabras no encierran las que necesitamos transmitir.

Media hora más tarde estaba comiendo con mi madre en uno de los restaurantes más o menos decentes que pueden encontrarse al costado de la autovía A-4, y que conocía de mis múltiples viajes al sur por aquella ruta. Mientras dábamos cuenta del menú, pensé que al cabo de unas horas volvería a pasar por allí en dirección contraria. Y aunque tal vez debería haberme pesado, no lo hizo. Me sentí en la obligación de deshacer la sombra que se cernía sobre la frente de mi madre.

—Tranquila, mamá. En el fondo, esto ha llegado a gustarme.

—No sé si eso me tranquiliza mucho —dijo.

—Todo hay que juzgarlo en comparación con su alternativa. Prueba a imaginarme, a mis cincuenta y tres tacos, qué sé yo, como subdirector de recursos humanos de alguna empresa, que es algo para lo que se supone que habría servido mi título de Psicología. Entrevistando chavales para someterlos a condiciones esclavistas, odiando cada mañana al director y sin otro horizonte de aventura que intentar la hazaña grotesca de liarme con la primera becaria que se ponga a tiro.

Mi madre me miró con desaprobación.

—También podría ser algo menos repugnante.

—La condición humana es la que es. El tedio envilece.

—¿Y no tendrías otra manera menos aperreada de divertirte? No sé, incluso dentro de donde estás, ya que ahora es difícil cambiar.

—Podría intentar algo, sí. Como hacer un poco la pelota aquí y allá para ver si me distinguen con un ascenso a suboficial mayor. Así me sacarían de la calle y me pondrían en un despacho a hacer labores de administrativo de lujo, junto al despacho de algún coronel o general. Honestamente, mamá, preferiría que me pegaran un morterazo y que hicieran pasar luego un buldócer por encima de mis despojos.

—Rubén, que estamos comiendo.

—Perdona.

—Todo esto te pasa porque no te has vuelto a casar. Si lo hubieras hecho tendrías en casa a alguien reclamando tu atención y a ella no podrías hacerle estos chistes de mal gusto que le haces a tu madre.

—O a él.

—¿Qué?

—Nada, es broma.

—Sabes que tengo razón.

—Quizá por eso no me he vuelto a casar.

—Y quizá no ha sido una buena idea.

Una madre es una madre. Y verla afligida, nada con lo que un hijo que tenga entrañas pueda convivir. Habíamos tenido muchas veces aquella conversación, quizá demasiadas. Y sin embargo, me eché a la espalda el deber de tratar de ofrecerle algún consuelo nuevo.

—De verdad, no te apures. Lo que hago me gusta, me pone las pilas, incluso cuando me rompe los planes, como hoy. O a lo mejor más: si quieres, llámalo masoquismo. Y encima he aprendido a hacerlo bien, tan bien que me perdonan que sea un verso libre, dentro de un orden; un orden que también he aprendido a guardar sin encabronarme más de la cuenta. Y antes, cuando en este país el más tonto se compraba un Mercedes financiándolo con la hipoteca, podía quejarme de cobrar poco, pero ahora que se acabó el crédito y caímos a tierra los dos mil eurazos que me sacuden cada mes casi me los tengo que callar.

—Vamos, que eres feliz.

—No soy infeliz.

—Me alegra oírlo. Porque ahora tenemos otro tricornio en la familia.

—Él lo llevará mejor aún. Y si deja de llevarlo, se largará y tendrá un sitio donde caer. No te preocupes por eso. Son otros tiempos.

—Empiezo a sentirme un poco fuera de ellos —se dolió.

—Pues no debes. ¿Cómo te va el iPad?

Había sido mi último regalo de cumpleaños. Entre

otras cosas, lo utilizaba para hablar con ella por videoconferencia, las noches que no llegaba al hotel demasiado hecho unos zorros tras la jornada.

—Bien, me apaño. Está hecho para torpes como yo.

—El calvo que lo inventó era muy hábil. No esperaba de la gente más de lo que la gente es. Por eso se forró como lo hizo.

—Ya ves tú, para luego morirse así.

—Morirse es morirse. Y tú y yo estamos aquí. Salud.

Alcé la copa de vino y ella hizo lo propio con la suya, en la que me había dejado que le vertiera un dedo de aquel Valdepeñas mediano que me supo a gloria. La gloria de estar allí con ella, de tenerla todavía, de tener, en fin, mucho más de lo que había sabido merecer.

—¿Y qué es lo que te encargan ahora? —preguntó.

—Un secuestro. O un muerto, no sabemos.

—¿Quién?

—Ni idea.

En ese momento, me di cuenta de que no le había preguntado a Chamorro ni un detalle acerca de la víctima del crimen que me encomendaban esclarecer, lo que bien podía considerarse una negligencia. Pero elegí creer que era una despreocupación disculpable, una prueba de hasta qué punto había interiorizado mi condición de investigador criminal al servicio de la justicia y la naturaleza de mi trabajo. No me importaba quién fuera el ciudadano cuyo derecho a la vida me tocaba defender; si era una criatura inocente o, como era más probable en el tipo de secuestros con los que solíamos encontrarnos, un individuo de oscura actividad y ruin carácter. Y me sentí orgulloso de ello.

—¿No lo sabes?

—Ya me pondrá al corriente Virginia. Tenemos una larga noche por delante. No te preocupes: si tiene solución, lo resolveremos.

—De eso no tengo ninguna duda.

—No hay nada tan grande como el amor de una madre.

—Ni te lo imaginas.

Después vino un largo trecho de carretera: la llanura desolada de La Mancha, las circunvalaciones de Madrid, las cumbres nevadas de Guadarrama y la dura y gélida meseta de nuestros antepasados. A eso de las siete y media, contra mi cálculo demasiado optimista, avistamos la nave iluminada de la catedral de Salamanca. Acompañé a mi madre hasta su piso y me cercioré de que sólo se encontraba algo cansada. Por si acaso, le puse un mensaje a mi prima, que vivía cerca, para que estuviera más o menos al tanto. Cuando volví a sentarme al volante, me entró un mensaje de mi hijo. Le había pedido a un compañero que nos hiciera una foto mientras nos abrazábamos. Allí estábamos los dos, tricornio contra tricornio. Me pareció extravagante, una de esas extravagancias de las que se extrae la sal y la miel de la vida.

Conduje a toda velocidad por la autovía entre Salamanca y Ávila, ignorando las limitaciones. Si me cazaban, ya intentaría venderlo como exigencias del servicio. Al llegar al túnel de Guadarrama me di con el atasco y comprendí que no tenía posibilidad de llegar a la hora que había estipulado con Chamorro. Le puse un mensaje diciéndole que serían más las diez que las nueve. El suyo entró al instante: *Todo bien*. Y sí, me dije, aunque no era, ni mucho menos, lo que había contado con que la vida me deparase al llegar a la madurez, todo estaba bien.

2

Operación Supermán

Me encontré a la sargento primero Chamorro aparcada en doble fila, a bordo de un flamante Volvo XC90, regalo involuntario de un narco al que nuestros compañeros de drogas habían aguardado a detener hasta la fecha en que, según supieron por las escuchas, le iban a entregar aquella nueva adquisición. Estaba absorta en su portátil, pero tan pronto doblé la esquina con mi coche, alertada por ese radar infalible que los perros de presa acabamos desarrollando, alzó la vista bruscamente. Me detuve a su altura y bajé la ventanilla del copiloto. Ella no tardó en hacer otro tanto con la suya y me saludó con energía:

—A tus órdenes. Lista cuando tú lo estés.

—Veo que has pillado la estrella del parque móvil.

—Ventajas del fin de semana. Me priva el tacto de este cuero —acarició el volante—. Y también lo he hecho pensando en ti. Ahí atrás vas a dormir como un marqués.

—Prefería el XC90 anterior. Era más discreto.

—Es negro, tampoco canta tanto.

—Tardaré diez minutos en empacar, lo menos. ¿No quieres aparcar?

—¿Me estás invitando a subir? Te recuerdo que tenemos tarea.

—Por tu comodidad, nada más.

—Espero aquí. No te preocupes. Estoy repasando lo que tenemos hasta ahora. Luego te voy contando, mientras aguantes despierto.

—A lo mejor aguanto más de lo que te crees.

—Eso dicen todos, pasado el medio siglo.

—Tú estarás ahí antes de lo que piensas, mi sargento primero.

—Y entonces tú ya estarás echando miguitas a las palomas.

—Ni lo sueñes. Antes les echo ácido.

—Anda, sube, haz la maleta y vámonos.

—A tus órdenes.

Un cuarto de hora más tarde, o a lo mejor fueron veinte minutos, Chamorro le pisaba al Volvo por los túneles de la autovía M-30. Se la veía fresca y alegre, quizá incluso un poco más de lo debido.

—Ahí pone a 70. Y te recuerdo que el municipio ahora lo llevan los antisistema, no esperes piedad para una guardia civil infractora.

—No la espero, en este trozo no tienen radar.

—Me sorprende que haya llegado a apreciarte, tan sabihonda.

—Me aprecias por lo que te sirvo.

—No sólo, pero ya que lo dices, ¿qué tenemos?

—Empiezo por lo que seguimos sin tener. El sujeto no ha aparecido con un par de agujeros o el cuello tumefacto, por ahora.

—Algo es algo. ¿Quién es?

—Crístofer González Sanmartín, se llama.

—¿Panchito?

Chascó la lengua.

—Tu fino olfato racista acaba de fallar estrepitosamente. Natural del propio San Roque. A la señora Sanmartín le ponía Supermán.

—Christopher Reeve. ¿Nos consta eso?

—Es una simple conjetura, por la edad de la susodicha.

—Ajá. ¿Y sabemos la edad de nuestro Cristóbal posmoderno, en qué anda para ganarse la vida, a qué dedica el tiempo libre?

Chamorro asintió con suficiencia.

—Casi todo. Veinticinco años, ingeniero informático, aunque le falta alguna asignatura. En los ordenadores tienes la respuesta a lo demás. Resulta que es un viejo conocido. Eso ha encendido las alarmas.

—¿Un viejo conocido?

—¿Te acuerdas del Mercedes SLK plateado?

—Cómo olvidarlo. Tenía que contorsionarme para entrar y salir.

—Era suyo. Se lo requisaron a raíz de una operación contra una de esas estafas masivas que perpetran metiéndole a la gente troyanos en el móvil. Cris era el cerebro informático de la trama. Un par de millones de euros a repartir entre él y otros dos colegas del pueblo.

—Para que luego digan que aquí no hacemos I+D. ¿Y tenemos que suponer que el secuestro tiene algo que ver con su actividad?

—Por el momento, ni sí ni no. Me ha comentado el comandante que mañana se acercarán por allí un par de miembros del grupo de delitos telemáticos, con el dosier del individuo y a nuestra disposición para orientar las pesquisas. Tendremos que esperar a que nos cuenten y ver también lo que nos dice el resto de la información que tenemos.

—Hazme un resumen.

—El chaval desapareció el viernes a media mañana. A última hora de esa misma tarde la familia recibió la llamada de los secuestradores. Les pidieron ciento veinte mil euros, que debían reunir en veinticuatro horas, y que no nos llamaran si querían volver a verlo vivo. Los muy idiotas hicieron caso, juntaron el dinero, avisaron por medio de un correo electrónico al buzón que les indicaron y lo dejaron donde les dijeron, en otro correo que les daba sólo media hora para llegar hasta allí.

—¿Dónde es allí?

—Puerto deportivo de Sotogrande, al final del espigón.

—Genial. Pues nos han dejado a oscuras.

—Profesionales. Y la familia, unos pardillos.

—Unos pardillos con ciento veinte mil euros en efectivo.

—Así es.

—¿De dónde nos han dicho que los sacaron?

—De una mochila que el secuestrado guardaba debajo de la cama.

—¿Una mochila con cuánto?

—Primer detalle llamativo. Con ciento veinte mil euros exactos.

—¿Autosecuestro?

—Todo es posible. Pero eso no casa con el *modus operandi*, salvo que hayan contratado a unos actores de primera.

—¿Por?

—Tenemos dos testigos del rapto. Se lo llevaron frente a una nave del polígono industrial, donde parecían haberlo citado. Por lo menos, los testigos lo vieron esperando allí. De pronto llegó un BMW oscuro, se bajaron dos tipos como dos torres, lo agarraron como un muñeco y lo metieron dentro a la fuerza. Crístofer pataleaba y gritaba, hasta que la insonorización del habitáculo impidió seguir oyéndole.

—¿Un BMW de qué modelo?

—En ello.

—¿Tenemos grabación de alguna cámara?

—En ello también.

—Recapitulando: tenemos una sola llamada, una dirección de correo electrónico, un BMW oscuro. Como para ponernos las botas.

—Te veo ágil, mi subteniente, considerando...

—No sigas. Y esos ciento veinte mil pavos, ¿de qué origen?

—Según la madre, su hijo es muy emprendedor.

—¿Alguien le ha dicho a la madre que los emprendedores no suelen guardar el dinero en rama debajo de la cama? ¿O que existe algo que se llama impuestos y que está un poco feo dejar de pagarlos?

—Según el capitán de la policía judicial de Algeciras, que es el que me ha contado todos estos pormenores, no parece. También me ha dicho que no nos sorprendamos mucho, que por allí esa inconsciencia está a la orden del día. Abrieron un casino y se presentaban a jugar chavales de veinte años que sólo apostaban billetes de quinientos.

—¿Todos informáticos?

—No. Negocios más tradicionales. Tabaco, hachís, cocaína.

—¿Podría haberse metido en eso nuestro Supermán?

—No que a ellos les conste. Como proveedor, quiero decir.

—Bien, parece que esto va a estar entretenido. ¿Conoces la zona?

—Soy gaditana.

—Lo recuerdo.

—El Estrecho es otro mundo, y Algeciras está muy apartada de San Fernando, pero algo me suena. Te puedo traducir, si hace falta.

—Ya veremos.

—Ahora que ya estás instruido, yo haría una llamada.

No pude contener un suspiro.

—¿No me la puedo saltar?

—No, Rubencito —decretó, con la vista fija en la carretera.

Íbamos ya por la carretera de Andalucía, o la Autovía del Sur, su nuevo y más poético nombre oficial. A mi izquierda veía la montaña chata y oscura del cerro de los Ángeles, con su monumento al Sagrado Corazón de Jesús coronándola: un enorme Cristo resucitado sobre una alta columna, tanto que había que señalizarla con luces rojas para que no supusiera un peligro para las aeronaves. Decían que aquel era el centro geográfico de la península Ibérica, y que por eso se había alzado allí aquella estatua, para consagrarle el país entero. Hubo que hacerlo dos veces, después de que en la guerra civil una partida de anticlericales furibundos, en la larga y arraigada tradición del país, destruyera el primer monumento. Ahora ya no había casi fe, ni anticlericales, ni el país se consagraba a otro culto que la jornada de Liga, pero la figura de piedra continuaba ahí, en su estilizada soledad nocturna.

—Eh, mi subteniente —me reclamó de nuevo Chamorro.

—No me apetece nada, francamente.

—Por eso mismo. ¿Marco yo en el manos libres?

—No. Deja que me mentalice.

No es que me pareciera que el comandante Ferrer, reemplazo por ascenso y traslado de mi anterior jefe, el ya teniente coronel Rebollo, fuera mala gente. De hecho, y como a muchos de los oficiales y jefes jóvenes a la hora de tratar con un viejo caimán como yo, le había notado desde el principio las ganas de agradar y no dar la impresión de hacer de menos el valor de la experiencia. Sin embargo, así como con Rebollo había definido desde el principio un terreno de juego en el que los dos podíamos jugar sin estorbarnos —yo me hice cargo en seguida de sus manías y él de las mías, y nunca nos salimos al paso en ellas—, con Ferrer algo fallaba casi fatídicamente. Quizá fuera por los veinte años que le sacaba, o por la brillante hoja de servicios con que él había llegado a la unidad, o por la independencia de la que yo me había hecho a disfrutar, acaso impropia de mi rango y mis aptitudes. El caso era que tratar con él me suponía una incomodidad infalible.

—Vamos. Cuanto antes, mejor —insistió Chamorro.

—Voy.

Marqué el número. Dio cuatro veces la señal de llamada y me saltó el contestador. Era uno de tantos detalles. En cierta ocasión me había atrevido a sugerirle que lo programara para que no saltase tan pronto. Me miró como lo haría un judío ortodoxo al que acabara de afearle que estuviese circuncidado. Deseé con todas mis fuerzas que no viera la llamada, pero, una vez más, la realidad no se acomodó a mi deseo. Tardó apenas un minuto en ser él quien marcara mi número.

—Mi comandante —le saludé, con mi más afable entonación.

—Bevilacqua —me respondió, con ese empeño suyo en decir mi apellido completo, aunque era algo que casi nadie hacía en la unidad y aunque ya le había dejado entrever, más de una vez, que no necesitaba que me demostrara a cada momento que sabía pronunciarlo.

—Estoy ya con Virginia, de camino.

—¿Te ha puesto al corriente?

—En lo principal.

—Acabo de hablar con el coronel. Tómate nota: el objetivo número uno es liberarlo con vida, si es que estamos todavía a tiempo.

Miré el bonito techo claro del Volvo. Estaba entelado en el mismo color de la tapicería, o quizá algo más pálido, no había luz suficiente para discernirlo bien. Me pregunté una vez más si aquel hombre creía de veras indispensable recordarme que estábamos allí para tratar de proteger la vida de los ciudadanos, y que nuestro coronel respaldaba las órdenes que me impartía. Conté hasta ocho, nueve, diez...

—Bevilacqua, ¿estás ahí? —preguntó.

—Sí, ¿no me oye?

—No, ¿tú a mí?

—Ahora sí. Le decía que por supuesto.

—Escucha. —Su afición a los imperativos perentorios era uno de los rasgos que más me exasperaban de su personalidad—. Mañana a eso del mediodía se presentará por allí el teniente Roldán, del grupo de delitos telemáticos. Ha llevado dos operaciones en las que se detuvo al sujeto y tiene ahora mismo otra investigación viva contra él. La idea es que os pongan toda la información a disposición, pero se trata de un secuestro y toda la responsabilidad es nuestra. ¿Queda claro?

—Como el cielo de esta noche de diciembre, mi comandante.

—¿Cómo? No te he entendido.

—Transparente. Descuide.

—Quiero información puntual de todos los avances —y aquí fue donde titubeó y sintió la necesidad de enmendar su lenguaje demasiado apremiante—. Sabes que tienes toda mi confianza, es sólo para poder tener al corriente al coronel, está muy encima del caso.

—Por descontado, mi comandante. Ningún problema.

—Ah, y habrá que ir pensando un nombre para la operación.

Tuve una súbita inspiración. Y decidí agarrarla al vuelo, para tratar de desconcertarlo. Era el único desahogo que podía permitirme.

—Ya lo tenemos.

—¿Ah, sí? ¿Cuál?

—Operación Supermán.

—¿Y eso?

—Por el nombre de pila de la víctima. Crístofer.

—No te sigo.

—Como Christopher Reeve, ¿no cae?

—¿Christopher qué?

—Reeve. Romeo Eco Eco Víctor Eco.

—¿Y quién es ese?

Entonces fui yo quien cayó en la cuenta de que cuando se estrenó aquella película al señor Ferrer padre aún le faltaba casi un lustro para sembrarle en el vientre un comandante a su cónyuge, y me arrepentí en el acto de mi torpe frivolidad de dinosaurio. Ahora tenía que explicárselo:

—¿Se acuerda de aquella película de Supermán de hace años?

—Ah, sí, vagamente.

—Así se llamaba el protagonista. Christopher Reeve. Luego tuvo un accidente y se quedó en una silla de ruedas, ¿le suena ahora?

—Ah, ahora sí. No sé yo si es muy respetuoso eso.

—Es un nombre como cualquier otro. No nos parece ofensivo.

—Lo pensamos. ¿Cuándo crees que llegaréis?

—Con la sargento primero de conductora, descuide que mañana a las ocho estamos tomando café con el equipo en la comandancia.

—Perfecto. Buen servicio, subteniente.

—A la orden.

Cuando se cercioró de que había interrumpido la comunicación, Chamorro no pudo evitar que se le escapara una carcajada.

—Tendrías que verte la cara, jefe.

—Qué he hecho yo para merecer esto. Mi vida podría ser perfecta, y van y me ponen encima a esta criatura. Cómo siento no haber elegido en su día en la carrera la optativa de Psicopatología Infantil.

—Somos siempre víctimas de nuestras decisiones.

—Tampoco parecía entonces que fuera a hacerme tanta falta.

—La vida es impredecible.

—Me parece que me voy a echar a dormir un poco.

—¿Quieres que pare en la próxima gasolinera y te pasas atrás?

—Si no te sabe mal.

—No te preocupes.

—Si te entra sueño me despiertas y te doy conversación, o te cuento alguna historia de terror. O alguna bonita patraña de Lacan.

—No hace falta. Voy bien. Ahí anuncian un área de servicio. Paro a comprar una Cola Zero y tú te acomodas para echar una cabezada.

Tomó la desviación y maniobró hasta estacionar junto a la tienda. Se bajó, con la desenvoltura que la caracterizaba. No pude evitar mirarla mientras rodeaba el coche. A los cuarenta y dos años, y gracias a su disciplina en todos los ámbitos, conservaba el porte con que la había conocido, con algún leve redondeo de la edad, que no la hacía menos atractiva. No podía decirse que fuera una belleza, no en un sentido convencional; pero tampoco que fuera tan fea como para que el tipo que pasaba horas y horas con ella no albergara jamás la más mínima tentación. Aunque con el tiempo había ganado malicia, jamás se había permitido convertirla en retorcimiento. Seguía siendo tan limpia y tan de verdad como aquella veinteañera pudorosa que muchos años atrás habían puesto a mis órdenes, sólo que ahora era mucho más fuerte. En ella, bien que lo sabía, tenía uno de los puntales de mi buena fortuna, y por eso cuidaba de que el afecto que nos teníamos permaneciera en el terreno de la estricta camaradería. Sin embargo, de vez en cuando, en alguna noche como aquella, con las emociones demasiado a flor de piel tras los acontecimientos de la jornada, pasaban ráfagas que a mis años no podía encubrir ante mí mismo y que temía que ella —que me conocía como nadie, aparte de mi madre— pudiera advertir.

Me bajé del coche para estirar un poco las piernas. Aproveché y fui al baño, una precaución que nunca estaba de más en un hombre de cierta edad. Cuando salí, Chamorro ya estaba instalada en el asiento del conductor, largándole un sorbo a la lata de Coca-Cola. Me demoré un instante, viéndola ahí, y al fondo la noche estrellada, y entre medias el rugido de los coches y los camiones que pasaban a toda velocidad por la autovía. Me gustaba la estampa de vida fugitiva que formaban, la noche, las luces de la carretera, ella al volante de nuestro coche que antes había sido de un narco y ahora era propiedad del Estado. Esa era la existencia que había elegido y en la que me reconocía. Temblaba al pensar que sólo me quedaban unos pocos años de saborearla, y eso me empujaba a bebérmela con toda mi alma, a darle cuanto pudiera quedarme, porque no conocía otra manera juiciosa de vivir.

Me quedé dormido casi de inmediato, después de apoyar la cabeza en aquel cuero que todavía olía a nuevo. Recuerdo que lo último que pensé fue algo tan peregrino como que aquel asiento en el que el narco se prometía acaso darle de vez en cuando un buen revolcón a alguna churri impresionada por su poderío había acabado sirviendo para que un baqueteado subteniente de la Benemérita estirara la osamenta. La vida impredecible, como decía Chamorro. Y su humor perverso.

Me desperté cinco horas más tarde, cuando noté de pronto que el coche aminoraba la velocidad hasta detenerse completamente. Me incorporé como pude y me restregué los ojos con fuerza. Seguía siendo de noche, y ante mí vi un mar de luces y más allá la línea negra del mar de verdad. A mis espaldas había unas montañas rotundas. Traté de adivinar por dónde andábamos, pero los restos de aturdimiento del sueño me lo impidieron, así que opté sin más por preguntar:

—¿Qué hora es, dónde estamos?

Chamorro se volvió hacia mí, sonriente.

—Las cuatro y media. Entre Málaga y Marbella. La montura pide de comer y yo necesito otra Cola Zero. ¿Has dormido bien?

—Como un bebé. ¿Quieres que te releve?

—¿Estás en condiciones?

—Si me ofrezco es que sí. Déjame tomarme un café y aprovechas lo que queda para dormir tú un poco. Va a ser un día largo.

—No te diría que no.

—Pues no me lo digas. Pásame la llave. Yo lo lleno.

Media hora después, tras aclararme con agua fría en el baño y con la cafeína enchufándome ya las neuronas, me incorporé a la autopista vacía. Chamorro se había tendido en el asiento del copiloto, que había echado completamente hacia atrás, y mantenía los ojos cerrados y un gesto de placidez en el semblante. Sin perder de vista la ruta, de vez en cuando la contemplaba de reojo, mientras me invadía una profunda sensación de bienestar. Me gustaba esa hora del final de la madrugada, me gustaba llevar el mar al costado, me gustaba pisar el acelerador a los doscientos cincuenta caballos de aquel tanque y me gustaba tener tendida a mi lado a Chamorro y que me envolvieran su olor suave, su serenidad y su firmeza. Tenía tanta suerte, y la vi con tanta nitidez, que por poco se me saltaron las lágrimas. Que hubiera que resolver un secuestro, a lo peor un asesinato, y darle cuenta en tiempo real al comandante Ferrer, me parecía de repente una adversidad sin mayor importancia, un peaje liviano por poder habitar en mi pellejo.

No había prisa, yo había repuesto ya fuerzas y más bien se imponía dejar que ella descansara lo más posible y aprovechar al máximo aquel momento. Conduje pues sin premura, comprobando cómo bajaba el promedio de consumo de aquella máquina que me obedecía con dócil respuesta y esperando a que el sol comenzara a anunciarse en la raya del horizonte. Empezó a hacerse notar, con el fulgor incierto y gradual que precede al alba, cuando tenía ya a la vista la mole de Gibraltar, aquella especie de proa caprichosa que se aventuraba en el mar con sus paredes cortadas a pico, vigilando desde su atalaya a su columna gemela, el Yebel Musa, en la costa africana cuyas luminarias parpadeaban en la mínima distancia que nos separaba de ella. Incluso me permití detenerme un momento a contemplar aquel lugar fastuoso donde había estado el confín del mundo para fenicios y griegos y se concentraba ahora el tráfico marítimo entre Europa y África, Oriente y Occidente. Así lo atestiguaban las luces de los barcos que surcaban en ambas direcciones la angosta lengua de agua que comunicaba el Atlántico y el Mediterráneo. No era de extrañar que su posesión hubiera estado siempre tan disputada, y menos aún que los astutos británicos se aferraran como lapas a aquella roca expoliada aprovechando una de las necias querellas a las que tan proclives éramos los españoles de toda época, en perjuicio propio y para ganancia de otros.

—¿Hemos llegado ya? —preguntó Chamorro, soñolienta.

—No, me he parado a mirar esto.

—¿El qué?

—Esto, la caprichosa obra de Dios.

Dio un respingo.

—¿Estás bien?

—Estupendamente. Nos quedan treinta kilómetros. ¿Quieres que pare en algún sitio para despejarte y desayunar?

Se enderezó y se ahuecó la media melena.

—¿Qué hora es?

—Las siete menos veinte. Todavía queda un rato para que salga el sol. Si lo prefieres, podemos esperar y duermes un poco más.

—No, tira para la comandancia y desayunamos ya allí.

—Como quieras.

Siguiendo las indicaciones del GPS, conduje hasta el casco urbano de Algeciras, rebasé el puerto y callejeé hasta la comandancia, un complejo de vetustos edificios de aspecto algo destartalado. Mostré al guardia de puertas mi documentación y él me hizo saber dónde podía dejar el coche, no sin advertirme que el sitio para aparcar escaseaba allí dentro. En efecto, la sensación que transmitía la comandancia era que estaba todo apiñado y que alguien debería plantearse, en cuanto volviera a haber dinero para inversiones, la posibilidad de construir otra más adecuada a las necesidades del servicio. Incrusté el Volvo donde buenamente pude y Chamorro y yo buscamos la cafetería.

Al entrar en ella nos encontramos con un rostro conocido. La cabo primero Salgado, recién duchada y con una pila de documentos a un lado y la tableta al otro, daba cuenta de un plato de fruta y un té. Al vernos aparecer se puso en pie, se arrancó de los oídos los auriculares que tenía conectados a la tableta e hizo amago de cuadrarse.

—A tus órdenes, jefe. Y a las tuyas, mi sargento primero.

—Descansa, Inés —le pidió Chamorro, con aire de fatiga.

—Sí que madrugas —observé.

—Hay que anticiparse a los malos. ¿Quieres las novedades?

—Quiero un café. Y un mollete de esos que veo ahí, con aceite de oliva y tomate en abundancia. Y luego ya nos ponemos al crimen.

Nos procuramos el desayuno y fuimos a sentarnos a la mesa en la que estaba Salgado. Acababa de ordenar las carpetas. En cuanto me senté, me tendió una de ellas con una sonrisa de satisfacción.

—Todo lo que usted quería saber sobre Crístofer González y no ha tenido necesidad de preguntar. Su currículum hasta la fecha.

—Gracias —dije mientras la ponía a un lado—. Ya me ha contado Chamorro por encima, ahora lo miro. Antes me gustaría saber si ha pasado algo desde ayer por la noche que deba tener en cuenta.

—Que yo sepa, no ha aparecido ningún cuerpo. Tengo avisados a los del COS para que me den la alerta si aparece alguno. Y a la madre y al hermano del desaparecido les hemos advertido de que nos llamen tan pronto como haya alguna novedad, o sea, si es que regresa, porque no me da a mí que vayan a volver a ponerse en contacto con ellos.

—¿Y el padre? ¿No tiene?

—Según la madre, el señor González dejó de preocuparse por los problemas de la familia hace más de veinte años. Y ella por él.

—¿Sabemos dónde anda?

—Claro, somos la Guardia Civil. En la cárcel de

Dueñas, desde hace ocho años. Una fea historia: violación. Antes acumuló antecedentes por robo con fuerza, robo con intimidación y tráfico de drogas.

—¿Nos dice eso algo acerca del asunto que nos ocupa?

—No parece. Hace mucho tiempo que no tienen contacto con él. En alguna ocasión ha llamado a los dos hijos, pero según dice la madre le colgaban sin más. Tampoco querían saber de sus andanzas.

—Me parece prematuro descartarlo —intervino Chamorro.

—Pues me lo apunto —dijo Salgado—. Mirarle los fondillos al padre que se dio el piro. Nos ponemos a ello en seguida.

—¿Ninguna pista de dónde pudieron llevarlo? —pregunté.

Salgado meneó la cabeza.

—Ninguna. Estamos mirando todas las cámaras del pueblo y de la autovía. Tenemos ahí unos cuantos BMW oscuros, pero los testigos no vieron la matrícula y esa línea tardará en darnos resultado.

—O lo que es lo mismo —dije—: no tenemos idea de si está muerto o si está vivo y, en este último caso, dónde lo tienen encerrado.

—Es un resumen bastante completo.

—¿Y el teléfono desde el que llamaron la primera vez?

Salgado extrajo otra carpeta de la pila.

—Sustraído esa misma tarde. Su propietaria denunció el hurto y anuló la tarjeta una media hora después de la llamada.

—¿Propietaria libre de toda sospecha?

—Pensionista. Setenta y seis años. Le dieron un tirón en la calle. El móvil lo tenía en el bolso, un modelo antiguo sin código de bloqueo.

—¿Quién se lo quitó?

—Un chaval joven, no precisa más.

—¿Sabemos desde dónde llamaron?

—Perfectamente. Andaban por la zona del puerto. El mismo lugar donde se perdió la señal del teléfono un par de minutos más tarde.

—Un par de minutos. Qué diligencia.

—Me apuesto lo que quieras a que lo tiraron al agua. ¿Quieres que pida que nos manden buceadores para tratar de encontrarlo?

—No tendrá huellas, puede estar en cualquier sitio. Para qué.

—Eso mismo es lo que pensé yo.

—O sea, que estamos en pelota picada —concluí.

Salgado asintió, gravemente.

—Poco más o menos, y me temo que por un rato, a menos que el bueno de Crístofer González aparezca sano y salvo o en forma de cadáver que nos proporcione alguna pista suplementaria.

—Algo tendremos que intentar entre tanto —dijo Chamorro—. No vamos a quedarnos aquí esperando a que lo suelten o lo liquiden.

—Por eso os he pasado la carpeta —replicó Salgado—. Ahí tenéis a lo que se dedica y con quiénes se le relaciona. No tenemos otra vía.

—Por ahora.

—¿Tienes alguna idea? —preguntó la cabo primero.

Chamorro inspiró hondo. Y razonó:

—Guardaba ciento veinte mil euros en efectivo en casa, y los que lo secuestraron lo sabían. De dónde venía el dinero lo podemos imaginar. Lo que me pregunto es por qué y para qué lo tenía en su casa, en una mochila, y cómo y quiénes podían saberlo. Eso es lo que hay que indagar.

En ese momento oí un vozarrón a mi espalda:

—Coño, Rubén, cuánto tiempo.

Una décima de segundo después, un manotazo me hundió cinco o seis centímetros el hombro derecho. Me volví a duras penas y reconocí al tiarrón que acababa de dejarme medio inútil para el servicio.

—Mi capitán. No me habían dicho que era usted.

—¿Vamos a llamarnos de usted ahora? —me regañó.

El pasado, pensé entonces, esa zanja que está por todas partes y que el caimán se acaba encontrando dondequiera que pone el pie.

3
Un yonqui de la frontera

Cuando conocí al capitán Leandro Álamo él era guardia raso y yo lo era también. Ambos estábamos, a la sazón, destinados en la comandancia de Guipúzcoa, uno de los lugares más inhóspitos, si no el que más, para vestir el uniforme del cuerpo. Yo llevaba allí apenas un mes, después de un primer periodo de un año destinado en Lérida, y había ido voluntario, por un impulso de cuyas razones no podría dar cuenta precisa. A él lo habían destinado forzoso, y solía pincharme con esa diferencia, que según él lo era también entre la sensatez, encarnada por él, y la imbecilidad supina, que venía representada por mi absurdo paso al frente. Recuerdo que entonces yo le respondía con una retahíla de argumentos confusos acerca de la necesidad de buscar los propios límites, que él desechaba olímpicamente, achacando mi poco sentido común a las memeces que me habían metido en la cabeza en la facultad. Álamo presumía de haberse plantado en el COU y de que en vez de examinarse de selectividad se había preparado para la academia de guardias, lo que le permitía, siendo de mi edad, sacarme ya un par de trienios y no estar tan atontado y tan perdido bajo el tricornio.

La diferencia desapareció un día aciago de 1989 en el que ambos nos vimos envueltos en una ensalada de tiros junto al peaje de la autopista AP-8, a la altura de Irún. Aquello no sólo nos unió como únicamente puede hacerlo la proximidad de la muerte, sino que nos empujó a ambos a presentarnos para formar parte de las unidades de información que constituían la punta de lanza de la lucha antiterrorista. En aquella guerra, paradojas de la vida, yo apenas aguantaría tres años, mientras que él se iba a quedar durante un par de décadas, haciendo una carrera mucho más brillante que la mía, como probaban las tres estrellas de seis puntas que llevaba sobre la hombrera y los pasadores de medallas que lucía sobre el pecho, una verdadera alfombra en comparación con las dos escuetas filas que yo exhibía cuando era preceptivo.

Reencontrármelo aquella mañana en la comandancia de Algeciras me sorprendía y a la vez no me sorprendía en absoluto. Álamo era de allí mismo, de Tarifa, y una vez que los gudaris se habían desdibujado en el polvo del olvido era lógico que hubiera querido, haciendo valer sus muchos méritos, trasladar el último acto de su carrera a su tierra natal. La jefatura de la unidad de policía judicial de la comandancia era un destino acorde a sus aptitudes, y lo suficientemente entretenido como para que no echara demasiado en falta la adrenalina de la lucha contra el terror, la más potente y adictiva de las que yo había tenido oportunidad de conocer a lo largo de mi ya extensa carrera.

—No sabía que estabas aquí —le dije, apenas se sentó con nosotros, con un tazón en el que había café para levantar a un caballo muerto.

—Ya ves, lo malo de las victorias. Hay que reciclarse. Y como ya me pilla un poco revenido, me dije que nada mejor que volver a casa.

—El capitán y yo estuvimos juntos de guardias, en otra vida —les expliqué a mis compañeras—. Pero él supo tirar por la ruta buena y mantenerla y yo me perdí por el camino, como salta a la vista.

—No seas tan modesto —me afeó—. Además, hay otra manera de mirarlo. Ahora tú estás en la élite, la unidad central, y yo en la mugre de provincias. Capitán y todo, me toca hacerte de apoyo.

—La filosofía es otra —le rebatí—, ya se encarga de recordármelo mi nuevo comandante, a quien Dios guarde muchos años: estamos para reforzar vuestros recursos, las operaciones son conjuntas.

—Lo que quieras, pero tú no sólo tienes detrás a estas dos chicas que ya se ve que son dos linces, sino toda la infraestructura de tu unidad central: medios técnicos, informáticos, de seguimiento. Con los cuatro gatos que tengo yo aquí para lidiar con toda la maldad no puedo ni aspirar a competir con eso. Así que me pongo a tu servicio.

—¿Dónde estuvieron ustedes dos juntos, mi capitán? —se interesó Salgado, que no desaprovechaba una oportunidad de cotillear.

—Aquí y allá, ¿eh, Gardel?

—¿Gardel? —preguntó Chamorro.

—Sí, Gardel —reconocí con un estremecimiento, el del que levanta una trampilla que lleva un cuarto de siglo sin abrirse.

—Era su nombre de guerra, ¿nunca os lo dijo? —explicó Álamo—. Por el famosísimo cantante de tangos, uruguayo como él.

—Que Gardel fuera uruguayo es una teoría bastante controvertida. Y a día de hoy yo sólo tengo la nacionalidad española.

—¿Pero naciste en Montevideo o no?

—Un accidente biográfico como otro cualquiera.

—Así que Gardel —dijo Salgado.

Suspiré. No tenía sentido oponer resistencia.

—Sí, Gardel —dije—. Fue una ocurrencia del cabronazo este, quiero decir de mi capitán, al que en mala hora le conté que había nacido en Montevideo y que le debía este apellido que tanto trabajo me trae a un padre del que no he vuelto a saber desde que tenía siete años.

El capitán extendió la palma de su mano derecha y anotó:

—Como Gardel, también abandonado por su padre.

—Y para que lo sepáis ya todo —añadí—, estuvimos juntos en Intxaurrondo, los dos de verde y con el Cetme a cuestas todo el día, y más tarde en servicios especiales, sin uniforme y metiéndonos en los sitios más impensables, a los dos lados de la frontera con Francia.

—Luego el psicólogo se rajó y sólo nos quedamos en la guerra los verdaderos gudaris, oliéndoles el rastro a los prójimos de la *txapela* hasta que los convencimos de que no tenían donde ir sin que una pila de *txakurras* les echara el aliento en el cogote. Una aventura. No tenías que haberte ido. Porque el tío era bueno, aquí donde lo veis.

Me encogí de hombros.

—Tuve un hijo, tenía una mujer, tocó elegir.

—Pero estoy seguro de que lo has echado de menos.

—A ratos. Encontré esto de los muertos. Que me va más.

—Siempre fuiste un poco rarito.

—Es más variado. Se conoce más gente. Y más provincias.

—Así visto... Bueno, ¿te han puesto al tanto?

—Por encima. Me ayudará tener tu impresión.

Entraron entonces en la cafetería el cabo Arnau y la guardia Lucía, los otros dos miembros de nuestro equipo que habían viajado la víspera con Salgado desde Madrid. Ambos se cuadraron al vernos.

—A sus órdenes, mi capitán. A sus órdenes, mi subteniente.

—Magnífico, el capitán ya ha visto lo bien enseñados que os tengo —les respondí—. Ahora pescad rápidamente algo para desayunar y venid aquí, que nos han encargado encontrar a un ciudadano.

Los dos giraron sobre sus talones y se fueron a la barra. Entre tanto, el capitán dio un buen sorbo a su café y comenzó a instruirnos:

—Habéis venido a parar a un lugar interesante. Aquí el trabajo no falta, el paisanaje que vive al margen de la ley es legión y son varias las posibilidades que se nos ocurrieron en cuanto al hermano y a la madre del secuestrado se les pasó la tontería, se coscaron de que nos necesitaban si querían volver a verlo vivo y pusieron la denuncia.

—¿Varias posibilidades? —indagué.

—Sí, aunque me gustaría explicarte algo, de entrada. Esto que nos ocupa no es ni mucho menos normal por aquí; o digamos que dejó de ser normal cuando después de pagarse el rescate el chico no apareció, y lo es menos a medida que pasa el tiempo y seguimos así y tenemos que empezar a temer que le hayan liado el petate. Aquí no sufrimos demasiada delincuencia violenta y homicidios casi no hay. Incluso es raro que les den tirones a las ancianas, y pienso en esa pobre señora a la que le quitaron el bolso para hacerse con su teléfono móvil.

Chamorro tomó la palabra:

—Me sorprende, no es esa la idea que llega por la prensa.

Álamo sonrió con picardía.

—Si sabes de un tema y quieres seguir confiando en los periódicos, no leas lo que escriben sobre el tema en cuestión. Lo que hemos tenido es un revuelo puntual, chavales de poco seso que se ponen nerviosos y algún policía que le pilla en medio. Los periodistas toman la última anécdota, o ahora, la última foto que cualquiera ha tuiteado, y de ahí sacan sus conclusiones. Yo te hablo a partir de las estadísticas, y las de delitos contra las personas y robos con fuerza, violencia o intimidación de esta comandancia son de las más bajas de España. Y si lo piensas bien, es de una lógica aplastante. ¿No te imaginas por qué?

—Me temo que estoy perdida —admitió mi compañera.

—Muy sencillo. Entre el contrabando de tabaco, el tráfico de hachís y el de cocaína, con todos los trabajillos conexos, desde el acarreo y el almacenamiento hasta la contravigilancia que nos hacen, pasando por las actividades de blanqueo que todo ese negocio necesita, aquí hay maneras de ganar dinero fácil para todos los que no tienen un trabajo legal o, a la vista del panorama, no se han planteado la posibilidad de tenerlo; que de todo hay y no se sabe si fue antes el huevo o la gallina. Y es una delincuencia limpia: no hay que ir por ahí asustando viejas, ni ponerle a nadie una navaja en el cuello, ni entrar empuñando una pistola en una sucursal bancaria, que es peligroso de cojones. Basta con transportar los fardos de tabaco desde Gibraltar y los de hachís desde Marruecos, pescar las mochilas con cocaína en los contenedores del puerto y hacer llegar luego la mercancía hasta los compradores.

Chamorro no parecía muy convencida.

—En un negocio ilegal, existirán los ajustes de cuentas...

El capitán sacudió lentamente la cabeza.

—Pues no, apenas. Lo que sí se ha puesto muy de moda es el vuelco, esto es, robarse la droga o el dinero unos a otros. Lo hacen con armas, faltaría más; pero para intimidar, cuidando de no usarlas, o si disparan de no darle a nadie. Saben que los asesinatos se investigan a fondo y que tienen veinte años de premio, mientras que los tiroteos, si nadie sale lastimado, pasan al olvido con facilidad. En todo el tiempo que llevo yo aquí, y va para tres años, sólo hemos tenido un muerto entre traficantes. Y no fue por droga, sino por un asunto de cuernos.

—¿De veras?

—Más un caso de violencia de género y un asesinato oscuro entre ingleses, esas son todas nuestras muertes de los últimos dos años.

—Vamos, que si esto acaba mal se os dispara la estadística.

—De mala manera.

—El secuestrado tenía cuentas pendientes con la justicia —recordé.

Álamo me apuntó con el índice.

—Cosa vuestra, de la gente de delitos telemáticos;

hasta que nos lo señalaron, estaba fuera de nuestro radar. Un muchacho trabajador que había estudiado ingeniería informática en Granada y que se había montado un par de empresas de desarrollo de software. Eso fue lo que les transmitimos, recogiendo los testimonios del vecindario, cuando nos pidieron que nos informáramos sobre él. Era verdad que manejaba dinero y que conducía un Mercedes nuevo, pero nada indicaba que los rendimientos no procedieran de su actividad empresarial.

—Supongo que participaríais en la detención.

—Apoyo logístico, solamente, para la entrada y registro y demás. La información y todas las pruebas las consiguieron los vuestros en la red. Lo que yo puedo contarte no es mucho más que lo que tienes en su ficha y en la carpeta esa que veo ahí. Tiene dos causas abiertas, las dos pendientes de juicio, y creo que va para rato, así que técnicamente todavía no tiene antecedentes penales, y los jueces no lo consideraron tan peligroso como para encerrarlo en prisión provisional.

—Entonces, no tienes constancia de que tuviera ninguna relación con traficantes o con otro tipo de delincuentes —anoté.

—Ninguna en absoluto. Nunca nos ha aparecido en ninguna de las escuchas que tenemos vivas sobre nuestros sospechosos habituales, no se le ha visto nunca tratando con ningún figura ni hemos detectado ninguna relación de sus empresas con alguna de las que tenemos en la lista negra, por lavado de dinero o cualquier otra fechoría.

—Estoy deseando oírte acerca de esas varias posibilidades que dices que se os ocurrieron en cuanto supisteis del secuestro.

El capitán me dedicó una mirada comprensiva.

—Estoy seguro de que a ti mismo se te podrían ocurrir, con un poco más de tiempo y conocimiento del terreno. De entrada, no podemos descartar que haya sido el propio Cristóforo...

—Crístofer —corrigió Chamorro.

—Soy el capitán, así que lo llamaré como me dé la gana —zanjó mi antiguo camarada, en un tono lo bastante amable como para que no pareciera una reprimenda—. Como decía, no podemos descartar que todo haya sido una comedia montada por el mismo secuestrado para hacer desaparecer el dinero, que a lo mejor tiene más dueños.

—Lo comentamos antes la sargento primero y yo —dije—, pero cada minuto que pasa es una hipótesis menos probable.

—Puede que esté dándose tiempo, o que se esté arreando ahora mismo con algo que le deje marcas, para darle mayor verosimilitud. En todo caso, estoy con vosotros. Necesitaría cómplices para simular el rapto; la jugada implica demasiados riesgos y es un lío. Puede también que sus progresos en el ramo de la ciberdelincuencia le hayan llevado a entrar en contacto con gente peligrosa, a la que le haya fallado de alguna manera, y que haya decidido, por lo que sea, quitarlo de la circulación y de paso llevarse la pasta que tenía guardada.

—La clave está ahí, en la pasta —apostó Chamorro.

—Eso parece —asintió el capitán—, desde que la madre nos cantó que los secuestradores le pidieron justo el dinero que Cristóforo tenía en efectivo en su casa. Lo que a su vez abre dos caminos. Opción A, nuestro individuo había contactado con algún personaje de los que se dedican por aquí a blanquear dinero, para que le lavara esa cantidad, fruto de sus ilícitos desvelos informáticos, y alguien que no debía lo supo y aprovechó la oportunidad. Opción B, los euros tenían otro destino, el que fuera; lo dijo donde no debía, o alguien a quien se lo dijo se lo sopló a alguno de los que andan a la caza del dinero de los narcos, y le montaron la operación. En lugar de un vuelco al estilo habitual, que en la casa de la madre de González, en pleno casco histórico de San Roque, no vieron claro desde el punto de vista operativo, prefirieron montar el secuestro y que el dinero se trasladara hasta ellos.

—En cualquiera de esas dos opciones —apreciéˆ—, podríamos tener al menos alguna esperanza de volver a verlo vivo.

—Sí, pero cada vez más pequeña —constató Álamo, sombrío—. No sabemos quiénes lo hicieron, ni si algo se salió del guion y una vez que tuvieron el dinero, o incluso antes, decidieron cortar por lo sano.

Crucé con él una mirada. Los dos pensamos lo mismo.

—En todo caso —dije—, estamos hablando de conjeturas genéricas, sin la menor pista que las respalde ni sospechoso determinado.

—Lamentablemente —convino.

—Lo que sólo nos deja los pocos rastros que tenemos del secuestro.

—Salvo que tus compañeros de Madrid que están de camino, o eso me prometieron ayer, nos traigan alguna otra información acerca de sus actividades como ciberdelincuente que nos arroje más luz.

—Tardarán aún en llegar. Deberíamos aprovechar la mañana.

—Mi subteniente —me interrumpió Arnau—. Tengo un par de cosas que me gustaría comentarte. No es que sean demasiado jugosas, por ahora, pero podrían abrirnos un camino, con un poco de suerte.

—A ver —le invité.

—En primer lugar, el coche. Lucía ha estado revisando todas las grabaciones de las cámaras. No hay ninguna con resolución suficiente para poder identificar matrículas, pero en tres de ellas hemos podido localizar varios BMW. Estamos buscando las mejores capturas para enseñárselas a los testigos, a ver si hay suerte y lo reconocen.

—Camino largo, con eso no sacamos nada en veinticuatro horas.

—El otro hilo del que podríamos tirar —continuó— es la dirección de correo electrónico que los secuestradores dieron para recibir el aviso y desde la que señalaron el lugar para la entrega del dinero. Gracias a la urgencia del caso hemos conseguido que la juez nos firme una orden exprés de petición de datos a la compañía proveedora.

—¿Local o del otro lado del charco?

—Australiana.

—Camino más largo todavía, Arnold —le desengañé—. Es verdad que podrían haberlo hecho con uno de esos proveedores rusos opacos, y entonces estaríamos perdidos para siempre, pero las formalidades que nos van a exigir hasta que tengamos el material tardarán semanas, o meses, con lo que nos llegará cuando ya no sirva para nada.

—Esto es lo que hay, jefe. Ya me gustaría a mí tener más.

—Supongo que a la cita iría en coche —pensé de pronto.

—Supones bien —confirmó el capitán.

—¿Lo tenemos?

—Desde ayer por la mañana. Estaba aparcado en la misma calle de donde se llevaron a su propietario. Un Jaguar nuevecito. El hermano vino con otro juego de llaves y nos lo hemos traído para inspeccionarlo a fondo. A primera vista, no encontramos nada de interés.

—Tampoco eso promete demasiado entonces.

—Hacemos lo que podemos —se excusó Álamo.

—¿Y el teléfono móvil de la víctima?

—Lo encontramos en su propio coche —dijo el capitán—. Encendido, con la batería cargada a tope y un bonito código de bloqueo que no se sabe nadie de su familia. Hemos pedido a la compañía el listado de las llamadas y sus localizaciones de los últimos días. Lo primero ya lo tenemos y lo estamos analizando, sin resultado por ahora.

En mi búsqueda desesperada de algún detalle por el que poder salir de aquella vía muerta tuve entonces una súbita inspiración.

—Si no lo recuerdo mal ahora, el lugar que le señalaron a la familia para dejar el dinero fue el puerto deportivo de Sotogrande.

—Eso es —confirmó Álamo.

—¿Qué instrucciones les dieron exactamente?

—Que llegaran con el coche hasta el final del espigón y escondiesen la mochila en el lado de fuera, entre las rocas. Y que tan pronto como la hubieran dejado saliesen de allí a toda velocidad y sin mirar atrás.

—Y obedecieron, supongo.

—Eso aseguran, al menos.

—¿Hemos considerado la posibilidad de que los secuestradores se acercaran a recoger el dinero desde el mar?

—Pues ahora que lo dices, no —me reconoció el capitán—. Y ya me fastidia que no se me haya ocurrido a mí antes.

—¿Nos daría eso algún elemento útil para la investigación?

—Ya lo creo —dijo Álamo, asintiendo lentamente—. Tenemos las cámaras del sistema integral de vigilancia del Estrecho. Se supone que captan todas las embarcaciones que se acercan a la costa. No hay más que recuperar las grabaciones de las que cubren Sotogrande.

—Pues yo que tú...

Álamo sacó al momento el teléfono móvil e hizo una llamada que se tradujo en una cascada de instrucciones terminantes para alguien que no necesitaba que le diera demasiadas explicaciones. Una vez hubo solventado aquel trámite, se volvió hacia mí y me prometió:

—Esta misma mañana tenemos las imágenes.

—A ver si hay suerte.

—También, ya que no lo has preguntado, he encargado a mi gente analizar sus ordenadores, el portátil y el de sobremesa, aunque nos vendrá bien la ayuda de vuestros informáticos, que para eso vienen, entre otras cosas. Y hemos pedido la lista de llamadas de sus teléfonos fijos, el de casa y el de la oficina donde tenía sus empresas.

—¿Dónde está esa oficina?

—En un sitio peculiar. Un apartamento de lujo de Sotogrande.

—Qué coincidencia. ¿De su propiedad?

—Alquilado, dice la madre.

—¿A quién?

—Hasta ahí no hemos llegado. Pero una de las gestiones que tenemos pendientes es ir hoy allí, para hablar con sus empleados.

—Así que tiene empleados y todo.

—Tres. Dos informáticos y una administrativa.

—Quizá ahí encontremos donde rascar. Algo tienen que saber.

Miré a Chamorro y a Salgado, y después a Arnau y a Lucía.

—Bueno, gente, parece que ya tenemos con qué entretenernos —les dije, y volviéndome al capitán consulté—: ¿Nos podéis dejar alguna cueva en la que instalarnos mientras andamos por aquí?

—Incluso un despacho. La cabo primero ya sabe dónde es.

—Entonces me parece que lo que nos toca es ir para allá y ver cómo nos organizamos. Con tu permiso, mi capitán.

—Yo te dejo que hagas lo que quieras, pero antes tengo un encargo de mi señorito. Me dijo que en cuanto vinieras quería verte. Suele llegar a primera hora, así que deberíamos ir hacia su guarida.

—¿Tienes alguna idea de qué es lo que quiere de mí?

—Yo a los coroneles no les pregunto, me limito a obedecer.

—Si no te conociera, me lo creería.

—No es mal tipo. Querrá hacerte los honores de anfitrión.

—No veo que me quede otra que ir a averiguarlo. Esperadme en el despacho y adelantad lo que podáis —ordené a los míos.

Fui con el capitán hasta la zona de jefatura. En los corredores había espléndidas fotos aéreas de la zona del Estrecho, que dejaban apreciar, a la vez, la excepcional belleza natural del paraje y la manera intensiva en que la acción del hombre la había alterado en algunas zonas. En especial, en la parte de Sotogrande, Gibraltar o el polo petroquímico adyacente, así como en el puerto de Algeciras, un verdadero gigante que canalizaba buena parte del tráfico de mercancías entre América y Asia. Llegamos a la puerta del coronel y Álamo la golpeó dos veces.

—Adelante —ordenó una voz grave.

Álamo me abrió y me indicó que pasara. Cuando lo hice avisté al otro lado de una mesa llena de papeles, al fondo de un despacho grande de mobiliario anticuado, a un hombre más o menos de mi edad, pero con ese porte augusto que confiere la alta responsabilidad y que a mí los dioses, o mi indolencia, no me habían permitido alcanzar. Me animó con semblante cordial a que me acercara y, cuando me cuadré y me presenté como mandan las ordenanzas, me estrechó la mano con fuerza y me invitó a acompañarlo a la mesa de reuniones, también cubierta de papeles, que había al otro lado del despacho.

—Ya me ha comentado Álamo que se conocen ustedes de aquella campaña que tuvimos por allá arriba hasta hace unos años.

—Sí, pero yo duré mucho menos que él.

—Conozco el percal. Tres años en información en Álava.

—Pues entonces no hay que contarle nada.

—Me dice también que es usted de los listos.

—Lo intento. Sin pasarme.

—Acabo de hablar hace un momento con su coronel. Otro veterano distinguido de aquello, por cierto.

Me produjo un ligero desasosiego la revelación, aunque no habría debido. Nada más normal que una conversación entre el jefe de la unidad central y el de la comandancia en la que se había producido un delito que había hecho aconsejable el desplazamiento de un equipo de dicha unidad. Sucedía que el coronel Hermoso era mi gran jefe desde hacía no demasiado tiempo, y aunque ya me conocía y después de un par de operaciones que no habían salido del todo mal parecía tenerme alguna estima, no había establecido con él todavía la confianza que había llegado a tener con algunos de sus predecesores.

—Él estuvo también mucho más en aquello que yo —dije.

—Bueno, nostalgias aparte, el caso es que me gustaría que en esto que tenemos entre manos ahora seamos capaces de hacer como su jefe, con buen criterio, ha planteado en casos similares. Que no parezca que han venido los del CSI a sacarnos las castañas del fuego a los guardias de la porra. Que sea, y así se manifieste, cuando toque, una colaboración entre iguales, cada uno con sus recursos y su especialidad.

—Todos estamos en esa filosofía, mi coronel.

—Me alegra. De momento, y mientras tengamos a una persona que no sabemos si está viva o muerta, vamos a contar nada y menos a los medios. Pero ese nada y menos lo canalizaremos a través de la oficina de prensa de la comandancia en coordinación con la de su unidad.

—Por supuesto.

—Y no quiero que haya nadie más contando nada a nadie más.

Procuré sonar firme.

—No cifro ninguna expectativa, profesional ni de otra índole, en contarle nada a un periodista de una investigación en curso. Al revés, sé cuánto pueden arruinarla con su forma de escribir lo que se les diga. Tampoco suele haber tiempo para perderlo en eso. Respondo de igual forma de todos y cada uno de los miembros de mi equipo.

—Estamos en línea entonces, subteniente. En cuanto al trabajo en sí, el capitán es el responsable. Y si le pido que trabajen codo a codo con él no es porque quiera apuntarme la medalla yo, sino porque él es capaz y tiene gente capaz que merece estar en esto y que yo me preocupe de que esté motivada y luego, si corresponde, se le reconozca.

—Me consta que el capitán es capaz. Y no se me ocurre que pueda tener otra razón para decirme lo que me dice, mi coronel.

—Por si acaso —y distendiendo el gesto, añadió—: Ya sabrá que ha habido alguna movida en los últimos tiempos; alguno de nuestros clientes se ha puesto nervioso y hemos tenido que traer refuerzos. Por eso no tenemos sitio en la residencia, pero ya os hemos gestionado la habitación en un hotel de aquí al lado que está bastante decente y donde nos hacen precio especial. Os cabrá en las dietas sin problemas.

—Se le agradece el detalle.

—Para eso estamos, y para todo lo que necesitéis. Espero que estéis a gusto en esta tierra. Tiene algo, ya lo iréis viendo. Hasta en la gente complicada con la que nos toca tratar a nosotros.

—Hay que reconocerles que tienen gracia, los *jodíos* —dijo Álamo.

—Bueno, los que la tienen, y cuando la tienen —rebajó el coronel.

—Mantendremos los ojos y las orejas abiertos —dije.

—Pues eso es todo, no os entretengo más. A ello, y me vas contando, Álamo, lo que haya que contar.

—A la orden de usía, mi coronel —tronó mi compañero.

De camino hacia las dependencias de la unidad de policía judicial, el capitán me dio alguna información adicional, y con ella algunas claves para descifrar adecuadamente aquella entrevista con su jefe:

—Puedes creerle. Como todos, tiene sus cosas, pero ese sermón que te ha echado va por donde dice: más por velar por el papel de su gente que por competir él con nadie por salir en la foto, que le gustará tanto o tan poco como a cualquiera, claro está, según como se desenvuelva esta historia. Para que te hagas una idea, se fue voluntario a Irak, y una de las cosas por las que tenía obsesión, al menos es lo que cuenta una y otra vez cuando le da por hablar de aquello, era conseguir que los policías iraquíes a sus órdenes sintieran que se les respetaba y se contaba con ellos, cuando los americanos los veían como una horda de desharrapados en los que no se podía confiar. Que dicho sea de paso fue lo que acabó pasando: cuando se levantaron los chiíes en Nayaf, todos los policías desertaron para unirse a los insurgentes.

—Con vosotros, al menos, está seguro de que no vais a desertar.

Álamo hizo un gesto dubitativo.

—Ah, si yo te contara.

—¿Qué quieres decir?

—Ese es otro capítulo, para cuando lleves más tiempo aquí. Los guardias civiles que cada año causan baja en esta comandancia para ir derechos a prisión. Una plaga. El problema es que por aquí circula demasiado dinero caliente, y no siempre el que lo ve pasar cerca está lo bastante frío o centrado como para saber evitar que le queme.

Me fijé en su semblante. Aunque lo decía con alguna desazón, a la vez vi cómo le brillaban los ojos. El discreto encanto del abismo.

—Has cambiado el norte por el sur, pero te sigue yendo la marcha.

—Aquí no hay Goma-2, ni amonal, ni tiros en la nuca, lo que es una diferencia notable, y que se agradece, pero esto viene a ser lo mismo, una frontera: al otro lado está lo oscuro, y a este también.

—Ya veo.

—La *muga* aquí no son aquellos montes que tú y yo conocemos —continuó—, sino una calle de agua, pero igual hay quien vive peligrosamente de ella y quien se jode la vida con ella, de un día para otro. Y sin embargo, a mí eso me pone. Supongo que me va en el carácter, que no puedo ser otra cosa que esto. Un yonqui de la frontera.

—Siempre lo fuiste, Moro. Aunque al principio no te enteraras.

Me miró sorprendido, con ojos de repente soñadores. Tampoco a él le habían llamado últimamente por su viejo nombre de guerra.

—Y tú, no te engañes.

—Puede ser —asentí—. Pero de otra manera.

4
Un jefe generoso

Disponer de medios abundantes no sirve de nada si uno no acierta a organizarlos con cierto criterio. Eso, y no muchas cosas más, habíamos aprendido tanto Álamo como yo a lo largo de nuestras tres décadas de picolicie, cortas en mi caso y largas en el suyo. Así que no tardamos mucho en disponer un reparto del trabajo. Entre los cuatro que venían conmigo y los cuatro que él tenía en el grupo de delitos contra las personas de la comandancia formamos cuatro parejas mixtas. A la cabo primero Salgado le asignó el capitán a la guardia Azucena, una veterana al final de la treintena, oriunda de la zona, que además dominaba el archivo histórico de la unidad. A Lucía le pedí que se asociara al cabo Chacón, un malagueño que venía a ser algo así, por lo que me dijo Álamo, como el todoterreno del grupo, capaz de salir adelante de toda clase de atolladeros y con todo tipo de recursos. Arnau se puso a trabajar codo con codo con el guardia Saro, un asturiano taciturno trasplantado al sur que era el tecnólogo del lugar. El brigada Soto, un suboficial en la cuarentena, responsable y cerebral, formaría junto con Chamorro el tándem gestor de todo el grupo, a mis órdenes y las del capitán, que para eso era el anfitrión y el de mayor grado. No siempre podía uno pactar y resolver cómo afrontar una tarea compartida con tanta facilidad y sin que las suspicacias aflorasen. De algo nos tenía que servir a Leandro y a mí habernos comido juntos aquellas noches en los montes de Navarra, con lluvia y con frío y lo que cayera.

Repartimos el juego rápidamente en los tres frentes que, a falta de alguna pista mejor y más concreta, nos aparecían como prioritarios: Salgado y la guardia Azucena se ocuparían de ir montándonos la base documental de las actividades del secuestrado y su entorno, incluidos su entramado empresarial y su padre presidiario; Chacón y Lucía se volcarían en el rastreo y examen de cámaras y en tratar de identificar el BMW sospechoso; y Arnau y Saro se responsabilizarían del análisis de telecomunicaciones y elementos informáticos, empezando por los ordenadores y el teléfono móvil de la víctima. Mientras tanto, Soto, Chamorro y yo nos ocuparíamos de entrevistar a fondo al entorno, tanto a sus empleados como a su familia cercana. En tanto no tuviéramos otra, eran nuestra fuente de información más valiosa, y la que nos exigía, por tanto, una aproximación más concienzuda y sutil. Quedaba sólo ordenar la secuencia de las diligencias. Soto propuso:

—Nuestra idea era presentarnos a primera hora en la oficina de sus empresas, en Sotogrande, para que los empleados no tengan demasiado tiempo de hablar entre ellos, más allá de lo que lo hayan hecho a lo largo del fin de semana. Luego podemos ir a ver a la familia.

—Me parece bien —dije—. ¿De qué información previa disponemos acerca de ellos?

—La secretaria y uno de los informáticos están limpios. En cuanto al otro informático, está imputado, quiero decir, investigado, en una de las causas que Crístofer tiene pendientes. No llega a ser formalmente su socio, pero parece ser algo más que un simple trabajador.

—Por cierto, no lo hemos comentado. Su señoría, ¿qué tal?

Soto adoptó una expresión estoica.

—Es un juzgado mixto, civil y penal, no da abasto con lo que tiene.

—Preguntaba por la persona.

Soto meditó lo que iba a decir.

—Podría ser peor, podría ser mejor también. Digamos que se ha propuesto no acabar en el psiquiatra, así que no se echa a la espalda la obligación de hacer justicia inmediata con todo el volumen de marrones que le cae sobre la mesa. Por ahora nos ha respondido rápido, a fin de cuentas hay una persona en peligro y eso moviliza a cualquiera. A medida que avancemos, y sobre todo si esto se convierte en una desaparición larga, o sea, si no aparece un cuerpo, ya veremos. Alguna mala experiencia hemos tenido con ella, para qué te voy a engañar.

—Mala experiencia, ¿de qué tipo? —preguntó Chamorro.

—Del tipo «eso no es tan urgente, brigada, amárremelo mejor».

—Inconvenientes de vivir en un Estado de Derecho —observé.

—De eso ya somos conscientes todos. Pero algunos ponemos más carne en el asador y otros esperan a que se vaya haciendo.

—En fin, nada que no podamos y debamos manejar.

—Ahí estamos. No es la peor, ya te digo.

—¿Tienes la dirección de Sotogrande?

—Sí.

—¿Nos guías? Vamos en nuestro coche. Conduce Virginia.

—Cómo no.

Soto no pudo reprimir un gesto de sorpresa al ver encenderse los cuatro pilotos de nuestro XC90 cuando Chamorro apretó el botón del mando a distancia. Asintió varias veces mientras lo admiraba:

—Ya me habían hablado del legendario parque móvil de la unidad central, pero no imaginaba que os podían llegar a cuidar tanto.

—Aquí la sargento primero, que se lo monta bien —aclaré.

—No todos son así, no te creas —dijo Chamorro—. Ni de nuevos, ni de potentes, ni de elegantes. Y alguno te crea más complicaciones que otra cosa. Ni todos los angelitos que nos los proveen tienen el buen gusto y la discreción entre sus virtudes, ni todos los coches que acabamos manejando funcionan como quisiéramos. Y cuando hay que meter un cacharro de estos en el taller tiembla el presupuesto.

—Vamos, que como te descuides acaba yendo a subasta —dije.

—Pero mientras tanto, que os quiten lo disfrutado —juzgó Soto, con un arrebato de codicia difícilmente disimulable.

—¿Quieres llevarlo? —le ofreció Chamorro.

—No me importaría. Ni me voy a poder comprar uno de estos en la vida ni creo que a mí me asignen nunca nada de este calibre.

—Todo tuyo —dijo, y le tiró las llaves, que el otro cazó al vuelo.

El brigada no se privó de disfrutar de la experiencia conductora que el servicio, inopinadamente, le proporcionaba. Al salir a la autovía le pisó con ganas al acelerador, para comprobar que el motor podía mover aquellas dos toneladas de coche con la suavidad y agilidad de un utilitario. Desde el asiento de atrás, espié a través del retrovisor su gesto de satisfacción. Tienen algo las máquinas, cuando responden, que nos hace, seamos conscientes o no, encontrarnos con lo más sólido de nuestra especie, una realización más alentadora de nuestra propia humanidad: siempre hay un ser humano que las ha ingeniado, las ha fabricado o ha supervisado su fabricación y las ha puesto a punto. A través de ellas, cuando nos sirven lealmente, podemos compensarnos por todas las veces en las que los seres humanos destruimos, fallamos, no somos dignos de confianza. Por eso es, quizá, por lo que hombres de temperamento soñador y alma de poeta han establecido a lo largo de la historia una relación de complicidad y afecto con una aeronave, una embarcación o una motocicleta, hasta llegar, incluso, al extremo de convertirlas en literatura, cine o canción. Por eso Soto, en quien adivinaba además de una mente analítica un espíritu sensible, le extraía al coche aquel placer momentáneo y memorable, nimio pero a la vez poderoso, que yo mismo conocía y podía comprender.

Valiéndome de mi condición de pasajero, aproveché el trayecto para disfrutar, a la luz del día, del paisaje formidable de la bahía. Era un espacio a la vez abigarrado y abierto, en el que la naturaleza y la huella de la gente que lo poblaba se mezclaban en lo que a trechos parecía un diálogo armónico y en otros momentos una reyerta violenta; tenía algo de sublime y de monstruoso a un tiempo, y aunque la dura luz de aquel día soleado aplanaba los volúmenes, no dejaba de asomar, aquí y allá, la grandiosidad del escenario, debida a su condición de confín continental y de balcón asomado a la vez a África, al mar y al océano, de los que tomaba buena parte de su carácter y atractivo.

Se fueron sucediendo los espacios urbanos hasta rebasar la siempre omnipresente Roca, con la constelación de pueblos que la rodeaba, y unida a ella, como un siamés, la fronteriza aglomeración de La Línea. Algo más allá estaba nuestro destino, en una zona donde el paisaje primigenio volvía a reclamar sus derechos, para cederlos en seguida a las urbanizaciones extendidas entre los montes y la playa. Sotogrande era entre estas la más renombrada y conocida, y aunque yo nunca había estado allí antes me había llegado su fama: una de las mayores concentraciones de millonarios de Europa, donde tenían mansión magnates de todo el mundo, algunos para ocuparla apenas durante unos días al año. Reconozco que cuando se anunció la desviación que conducía a ella no pude evitar sentir esa curiosidad, genuinamente proletaria, por cómo sería el espacio vital de los que vivían exentos de la servidumbre del trabajo, que como es bien sabido lleva a muchos sitios, algunos más estimulantes que otros, pero jamás a acceder a los privilegios y los deleites de los verdaderamente opulentos.

Y tengo que decir que la sensación que me produjo circular por aquellas calles vacías, junto a las vallas y los muros de propiedades que se alargaban sin interrupción durante cientos de metros, fue, por encima de todo, de desasosiego. Ya imaginaba que al otro lado de aquellas divisorias se extendían primorosos jardines, cuidados con esmero por legiones de empleados; o que en las casas que se dejaban entrever sólo en su parte superior, dentro de las inmensas parcelas, habría estancias y ambientes que serían un dechado de excelencia en cuanto a decoración y arte de vivir, y cuyos habitantes no tendrían más que alzar un dedo para que una interna solícita los aliviara de cualquier esfuerzo inherente a su condición de seres corpóreos sujetos a la fuerza de la gravedad. Sin embargo, el lugar me pareció uno de los más inhóspitos y faltos de alma en los que jamás había puesto el pie. Una especie de ciudad distópica, ideal para alojar episodios extremos de desvalimiento y soledad. Pensé en lo que sería, por ejemplo, sufrir un ataque cardiaco en mitad de alguna de aquellas calles desiertas y agonizar sin esperanza de que pasara un viandante para socorrerte. Tal vez fuese culpa del invierno, tal vez en verano tuviera más vida; pero no sentí que la diferencia diera como para enamorarme de aquel lugar ostensiblemente no pensado para acoger al forastero.

No mejoró mi impresión al llegar a la zona de los apartamentos, dispuestos en urbanizaciones con canales, lagos artificiales y otros antojos varios. Aunque detectamos alguna presencia humana, era tan marginal que seguía invitando al escalofrío. La mayor parte de las persianas estaban bajadas, y los escasos transeúntes visibles se movían con aire subrepticio, como si se aventuraran por el espacio azaroso y poco recomendable de una ciudad sometida a toque de queda.

—Está más o menos por aquí —dijo Soto.

—¿Te importaría perder unos minutos antes? —dije.

—¿Para?

—El puerto deportivo, ¿está muy lejos?

—No, aquí justo al lado.

—Pues vamos a echar un vistazo.

Soto nos llevó hasta el puerto en apenas cinco minutos. Le pedí que se metiera en el espigón hasta donde pudiera avanzar con el coche. Llegamos casi hasta la punta y propuse bajar a reconocerlo. Más allá de la zona asfaltada, el dique, compuesto de grandes bloques de roca y hormigón, se prolongaba todavía unas decenas de metros. Mientras Chamorro y Soto esperaban junto al coche, avancé brincando de bloque en bloque hasta llegar a unos pocos metros del extremo.

—Mi subteniente, que tienes una edad —me recordó Chamorro.

—Y un sentido del equilibrio extraordinario —alardeé.

—No abuses tanto de él —advirtió—. Cualquier fallo podría acabar en una baja prolongada. Dándose muy mal, en retiro prematuro.

—Ven aquí y calla, anda.

Se lo pensó durante unos segundos. Luego meneó la cabeza y de mala gana y con exquisita precaución fue avanzando, sin prisa, por aquella superficie quebrada y tramposa. Mientras aguardaba a que llegase a mi lado, contemplé la silueta distante pero inconfundible del peñón que se recortaba sobre la línea del horizonte. En momentos así me daba cuenta de la escasa profundidad que por lo común tenía la mirada en Madrid, y agradecía que la labor me obligara a marcharme y buscar aquellas perspectivas más amplias. Mi compañera, sin dejar de mirar dónde ponía el pie, alcanzó entonces mi posición.

—La piedra se ve poco más o menos igual desde allí atrás —juzgó.

—¿Qué piedra?

—Gibraltar —lo señaló—. A esta distancia, unos metros dan igual.

—¿Dónde dejarías aquí una mochila con ciento veinte mil euros?

—¿Aquí? ¿De noche? No me habría aventurado tanto. Como mucho, diez o doce pasos, y gracias. Y tampoco habría intentado apurar en lo de dejarla del lado de fuera del espigón. En el primer hueco en el que no sobresaliera mucho y estuviera más o menos segura.

—El espigón no es pequeño. Puede tardarse un rato en encontrarla.

—Los malos vendrían con linterna.

—Yo imagino más bien que tenían un centinela. O varios.

—Puede ser. ¿Dónde?

—Si usaron unos prismáticos, no les faltan puntos.

Chamorro miró alrededor.

—El edificio este —dijo, y señaló una especie de oficina del puerto que se alzaba a mitad del espigón—. O aquel otro. O aquellos de allí. Incluso algún barco de los que están amarrados en la dársena.

—También pudieron hacerlo desde una lancha, en mar abierto.

—También.

—Apúntate mandar un equipo para que averigüe si alguien pudo ver algo, aparte de lo que sacaran las cámaras. Suponiendo que alguna vez se deje caer por aquí un alma y puedan dar con alguien.

—Hecho.

—Y ahora vamos a ver la sede de las empresas Supermán.

—Al comandante no le gustó nada el nombre —me recordó.

—Pues que me lo tache. Si tiene pelotas.

—Me temo que no estás gestionando con madurez la situación.

—¿Qué situación?

—Esta que tenéis entre Ferrer y tú. Puede que él tampoco, la edad y la testosterona no le ayudan, pero al menos yo diría que se esfuerza, y se supone que tú eres el de la experiencia y el que tiene más recursos. Si lo afrontas con un talante constructivo puedes acabar consiguiendo que coma como un pajarillo de tu mano. Si le metes mucho el dedo en el ojo, lo mismo te lo acaba arrancando de un picotazo.

—No importa. Tengo más.

—No cuesta nada pensar otro nombre.

—No me da la gana.

—Eres un cabezota. Y un capullo. ¿Lo sabías?

—Lo sé. Andando.

Algo me escamó nada más entrar en el edificio donde tenían su sede las empresas de Crístofer González. No era sólo su ubicación, en un lugar tan apartado y tan poco práctico, sino lo ostentoso del inmueble y el tamaño que, a juzgar por su exterior, cabía presumirles a aquellos apartamentos. Con semejante domicilio, parecía cualquier cosa menos una empresa de informática normal. Cuando llamamos al timbre y nos abrió una chica de poco más de veinte años, morena, muy maquillada y francamente vistosa, esa sensación se confirmó. Lo que apareció ante nosotros fue una habitación enorme, con unos ventanales que daban al mar. En sus paredes se abrían varias puertas, que hacían adivinar aún más metros cuadrados al otro lado de ellas. En la gran sala que hacía las veces de recepción sólo estaba el puesto de trabajo de la chica, en una mesa funcional, pero de considerable tamaño, y más allá un espacio que parecían utilizar como zona de esparcimiento, con sillones, una barra y una cocina, una mesa de ping-pong, otra de billar y un futbolín. El espacio era tan grande como para que pudiera jugarse a las tres cosas a la vez sin que ninguno de los jugadores, en ninguno de sus respectivos ámbitos, hubiera de cuidarse de los otros. En tanto que no veníamos provistos de orden de registro, no podíamos aspirar, de entrada, a ir más allá. La chica me identificó como el viejo de la tribu, o como el viejo a secas: con un par de años más yo y un par menos ella, casi habría podido ser su abuelo. Me preguntó, algo nerviosa:

—¿Qué desean ustedes?

Por un momento dudé si poner a prueba su fe. Acabé echándome mano a la cartera y sacando la placa mientras me identificaba:

—Subteniente Bevilacqua, Guardia Civil. Estos son mis compañeros, la sargento primero Chamorro y el brigada Soto. Ella y yo somos del grupo de delitos contra las personas de la unidad central. Él viene de la comandancia de Algeciras. ¿Hace falta que le explique por qué estamos aquí?

Bajó los ojos, se retorció las manos, se echó un paso atrás.

—No, creo que no.

—¿Es usted Ariadna Carrasco? —preguntó Chamorro.

Tardó un par de segundos en reaccionar.

—Sí, yo soy.

—¿Nos permite pasar? —le consulté.

—Sí, claro, pasen ustedes. Esto es...

—¿Qué? —intervino Chamorro.

—Nada. —La chica soltó entonces una risa nerviosa—. Es que esto es muy raro, muy fuerte. Yo, ya me perdonarán, pero...

—No te apures. ¿Cuándo te enteraste? —le preguntó mi compañera, en tono de confianza, al tiempo que la tomaba por el hombro.

—¿De que a Cris le...? O sea, ¿del secuestro?

—Sí.

—Ayer. Ayer a mediodía. Cuando me llamó Álex para decírmelo.

—Álex. El hermano de Crístofer —dedujo Chamorro.

—Sí. Me llamó y me dijo que a su hermano lo habían

secuestrado, y que lo habían denunciado a la Guardia Civil. Que estuviera tranquila y les dijese a los demás que vinieran a la oficina hoy como todos los días, y que ya se pasaría él por aquí, pero todavía no ha venido.

—¿Estás tú sola?

—Es pronto. Los demás suelen venir más tarde, entre las nueve y media y las diez. Acaban más tarde también.

—¿Hasta qué hora sueles estar tú?

—Hasta las cinco.

—Veo que tenéis un buen lugar para sentarse —dijo mi compañera—. Y hasta una máquina de café y todo. ¿Te importa que vayamos ahí y hablemos un rato? Nos gustaría hacerte unas preguntas.

—Yo no sé nada. Soy una simple secretaria.

—Estamos reuniendo toda la información que podemos, nada más. Nadie te acusa de nada —le explicó—. Si te acusáramos de algo, no podríamos charlar así. Tendría que haber aquí un abogado.

—Ya, pero... Es que no es la primera vez que vienen unos guardias civiles a hacerme preguntas. Yo sólo atiendo el teléfono y me encargo de que la oficina esté en orden. Ellos son gente despistada, andan ahí con sus ordenadores y para ellos no hay nada más. No entiendo muy bien por qué Crístofer tiene problemas con la justicia, para mí que hay algún error. Es un chico muy inteligente, hasta un poco tímido, y muy trabajador, se pasa horas y horas delante de la pantalla.

—Nosotros no vamos contra él. Al revés, queremos protegerle.

—¿Protegerle? —dudó.

—De la gente que se lo ha llevado. Y devolverlo sano y salvo a su familia. De las cuentas que tenga pendientes ya dirán los jueces.

—Perdone que me sorprenda un poco. La otra vez lo trataron como si fuera un delincuente. A todos nos trataron así. Lo tuvieron dos días en el calabozo y cuando el juez lo soltó el pobre traía una mala cara que ni se imaginan. No es un criminal, no se lo esperaba.

—Hay unas diligencias judiciales. Ya se esclarecerá eso.

Ariadna protestó con vehemencia:

—Cris es un buen chico, lo que sucede es que en internet todo se confunde y hay mucho aprovechado. Puedes acabar pagando por lo que tú no has hecho y las leyes están anticuadas y son injustas.

—¿Eso es lo que te dijo él?

—Y yo lo creo. A mí siempre me ha tratado bien. Me paga un sueldo decente y no falla nunca, lo tengo sin falta en el banco el día uno de cada mes. No como en otros trabajos por los que pasé antes.

Chamorro la observó, sopesando sus palabras.

—De acuerdo. No vamos a remover eso. ¿Nos sentamos? —la invitó, señalándole la zona de descanso.

La secretaria dudó aún un momento.

—Bueno —se plegó, y al pasar junto a la cafetera dijo—: Disculpen, que no les he ofrecido, ¿alguno de ustedes quiere un café?

Nos miramos los tres. Virginia habló por todos:

—No, gracias. ¿Quieres tú uno? Conozco la máquina, te lo hago.

Su voz sonó cálida, casi maternal. Ariadna la miró, confundida.

—Eh, no, gracias. Ya me he tomado dos, casi mejor que no.

Mi compañera me consultó con la mirada. Cabeceé de modo casi imperceptible, lo justo para que ella captara la señal sin que se diera cuenta quien no debía. Se sentó frente a la chica y entró en materia:

—¿Cuánto tiempo llevas trabajando aquí, Ariadna?

—Va para dos años.

—Entraste muy jovencita, entonces.

—No crea usted. Sé que aparento menos, pero tengo veintiséis.

—Es verdad, no los aparentas.

Por la mirada de Ariadna cruzó una nube sombría.

—A veces, es una ventaja —dijo—. Otras veces, no.

—¿Y cómo fue? Quiero decir, ¿cómo te contrataron?

—Conozco a Cris desde cría. Fuimos al mismo instituto. Yo no estaba contenta donde trabajaba entonces, un concesionario de coches, y se lo dije un día que nos vimos por el barrio. Él me dijo que le iba muy bien en sus negocios y que necesitaba una secretaria. Y así fue.

—¿Cuáles son tus tareas exactamente?

—Un poco de todo. Atiendo el correo, las llamadas, las facturas, la contabilidad. En realidad se trata más bien de prepararlo todo para mandárselo al abogado que le lleva la gestoría. A mí me dice lo que va a cada empresa y yo me ocupo de clasificarlo y organizarlo.

—¿Cuántas empresas tienen?

—Cinco.

—No son pocas.

—Se lo aconsejó el abogado, para las distintas cosas que hace.

—¿Y qué cosas son esas?

—Algunas son muy técnicas, no crea que yo lo entiendo del todo. Hay una que compara ofertas hoteleras y de billetes de avión y de tren. Otra que se dedica a mejorar el posicionamiento en buscadores. Otra que mantiene una especie de web de webs, con foros y chats y blogs, para que la gente suba ahí sus cosas. Otra se dedica a gestionar servicios de pagos, algo así como PayPal, pero distinto. Y tiene otra que agrega servicios de publicidad y apuestas online. Y cada una tiene otras actividades, pero no le sabría dar todo el detalle, eso es cosa de los informáticos. Yo sólo me encargo de los proveedores y clientes, aunque la mayor parte de las facturas están automatizadas.

—¿Y todo eso lo hacen sólo tres informáticos, contando a Cris?

—Tienen colaboradores externos. En España y en el

extranjero. El trabajo que necesitan se puede hacer en cualquier sitio. Yo me ocupo de recibir y enviar a contabilizar las facturas de algunos.

—¿De algunos?

Aquí Ariadna titubeó. Sin saber hasta dónde llegaban sus nociones de la normativa fiscal, debió de intuir que había algo delicado.

—Bueno, con otros trabajan de otra manera —dijo.

—¿Qué manera?

—Según Cris, hacen intercambio. En lugar de facturar, que es un lío cuando se hace desde otros países, se pagan algo así como en especie: ellos nos hacen servicios y nosotros se los hacemos a ellos.

—Vaya —dijo Chamorro—. Eso es un tanto informal.

—Tampoco me haga mucho caso. Es lo que entendí en su día, si quiere más detalles tendrá que preguntar a alguno de los técnicos.

—¿Observaste en los últimos días algo extraño, alguna variación en el comportamiento de Crístofer, pasó algo fuera de lo corriente?

—No, que yo recuerde ahora.

—¿No le viste más nervioso, no entró o salió a una hora inusual, no tuvo alguna visita o alguna llamada que te llamara la atención?

—Tampoco. Cris entra y sale cuando quiere, para eso es el dueño. Si me apura, yo incluso diría que estaba especialmente animado. Había hablado con el abogado, me contó el jueves, y parecía que el tema por el que le habían detenido pintaba bien, que no había ninguna prueba de que él hubiera cometido los delitos de los que le acusaban.

—¿Podrías darnos el nombre y el teléfono de su abogado?

Ariadna se echó instintivamente atrás.

—No hace falta, los tenemos —apuntó Soto.

—Ah, ya me perdonarás —le dijo Chamorro a la

chica—. Hemos llegado esta misma mañana y todavía estamos aterrizando.

—Yo imaginaba que se habría puesto él en contacto con ustedes.

—No, la denuncia la puso la familia —le informó el brigada—. De todos modos iremos a hablar con él, por si puede aportarnos algo.

Chamorro retomó el interrogatorio.

—¿Te dijo algo el viernes, cuando salió por la mañana?

La secretaria negó con energía.

—No. Lo de siempre. «Vuelvo en un rato.» Sí me pareció entender que volvería antes de la hora de comer, pero a lo mejor es algo que yo di por sobreentendido, tampoco me haga mucho caso.

—No parecía que fuera a una cita fuera de lo común.

—No, yo le vi normal.

Vi relucir la mirada de Chamorro antes de espetarle:

—¿Y tienes idea de para qué guardaba ciento veinte mil euros en efectivo?

Ahí Ariadna dio un respingo. Cuando habló, se le quebró la voz:

—Pri... primera noticia.

—¿No tenías ni idea?

—De nada del dinero. Todo lo de los bancos y los pagos lo lleva él directamente, desde su ordenador. Tiene un programa a medida para controlarlo y nunca se lo confía a nadie. Ni a mí ni a ninguno de mis compañeros, que yo sepa. Yo sólo muevo facturas, contratos.

Mi compañera hizo una pausa calculada. Nos recorrió con la mirada a los tres: primero a Soto, luego a mí, finalmente a Ariadna.

—Tenéis una oficina impresionante —le dijo entonces.

—Sí, la verdad es que no había trabajado nunca en un lugar así.

—Me llama la atención por varias razones. La primera, para qué te voy a engañar, porque me da que esto debe de costar un riñón.

—Yo sólo sé que es alquilada.

—¿A quién?

—No puedo decirle. No he visto nunca el contrato. Eso también lo lleva directamente Cris.

—La segunda razón por la que me sorprende es el sitio. No es una zona de oficinas, no parece el lugar habitual para una empresa.

—Es algo que tienen los informáticos. Son gente peculiar, viven en su mundo y tienen estas ideas, no sé cómo decir, poco convencionales. Tampoco había estado en una empresa donde en el mismo espacio que hace de recepción hubiera una mesa de billar o un futbolín.

—Pero esto, Sotogrande, está un poco apartado de todo. No sé, ¿no te resulta incómodo tener que venir aquí todos los días?

Ariadna recobró la seguridad.

—Para nada. Cuando nos vinimos aquí, hace medio año o así, me puso un coche de empresa para que pudiera ir y venir sin problema. Me dijo que eligiera el modelo que más me gustara y lo sacamos en *renting*. Yo misma hice la gestión. También me paga la gasolina.

—Vaya, sí que parece un jefe generoso.

—No he tenido uno mejor, ya le digo.

Chamorro le dirigió una mirada de complicidad.

—¿Y qué modelo elegiste, si no es indiscreción?

—Un Fiat 500. Blanco, descapotable.

—Tienes buen gusto.

—Siempre había querido tener uno.

En ese momento se oyó un zumbido en la puerta de entrada, que a continuación se abrió y dejó ver al otro lado a un par de veinteañeros de porte desaliñado, con sendas mochilas al hombro. Al encontrarnos allí, con Ariadna, los dos se quedaron petrificados. Pese a la distancia, me pareció advertir que en uno de ellos la rigidez era mayor que en el otro. Ariadna se puso en pie y el resto la imitamos de forma instintiva. La secretaria se vio casi obligada a hacer las presentaciones:

—Estos señores son de la Guardia Civil, han venido por lo de Cris. Ellos son Marcos y Sebastián, nuestros informáticos.

—Mucho gusto —dije—. ¿Tendrían unos minutos para nosotros?

El semblante del llamado Marcos hacía pensar que habría preferido dedicarle esos minutos a una manada de hienas hambrientas. Paladeé por adelantado el placer de sentarlo frente a sus aprensiones.

5
A los guardias, ni agua

Preferí comenzar por Sebastián, que era el que había sido encausado junto a su jefe a raíz de la operación de nuestros compañeros contra el tinglado de Crístofer González. Era, por ese mismo motivo, el que tenía más tablas para afrontar un interrogatorio policial, y nos lo hizo sentir desde el primer momento. Pude percatarme de las dificultades que iba a plantearme la tarea cuando le sugerí la posibilidad de hablar a solas en su oficina, mientras mis compañeros se ocupaban de repasar con la secretaria los contactos y la actividad reciente de su jefe.

—Prefiero hablar aquí —respondió secamente.

—Era por ofrecerle más privacidad.

—¿Privacidad, dice usted? Me han pinchado los teléfonos y todas mis conversaciones están grabadas en sus diligencias, así que ya no me queda ninguna, no sufra por mí. Además, no veo que hayan venido ustedes con una orden de registro, ¿o estoy equivocado?

—No, no lo está.

—Entonces yo decido dónde hablamos. Y prefiero aquí.

Me fijé mejor entonces en el individuo. Su desaliño era engañoso. Constaté que todas las prendas eran de marca y calzaba zapatos de doscientos o trescientos euros. Que la ropa no estuviera planchada y que los zapatos no hubieran conocido el betún era otra cuestión. Tampoco parecía que sus greñas hubiesen tenido relación reciente con un peine, y gastaba una barba rala que desempeñaba a duras penas la tarea de encubrir sus facciones. Su mirada era dura y calculadora, y creí percibir en ella, o quizá lo puso mi cerebro, un rastro de comprensible resentimiento. Nada más humano, después de que mis compañeros lo hubieran sometido a ese trance de desposesión de derechos, autonomía y dignidad que representa una detención, y que además tenía aparejada la pena de desconexión digital, que supuse —y reparé en cómo manoseaba su *smartphone* de último modelo— especialmente gravosa para un ciberdependiente como él. Traté de calcularle a ojo la estatura: apenas rebasaba el metro setenta. Hice otro tanto con la edad: le vi más cerca de los treinta que de los veinte, aunque la manera de vestir y el aire descuidado invitaran a confundirlo con un adolescente.

—Sebastián Carranza Llanos, ¿no? —comencé.

—¿Necesita de verdad preguntarlo?

Le observé con sincero afán de encontrar un punto de conexión con él. Era sólo un poco mayor que mi hijo, aunque hubiera elegido un camino tan opuesto al suyo: el lucrativo coqueteo con el lado oscuro a costa de los desprevenidos, en lugar del poco remunerado servicio a la ciudadanía, incluidos aquellos que navegaban sin tomar las precauciones necesarias para no acabar enriqueciendo a quienes disponían de las habilidades de aquel tipo que me miraba con férreo recelo.

—Sólo comprobaba que me acordaba bien —le aclaré, en el tono más conciliador que pude imprimirle a mi voz, y que me esforcé por mantener—. No se lo tome a mal, señor Carranza, pero su actitud me invita a desconfiar y a traer esa orden judicial que menciona. Yo que usted consideraría la posibilidad de no estar tan a la defensiva.

—Si usted fuera yo, quizá tampoco querría ponérselo tan fácil. Ya entraron y nos miraron todo y nos quitaron todos los ordenadores que usábamos, hace año y pico.

Si resulta que quieren volver a entrar y a mirar y a quitarnos los que tenemos ahora, consígase esa orden. Pero creo que antes tendrá que acusarnos de algún delito, y me parece que el único delito que hay aquí es que a Cris lo han secuestrado.

—Eso es lo que intento transmitirle. No hemos venido aquí hoy para investigarles a ustedes; me gustaría ser capaz de ayudarle a distinguir esto de aquello otro. Hemos venido a pedirles información para tratar de conseguir que Crístofer vuelva vivo con los suyos.

—No soy demasiado optimista al respecto, la verdad.

—¿Tan torpes nos cree?

—No, ya sé que torpes no son, cuando quieren. Sobre todo, a la hora de fabricar pruebas y encontrar a alguien a quien cargarle un marrón para el que por lo que sea necesitan un culpable. Me refiero a que si no lo han soltado después de cobrar el dinero pinta mal.

—Me interesan mucho sus impresiones. Sobre esto y sobre algunos otros asuntos. ¿Tendría la amabilidad de compartirlas conmigo?

—Antes de seguir, me gustaría que le quedase algo claro.

—Usted dirá.

—No me pregunte por nuestras actividades, porque no le pienso responder. No sé lo que le habrán sacado a Ari, pero de mí no espere ni una palabra. Y si quiere ir por ahí, cíteme en sus oficinas y no espere que les diga ni una palabra sin mi abogado al lado. Nos lo dejó muy claro, tanto a Cris como a mí: «A los guardias, ni agua». Todo lo que les contemos lo utilizarán, sí o sí, contra nosotros. La primera vez nos pillaron de nuevas, pero ahora ya sabemos cómo va el juego.

—Ya veo, ya.

—De los palos se aprende.

—Y que lo diga usted —coincidí—. Me parece bien, así que no le voy a preguntar por nada de lo que hacen sus empresas, ni cómo se las arreglan para pagar este apartamento de lujo y convertirlo en oficina, ni nada que le pueda incomodar o hacer temer por las causas que tiene pendientes. Si considero que necesito esa información, ya la buscaré por otros medios, incluido el que acaba de sugerirme. Lo que sí me gustaría es que me contara, si le parece a usted bien, si tiene alguna idea de quién o quiénes pueden haberle hecho esto, y por qué.

—Si lo supiera, me habría tragado la mala leche que me entra sólo de ver un guardia y habría ido a contárselo a la comandancia.

—Quizá no sabe, pero tiene sospechas, barruntos. Algún runrún que no le deja tranquilo, algo que le chocó, que sabe que no iba bien, algo que Cris le comentó o que observó en él que le da que pensar. Puede usted decírmelo sin miedo, no lo utilizaré en su contra. Sólo tratamos de ver por dónde puede haberle venido el golpe a su amigo.

—No están muy orientados, ¿eh?

—Tenemos indicios, pistas, posibilidades. Más de una, de hecho. De lo que se trata es de poder elegir, rápido, para tener alguna opción de salvarle mientras no sepamos con certeza que ya es tarde.

Carranza se removió en el asiento.

—Hay alguna cosa que sé, y que me da que pensar, pero que forma parte de eso que no puedo contarle. No sin comentarlo antes con el abogado y ver si puede traernos algún problema en el futuro.

Le busqué los ojos.

—¿Ayudaría si le digo que yo no soy el que lleva esas diligencias contra ustedes, que a mí sólo me importa este secuestro, y que lo que me cuente se queda entre usted y yo y no le va a perjudicar?

—No, no me ayuda. No me fío. Me acuerdo demasiado bien de unos compañeros suyos que están empeñados en buscarnos la ruina.

—Piense que está en peligro la vida de Cris.

—Eso usted no lo sabe. ¿Y si está ya muerto?

—En ese caso, ¿no querría ayudar a cazar a los asesinos?

—Ya tendría tiempo de hacerlo cuidando de no pillarme los dedos. La justicia no es lo que se dice muy rápida en este país.

—Está bien, no me concrete, no me diga con qué está relacionado eso que sabe. Dígame sólo por qué teme que lo hayan matado.

Sebastián lo pensó detenidamente. Por primera vez, pude advertir en él alguna disposición a hacer un esfuerzo por iluminarme.

—Cris es muy listo. Si quienes lo secuestraron fueran razonables, se las habría arreglado para negociar con ellos, y estoy seguro de que lo habrían soltado. Si no lo han soltado en seguida es que ha dado con alguien torcido de verdad. Y para mí que ya se lo han cargado.

—Apure más, Sebastián —le pedí—. ¿Tiene acaso algún nombre en la cabeza, o algo que nos pueda llevar a un nombre?

Sacudió la cabeza con una expresión amarga.

—Ojalá. No puedo darle ninguno. Me lo tendría que inventar.

—¿Está seguro de eso?

—Lo estoy. Soy ingeniero informático. Y Cris también, aunque no terminara la carrera. Nosotros nos dedicamos a programar y a buscar las oportunidades que la gente que no ha entendido cómo funciona internet no sabe encontrar. Así nos ganamos la vida, y nos la ganamos muy bien, y eso parece que le jode a alguien. Por eso nos tratan como criminales y ahí andan sus compañeros dándonos por saco. Pero no somos delincuentes ni tenemos ningún trato con ellos. Yo no conozco a nadie que pueda pensar en serio en agarrar a alguien por la fuerza, sacarle el dinero y luego cargárselo y tirarlo vete a saber dónde.

Noté, o me pareció notar, que el socio de Crístofer se aferraba a aquello que para él era la verdad, lo que no quería decir que lo fuera. Ni sus actividades eran —y ahí estaba un juez que había encontrado algún indicio— tan inocuas e innovadoras como él quería creerse, ni la gente con la que le llevaban a interactuar se mantenía dentro de aquel perímetro de urbanidad al que reivindicaba pertenecer. Tenía un arma con la que forzarle a asumir sus contradicciones. Y la utilicé:

—Los secuestradores pidieron ciento veinte mil euros en efectivo.

—Eso me dijo anoche Álex.

—Y Cris los tenía, debajo de la cama, en casa de su madre.

—De eso, ni idea. Álex sólo me dijo que pagaron.

—Los tenía justos.

—Ah, no sabía.

—¿Está seguro de que no sabía que él tenía ese dinero?

—Segurísimo.

—Y supongo que tampoco tiene idea de para qué era.

—Ninguna.

Vi cómo se tensaban sus facciones. Algo me estaba ocultando.

—Es mi deber advertirle —dije—. Si esto acaba mal y descubrimos que usted sabía algo que habría podido ayudar a impedirlo...

—No va a conseguir nada amenazándome.

—No es una amenaza. Pensé que simplemente no le gustaría acabar siendo cómplice de la muerte de su amigo. Y que se supiera.

—Claro que no me gustaría, pero sé que usted nunca va a poder probar algo así, por lo que créame que estoy muy tranquilo.

—¿Está seguro de que no quiere contarme nada más?

—Qué quiere que le cuente.

—¿Cuándo fue la última vez que habló con él?

—El viernes por la mañana, aquí.

—¿Y no intentó contactar con él para nada entre el viernes por la mañana y el domingo?

—Aquí nos tomamos de descanso los fines de semana.

—¿Ningún mensaje extraprofesional?

—No.

—¿Ninguna chorrada al grupo de WhatsApp?

—El viernes y el sábado estuve con mi novia en Zahara. La verdad es que tenía cosas mejores en las que pensar que mandarle mensajes chorras a mi jefe o estar pendiente de si él me los ponía.

—Diría usted que Cris es eso, ¿su jefe?

Su rostro adoptó, una vez más, una expresión de suspicacia.

—¿Qué quiere decir?

—Quizá estoy equivocado. Me comentaron que su relación era algo diferente, y me ha parecido entender lo mismo al escucharle hace un momento. Que más bien eran algo así como socios.

—Yo no tengo nada en ninguna de las empresas. Sólo mi sueldo. No sé cómo llama usted a eso. Yo lo llamo tenerlo de jefe.

—¿Y no percibe ninguna otra retribución por ahí?

—Si quiere escarbar en lo que gano, pregunte a sus compañeros. Me dejaron en pelotas, a estas alturas se conocen mis cuentas mejor que yo mismo. A lo mejor yo voy y le digo algo y me equivoco.

—Quizá lo que ellos conocen es lo que había hace un año —dudé—. Han tenido tiempo, Cris y usted, para buscarse otros arreglos.

Carranza se cerró en banda.

—Por ahí volvemos a la casilla de salida. Cíteme con abogado.

Lo acepté, con deportividad. Había tenido que bailar muchas veces aquel baile y tendría que volver a bailarlo, también con él. Uno hacía lo que podía, y a veces funcionaba y otras no. En ocasiones, y me dio que aquella era una de ellas, sencillamente no era el momento, aún. No me privé de compartir con él mi resumen de la conversación:

—¿Sabe usted, señor Carranza? La verdad es que me quedo con un regusto incómodo, después de este rato de charla con usted.

—Ya imagino. El mío no es mucho mejor.

—Es que la repaso y me doy cuenta de algo que me preocupa.

—¿De qué?

—No me ha dicho usted nada que me sirva. Nada que no supiera antes. Nada que me permita ayudar al hombre al que, como policía, tengo el deber de proteger. Me ha dicho muchísimo más esa chica de la entrada, que es una secretaria y seguro que sabe mucho menos.

—Ella tiene la ventaja de no tener un juicio pendiente.

—Quizá es que ha ido por la vida con más cuidado.

—Quizá.

—Seguiremos hablando. Le rogaría que estuviera localizable.

—No me retiraron el pasaporte. Se lo digo por si quiere pedirle al juez que me lo quite, para evitar que me fugue o algo.

Le hice sentir el peso de mi más granítica mirada de guardia civil. Era una mirada aprendida de alguno de aquellos viejos guardias que habían gozado del privilegio de impartir justicia por sí y ante sí, en los años tenebrosos en que, a falta de un Estado de Derecho digno de ese nombre, sólo se podía confiar, a efectos de dar a cada uno lo suyo, en hombres de autoridad moral inapelable. No me salía tan bien como a ellos, pero con la edad y la práctica la había ido mejorando. Alguna zozobra logré producirle a aquel hijo del Estado del Bienestar.

—No juegues con esto, Sebastián. No es un juego, ni la vida se te ha ido todavía tan a tomar por culo como para permitirte manejarla con tan poca prudencia. Piénsalo antes de que volvamos a hablar.

—Vale. Gracias por el consejo —se recompuso, desafiante.

—No era un consejo.

—¿Puedo ir ya a ocuparme de mi trabajo?

—Has podido todo el rato, esto sólo es un cambio de impresiones voluntario. Gracias por tu tiempo y disculpa las molestias.

—No hay de qué.

Se echó la mochila al hombro y desapareció tras una de las puertas, que cerró al instante tras de sí. El portazo le provocó un sobresalto a Ariadna, que les señalaba en ese momento algo a Chamorro y a Soto en la pantalla del ordenador. Me acerqué a ellos y le pregunté:

—¿Podría avisar a Marcos?

—Claro —dijo, muy dispuesta.

Un par de minutos después el brigada Soto y yo estábamos en la habitación descomunal, no menos de treinta metros cuadrados, que le servía de despacho a Marcos. La tenía decorada a su gusto, con carteles de manga, *Grand Theft Auto* y *Call Of Duty* y, en un rincón, una figura a tamaño natural del protagonista de la saga *Assassin's Creed*. Además de la mesa de trabajo, disponía de una mesa auxiliar y otra sobre la que había un televisor de unas cincuenta pulgadas, conectado a una videoconsola. Frente a ella, un asiento de competición con volante. Me pregunté si todo aquello era de su propiedad o si la liberalidad de Cris llegaba hasta el extremo de proveer de semejantes juguetes a sus empleados, además de los cuatro ordenadores, dos fijos y dos portátiles, que pude contar dentro de aquella habitación.

Marcos era un chaval alto —por encima del 1,80—, desgarbado y más joven que el otro, no le eché arriba de veintidós o veintitrés años. No parecía tan proclive a gastarse dinero en lo que se ponía, aunque lo llevaba mejor planchado que Carranza. En lo que coincidían era en peinarse con la toalla y en no someter sus mejillas al tormento diario de la afeitadora o la cuchilla. Su mirada era más permeable y desvalida que la de su compañero; sería por la juventud, o porque no tenía la misma costumbre de enfrentarse a la indagación policial.

Superada la reacción que no había sido capaz de ocultar al vernos, Marcos Ramos, que tal era su apellido, se mostró mucho más receptivo y asequible que Carranza, empezando por el detalle de acceder a que la entrevista la mantuviéramos en su lugar de trabajo. Me pareció que aquella circunstancia, lo bastante banal, era adecuada para iniciar la aproximación y tratar de inspirarle la mayor confianza posible.

—Gracias por recibirnos, ante todo. Si no le molesta que se lo diga, me atrevería a apostar que un despacho como este se lo envidiaría el noventa y muchos por ciento de los trabajadores de este país.

A Ramos no pareció tranquilizarle mucho mi apreciación.

—La verdad es que no me puedo quejar —dijo, tenso.

—Se ve que su jefe se preocupa de tenerlos contentos.

—No es un jefe al uso.

—¿En qué sentido lo dice?

El informático temió haber hecho un movimiento erróneo. Buscó la forma de rectificarlo y se las arregló para salir bastante airoso.

—Sabe que lo que importa en este negocio son las ideas, y dejar a la gente a gusto para tenerlas, más que putearla para que las tenga.

—Como le comentaba antes a su compañera, me resulta algo raro que pusiera aquí la oficina; sobre todo, si vive en San Roque y tiene que ir y venir todos los días. ¿No habría sido más cómodo ponerla en alguno de los polígonos industriales del pueblo? Seguro que hay un montón de oficinas y naves libres, y a mucho mejor precio.

—Allí estábamos, hasta hace unos meses.

—¿Y sabe por qué tomó la decisión de trasladarse?

—En realidad, para Cris no es tan incómodo. El apartamento que hay encima de este también lo tiene él. Se queda muchas noches.

—¿Lo tiene en propiedad?

—No lo sé, eso es cuestión particular suya.

Busqué la mirada del brigada Soto. Los dos estábamos pensando lo mismo: si el hecho de que Crístofer dispusiera de un apartamento allí ya bastaba para estar escamado, que tuviera dos era razón suficiente para hacer una investigación sobre su titularidad y sobre la fórmula con la que se procuraba su uso y disfrute.

—¿Cuánto tiempo lleva usted en la empresa? —continué.

—Un año, más o menos.

—¿Y podría contarme a qué se dedica exactamente?

—Programo.

—¿Qué programa?

—Me ocupo principalmente del comparador de hoteles y viajes y del servicio de almacenamiento en la nube, aunque también echo una mano aquí y allá cuando me lo piden Cris o Sebas. Como puede usted imaginarse, soy el más nuevo y el que menos manda.

—¿Qué quiere decir con «aquí y allá»?

Marcos presintió la proximidad de las arenas movedizas.

—Ya les habrá contado Sebastián, él tiene una visión más amplia.

Meneé la cabeza.

—No, Sebastián no ha querido contarnos nada. Al parecer, le preocupa mucho lo que él y Crístofer tienen pendiente con los jueces.

—Yo de eso no sé nada, no estaba aún aquí.

—¿Nada de nada?

—Lo que ellos me dicen, nada más.

—¿Y qué es lo que le dicen?

Ramos sopesó sus palabras.

—Que fue todo una equivocación de la Guardia Civil.

—¿Qué clase de equivocación? Se lo pregunto porque Sebastián no nos ha dado ninguna pista. Si me lo explica, tal vez pueda hacérselo ver a mis compañeros y deshacer así el malentendido.

—Es un poco complicado para hacérselo entender a alguien que no sepa bien cómo funciona la red.

—Inténtelo, lo mismo le sorprendo.

—Digamos que el rastro que siguieron sus compañeros los llevó a un sitio que no era el correcto. Los que cometen delitos enmascaran su verdadera ubicación, y al deshacer esa máscara se puede fallar.

—Y con Crístofer fallamos.

—Eso es. Digamos que alguien apuntó a él, para protegerse. Y en vez de ir a por el verdadero delincuente, se confundieron.

—Si es así, entiendo que Sebastián nos tenga tan poco afecto.

—Yo por él no puedo hablar.

—Y dígame algo, ¿usted se cree esa explicación?

—Se la he simplificado un poco. A mí me la dieron de una forma un poco más elaborada, y sí, me suena perfectamente creíble. Esas cosas pasan, por muchas medidas de seguridad que tengas.

—Porque en el año que lleva usted trabajando con ellos, y en todo lo que le han encargado hacer, no ha visto nada que le resulte sospechoso de estar relacionado con ninguna actividad ilegal, ¿no?

Marcos tragó saliva. Me di cuenta de que era la primera vez que se veía en la tesitura de mentir a un representante de la autoridad y la ley. Lo hizo como pudo, con mucho menos aplomo del que Soto y yo necesitábamos para tener la más remota tentación de creerle.

—No.

—Nada de nada.

—Nada.

—Volvamos a su trabajo. Me gustaría que me contara algo más de las personas con las que se relaciona. Ariadna nos ha mencionado a unos colaboradores externos, gente que trabaja para la empresa, o las empresas, pero que no está en plantilla. ¿Tiene contacto con alguno de ellos? ¿Me podría decir en qué consiste esa colaboración?

—Los colaboradores los controlan Sebas y Cris. Yo ahí no entro.

—¿Ah, no?

—A veces incorporo módulos que me dan hechos y que vienen de fuera, pero toda la gestión la hacen ellos directamente.

Noté cómo se cerraba. Escogí cambiar de ángulo de ataque.

—¿Qué relación tiene usted con Crístofer? En lo personal.

—Buena, es un tipo estupendo. Nos conocemos de Granada, de la universidad. Él iba dos cursos por delante y me ayudó cuando llegué. Ser de la misma tierra une mucho cuando estás fuera.

—¿Es usted también de San Roque?

—No, de La Línea. Pero esto es todo más o menos lo mismo.

—¿Hablan ustedes a menudo? Quiero decir, al margen del trabajo.

—Nos vemos aquí, sobre todo, pero sí, tenemos buen rollo.

—¿Y no vio en él ninguna señal extraña, no le dijo o le comentó algo, en estos últimos días, que le llamara la atención?

—¿A qué se refiere?

—A algún detalle que le sugiriera que se traía algo entre manos, o que algo le preocupaba más de lo normal, que su ánimo era diferente.

—Yo le vi animado. Está siempre a lo suyo y a veces parece como si no te oyera, pero no le vi mal, ni angustiado ni nada de eso.

—Así que tampoco sabe por qué tenía ciento veinte mil euros en casa.

—Todo lo que yo sé de dinero es lo que me paga de sueldo. Y no me puedo quejar, tal y como están las cosas.

No quise reprimir mi curiosidad.

—¿Y puedo saber cuánto le paga, si no es indiscreción?

Marcos se ruborizó. Esa no se la esperaba.

—Bueno, como son ustedes la Guardia Civil imagino que podrán averiguarlo cuando quieran, así que no tiene mucho sentido tratar de ocultárselo. Cinco mil quinientos euros netos al mes.

Ahí estaba, aquel chaval al que le doblaba de largo la edad y que venía a ser el último mono de aquella tienda, y que casi me triplicaba el sueldo... en la parte declarada, a saber sumando lo que pudiera llegarle por otras vías. Podía intentar consolarme pensando que mi sueldo era fijo y tenía la garantía del Estado, mientras el suyo estaba al albur de una presunta organización criminal que antes o después mis compañeros desmantelarían; pero la aritmética era la que era.

—De manera que usted no sabía nada de esos ciento veinte mil euros.

—Acabo de saberlo por usted.

—Nos resulta llamativo que los secuestradores pidieran justo esa cantidad, la que el secuestrado guardaba casualmente en su casa.

—Tampoco tenía ni idea de eso.

—¿No habló con Sebastián ayer?

—Sí, me llamó, después de hablar con Álex, el hermano.

—¿Y qué le dijo?

—Que a Cris lo habían secuestrado y que la familia había pagado, pero que no lo habían soltado y no sabían dónde estaba. Nada más.

Seguía pareciéndome que algo fallaba en aquel tipo, aunque no tenía a mano las herramientas necesarias para poder apretarle en condiciones. Cuando uno no está en posición de ganar la batalla, lo razonable es retirarse y posponerla a un momento en que pueda darla con mejores expectativas. Como si me hubiera leído el pensamiento, mi teléfono vibró en la chaqueta. Lo saqué: era un mensaje de Chamorro.

—Acaba de llegar el hermano de Crístofer —les anuncié—. Si no le parece mal, señor Ramos, le agradecería que nos dejara su número, por si tenemos que llamarle para pedirle alguna aclaración.

Casi pude notar su escalofrío.

—No, apúnteselo —murmuró, con un hilo de voz.

La escena que me encontré al regresar a la entrada del apartamento era digna de inmortalizarla al óleo. A Ariadna se la veía tan relajada como si acabara de tragarse una escoba. Virginia le sostenía la mirada a un treintañero trajeado y malencarado, que parecía estar a la espera de algo que no deseaba en absoluto. Deduje que ese algo era yo.

—¿Alejandro González? —pregunté con aire inocente.

—¿Es usted el jefe? —me ametralló.

—En realidad me temo que tengo a muchos por encima —dije.

—Digo de los que están aquí.

—Sí. Por pura antigüedad.

—¿No se supone que deberían habernos avisado?

—¿A quiénes? ¿De qué?

—A la familia. De que iban a venir a revolver aquí.

—No hemos revuelto nada. Estábamos hablando con las personas que trabajan con su hermano. Nada más.

—¿Tienen una orden judicial o algo?

—No, ya le digo que es una conversación informal. Voluntaria.

—Podrían haber tenido la cortesía de decir que venían.

—Estamos tratando de resolver un secuestro —le expliqué—. Somos corteses hasta donde nos permiten la urgencia y las circunstancias.

—Pues les agradecería que en adelante, si quieren meter las narices en las empresas de mi hermano, nos llamen antes. Supongo que está usted al tanto de que tuvo algunas diferencias con su gente.

—Nos hemos permitido suponer que la prioridad para ustedes sería la vida de Crístofer. Me cuesta creer que nos equivocamos.

—No, no se equivoca. Pero hay formas de hacer las cosas.

—Bueno, ya que estamos todos aquí, podemos tratar de acordar un protocolo que les moleste lo menos posible. Pero si quiere que seamos eficaces en lo que nos ocupa, que es tratar de dar con su hermano y con los que se lo llevaron, tendrán que contarnos lo que saben.

—No tengo ningún problema con eso. Ya les contamos a sus compañeros todo lo que hay y todo lo que sabemos cuando pusimos la denuncia. Y estamos a su disposición si necesitan algo más.

—¿Le parece que hablemos ahora?

Álex resopló, contrariado.

—He dejado a mi madre en casa, al borde de un ataque de nervios. Si no le importa, venía sólo para darles un par de recados a Sebastián y a Ariadna y me gustaría volver con ella lo antes posible.

—Podemos ir allí. También nos gustaría hablar con su madre.

—Está bien. Espérenme abajo, ¿les parece?

—Antes de irnos, ¿no llevará usted encima, por casualidad, la llave del piso de arriba? El que tiene su hermano para su uso personal.

—¿Por?

—Por echar un vistazo, si no tiene objeción.

—No, no la llevo encima.

—¿Y en casa de su madre habrá alguna?

El mayor de los González me hizo notar su impaciencia.

—¿Me haría el favor de esperarme abajo?

Miré a Ariadna y a mis compañeros. Luego a Sebastián y a Marcos, que habían aparecido en la zona común y no se perdían detalle de nuestra conversación. No tenía manera legal de imponerles nuestra presencia ni, por tanto, de quedarme a escuchar lo que el hermano de Crístofer quisiera decirles. Por mucho que me interesara, prefería, con carácter general, no pedirle a nadie nada que pudiera negarme.

—Cómo no —me rendí—. Vamos, compañeros.

6
Un buen hijo

Alejandro González tardó un cuarto de hora largo en bajar. Nos dio tiempo a poner en común nuestras impresiones y a trazar alguna que otra estrategia. Por ejemplo, la de ir pulsando a la juez para que nos autorizara la entrada y registro de los dos apartamentos, si el hermano del secuestrado seguía mostrándose tan reacio a facilitar nuestra labor. Cuando González apareció en el portal nos examinó con gesto aún crispado, pero desarrugó el ceño para indicarnos el Audi en el que iba a subirse e invitarnos con una seña a que lo siguiéramos. Fue Chamorro la que se puso esta vez el volante para ir detrás del Audi, que tomó una ruta más directa hacia la autovía que la que habíamos utilizado para venir. Pasamos junto a un núcleo de casas más o menos tradicionales, supuse que preexistente a la pretenciosa urbanización. No pude evitar fijarme en un edificio pintado de azul, que según el letrero decía ser un club náutico, aunque estaba bastante apartado del mar.

—El reposo del marinero —deduje.

—Algo así —concedió Soto.

—Seguro que ahí se enteran de alguna cosa —aposté.

—Alguna que otra hemos venido a preguntar.

—¿Tenemos ahí a alguien de confianza?

—De confianza verdadera, en sitios así no hay nunca nadie.

—De todos modos, quizá no estaría de más sondearlo.

—Venimos esta noche, si quieres.
—Venís —se desentendió Chamorro.
—Sólo si crees que merece la pena —dije.
—No se pierde nada. Salvo el tiempo —opinó Soto.
—Era por echar alguna otra red al agua.
—También puedo mandar a alguien.
—Pues mira, por qué no.
—Me ocupo.

Alejandro González le pisaba al acelerador. En varios tramos de la autovía se puso a más de 140, lo que no dejaba de ser una chulería.

—¿Quieres que lo adelante, colocas el pirulo arriba y lo multamos? —me sugirió Chamorro, con cara de pocos amigos.

—Si tú haces el atestado y lo firmas, por mí vale.

—Hay que ser imbécil. ¿Este se ha enterado de que estamos tratando de salvarle el pellejo al delincuente de su hermano?

—Dale un poco de tiempo. A ver si conseguimos que se sitúe.

Tomó la salida que conducía al centro de San Roque. A la entrada del pueblo se leía en grandes letras: «Donde reside la de Gibraltar».

—¿Y eso? —le consulté a Soto.

—Se supone que San Roque es la población donde se instalaron los habitantes de Gibraltar cuando los ingleses nos birlaron el pedrusco. Trescientos años esperando la reconquista. Y aumentando.

—La idea tiene su punto —reflexioné—. Un pueblo trasterrado que tiene a la vista todo el tiempo la tierra de la que tuvo que salir.

—Y desde la parte de arriba de San Roque las vistas de la Roca son estupendas. Las mejores de todas, si tuviera que elegir alguna.

Nuestro hombre se internó en el casco antiguo, de casas encaladas y calles estrechas y en pendiente. En algunos giros, Chamorro tuvo que echar mano de toda su destreza al volante para no arañar el coche. Al final Alejandro llegó ante una casa de dos plantas, que nos señaló al pasar, aunque continuó subiendo hasta una plazoleta, en la que se bajó del Audi y se aproximó hasta la posición de Virginia. Mi compañera bajó la ventanilla para poder oír sus indicaciones.

—Yo tengo una plaza de garaje ahí, detrás de ese portón —nos informó—. Ustedes supongo que podrán arreglarse.

Chamorro miró a su alrededor y descubrió un sitio vacío. Junto a él había una placa de «prohibido estacionar, salvo vehículos autorizados del ayuntamiento». Asintió sobre la marcha y le respondió:

—Sin ningún problema.

—No somos del ayuntamiento —le hice notar, mientras iniciaba la maniobra para encajar el Volvo en aquel espacio.

—Estoy segura de que los convencerás de que no nos multen.

—Yo no. Es posible que tengas que echar mano de tus encantos.

—Lo que haga falta —aceptó—. Todo por la patria.

Esperamos al hermano de Crístofer ante la puerta de la vivienda. Cuando llegó a nuestra altura, su gesto se había distendido casi por completo. Quizá había tenido tiempo de meditar durante el trayecto. El caso es que por primera vez se nos dirigió de modo cordial.

—Comprendo que tienen que hablar con los dos, pero les rogaría que a mi madre no me la alteren más de lo necesario. Yo les cuento todo lo que necesiten, ella está muy mal, de verdad. La van a ver ustedes medio normal porque lleva ya no sé cuántos lexatines encima.

—Nos hacemos cargo —dije—. Alguna costumbre tenemos.

—Está bien. Si les parece, voy yo delante.

—Por supuesto.

Entramos en la vivienda, decorada como cualquier

hogar de clase media tirando a humilde décadas atrás. Rompía aparatosamente con aquel estilo la presencia estelar en la salita de un televisor de no menos de sesenta pulgadas. Alejandro nos pidió que le esperáramos allí y nos invitó a que tomásemos asiento mientras iba a buscar a su madre. Chamorro y Soto se acomodaron en un tresillo. Yo preferí quedarme de pie, echando una ojeada a la mínima biblioteca, apenas veinte *bestsellers* recientes, que tenía la madre del secuestrado.

Cuando apareció en el umbral, Magdalena Sanmartín era la viva imagen de un alma en pena. Andaría por los cincuenta y no muchos, pero aparentaba varios más. Tenía la mirada completamente ida, las facciones hinchadas, y se dejaba llevar, inerte, por una mujer un poco más joven; su hermana, según supimos luego. Alejandro la ayudó a sentarse en una butaca, en la que se dejó caer como un fardo.

—Mamá, estos señores son los guardias civiles que han venido de Madrid para tratar de encontrar a Cris.

—Buenos días, señora Sanmartín —dije—. Gracias por atendernos.

La madre de Crístofer continuó sin reaccionar.

—Quieren hacernos unas preguntas —le explicó Alejandro—. Ya les he dicho que yo les contaré todo lo que les haga falta, pero les gustaría hablar de un par de cosas contigo. Si te parece, les atiendes tú primero y luego ya me ocupo yo de darles el resto de los detalles.

Magdalena produjo entonces la primera señal que nos confirmó que estaba viva y consciente. Asintió ligeramente con la cabeza.

—Estamos poniendo todos los medios que tenemos para liberar a su hijo —le aseguré—. Ya imaginamos cómo se siente usted, y trataremos de no molestarla más de lo imprescindible. Quería preguntarle, sobre todo, por la llamada. Fue usted quien la atendió, ¿no es así?

—Sí, fui yo —murmuró—. Llamaron aquí, a casa.

—¿Conocía de algo la voz?

—De nada.

—¿Tenía algún acento?

—No que yo le identificara.

—¿Cómo sonaba entonces? ¿Como alguien de aquí?

—No, de aquí no.

—¿Qué fue exactamente lo que le dijo? Con todo el detalle que usted recuerde, es muy importante para nosotros que nos lo cuente.

Magdalena hizo memoria. Vi que tenía más control de sí misma del que aparentaba, o del que le había supuesto al principio.

—Fue muy seco —recordó—. Me dijo, lo primero, que a mi hijo lo habían secuestrado. Me lo dijo dos veces, la segunda insistiendo en esa palabra, *secuestrado*. Me dijo que podía comprobarlo llamándolo al móvil, que no me lo iba a coger nadie. Luego me dijo que dependía de mí volver a verlo vivo. Que nos daba veinticuatro horas para juntar el dinero y que cuando lo tuviésemos le avisáramos a una dirección de correo electrónico. Me pidió entonces que cogiera un papel y un bolígrafo y que apuntase bien, porque no me daría otro contacto y de eso dependía la vida de mi hijo. Luego me ordenó que no llamara a nadie, porque se enterarían y entonces ni se lo pensarían. Y colgó.

—¿Cómo le dijo lo del dinero?

—Seco, como todo. Ciento veinte mil. También dos veces, para que me quedara claro, como lo del secuestro y la dirección de correo.

—¿Nada más?

Magdalena tuvo un segundo de duda.

—Sí, dijo algo más. Que sabía que podíamos reunir ese dinero en el tiempo que nos daba y que no hiciéramos ninguna tontería.

—Y usted, ¿qué pensó? ¿Sabía que podía reunirlo?

—En ese momento, no. Pero luego sí.

—Luego cuándo.

Magdalena miró a su hijo. Este asintió.

—Cuando vino Álex, y fuimos a mirar debajo de la cama de Cris y contamos lo que había.

—¿Sabía usted que su hijo guardaba dinero ahí?

—Sí, pero no cuánto.

—¿Y cómo lo sabía?

—Me lo había dicho él.

—¿Cuándo?

—Un par de días antes.

—¿Le dijo de qué era o para qué lo tenía?

—No.

—Ni usted le preguntó.

—Yo sabía que no todo el dinero que ganaba lo tenía legal. Que una parte tenía que colocarla, aquí y allá. No le preguntaba por eso.

—¿Podía tener ese dinero para colocarlo, como usted dice?

—No lo sé. De verdad que no lo sé.

—Entonces, después de que la llamaran, usted se puso en contacto con su hijo mayor.

—Al principio, no sabía qué pensar. Quise creer que era una broma de mal gusto, pero llamé diez veces al móvil de Cris y no me lo cogió, y ahí me empecé a poner muy nerviosa. Y llamé a Álex.

—Que vino en seguida...

—Tan rápido como pude —dijo el hijo—. Vivo en Sevilla.

—Se me hizo eterno, hasta que llegó. Seguí marcando el número de Cris, y cada vez tuve más claro que era verdad.

—¿Qué pensó usted? ¿Imaginó quién podía haberlo hecho?

—Pensé de todo. Incluso pensé en los guardias civiles que vinieron a por él hace un año, que le habían tendido una trampa y me estaban utilizando para algo. Pero cuando llegó mi hijo me quitó esa idea de la cabeza. Y pensé lo que pienso ahora, que es lo único que se me ocurre: que ha tenido la mala suerte de cruzarse con unos criminales que de alguna manera se enteraron de que tenía guardado ese dinero.

—No tiene ni idea de quiénes pueden ser.

—Cómo iba a tenerla.

Inspiré hondo. Me tocaba entrar en terreno conflictivo.

—Señora Sanmartín, ¿qué conciencia tiene usted de las actividades de su hijo? Quiero decir, de hasta qué punto son legales.

Alejandro no reaccionó, como me había temido al formular aquella pregunta. Dejó que su madre respondiera, y al escucharla comprendí por qué. Si no lo tenían previamente hablado y ensayado, la madre de Crístofer demostró el cuajo de una verdadera profesional.

—Sé que está en algunas cosas donde las leyes no están claras. La gente como él va por delante de esta sociedad, y hay muchos intereses para impedir que haya según qué cambios. Ustedes mismos, entre otros, están para servir a esos intereses. Por eso lo enfilaron.

—Hay cuestiones en las que las leyes sí están claras —discrepé—. Por ejemplo en que cuando uno gana mucho dinero tiene que dar una parte a la sociedad. Para pagar hospitales, escuelas, esas cosas.

Magdalena me miró con una especie de resentimiento.

—Ya lo sé. Y el sueldo de ustedes, también. Pero resulta que los mismos que nos piden que contribuyamos, en cuanto pueden, se las arreglan para que les paguen en negro, y para dejar que otro se ocupe de poner el dinero para los hospitales y las escuelas por ellos. Yo toda mi vida he sido una trabajadora, le aseguro que las he pasado canutas para sacar adelante a mis dos hijos sola, y viendo cada mes cómo me pegaban un bocado a la nómina para los impuestos que los ricos y los poderosos no pagan nunca. Qué quiere que le diga. Ahora que a mi hijo le iba bien, y podía, yo creo que tenía derecho a guardarse algo para él, en vez de dejar que se lo quitaran como a la desgraciada de su madre. Aunque ya me imagino que usted no estará de acuerdo.

—No. Y a mi nómina también le pegan un bocado.

—Lógico. Lo que trato de decirle es que no creo que mi hijo sea un monstruo por no pagar todos sus impuestos. Hay gente que tampoco los paga y va en coche oficial, y hasta le dan títulos y medallas.

—En todo caso, nosotros no estamos aquí para juzgar a su hijo —le aclaré—. Para juzgar a nadie, en realidad. De eso ya se encargan los jueces, nosotros sólo somos los mandados que les hacemos el papeleo. Lo que le preguntaba es si, hasta donde usted supiera, su hijo podía haber entrado en tratos con gente peligrosa. Al calor del dinero negro revolotean a menudo personas poco recomendables, y a veces puede uno verse mezclado con ellos, sin querer, o por mala suerte.

—Yo no entiendo de lo que hace mi hijo, así que no puedo ayudarles en eso. Todo lo que sé es que es un buen hijo, trabajador y responsable. Que con su esfuerzo y con sus ideas les da de comer a unos cuantos empleados y hace cosas que mejoran la vida de la gente, a la vez que le permiten a él ganar dinero. Y que se preocupa por su madre, que es algo que los hijos de muchas de mis amigas no han aprendido a hacer, aunque no dejan de tirar de ellas para lo que les interesa.

—Le insisto en que estamos trabajando para devolvérselo —dije—. Del resto de asuntos que pueda tener con la justicia ya se encargarán otros. Nosotros estamos de parte de su hijo, ya se lo he dicho antes a su hijo mayor y se lo digo a usted ahora. Y espero que me crea.

—Me cuesta un poco, la verdad.

Me fijé entonces en una fotografía que tenía sobre una repisa. En ella se la veía flanqueada por sus dos hijos. Alejandro parecía otra persona: todo un relaciones públicas, con una sonrisa cálida y franca. También Crístofer era muy diferente de las fotografías de carnet que eran hasta entonces todo lo que había visto de él. Un chaval de mirada profunda, luminosa, que la abrazaba por detrás con aire protector. Todo en la vida depende del ángulo desde el que cada uno la contempla.

—Y un muchacho tan brillante y tan bien parecido —dije, al tiempo que le señalaba la fotografía—, ¿no se había echado una novia?

Magdalena bajó la mirada.

—No que yo supiera. No tenía tiempo, el pobre. Con alguna chica ha salido, pero nunca nada que fuera a más. Hubo un tiempo que me dio por pensar que tenía algo con Ari, la secretaria de la empresa, pero él me aseguró que nada de nada. Además, ella tiene novio.

No se me escapó el gesto de Alejandro. Tuve la sensación de haber abusado de su indulgencia, y por otra parte la certidumbre de que no iba a sacarle mucho más a aquella conversación. De manera que opté por darla por concluida, de la forma más delicada posible.

—Le agradezco mucho su colaboración, Magdalena.

—Me parece que no le he aportado gran cosa, la verdad.

—No crea. Su punto de vista es importante.

—Si usted lo dice.

—Te acompaño al cuarto, mamá —intervino el hijo.

—Estoy bien.

Nos pusimos en pie, mientras la hermana la sacaba de allí. Un par de minutos después Alejandro reapareció en la salita. Recuperó las llaves que había dejado sobre una cómoda y se dirigió a mí.

—Gracias por la consideración con la que la ha tratado —dijo.

—No hay de qué. Es nuestro trabajo.

—¿Les parece que salgamos para hablar ustedes y yo? —propuso, sin la perentoriedad de antes—. Hay una cafetería bastante tranquila a un par de calles de aquí. Así dejamos que ella descanse.

—Como usted prefiera.

Nos llevó a una cafetería junto a una especie de mirador que daba a la bahía. Hacía sol y la temperatura era lo suficientemente agradable como para sentarse en la terraza, en la que apenas había gente. Se lo sugerí y no se opuso. Él y Soto se pidieron un par de cervezas, la de nuestro compañero sin alcohol. Chamorro y yo nos pedimos un café. Sólo pasaban quince minutos de las doce, pero empezaba a pesarnos la duración de una jornada que habíamos arrancado tan temprano.

Quise aprovechar el cambio de actitud que había notado en nuestro interlocutor. En lugar de un interrogatorio al uso, le propuse hacerlo de otra manera. Alejandro era listo y lo entendió en seguida.

—Tenemos ya unas cuantas piezas del puzle —le dije—. Podría irle pidiendo las que me parece que me faltan, pero estoy seguro de que usted puede adivinar perfectamente por dónde van los tiros.

—Me hago una idea —asintió.

—¿Puedo preguntarle a qué se dedica?

—Puede. No tiene nada que ver con la informática. Trabajo en una empresa de consultoría. Tampoco tengo nada que ver con los negocios de mi hermano, le adelanto. Supongo que hay algo que despierta su curiosidad, y no me importa contárselo. Lo que les he pedido a sus empleados, en nombre de la familia, es que se limiten a hacer lo necesario para que las empresas de mi hermano sigan funcionando, tal y como funcionaban hasta la semana pasada. Ya habrá tiempo de entrar más a fondo, si al final me toca hacerlo. Que espero que no.

—¿Se lleva usted bien con su hermano? —preguntó Chamorro.

Una sonrisa apagada asomó a su semblante.

—Son ustedes buenos. Observando a la gente, quiero decir. Voy a decirle la verdad: no sólo no nos llevamos muy bien, sino que hemos tenido alguna discusión que acabó de bastante mala manera.

—¿A propósito de? —inquirí.

—De lo que ocurrió hace año y medio. Traté de hacerle ver que se había metido en un camino por el que no podía seguir. Que aquello era algo más que un simple tropiezo y que tenía que rectificar.

—¿Qué camino, qué rectificación?

González endureció su gesto.

—Es mi hermano, subteniente. No lo voy a vender. Aunque no esté de acuerdo con cómo ha llevado sus asuntos ni con quién.

—¿Se refiere a su abogado?

—Son ustedes rápidos, también —admitió.

—Ya le he dicho, vamos encajando piezas.

El hermano de Crístofer me miró entonces a los ojos.

—No quiera ponerme usted en un compromiso. Quiero tratar de ayudarles. Me parecen buenos profesionales, y decentes, y no me hago ilusiones sobre la situación. Sé que mi hermano lo tiene muy jodido. Si es que a estas alturas sigue existiendo mi hermano. Pero déjeme usted gestionarlo sin tener la sensación de que le voy a destrozar la vida, mientras me quede esperanza de que tengo algo que proteger.

—Me parece justo —acepté—. Y puesto en razón.

—Me alegra que nos entendamos.

—Tengo que preguntárselo. ¿Nos va a dejar que entremos en su apartamento y en su despacho de la empresa y miremos sus cosas?

—Deme tiempo para pensarlo.

—Puedo darle horas, no más. Si se niega usted, es mi deber ir al juez y pedirle una orden para poder hacerlo, aunque usted no quiera.

—Entiendo. Le respondo esta misma tarde.

—Está bien. Cuénteme lo demás que sepa, y quiera contarme, de lo que necesitamos saber.

—¿Por ejemplo?

—Lo que hizo para pagar el rescate. Por qué decidió pagarlo, y no denunciar hasta el domingo. Después de hablar con su madre, veo que no es una mujer pusilánime, pero no puedo dejar de suponer que al final fue usted quien tomó las decisiones y las llevó a efecto.

Dejó escapar un suspiro.

—Supone bien, hasta cierto punto. Cuando llegué de Sevilla, a eso de las diez de la noche del viernes, mi madre estaba fatal. A punto estuve de tener que llevármela a urgencias. Menos mal que fui previsor y me traje una caja de Lexatín. Insistía en que teníamos que salvarle, como fuera, y que si había que pagar ahí estaba el dinero.

—¿Lo había contado ella?

—No estaba en condiciones. Lo hice yo, dos veces, y cuando comprobé que era justo lo que nos pedían me quedó claro que a Cris le habían hecho la cama. Y pensé que el camino más corto y más seguro era darle a aquella gente lo que pedía.

—Mal pensado.

—Póngase en mi lugar. En el de alguien que, además, no pertenece a un mundo en el que suela darse esta clase de situaciones.

—Por eso insistimos siempre en que nos llamen a nosotros en estos casos. Porque es nuestra profesión tratar con esta clase de gente.

—Le acepto el reproche, todas las veces que me lo quiera hacer. Pero había que estar ahí, con mi madre descompuesta y con la llave para arreglarlo en esa mochila. A media mañana no pude más y les puse el correo electrónico confirmándoles que teníamos el dinero.

—¿Desde qué cuenta?

—Pensé en abrirme una, y luego en usar la mía, o la de mi madre, porque temí que desconfiaran si no era una de las nuestras. Iba a mandarla desde la mía cuando se me ocurrió que ellos podían pensar que estaba controlada, y entonces sería peor el remedio que la enfermedad. Así que al final abrí una nueva con el nombre de mi madre. En todo caso, pensé, ellos ya tomarían sus medidas de seguridad.

—Pero el mensaje de vuelta tardó en llegarles.

—No se imagina lo que fueron esas horas. Ahora me doy cuenta de que ellos tenían que tomar precisamente sus precauciones, tanto para mandar el mensaje, por si la cuenta de correo estaba monitorizada, como para señalar y vigilar el punto de entrega del dinero, y que por eso nos dieron tan poco tiempo para que fuéramos hasta allí.

—Asumo que fue usted el que llevó el dinero.

—En persona. Lo más rápido que pude. Me sobraron cinco minutos. Llegué hasta el final del espigón y comprobé que no había nadie; era ya bastante tarde y en esta época el puerto apenas tiene movimiento. Me bajé del coche, busqué a toda prisa un hueco entre las rocas, en el lado de fuera, y encajé la mochila en él a puñetazos. Luego regresé, sin mirar atrás, me metí otra vez en el coche y salí pitando de allí.

—Si le pregunto si vio usted algo, o a alguien...

—La carretera mientras conducía y las rocas mientras caminaba por el espigón, para no romperme la crisma. No quise ver nada más.

—¿Nada en el agua? Una barca, una lancha, algo.

—Ni miré al agua. Se lo juro.

Consulté con un vistazo a mis compañeros. Aquel hombre sonaba sincero, y lo que contaba era verosímil. No es siempre ese el caso entre la gente con la que tiene que entrevistarse un investigador, aunque tampoco la sinceridad aparente o la verosimilitud se pueden dar como indicios concluyentes de verdad. Teníamos que buscar de otro modo en lo que aquel hombre nos decía —a partir de los gestos, el tono y sus idas y venidas— si podía estar, o no, tratando de engañarnos.

—La noche debió de hacérseles larga —aventuró mi compañera.

—Eterna —confirmó Álex—. En cierto modo, no ha terminado. No he podido prácticamente pegar ojo, ni anoche ni anteanoche.

—Pero no fueron ustedes a presentar la denuncia hasta las nueve y media de la mañana del domingo —recordó el brigada Soto.

—Me di un plazo de doce horas —dijo González—.

No me pregunte por qué. Me pareció que era lo mínimo para que no tomaran ninguna represalia y lo máximo que podía aguantar mi madre.

—¿Ha mirado usted si en la cuenta de correo desde la que envió el mensaje a los secuestradores ha recibido algo? —pregunté.

—No desde que puse la denuncia. Les pasé a sus compañeros las claves, para que pudieran mirarla ellos mismos. Desde ese momento, estamos en sus manos. Ya me dijeron que me abstuviera de tomar ninguna iniciativa y que les avisara si volvían a llamarnos o a ponerse en contacto por cualquier medio. Y en eso es en lo que estamos.

Le observé con atención. Nada quedaba ya, ni en su expresión ni en el tono de su voz, de la hostilidad con que había reaccionado al vernos en la sede de las empresas de su hermano. Poco a poco, a medida que hablaba, se había ido quedando sin energía, y el cansancio y las ojeras que había acumulado después de casi tres días sin apenas dormir le daban el aspecto de un hombre derrotado. No era la circunstancia en la que prefería apretarle las clavijas a alguien que ni siquiera aparecía ante mí como sospechoso de ninguna conducta delictiva, pero estaba allí para lo que estaba y tenía que cumplir con mi papel. Procuré que no hubiera en mis palabras la menor sombra de suspicacia.

—No tengo más remedio que preguntárselo —lamenté—. ¿Se le ocurre a usted de dónde pudo haber salido ese dinero y por qué razón lo tenía su hermano en casa? Lo comprendo si cree que es algo que no debe decirme, para protegerle, pero también me gustaría hacerle ver que o nos facilitan algún atajo, si es que está en su mano, o vamos a tardar en llegar hasta la gente que se lo llevó. Y el reloj corre en contra de la posibilidad de que esto tenga un desenlace satisfactorio.

González asintió, cabizbajo.

—Soy muy consciente de eso. Les diré lo que puedo decirles, que es todo lo que sé. El dinero tuvo que salir, o eso es lo que me imagino, de alguna de las actividades opacas que tenía Cris. Y eso implica, con bastante probabilidad, la intervención de alguna clase de intermediario. No estoy al tanto de su operativa exacta, pero desde que le metieron mano sus compañeros, lo que sé, o eso me dio a entender, es que todas las transacciones digamos sensibles las hacía en la red. Con medios electrónicos que no dejaran huella y escaparan a Hacienda.

—¿*Bitcoins*? —infirió Chamorro.

—Entre otras. Lo que se me ocurre es que pudo recurrir a alguien a quien le transfirió la suma en una criptomoneda, o con otro medio de pago similar, y que a cambio se la entregó a él en billetes.

—Si sucedió como apunta, para el que le facilitara ese efectivo podía ser una forma de blanquear dinero de origen dudoso o ilegal.

El consultor no quiso dejar de señalar el matiz:

—Más bien de ennegrecerlo de una manera más ventajosa. De darle a su dinero negro mayor invisibilidad y otra forma de liquidez.

—¿Y qué ganaba su hermano?

—No lo sé. Todo lo que intuyo, porque no tiene otra explicación, es que iba a hacerle a alguien un pago que tenía que ser en efectivo. A lo mejor relacionado con alguna operación de blanqueo por su parte; por ejemplo, comprando algo por un precio mayor al declarado.

—Algo como qué —tercié.

González me dedicó una sonrisa fatigada.

—Ustedes lo saben mejor que yo. Y si no, pregunte a su compañero. Hay varias posibilidades. Inmuebles. Embarcaciones de recreo. Coches de importación de segunda mano. Traspasos de negocios.

—Ciento veinte mil euros son pocos para un inmueble, y muchos para un coche de segunda mano —calculó Chamorro.

—Para blanquear dinero negro en la compra de un inmueble hay que poner una parte en la escritura. Y en lugar de un coche puede uno comprar varios. De todos modos, no es más que una teoría; no tengo ninguna base para asegurar que los tiros fueran por ahí.

—Hay otros activos en los que se puede invertir dinero en efectivo por aquí. Algunos no sirven para blanquearlo, pero lo compensan con una rentabilidad espectacular —apuntó el brigada Soto.

—¿A qué te refieres? —le consulté.

—Tabaco, droga, casas al otro lado del Estrecho.

El hermano de Crístofer alzó la mirada al cielo.

—No quiero ni pensar que lo tuviera para algo así —dijo—. Si se trata de eso, ya no conozco a mi hermano. Ha sido un inconsciente, por culpa de ese don que tiene para los ordenadores, que le ha hecho creer que todo lo que puede poner en código y encaja con su particular visión del mundo lo puede hacer, sin pensar en que hay unas leyes con las que si no tienes cuidado tarde o temprano te darán en la cresta, y que esas leyes están ahí por algo, por más que a ti te parezcan anacrónicas o absurdas. No descarto que haya podido ir algo más allá alguna vez, porque cuando la gente empieza a manejar más dinero de la cuenta no es difícil que se trastorne. Pero meterse a traficar con droga es otro cantar. Significaría que Cris había aceptado ser un delincuente.

Se le veía exhausto. No quise ir más allá.

—Gracias por todo, Alejandro. Intente dormir algo. Nosotros nos ocupamos. Le mantengo al corriente si hay alguna novedad.

7
Ojos que no ven

A lo largo de toda nuestra entrevista con Alejandro me había estado sonando con insistencia el móvil. Tan pronto como salimos de la casa miré la pantalla y comprobé que me llamaban desde un número fijo que no tenía identificado. Lo primero que hice al sentarme en el coche —cuyo parabrisas, por fortuna, no lucía ninguna amonestación municipal— fue devolver la llamada para ver de quién se trataba. Al cabo de un par de tonos, una voz familiar me espetó a bocajarro:

—Coño, Gardel, ¿en qué estabas, depilándote las ingles?

—No tendría mayor utilidad. Soy pobre y ya devengué demasiados trienios, aquello de ligar pertenece a un pasado muy remoto.

—No te vas a creer quién nos ha llamado.

—Tendrás que empezar por decírmelo.

—Fabio Alonso.

—Ni idea de quién es.

—Veo que ya has perdido las buenas costumbres de los años del plomo, empezando por la de estudiar los expedientes hasta conocerlos mejor que quien los escribió. El abogado de Cristobalín.

—Crístofer.

—Me vais a dejar que lo llame como me salga a mí de los cojones. Lo siento, pero el nombre de verdad no consigo creérmelo.

—Si te empeñas... No me sorprende lo del abogado.
—¿Ah, no?
—Si no me equivoco, es también el abogado de Sebastián Carranza, el informático imputado junto a Crístofer hace un año.
—No te equivocas.
—He estado hablando con él hace un rato, y a la vista de su poco afán por ayudarnos le he hecho ver que podríamos cambiar la charla informal por una citación para que acuda asistido de letrado.
—Eso es coacción. Le vas a hacer ir al psicólogo.
—Si el psicólogo es bueno le aconsejará que lo minimice.
—Lo mismo te denuncia y te pide daños y perjuicios.
—¿Qué quería el abogado?
—Hablar. Contigo. Ya le he aclarado que el capitán soy yo, y que si tiene alguna queja que venga a llorarme a mí. Para que no te líe.
—Quizá me venga bien que me líe. Conocerle, quiero decir.
—Como tú lo veas. Lo he citado esta tarde a las seis.
—Si no te molesta que te acompañe...
—Claro que no. Así luego nos reímos juntos. Ya te contaré quién es, hasta donde sabemos, el pieza este. Más pronto que tarde el abogado lo acabará necesitando él, pero por ahora sortea el peligro.
—Estoy seguro de que me interesará. Vamos hacia la comandancia, ahora te resumo lo que nos ha dado de sí la mañana.
—¿Ha sido provechosa?
—No es el adjetivo que yo elegiría.
—Aquí hemos dado con algo. Pero prefiero que lo veas.
—¿No me lo adelantas?
—No, te jodes.
—Sigues siendo el mismo tocapelotas.
Pude oír su risa al otro lado de la línea.

—Vamos, que tu sargento le pise al cochazo ese que pilota. Os invito al maravilloso rancho de la cafetería —dijo, y colgó.

Nos reunimos en la cafetería los diez miembros del equipo, por lo que pudimos aprovechar el rato de la comida para adelantar la puesta en común de lo que cada uno había ido encontrando en la mañana. Había, como es habitual en los momentos iniciales de la investigación, muchas gestiones improductivas, entre ellas las relacionadas con el padre de Crístofer, un tipo cuyas correrías se habían desarrollado en los últimos años por la zona de Levante, y al que en los ocho más recientes no se le conocía más vida que la carcelaria, con las limitaciones propias de ese entorno para un delincuente sexual. Nos confirmaron en la prisión que en efecto había llamado por teléfono en varias ocasiones a sus hijos, que o no se lo habían cogido o habían mantenido con él conversaciones muy breves. Tampoco habíamos logrado avanzar gran cosa en la investigación del coche y de los secuestradores, tras volver a interrogar a los dos únicos testigos que después de rastrear la zona seguíamos teniendo de los hechos; quienes habían estipulado la cita en aquella calle apartada de un polígono industrial sabían que eso iba a reducir mucho nuestras posibilidades de identificarlos.

En cuanto al análisis de las comunicaciones y de los dispositivos electrónicos de la víctima, estábamos todavía en un momento muy preliminar: lo que teníamos de sus llamadas y movimientos, gracias a la operadora de telefonía, era demasiado amplio y no contábamos aún con elementos concretos para contrastarlo; en cuanto a su ordenador portátil y el fijo de casa de su madre, que habíamos podido examinar por encima, no habíamos dado con ningún material sospechoso; y el móvil continuaba bloqueado. Esperábamos de un momento a otro a los de delitos telemáticos, en quienes confiábamos para poder acceder a toda la información, duplicarla con permiso judicial y analizarla con las herramientas y el criterio especializado que ellos aportaban.

Y sin embargo, el capitán Álamo me había asegurado que había un hallazgo significativo. Cuando terminó el repaso de todas las gestiones que habían hecho los miembros del equipo, sin que hubiera aflorado nada digno de mención, no pude evitar lanzarle la pregunta:

—¿Y qué era eso con lo que me decías que habíais dado?

—No te lo voy a decir. Lo vas a ver.

—¿Y ese secretismo?

Me observó con una sonrisa astuta.

—Una imagen vale más que mil palabras.

—No siempre —objeté.

—Aquí sí.

—¿Sabéis de qué está hablando? —me dirigí a los demás.

—Ni idea —dijo Salgado por todos.

—Sé un niño bueno, termínate los dos platos y el postre y entonces te doy tu premio y te llevo a verlo —se burló el capitán.

Mi premio, como acababa de llamarlo, me esperaba en la sala de control del servicio integral de vigilancia, desde donde se supervisaban las cámaras, ópticas y térmicas, que monitorizaban en tiempo real el tráfico marítimo entre las dos orillas del Estrecho. Nos acercamos al sargento que estaba en uno de los puestos y Álamo le pidió:

—Romero, ponle al subteniente la peli esa que encontraste antes.

El sargento asintió y trasteó rápidamente con el ratón del ordenador. En la pantalla que hasta ese momento nos mostraba unas imágenes de cámara óptica, en directo, apareció entonces una ventana con tomas de cámara térmica, que deduje en seguida que eran una grabación, correspondiente a un par de noches atrás. Reconocí al instante el lugar, por el que había caminado horas antes. El sargento consultó:

—¿Cómo lo prefiere, mi capitán? Lo calentito oscuro o al revés.

—Al revés. Me gusta ver a los malos en plan incandescente.

El sargento pinchó con el ratón en una pestaña y la forma de visualización se invirtió: los puntos de calor dejaron de verse oscuros para verse en una gama que iba del gris pálido al blanco encendido y fantasmagórico. En esta última tonalidad se veía la luz de las farolas que se alineaban a lo largo del espigón. Entonces entró en cuadro una silueta alargada que identifiqué como una lancha semirrígida, con un intenso foco de calor en la popa y otros dos, más tenues, sobre la cubierta: las figuras de los dos tripulantes que ocupaban los primeros de los cuatro asientos en fila de los que estaba provista. El piloto puso proa sin titubear hacia un punto del espigón, tras el que quedó por un momento oculta. Durante una fracción de segundo se vio sobre las rocas un punto que podía ser la cabeza de uno de los dos hombres. Unos segundos después la embarcación volvió a separarse del espigón y en tres o cuatro segundos más adquirió una velocidad endiablada, hasta alejarse de la costa y convertirse en un punto imperceptible. El capitán aventuró un cálculo.

—Una planeadora de las buenas, setecientos cincuenta caballos, si no son mil: eso se te pone a cincuenta nudos en un santiamén. Bueno, lo acabas de ver.

—Lo acabo de ver, sí —repetí—, cómo recogieron el rescate.

—Por la hora, encaja —dijo Álamo—. Conservas el olfato, Gardel.

—¿Quiénes son? ¿Quiénes pueden ser? —le pregunté.

—Eso ya te toca a ti, Sherlock.

—¿Hay muchas de esas?

—Unas cuantas.

—¿Con dueños identificados?

—Algunas. De las de aquí, claro.

—¿Cómo de las de aquí?

—Nadie nos dice que esa no venga de Marruecos.

—Estupendo.

—Míralo por el lado bueno —me animó el capitán—. Es la primera cosa cierta que sabemos de esta historia, aparte de que el chaval ha desaparecido. Alguien fue esa misma noche a recoger la mochila.

—Y fue a tiro hecho. No pierden ni un segundo buscándola.

—Debían de tener una vigilancia montada. Y le dijeron al piloto a dónde debía dirigirse.

—O era el mismo piloto el que vigilaba —sugerí.

—También. Y aunque no podemos sacar de esas imágenes quién coño son esos dos sujetos ni de quién es la barca, tampoco se trata de un juguete que por aquí maneje cualquiera. Lo que nos apunta en una dirección que hasta ahora sólo podíamos tener como conjetura.

—¿Qué dirección?

—Narcos, de los potentes. De una goma así sólo puede tirar quien esté en el negocio a gran escala. O quien tenga tratos con él.

—¿Me estás diciendo que un narco organizó el secuestro?

—No necesariamente. También podría ser alguien que tuviera la suficiente confianza con ellos. O podría ser un amigo del lanchero, que le ofreciera por una módica comisión el trabajo, mucho menos arriesgado que cargar la semirrígida de hachís y venir a jugarse la libertad con los nuestros del Servicio Marítimo o los de Vigilancia Aduanera.

—Entonces hay que buscar al lanchero.

—Hay que buscar en todas partes, como siempre —me corrigió Álamo—, y sin ideas preconcebidas, pero vamos teniendo un abanico de posibilidades. La lástima es que esas imágenes de infrarrojos no tengan calidad para reconocerle el careto a nadie. Lo que sí podemos identificar, con el Servicio Marítimo, es el modelo de la semirrígida. Al menos lo bastante como para poder saber si coincide o no con la que le encontremos a alguien de quien sospechemos por otro lado.

El teléfono móvil nos vibró prácticamente al unísono a los dos. Lo comprobamos y nos buscamos la mirada también a la vez.

—Los chicos de los ordenadores —se adelantó el capitán—. Hazme una copia buena de eso —le dijo al sargento mientras le tendía un *pendrive*—, aparte de guardarlo en el sistema con todos los requisitos para que pueda ser algún día una prueba en juicio y podamos ponerte una medalla por haber sido el primero en ver a los malos.

—No caerá esa breva —dudó el sargento.

—¿Pero a que engaño bien? —bromeó el capitán.

—Un artista —otorgó Romero, con la vista en la pantalla.

Volvimos a las dependencias de la unidad de policía judicial, donde nos aguardaban ya los especialistas del grupo de delitos telemáticos. El teniente Roldán era uno de los puntales de la empresa en la lucha contra la delincuencia digital. Andaba por los treinta y tantos, y era uno de esos hombres de quienes es imposible conseguir que se precipiten. Junto a él venía el cabo Meroño, un tipo robusto y apacible cuya apariencia, desde la camiseta de Iron Maiden que llevaba bajo una camisa de cuadros, remangada sobre sus antebrazos poderosos, hasta la barba y la melena abandonadas a su suerte, recordaba el prototipo del *hacker* que no sale de casa y se alimenta exclusivamente de pizzas congeladas. Los dos eran buenos, muy buenos de hecho, lo que hacía pensar hasta qué punto se tomaban en serio sus jefes el entramado de Crístofer, ya desde antes de que desapareciera, y con mayor motivo ahora que había sido objeto de aquel inesperado secuestro.

—Buenas tardes, mi teniente, y la compañía —los saludó Álamo—. Está claro que no os han puesto ninguna multa por correr de más.

—Conducía el cabo —se descargó Roldán.

—La seguridad ante todo, en la carretera y en la red —dijo Meroño.

—Ya. Ahora os contamos lo que hay por aquí, que es bastante poca cosa. Tenemos dos ordenadores y un móvil a los que habrá que chuparles las tripas; el móvil, bloqueado, por cierto. Pero me parece que el subteniente y yo agradeceríamos que antes de poneros a la faena nos dierais un pequeño cursillo sobre quién es nuestro secuestrado.

Roldán nos sopesó sin apresurarse.

—Cómo no —dijo—. ¿Hay algún sitio donde den café por aquí?

Trasladamos nuevamente el centro de operaciones a la cafetería. Allí nos sentamos en torno a una mesa los dos informáticos, Chamorro y Soto, y el capitán y yo. Roldán vertió medio sobre exacto de azúcar en su café cortado y lo removió concienzudamente con la cucharilla. Una vez que consideró el azúcar bien disuelto aceptó al fin hablar.

—Supongo que lo más apropiado es comenzar por el principio. O sea, cómo tuvimos el gusto de conocer a Crístofer González Sanmartín. Nos lo presentó la policía danesa, en el marco de una operación contra el tráfico de credenciales de pago en foros especializados.

—¿Contra el tráfico de qué? —preguntó Álamo.

—A ver, simplificando —intentó explicarse Roldán—: son sitios en los que se reúne gente que ha hackeado cuentas y códigos de acceso de medios electrónicos de pago, y que los vende a terceros con garantía de su fiabilidad y usabilidad. De que sirven para pagar cosas, vaya, y que el perjudicado, ya sea una empresa, una entidad financiera o un particular, no va a comprometer a corto plazo, vía denuncia, su posibilidad de utilizarlas, salvo que te pases con lo que les cargas, claro está. Por poner un ejemplo: si con la cuenta de otro haces micropagos de uno o diez euros, es muy probable que no lo detecte, o que si lo detecta la entidad le revierta el pago sin discutir. Si compras un Mac molón por dos mil pavos, ya puedes contar con que las credenciales de pago en cuestión quedan quemadas en el acto; pero tienes el Mac.

—No sé si lo he entendido —reconoció Álamo.

—Tampoco te obsesiones por entenderlo todo a la primera, para eso estamos el cabo y yo aquí. La cuestión es que los daneses andaban tras el administrador del foro, que era algo así como el bróker que organizaba el mercadillo a cambio de una jugosa comisión por cada venta. Y he aquí que entre los vendedores aparecía una IP española, que nos condujo a Crístofer: un error de principiante, y es que su participación en el foro databa de un tiempo atrás, cuando se iniciaba en esto de vivir a costa de la ignorancia digital del prójimo. Nos pusimos a mirarlo, creyendo que era uno de los pardillos que caen con cierta frecuencia en nuestras redes, pero pronto vimos que había algo más. El chaval, que no había acabado la carrera, movía dinero, conducía un cochazo y tenía ya por entonces dos empresas dedicadas a servicios informáticos en apariencia inocentes y legales. Siguiendo el rastro de una de ellas, vimos que se había metido ya a lo grande en el cibercrimen.

—Es un rasgo de esta gente. Aprenden deprisa —apuntó el cabo—. Y si no les pillan, la codicia les empuja a jugar más fuerte.

—Para haceros la historia corta: descubrimos que Crístofer y su socio Sebastián, junto con un tercero, habían desarrollado una *app* para Android que tenía mucho éxito entre los chavales, porque daba acceso a una variedad de juegos gratuitos. Y que pensando en los papás habían creado un agregador de vídeos pornográficos, también gratuito. Lo que ambos tenían en común era que al instalar la *app* o pinchar el vídeo te ponían en el móvil un programa malicioso que te convertía en usuario involuntario de servicios de tarificación especial. Gracias a ese troyano de su invención estuvieron chupando durante varios meses cero noventa y nueve euros a, literalmente, millones de usuarios. No sabemos cuánto llegaron a hacer en total, a través de todos los operadores que no lo detectaran. Logramos probarles ganancias de más de dos millones de euros y les incautamos bienes por casi la mitad.

—Joder —exclamó Álamo—. Más de lo que nos van a pagar aquí a cualquiera de nosotros por toda una vida de servicio.

—Reunimos las pruebas necesarias para acreditar la estafa, que no te creas que eso es rápido, con lo que nos exigen los jueces para poder empurar a uno de estos, y fuimos a por ellos. Los detuvimos y los pusimos a disposición judicial por las dos causas, el foro de los daneses y el timo a través del móvil. Su señoría vio que eran chicos normales, nada peligrosos, sin antecedentes, y los puso en libertad a la espera de juicio, que es en lo que estamos desde hace año y medio. A uno de ellos, verse con las pulseras y en el calabozo le impresionó, y por lo que sabemos no anda ahora en nada ilícito. Pero Crístofer y Sebastián no sólo no se asustaron, sino que han seguido inventando. Eso sí, ahora son mucho más cautelosos: saben que estamos ahí y han aprendido a no cometer los errores que nos permitieron cazarlos entonces.

—Tanto los empleados como la madre de Crístofer juran que todo es un error —dije—. Que alguien le tendió una trampa y lo señaló como autor de delitos que no ha cometido. La madre incluso parece estar medio convencida de que la trampa se la tendisteis vosotros.

Roldán se permitió una sonrisa difícil de interpretar.

—Pues claro, no tenemos otra cosa que hacer, ¿eh, Manolo?

El cabo asintió, con mansedumbre.

—Eso es lo nuestro, poner emboscadas a chavales modélicos.

—La secretaria de la empresa nos dijo algo que da a entender que por ahí va a ir la línea de defensa del abogado y que le había dado a Crístofer esperanzas de sacarlo absuelto —apuntó Chamorro.

—El abogado —dijo el teniente—. Menuda joya, ¿eh, mi capitán?

—El yerno ideal —corroboró Álamo.

—En fin, vayamos por partes, para no dispersarnos —retomó el hilo nuestro especialista informático—. De entrada conste que yo no me atrevo a asegurar que vayan a condenarlo: si ir a los jueces con delitos tradicionales es siempre jugar en mayor o menor medida a la ruleta rusa, ni te cuento con estos, que a veces ni llegan a entenderlos.

—Son casi todos de letras —apostilló Meroño.

El teniente asintió, con aire resignado.

—Una de las muchas razones para poner de una vez en marcha una jurisdicción especializada en cibercrimen, pero ya lo sabéis: tratándose de la justicia, ni lo importante ni lo urgente se atienden. Porque para mí esto es las dos cosas: urgente y cada día más importante.

—Se lo ponemos fácil —observé—. Nos condenan a trabajar con un proceso penal decimonónico y aun así se lo hacemos funcionar.

—A ver, vosotros dos —nos atajó Álamo—, si queréis dedicaros a hacer reformas legales, pedís la excedencia y os presentáis a las próximas elecciones con una lista de perroflautas. Ahora lo que nos toca es afrontar esto que nos han puesto en las manos con la mierda de leyes que tenemos, que son las únicas que podemos hacer valer.

—Toda la razón, mi capitán —acató Roldán—. Dicho lo cual, y sin apearme del convencimiento de que esto irá mucho mejor el día que haya ciberjuzgados y no nos veamos obligados a perseguir delitos que son globales bajo la dirección de un juzgado de primera instancia e instrucción de la provincia de Albacete, con todos mis respetos para todas las provincias y para la de Albacete en particular...

—No hay nadie de Albacete —le tranquilizó Chamorro.

—... estoy igualmente convencido de que Crístofer, Sebastián y su colega hicieron todo lo que les imputamos, y algunas otras cosas que no les hemos imputado todavía porque tenemos dificultades para probarlas. Yo diría que, entre el material que nos dieron los daneses y el que les hemos recopilado nosotros, los tenemos bien cogidos. Ahora habrá que ver hasta dónde logra ese abogado que tienen enredar a los jueces que van a poner la sentencia. Y si les colará el cuento que tratan de vender de que fueron otros ciberdelincuentes los que suplantaron sus identidades en la red y se llevaron el dinero de los incautos.

—¿Es sin ninguna duda un cuento? —pregunté.

El teniente me devolvió la pregunta.

—¿Hay duda de que el agua moja, el plomo pesa y la mierda huele?

—En circunstancias normales, no.

—Pues lo mismo. Fueron ellos, y si no lo hubieran sido iban a tener que echarle mucha imaginación para justificar el tren de vida que llevaban y el patrimonio que les incautamos, los dos Mercedes y otras virguerías compradas a tocateja por unos chicos que a juzgar por sus ingresos declarados eran poco más que mileuristas, y uno de ellos dueño de dos sociedades limitadas que casi no tenían beneficios.

Recordé entonces algo.

—Según nos ha contado uno de sus empleados, Crístofer paga ahora mucho mejores sueldos. Quiero decir, los paga y los declara.

El teniente y el cabo cruzaron una mirada.

—Es un buen punto de partida para entrar en el asunto que nos interesa, y que me atrevo a suponer que os interesa a vosotros también —dijo Roldán—: el hoy del conglomerado empresarial de nuestro buen Crístofer, si aceptamos capo de chiringuito cibercriminal como sinónimo de empresario. Se le notan las lecciones aprendidas a raíz de su encuentro con nosotros, que han sido muchas y variadas. El chico es listo, también os adelanto que es muy majo y de buen trato: ni un mal modo, ni una mala palabra. El caso es que él y Sebastián, su mano derecha y amigo del alma, han espabilado sobre todo en tres aspectos: el tipo de ciberdelincuencia en el que se meten, cómo disimular su presencia y la gestión del dinero que les reporta, que es tanto como decir los mecanismos para esconderlo y sacarlo a la luz sólo cuando lo tienen convenientemente blanqueado. Por eso, entre otras cosas, han decidido ponerse mejores sueldos, y han potenciado las actividades legales de sus empresas, con vistas a que su facturación les amplíe el margen para lavar los beneficios de sus actividades delictivas.

—¿De qué estamos hablando exactamente? ¿Qué es lo que hacen? —indagué.

Roldán me escrutó con una mirada inexpresiva.

—¿En lo legal o en lo ilegal?

—Sus empleados, es decir, los dos que no están procesados, nos han dado algunas indicaciones sobre la actividad legal. Supongo que no nos habrán mentido, pero si puedes contarnos acerca de ambas...

—Por supuesto. En la legal tiene cuatro líneas principales: un comparador de ofertas de hoteles y viajes, un servicio de almacenamiento en la nube, otro de intermediación de medios de pago electrónicos y un alojador de webs y de foros, con una versión gratuita y otra *premium*, supuestamente financiado vía publicidad. En apariencia todos son limpios, aunque, como veréis, los utiliza como herramienta ideal para las varias actividades que desarrolla en el lado oscuro.

—Eso vendría a coincidir, *grosso modo*, con lo que nos han dicho.

—La pantalla está bien armada. Pasando a la parte delictiva, tenemos indicios de que siguen jugando a infectar móviles sirviéndose de *banners* publicitarios y de *apps* gratuitas o muy baratas para Android; pero las operadoras de telefonía, o por lo menos algunas, están vigilando algo más esa clase de pufos, y por eso ya cayeron en su día, así que creemos que para preservar su seguridad lo están triangulando y en parte lo subcontratan con cibercriminales de otros países.

—¿Qué indicios tenéis?

—Entre otros, que en algún caso reciente de estafa con servicios de tarificación especial no deseados ha aparecido software malicioso que se parece demasiado al que desarrollaron ellos para la jugada por la que los trincamos. Teóricamente proveniente de Ucrania, pero lo que tiene esta gente es una capacidad alucinante para contactar con otros como ellos en cualquier lugar del globo. Gente a la que no han visto en su puta vida, ni verán jamás, pero con la que se juntan para borrarse las huellas y suplirse allí donde a unos y a otros les interesa.

—Imagino que hay más —dije.

—Vaya si hay más —exclamó Meroño.

—Empezando por el principio —dijo Roldán—, tenemos probado al 99 por ciento que son los responsables últimos de una web que opera desde Argentina, ofreciendo ebooks pirateados que coinciden, casualmente, con todas las novedades editoriales publicadas en España, y que tiene aquí el grueso de su clientela, llamémosla así. En teoría es totalmente gratuita, pero la rentabilizan por varias vías. Colocan algo de publicidad, para empezar. Secundariamente venden el número de móvil del usuario, que piden para el registro, a operadores oscuros de servicios telefónicos. Y el volumen de descargas les facilita una base de datos muy amplia, que acumulada a la que se deriva de sus servicios legales les sirve de maravilla para cometer sus otras fechorías.

—¿A saber?

—Siguen activos, aunque ahora a través de sitios más seguros que el que los puso en el radar de los daneses, en el mercado de las credenciales de pago. No imaginas la cantidad de gente que utiliza la misma contraseña para todo. Juntando las bases de datos de todos sus servicios, lícitos o ilícitos, se han hecho con contraseñas de decenas o de cientos de miles de personas. Crear un programa que vaya probando cuáles de ellas sirven también para pagar a través de cualquier sistema que tenga esa función, y cada día hay más que están conectados con una tarjeta de crédito, está chupado para ellos. Y menos aún les cuesta ponerlas a la venta sin que los clientes los puedan relacionar con el fraude de ninguna manera. Pero hay algo aún más sofisticado.

—¿Más todavía? Yo hace ya un rato que estoy más perdido que una pandilla de poligoneras en el Guggenheim —reconoció Álamo.

—Haré un esfuerzo pedagógico especial —prometió el teniente—, porque el asunto lo merece. Es una estafa muy elaborada, que utiliza el correo electrónico. Se trata de identificar cuentas de correo electrónico de personas con poder de disposición de dinero en empresas u organizaciones, cuentas desde las que se ordenen de forma habitual u ocasional pagos a terceros. La operativa cibercriminal es compleja, y exige en muchos casos el hackeo de la cuenta en cuestión, para detectar ese patrón de conducta. Una vez que se tiene la información del pagador, y se tiene un motivo del pago que resulte creíble, por ejemplo la entrega de una mercancía, se suplanta la cuenta de correo que interese y se indica a quien puede hacer el pago que lo haga por tal importe, en tal fecha y a tal cuenta bancaria. Si el que recibe ese mensaje, parecido a otros que ya ha recibido, no duda y no confirma la orden por otra vía, el dinero está perdido. Porque la cuenta es de los malos, no de quien entregó la mercancía o hizo el servicio que aquel que ordena la transferencia cree estar pagando. Hay quien ya ha perdido así millones de euros.

—¿Y qué pinta aquí Crístofer? —indagué.

—Lo hemos podido relacionar con tres estafas recientes bajo esta fórmula. Cinco millones de euros en total. El rastro lleva a tres lugares distintos de Europa, pero los tres usuarios comprometidos estaban dados de alta en servicios de las empresas de Crístofer. Uno de ellos, una ejecutiva nada mal pagada, en un foro de la web de descargas en el que había dado, lo creáis o no, su correo electrónico. Ahora bien, no podemos asegurar que nuestro hombre orquestara la operación. Quizá le hizo sólo de suministrador de los datos personales sensibles a quien montó luego la estafa, a cambio de una comisión. Se habría convertido, así, en proveedor de servicios para otros ciberdelincuentes.

—Menudo mundo —dijo Álamo—. Y menudo prenda.

Roldán, no lo ocultaba, disfrutaba exhibiendo su conocimiento.

—En este campo, el único límite es la imaginación —aseguró—, y una vez que prueban ese dinero fácil y sustraído con tanta suavidad a su propietario, me da la sensación de que estos tipos se enganchan. Piensa que muchas veces, si no la inmensa mayoría, ni saben a quién están jodiendo, y nunca lo conocen en persona. No hay que lastimar a nadie y todo sucede limpiamente, a golpe de clic. Como dice el refrán: ojos que no ven, corazón que no siente. Y no te cuento ya si te limitas a venderle los datos a quien luego los va a utilizar de forma delictiva. Para mí que todos piensan que el verdadero malo es el otro, el que los usa, y no ellos, que son los que se los han sacado a sus titulares.

—Hay que haber aprendido a engañarse mucho y muy a fondo para llegar a pensar de semejante manera —juzgó Chamorro.

—Piensa en los valores que tiene mucha de esta gente —la invitó Roldán—. Se han criado en un entorno y una cultura donde el dinero lo es todo: el poder, el prestigio, el salvoconducto para llevar la vida que cualquiera envidia. Hay muchas cosas que les han dicho que están muy feas y que a lo mejor no harían nunca, desde bañar a un gatito con agua fría hasta echar los tetrabriks al contenedor del vidrio. Pero ser más listo que los demás mola. Y forrarse rápido, más aún.

—Creo que tendríamos que ir hablando de eso. Del dinero —dije.

El teniente me observó, complacido.

—El dinero. Aquí es donde empieza de veras lo bueno.

8
El dinero

Antes de entrar en harina, el teniente Roldán quiso tal vez recrearse en la expectación que acababa de crear. Preguntó si alguien más quería otro café y se acercó a la barra a pedirse un cortado. Aprovechando su ausencia, Álamo se encaró directamente con el cabo y le espetó:

—Un peliculero, tu teniente, ¿o no?

—Ojalá, mi capitán —respondió Meroño—. Todo verdad, y es sólo una pequeña parte de lo que pasa, que sepamos. Luego está la parte que todavía no sabemos, y de la que ya nos iremos enterando.

—Lo que no me explico, después de todo esto —apuntó Soto—, es cómo quedan imbéciles que atracan bancos o tiendas a mano armada o allanan domicilios, con los riesgos y la pena que eso comporta.

—No todo el mundo vale para escribir código —razonó el cabo.

—Por fortuna, visto lo visto —opinó Chamorro.

Roldán regresó a la mesa sin apresurarse, removiendo el café con la cucharilla. Se dejó caer sobre la silla y dijo, casi solemne:

—El dinero. Aquí es donde está, de verdad, el factor diferencial. ¿Hay entre los aquí presentes alguno que haya visto *The Wire*?

Se alzaron cinco manos, incluida la mía. No sólo estaba hablando de una obra maestra, o mejor dicho *la* obra maestra por excelencia de la ficción audiovisual contemporánea, sino de una de las pocas series de policías que un policía podía ver sin sonrojarse ni dormirse; que casi podría decirse que tenía la obligación profesional de haber visto.

—Bien, aquí hay materia prima, esta investigación promete —dijo—. No sé si os acordáis de la escena. Es uno de los grandes momentos de la serie. Si no me falla la memoria, es la única vez que se ve a Marlo Stanfield, el malo más malo de todos los malos que compiten por el negocio de la droga en Baltimore, pasándolas realmente canutas. Sucede en su propia oficina, mientras mira el bloque macizo de fajos de dólares que ha ganado gracias a su falta de escrúpulos para pasarles mierda a los negros y meterles plomo a los que le estorban. Es a la vez el mejor indicador de su éxito y su peor pesadilla. Por una razón muy simple: necesita blanquearlo, y no tiene ni puta idea de cómo.

—Lo recuerdo —dije.

—Si os acordáis —prosiguió—, del asunto se encargan luego sus colaboradores, que se lo colocan en varias inversiones inmobiliarias que le acaban pillando y en cuentas situadas en paraísos fiscales. Lo que podríamos llamar el periodo del arte rupestre del lavado de dinero. Gracias a la tecnología, hemos llegado a las vanguardias. Y si queréis haceros una idea, puedo contaros lo que sabemos de cómo Crístofer ha aprendido a disimular sus ganancias. Que puede que no sea todo lo que haga, y que no es más que la tecnología que usa un pececillo chico, dentro del inmenso estanque global de la ciberdelincuencia.

—Creo que todos queremos hacernos esa idea —dijo Álamo.

—Por empezar con algo fácil, cómo se cobra en esos foros de venta de credenciales de pago. Es una operativa relativamente sencilla: en cada venta que haces, el administrador del foro se queda su parte y te ingresa la tuya en un monedero de *bitcoins*, donde queda remansada, con su garantía, todo el tiempo que quieras. El dinero es tuyo, tiene liquidez plena, y si el administrador es un *player* de confianza...

—¿Un qué? —preguntó Álamo.

—Un *player*, un jugador, un agente.

—Ah, coño, pues dilo en español.

—Perdona, mi capitán, ya me esfuerzo por evitarlo, pero estando en este mundillo antes o después se te escapa un anglicismo.

—Ya, ya, es el truco para daros pisto, y para que los demás mortales nos quedemos a dos velas. Pero aquí importa que lo pillemos.

—Toda la razón, mis disculpas otra vez. Decía que si el administrador es un agente de confianza, y le conviene serlo, para atraer al foro que gestiona el mayor número posible de vendedores y maximizar sus comisiones, tu dinero está tan seguro como en el banco.

—Pero hay que comer, pagar las facturas —dijo Chamorro—. Y con *bitcoins* no puedes comprar en el Mercadona ni pagar la luz.

—Por ahora. Dales tiempo. En todo caso, veo que te preocupa cómo convertir el dinero electrónico en dinero que puedas poner sobre el mostrador de una tienda. No es muy complicado. Vamos a examinar sólo dos de las operativas habituales; dos que además nos consta que Crístofer utiliza. Una es la de las mulas digitales siberianas.

—¿Cómo dices? —saltó Soto.

—Bueno, lo de Siberia es por darle el toque exótico, pero es verdad, alguna hemos detectado con domicilio allí. Te buscas un tipo de una aldea remota, le pagas cincuenta euros al mes y te deja su identidad para abrir cuenta en una entidad financiera, a la que llevas el dinero desde el monedero de *bitcoins*. Con todos los pasos intermedios que te convengan, entre los que puede estar, por ejemplo, hacer ingresos y retiradas en otra cuenta bancaria comprometida vía *phishing*...

—Ya volvemos a las andadas —le recriminó el capitán.

—Bueno, a estas alturas esto es cultura general, ¿no? Lo de robar claves de banca electrónica a través del correo electrónico...

—Que te estaba tomando el pelo, hombre. Sigue.

—Sigo. El truco es que luego, con cargo a la cuenta del siberiano de paja, emites una tarjeta de crédito. Se la envías al dueño real del dinero por mensajería, las claves por vía electrónica, y este lo tiene tan fácil como acercarse a los cajeros de su barrio o, si es algo más precavido, de cualquier barrio menos el suyo, para sacarlo de trescientos en trescientos. A todos los efectos, quien los retira es un siberiano que está de vacaciones en España. Y de ahí, al Mercadona a hacer la compra.

—¿Cómo sabéis que Crístofer ha recurrido a ese sistema?

—Nos dejaron echar mano unos días del grupo de seguimientos. No hubo más que ver los cajeros en los que entraba y comprobar luego. Lo tenemos grabado en las cámaras de cinco cajeros sacando el dinero perteneciente, teóricamente, a un ciudadano bielorruso.

—Toma ya —se le escapó a Soto.

Roldán continuó su exposición, imperturbable.

—Otra maravilla de moda: las tarjetas de crédito anónimas.

—¿Eso existe? —preguntó Chamorro.

—Y tanto. *Googlea* cuando quieras «tarjeta de crédito anónima». Las ofrecen, entre otros, algunos bancos suizos y *offshore*...

—No me jodas, otra vez —saltó Álamo.

—De paraísos fiscales, quiero decir. Sin ir más lejos, y en lo que pueda interesaros, hay algún banco gibraltareño que las emite.

—¿Y tiene de esas Crístofer? —le pregunté.

—Afirmativo.

—¿Y cómo sabéis que las usa, si son anónimas?

—Ya te digo, le hemos seguido. Y empleamos otras técnicas, para seguirle incluso cuando no le estamos siguiendo.

—¿Cuáles? —fisgó Álamo.

—Un buen cocinero nunca revela todos sus secretos —se reservó el teniente—. Lo importante es cómo se efectúa el trasvase del dinero a las cuentas a las que están asociadas esas tarjetas y la identidad que se le asigna a su usuario teórico, porque la tarjeta es anónima de puertas afuera, pero legalmente no puede serlo de cara a la entidad emisora. Otra vez, una de las técnicas es utilizar titulares de paja, de preferencia con residencia fiscal en territorios de baja tributación o con autoridad tributaria débil, para que no les suponga ningún contratiempo.

—Menudo laberinto —dijo Soto.

—Organizarlo es sólo cuestión de paciencia, y resulta rentable, tanto para el que lo utiliza como para el que se lo monta, que percibe buenos honorarios por el servicio. Además de estos dos métodos que os acabo de contar, está el de mantener uno o varios monederos de *bitcoins*, de los que puedes tirar en los cajeros que existen o en los comercios que los aceptan, cada vez más. Y luego, cómo no, está el blanqueo a gran escala de toda la vida: el de las inversiones, al que tampoco son ajenos los ciberchorizos a los que les va bien, como nuestro Crístofer: coches, casas, negocios... Siempre que pueden, interponiendo a otros.

—No he parado de preguntarme, desde que lo vi, por ese apartamento en Sotogrande donde tiene la empresa —dije—. Y por el otro que parece que tiene para uso personal. El de la empresa nos dijeron que es alquilado. Del suyo, nadie nos ha sabido dar razón.

—Ahí vamos un poco por delante de vosotros, puedo ahorrarte un par de pasos —dijo Roldán—. Los dos apartamentos están alquilados, supuestamente, a una compañía gibraltareña que es la dueña de medio edificio, pero tenemos motivos para creer que son en realidad suyos, porque esa compañía está vinculada a un abogado gibraltareño que a su vez tiene contacto bastante regular con Fabio Alonso, el abogado que lo defiende en las causas penales que tiene abiertas.

—Nuestra visita de dentro de un rato —me recordó Álamo.

—¿Y el Jaguar? —preguntó Chamorro.

—Tampoco es su propietario. Está en *renting*, contratado a nombre de otra empresa vinculada al despacho del abogado gibraltareño.

—El chico se ha sofisticado, no cabe duda —opinó Álamo—. Ha ido más allá de los trucos de blanqueo más o menos habituales por aquí. Aunque alguna otra historia con gibraltareño de por medio nos hemos topado mientras investigábamos el patrimonio de algún narco.

—Llegados a este punto, tengo tres preguntas para ti, mi teniente, si me las permites —intervine entonces.

—Claro, hombre, para eso estamos aquí.

—La primera: sabiendo todo lo que sabéis de sus andanzas, ¿cómo es que todavía no le habéis metido mano?

—Pregunta obligada —admitió el teniente—. Parte de lo que te he contado está todavía en esa fase en que indirectamente lo sabemos y no puede ser de otra manera, pero nos falta el enlace directo. Otra parte está aún más atrás, en el terreno de la conjetura altamente probable; o si quieres decirlo de otro modo, es muy improbable que las cosas no sean como suponemos, pero de nuevo nos encontramos con algo que no puedes llevarle al juez. Y lo que al final cuenta: de la pasta que se ha embolsado, que es el quebranto que ha causado a otros, y lo que debemos aspirar a incautarle, no tenemos todavía una aproximación. A eso súmale otro detalle: importa, cuando vayamos a por él, arrearle al mayor número posible de los malos con los que se relaciona, y en el caso de varios de ellos tenemos en marcha operaciones conjuntas con los franceses y con los alemanes, que no podemos perjudicar.

—Entendido. Segunda pregunta: ¿tenéis idea de por

qué guardaba ciento veinte mil euros en efectivo, de dónde salieron y para qué eran?

Aquí, por primera vez, Roldán se encogió de hombros.

—Ninguna. O ninguna que te valga, me temo. El dinero que saca de cajeros con esas tarjetas chungas no creo que explique semejante suma. Si mi aritmética no falla, serían cuatrocientas extracciones. Tal vez los ha recibido de alguien a quien le ha transferido ese dinero en *bitcoins*, o en algún otro repositorio electrónico opaco, y los guardaba para colocarlos en otra cosa, o hacer alguna compra o algún pago en B que tuviera pendiente. Estoy disparando al azar, por pura lógica.

—Eso es más que nada. Y la tercera, para nota. ¿Hay alguien con el que se relacionara que pueda explicar que lo hayan secuestrado y que más de setenta y dos horas después no haya ni rastro de él?

—Ya quisiera poder responderte. Las relaciones que le conocemos, y de aquella manera y sólo hasta cierto punto, son sus relaciones en la red. Todas con personajes como él, de mayor o menor envergadura. No son gente violenta, la mayoría están fuera de España, y para un secuestro se necesita una infraestructura local. Apenas hemos podido ponerle seguimiento físico durante unos días, y hará como cosa de un mes. Ya me gustaría poder vigilarle más, pero tú sabes lo demandado que está el grupo de seguimientos, y para utilizarlo tenéis prioridad vosotros, o los de drogas, o los de mafias, o los de anticorrupción. Para que mi jefe consiga convencer al señorito de que a un cibermalo hay que ponerle rabo tres días tiene que mear colonia. Volvemos a lo de antes: no hay conciencia de su peligrosidad, a fin de cuentas no matan a nadie, y la mayor parte del daño que hacen no se percibe.

Sabía lo demandado que estaba el grupo de seguimientos. Incluso beneficiándonos de esa prioridad que Roldán le atribuía a mi grupo, el de delitos contra las personas, nos las veíamos y deseábamos, como el resto, para poder utilizarlos. Roldán notó mi decepción.

—Sí podemos hacer al revés —ofreció para compensar—. Cuando os aparezca alguien sospechoso, ver qué pinta, hasta donde nosotros sabemos, en las actividades de Crístofer. Por otra parte, nos dijeron que había unos ordenadores y un móvil que vaciar y examinar...

—Hemos traído los trastos de chupar —dijo Meroño.

—El móvil está bloqueado —recordó Chamorro.

—Todo se andará —dijo Roldán—. Supongo que al menos sí que conoceremos el número de la línea. ¿Su señoría qué tal?

—En la gama media —dijo Álamo—. Bueno, media-baja. Pero esto es un secuestro, a lo peor un asesinato. Podemos apretar.

—Podríamos irle pidiendo que requiera a la compañía operadora para que nos facilite un duplicado de la tarjeta SIM.

—¿Para? —preguntó Soto.

—Para ir haciendo cositas, en tanto vemos si podemos romperle la protección al terminal. No será un iPhone, por casualidad...

—De los últimos, un iPhone 7 —dijo el brigada.

—Pues con mayor motivo. ¿Alguna pregunta más?

—Son las seis menos diez —dijo Álamo—. Y me da que el abogado no va a retrasarse.

—¿Qué sabes de él? —le pregunté a Roldán.

—Es oscuro —dijo el teniente—. No sólo defiende penalmente a Crístofer: en su despacho tiene una gestoría que lleva la administración y la contabilidad de su entramado de empresas. O, para ser más exactos, le ha montado el entramado en cuestión, con vistas a reducirle los impuestos, ofrecer la mejor pantalla para sus ganancias y facilitarle, me imagino, el blanqueo de las que hace en B. Ahora bien, si aún nos falta para poder meterle mano con garantías al propio Crístofer, lo del abogado ya lo dejamos, si acaso, para la segunda temporada.

—Comprendo.

—Para que te hagas mejor idea —intervino Álamo—, es un abogado de Cádiz, un tipo hecho a sí mismo y de origen más bien humilde, que empezó defendiendo a narcos de poca monta de la zona de Chiclana y Sanlúcar y que ha acabado abriendo despacho en Cádiz y Algeciras. En los dos ofrece lo de la gestoría, que es un servicio que vende y cobra aparte. Tiene a media docena de abogados en plantilla. Mansión en Sotogrande, barco en el puerto, y el Maserati en el que vendrá no sé si cabe por el ancho que tiene la entrada de la comandancia.

—¿Y no ha dado nunca un paso en falso?

—Ha rozado la linde treinta veces. Pero yo no tengo gente suficiente para montarle lo que haría falta para trincarlo en condiciones.

—Podríamos intentar aprovechar este viaje —sugerí.

—Cómo sois de chulos, ¿eh? En la unidad central, digo. Se os ha subido a la cabeza eso de estar saliendo en la tele todo el rato. ¿Y no te apetecería resolvernos, ya de paso, lo del hachís y lo de la coca?

—Yo no aspiro a tanto —declinó Roldán.

El móvil del capitán sonó entonces ruidosamente. No pude dejar de reconocer la música que le había puesto de tono de llamada.

—*Sarri sarri* —anoté.

—Buena memoria —dijo, antes de cogerlo—. ¿Sí?

—¿Qué coño es eso? —preguntó Roldán.

Caí entonces en la cuenta de su edad. Cuando salió aquella canción, no haría más de un par de años que Roldán había dejado los pañales.

—*Sarri sarri* —repetí—. Kortatu. Una canción filoetarra. O por lo menos, muy del gusto de quienes simpatizaban con la causa.

—Aquí nadie sabe lo que es —se justificó Álamo, que acababa de colgar, tras una fugaz conversación—. Me la pongo de vez en cuando. Ya sabes, para recordar. O para removerme la mala hostia.

—Acabo de entender algo —murmuró el brigada Soto.

—Pero si no os gusta me pongo algo de Bertín Osborne.

—Me quedo con Kortatu —se apresuró a declarar Roldán.

—Fabio, el abogado. Ya está aquí —me avisó el capitán—. Puntual. Así que vamos a disolver esta reunión y cada uno a lo suyo.

Fabio Alonso, lo supe apenas me lo eché a la cara en aquel pasillo de las dependencias de la unidad de policía judicial, era cualquier cosa menos un hombre que buscara pasar inadvertido. Andaba por los cuarenta y pocos, pero el cráneo se le había despoblado en la mayor parte de su superficie y él, lejos de presentar una batalla inútil, se había aprestado a dejarlo liso como un huevo. Debía de utilizar alguna clase de crema o potingue, porque le relucía como si fuera charol. Llevaba un traje azul de raya diplomática, con camisa rosa y pajarita morada. Por un momento no supe si era un abogado de verdad o un villano que se había escapado de un tebeo de Batman. Tenía unos ojos penetrantes, y cuando comenzó a hablar, con el gracejo de su acento gaditano, vi que era un hombre de una simpatía torrencial, casi perturbadora.

—Mi capitán, ¿cómo te va la vida? —saludó a Álamo.

—No tan bien como a ti, pero defendemos el pabellón.

—De eso no tengo duda.

—Te presento al subteniente Bevilacqua, el hombre por el que me preguntaste esta mañana —dijo el capitán—. El jefe del equipo de la unidad central que ha venido a ocuparse de lo de Crístofer.

—A dar apoyo —le corregí.

—¿Berbilagua? —dudó el abogado.

Aquella era nueva: otra más para sumar a la ya vasta colección que atesoraba de deformaciones del apellido de mis antepasados.

—Puede llamarme Vila, si lo prefiere —le dispensé.

—¿Italiano? Es el primer guardia civil italiano con que me tropiezo.

—Usted no es el primero con que me tropiezo que me dice eso, pero no, no soy italiano. De hecho, si lo fuera no podría ser guardia civil.

—De padre italiano, quiero decir.

—Tampoco. Es una larga historia.

—Me interesan las largas historias —insistió.

La impertinencia con que aquel picapleitos hurgaba en mis orígenes me despertó las ganas de inventar un cuento para la ocasión.

—Soy nieto de un piloto de la Aviación Legionaria italiana que vino a bombardear españoles en la guerra civil. Por suerte no debía de ser muy bueno, así que se estrelló. Mi abuela fue la enfermera que lo atendió en el hospital. Y el resto seguro que ya se lo imagina.

—Mira tú. Qué bonita peripecia.

—Bueno, *a tratti*, como habría dicho mi abuelo.

—Ahora que hemos explorado a tu satisfacción la genealogía de mi compañero —dijo Álamo—, si quieres nos sentamos y nos cuentas.

Alonso dejó ver entonces una sonrisa zorruna.

—Venía más bien a que me contarais vosotros.

—¿De una investigación policial sometida a secreto de sumario? ¿Cuántos gin-tonics te has metido antes de venir, letrado? No me digas que vamos a tener que inmovilizarte el Maserati ese que traes...

—He venido en un Mini —repuso el abogado, sin dejarse alterar por la pulla que acababa de meterle mi compañero—. Y estoy sobrio.

—¿De veras? ¿Tú qué dices, Vila, qué es lo que podemos contarle a este hombre sin saltarnos la cartilla del guardia civil?

—Nada, diría —corroboré.

—Podríamos considerar la posibilidad de un intercambio —alegó entonces Alonso—. *Do ut des*, como decían los romanos.

El capitán meneó la cabeza.

—En español y en latín, la ley somos nosotros y tú estás en la puerta de la calle, Fabio, pidiendo entrar. Y todavía no es el momento en que se te reconoce ese derecho. Ya iremos viendo más adelante.

El abogado enseñó sus armas.

—Siempre existe la posibilidad. Me estoy planteando recomendarle a la familia de Crístofer la personación en las diligencias.

—Siempre es una opción —le reconocí—. Aunque la familia tiene la opción, también, de encargar a otro la defensa de sus intereses. Y si la decisión la ha de tomar su hermano Alejandro, como sería de suponer, dado el estado en el que se encuentra la madre, me parece muy poco probable que opte por su despacho, a juzgar por la manera en que se ha referido a usted durante la charla que hemos tenido hoy con él.

Alonso era un buen encajador. A cualquier otro, el derechazo en la mandíbula que acababa de recibir lo habría dejado medio grogui. A él apenas se le descompuso durante una fracción de segundo la sonrisa que traía adherida a los labios. En seguida se rehízo y dijo:

—Da gusto tratar con gente inteligente. De verdad. Tengo algunos compañeros a los que les fastidia, porque piensan que eso les obliga a trabajar más. Al revés. Con la gente inteligente, si uno también lo es, se entiende uno mucho más rápido: no hay que perder el tiempo en toda la hojarasca y todos los rodeos a los que te obligan los idiotas.

—Nos sentimos muy halagados. Sigue —le pidió Álamo.

—Voy a ir directo al grano. Sé que habéis estado esta mañana en la sede de las empresas de Crístofer. No quiero que volváis a poner un pie allí si no vais provistos de la correspondiente orden judicial.

—¿Y por qué hemos de atenernos a tus deseos?

—En mi condición de representante legal de Crístofer.

—¿Tienes un poder general, o mejor dicho, uno especial para que tengamos que tomar en consideración tu prohibición?

—Tengo poderes de sus empresas, sí.

—Digo de él. Y esos que dices que tienes, habrá que verlos.

—De todos modos —tercié—, no hemos ido a registrar nada. Tan sólo hemos llamado a la puerta y entrado allí donde nos han permitido.

—Eso no volverá a pasar. He hablado con sus empleados. Como ya sabe el capitán, a uno de ellos también lo represento.

—¿Y quién eres tú para dar instrucciones a sus empleados? —dijo Álamo—. ¿El consejero delegado de sus empresas? ¿Lo eres?

—Esa no es la cuestión.

—Para entrar o no en los inmuebles donde el desaparecido tenía su domicilio y su actividad profesional ya estamos al habla con la familia, y a lo que ella decida nos atendremos —dije—. ¿Algo más?

Fabio carraspeó, por primera vez algo impaciente.

—Vamos a ver, esto no va por buen camino, y quizá es culpa mía. Voy a ver si consigo plantearlo un poco mejor.

—Eso, a ver —dijo el capitán.

—Sois conscientes, me parece, del contexto en el que nos estamos moviendo. Crístofer tiene dos juicios pendientes; Sebastián, a quien habéis intentado interrogar esta mañana, también los tiene; y yo soy el abogado de los dos y es mi deber defender sus derechos.

Álamo asintió con indulgencia.

—Perfecto. No podemos estar más de acuerdo. Somos partidarios del derecho de defensa y del resto de los derechos fundamentales. De hecho, nos pagan para que protejamos su ejercicio, ¿no, Vila?

—Eso es —coincidí.

Alonso reanudó su parlamento.

—Estamos hablando de un hombre que es mi defendido, con el que además mantengo una buena relación profesional y personal. Estamos hablando, también, del mejor amigo de Sebastián. Queremos ayudar a que lo localicéis y lo liberéis. Pero él, Sebastián, no quiere, ni yo puedo permitírselo, perjudicarse ni perjudicar a su amigo dando una información que luego vosotros podáis usar con otro fin.

El capitán no se apiadó.

—Todo depende de lo que ambos valoréis la integridad y la vida de vuestro amigo: si más o menos que esas consecuencias desfavorables que ni mi compañero ni yo imaginamos por dónde pueden ir, si no nos ponéis al corriente de lo que sabéis o dejáis de saber.

—Mira, mi capitán. He venido aquí tragándome el orgullo, aunque no contaba con que iba a tener que tragármelo tanto...

—El orgullo es muy malo, tienes que dejarlo, Fabio.

—Vamos, dame tregua —le pidió el abogado—. He venido a veros, digo, porque tanto Sebastián como yo estamos muy jodidos. No tenemos ni idea de quién se ha llevado a Crístofer, y tememos que se lo hayan cargado. No podemos dejar de intentar ayudar, pero tenéis que comprender que nadie elige acabar en el fondo del barranco.

—No, en eso te equivocas —le repelió el capitán—. Compañeros nuestros han acabado con el helicóptero en el fondo de un barranco por tratar de salvar la vida a algún montañero que fue tan imprudente como para subirse a un pico del que luego no sabía bajar. Un tipo al que ni conocían, no como aquí, que os queréis tanto. Y mira por dónde me parece que la metáfora esta de la montaña y del que se sube al pico que está por encima de sus capacidades viene muy a cuento.

El abogado reaccionó airadamente.

—Joder, Leandro, no es momento de metáforas.

—¿De qué es momento, letrado? ¿Vienes a ofrecer algo que pueda sernos de ayuda o a tratar de sonsacarle a la Guardia Civil lo que sabe de tus clientes? Si es lo primero, eres bienvenido y te escuchamos. Si es lo segundo, coincide que mi compañero y yo andábamos de incógnito por el Goierri cuando tú aún no habías averiguado cómo conseguir que la más lela de la clase del instituto te dejara meterle mano, así que estás perdiendo miserablemente tu valioso tiempo. *Capisci?*

—Por rebajar un poco la tensión —intervine—. Si de verdad quiere usted o quiere Sebastián colaborar, traigan algo concreto. Haga como mejor crea para neutralizar las contraindicaciones que pueda tener lo que vayan a contarnos para las causas pendientes. Y nosotros no les preguntaremos dos veces por lo que no quieran contestarnos.

—Y yo no te habría ofrecido tanto —gruñó Álamo.

—Eso es por las buenas —le aclaré—. Por las malas, dígale que se le citará para que venga con letrado a la comandancia mañana mismo, y levantaremos acta de todo lo que le preguntemos y todo lo que nos responda o deje de responder. Y luego ya se verá qué significa cada respuesta o cada silencio en función de lo que acabe pasando.

—Siempre puede no venir —dijo Alonso.

El capitán no se contuvo.

—Y siempre podemos ir a por él y traerlo. ¿Guarda buen recuerdo de la última vez que lo trajimos hasta aquí por la fuerza?

—¿Con qué cargos?

—Obstrucción a la justicia, posible connivencia con quienes se han llevado a Crístofer, encubrimiento. O alegamos estado de necesidad, hay una vida en juego y debemos conseguir toda la información.

El abogado resopló pesadamente.

—Vamos a ver, vamos a tratar de ser constructivos.

Dejadme que hable con él, que diseñe la estrategia para poder echaros una mano sin deteriorar nuestra estrategia de defensa en el otro asunto...

—Te dejamos, estratega. Lo que no nos sobra es el tiempo.

—Mañana por la mañana a primera hora. Decid vosotros a cuál, me vengo con Sebastián y os cuenta lo que veamos que puede contar. De buen rollo. Sin diligencias firmadas y sin trampas policiales.

Álamo abrió mucho los ojos.

—¿Trampas policiales? ¿Tú sabes qué es eso, Vila?

—Lo he visto en alguna película, nada más.

—Ya nos entendemos —dijo Alonso—. Os prometo que llegaremos hasta donde podamos. Y os digo algo más, para que lo tengáis en cuenta: si estoy aquí es porque Sebastián me ha insistido en que quiere ayudar. No quiere cargar con el peso de no contaros lo que sabe. No estamos arrastrando los pies, sino todo lo contrario. Creedme.

—Podría no creerte, pero te creo —le dijo Álamo—, y me alegra que tu patrocinado sienta tan noble impulso. Me hace concebir esperanzas de que algún día retorne al recto camino y corrija sus errores.

—Sus presuntos errores —puntualizó el abogado, otra vez risueño.

—Faltaría más. Se sobreentiende.

—Decidme una hora.

—Nosotros madrugamos. A partir de las ocho, cuando quieras.

—¿Las nueve?

—Por ejemplo.

—Aquí estaremos.

—Señor Alonso —dije mientras se levantaba.

—Fabio. Y de tú, por favor.

—Como prefieras. Quería preguntarte algo.

—Tú dirás.

—Nos gustaría tener también una conversación

tranquila contigo. ¿Puede ser mañana mismo, después de hablar con Sebastián?

—¿Sobre?

—Los diversos servicios que tu despacho le presta a Crístofer.

Alonso puso entonces cara de consternación.

—Esa es una cuestión sometida a secreto profesional. Me temo que voy a poder contarte poco, muy poco. De veras que lo siento.

Se lo envidié. Aquel arte que tenía para fingir.

9
Miles se han olvidado de ti

Recuerdo el resto de aquella tarde como un lento extinguirse de mis fuerzas y de la capacidad de procesamiento de mi cerebro. El poco sueño, el cambio de aires, la acumulación de personas y datos y, en fin, la enojosa circunstancia de que mis veinte años quedaban lejos —tanto que empezaban a no parecerme míos— se sumaron para reducir de forma drástica mi aptitud para seguir prestando un servicio útil a la sociedad que me pagaba el sueldo. Fue el capitán Álamo el que, a eso de las ocho y media, y ya que nadie había dado con la pista mágica que nos ayudara a desenredar la madeja, irrumpió en la sala donde seguíamos trabajando todos para poner algo de sentido común.

—Mi subteniente —tronó desde la puerta, dirigiéndose a mí—. Se te están cayendo las persianas de mala manera. Procede que vayamos a cenar algo y te metas en el sobre tan pronto como sea posible. Mañana será otro día, en el que la patria demandará lo mejor de ti.

—Tienes toda la razón —dije—. ¿Algún avance, gente?

Chamorro, que estaba con Arnau y el guardia Saro mirando unas fotografías en el ordenador, fue la primera en hacer su informe.

—Hemos sacado la mejor imagen disponible de los seis BMW oscuros que cazaron las cámaras en la autovía y en las inmediaciones del polígono en torno a la hora del secuestro. Tenemos citados mañana a los dos testigos, cruza los dedos para que alguna nos sirva.

El brigada Soto, por su parte, hizo el informe de la diligencia en la que estaban ocupados, con él, la guardia Lucía y el cabo Chacón.

—Nosotros hemos mejorado la imagen térmica de la planeadora hasta donde resulta factible. Tenemos la clase y una estimación de la estatura de los dos maromos. Uno sobre el 1,75 y el otro 1,80.

—Y nosotras —añadió Salgado, que manejaba unos listados junto a la guardia Azucena— tenemos ya una primera lista de propietarios o usuarios conocidos, que no siempre coincide, de planeadoras de alta potencia. Preparada para cruzarla con lo que sea necesario.

—¿Y vosotros? —preguntó Álamo a los informáticos.

Roldán no despegó los labios ni los ojos de la pantalla en la que se hallaba aún absorto. Fue el cabo Meroño el que respondió por él.

—Estamos en ello.

—¿Y eso es todo lo que nos vais a decir?

—Mañana, mi capitán —habló entonces el teniente.

Meroño fue algo más explícito:

—Hemos hecho algún hallazgo en su portátil. Y hemos sacado una lista de todas las personas con las que habló y tenemos un itinerario de posicionamientos, según los datos de la operadora de su móvil.

—¿No podéis avanzar más?

—Estamos confirmando detalles —explicó el teniente—. Id vosotros a cenar, si queréis. Nosotros nos quedamos un rato todavía.

—Como queráis, estajanovistas —concedió el capitán—. Seguidme los demás, que os voy a llevar a tapear algo en condiciones.

De camino al aparcamiento, mi móvil empezó a sonar. Por aquel entonces le tenía puesto como tono una canción adictiva que acababa de descubrir: la versión de *Closer*, de The Chainsmokers, producida por Postmodern Jukebox con la voz de Kenton Chen. Era una música que me ponía de buen humor de manera instantánea, salvo cuando el que llamaba era quien justamente se hallaba en esa ocasión al otro lado de la línea. Antes de coger la llamada sopesé, una vez más, la posibilidad de asignarle a su número otro tono, para que no me echara a perder el gusto de oír aquella canción. Pensé al azar en la lúgubre versión del *Viva la vida* de Coldplay cantada por el payaso Puddles, también de Postmodern Jukebox. Inspiré hondo y procuré sonar amable.

—Buenas noches, mi comandante.

—Buenas, Bevilacqua, ¿cómo vamos? ¿Sin novedad?

Le había llamado a mediodía, antes de sentarme a comer, y le había puesto un wasap apenas una hora antes. No tenía mucho más que contarle, y ningunas ganas de demostrarle que estábamos agotando la diligencia, para apartarle de la tentación de espolearnos. Sin embargo, eso era lo que me tocaba, por mí y por mi gente, y lo cumplimenté con celo y mansedumbre; no fuera a ser que Chamorro, que noté que ponía la oreja, me regañara luego por mi poca profesionalidad.

—¿Algo que podamos hacer desde aquí? —me ofreció Ferrer, cuando terminé mi resumen.

—Nada que se nos ocurra, por ahora. Ya le digo si surge.

Noté que me entraba otra llamada. Miré el número. Era el de Álex, el hermano de Crístofer. Encubrí a duras penas mi alborozo.

—Mi comandante, le tengo que dejar. Me llama el hermano.

Ferrer tardó unas décimas de segundo en procesar la información.

—Ah, claro, cómo no. Me cuentas ahora, ¿vale?

—Claro. Le pongo un wasap.

Llegué a tiempo de recoger la llamada de Alejandro González. Por una vez, y sin que sirviera de precedente, eran buenas noticias.

—Tengo las llaves de los dos apartamentos —me dijo—. Las dos a su disposición, para que miren ustedes todo lo que necesiten. Hasta donde yo, quiero decir nosotros, la familia, podamos autorizar.

—Se lo agradecemos de verdad, Alejandro.

—Lo he hablado con mi madre. Es lo que tenemos que hacer, no hay más y no tiene sentido otra cosa. Supongo que para los ordenadores de los empleados y sus archivos necesitarán una orden del juez.

—La pediremos, para todo. Pero contar con su permiso nos facilita mucho los trámites. Me alegra que hayan tomado esta decisión.

—Usted me dirá a qué hora quieren ir allí mañana.

—A la primera que usted pueda habrá alguien allí.

—¿Las nueve?

—Perfecto.

Supongo que no pude disimular el gesto de satisfacción. Chamorro, desde el asiento del conductor del Volvo, en el que circulábamos ya por Algeciras, detrás del coche de Álamo, me asaltó apenas colgué.

—¿Qué hay?

—Que ya tienes plan para mañana a las nueve. Te llevas a un par de guardias a registrar los apartamentos de Sotogrande.

—¿Y tú?

—Tengo una cita con Sebastián y su abogado. Me uno luego.

No diré que la cena, de tapeo, como había anunciado el capitán, no fuera agradable. Tampoco diré que no tuviese hambre, o que me resistiera a probar las raciones y los pinchos, bien tramados y ejecutados, que nos sirvieron en los dos sitios a los que Álamo nos llevó. La compañía era buena, gente simpática y animosa; sobre todo el cabo Chacón, uno de esos hombres que sin reírse nunca no paran de hacer reír al resto. Sin embargo, reconozco que me sentí aliviado cuando volví a verme en el asiento de nuestro coche, con la perspectiva inminente de meterme en la cama y desconectar la máquina de pensar. Pude ver que también en Chamorro hacía mella la fatiga, pero ella tenía once años menos y una condición férrea que yo no me hacía la ilusión de poseer. Con el tiempo y los reveses había llegado a desarrollar, si acaso, una naturaleza elástica que me permitía soportar todas las presiones y adaptarme a casi cualquier circunstancia, y una carne de perro que cicatrizaba sin excesiva dificultad las dentelladas del existir. Pero no era tan duro como ella: no tenía su capacidad de andar siempre derecha y sin fisuras, sin perjuicio de los desfallecimientos que como cualquier ser humano era inevitable y hasta lícito que se consintiera de vez en cuando.

—Balance del día: todo por hacer —resumí.

—¿Esperabas acaso llevarte el trofeo? —preguntó.

—No. ¿Te apetece oír música?

—Bueno. Me arriesgo.

Busqué el cable y enchufé el teléfono. Por un momento pensé en buscar el vídeo de *Closer* de Postmodern Jukebox, pero me acordé de algo de lo que había oído a lo largo del día. Aquella observación del teniente Roldán sobre los ciberdelincuentes y lo inadvertido que pasaba el destrozo que causaban, porque era invisible a los ojos. Cambié sobre la marcha mi búsqueda y cuando lo tuve pulsé el *play*. Sonaron unos guitarrazos y acto seguido una voz desgarrada de mujer.

Che cos'è?
C'è nell'aria qualcosa di freddo
che inverno non è

—Tiene marcha —opinó Chamorro—. ¿Qué es?

—Gianna Nannini, *Lontano dagli occhi* —le informé—. Vendría a ser algo así como la versión italiana del «ojos que no ven».

—Muy apropiado. ¿Y cómo das con estas cosas?

—Buscando mis raíces remotas, supongo.

—No conocía a la cantante.

—La canción no es suya. La sacó unos años antes de que tú nacieras un tal Sergio Endrigo, un artista olvidado. Un tipo sin suerte, porque para mí tiene canciones tan buenas como las de los mejores.

—Esta no está nada mal. Y la intérprete tampoco.

La Nannini atacaba entonces el estribillo:

Per uno che torna
e ti porta una rosa
mille si sono scordati di te

—«Por uno que regresa, y te trae una rosa, miles se han olvidado de ti» —le traduje sobre la marcha.

—Qué derroche de alegría.

—La vida, Vir. Siempre en la rosa sola, nunca en los miles...

—Salvo para Crístofer. A él, los miles de usuarios desprevenidos eran los que le regalaban, sin querer, la buena vida que llevaba.

—O eso creyó. Que era una buena vida. Mira ahora.

—Tuvo un accidente. Si no lo hubiera tenido...

—En las carreteras viradas es fácil tenerlos. Y donde nadie mira no sólo es más fácil accidentarse, sino que el resultado sea fatal.

—Pesimista te veo.

—No perdamos la esperanza, pero poco tenemos para alimentarla.

—¿Temes que esté muerto?

—Lo teme su hermano y lo teme su madre, que nos han dejado que le levantemos las alfombras. No es una señal muy halagüeña.

—En eso estamos de acuerdo. Las madres tienen un sexto sentido.

No se me escapó la sombra que cruzó por su rostro. Imaginé que pensaba en su madre, una mujer de carácter a la que yo conocía y que vivía a ciento y pico kilómetros de allí, en San Fernando; pero también, temí, en su propia maternidad: una dimensión de la vida que antes había sido para ella una expectativa y que ahora ya no lo era.

—Me acabo de acordar de una experiencia un poco absurda de mi adolescencia —dije, para tratar de alejar su atención de aquel nubarrón que llevaba dentro—. Te la cuento sólo si prometes no reírte.

—Haré mis mejores esfuerzos.

—Andaría, qué sé yo, por los dieciocho o diecinueve...

—Entonces no sé si eras ya un adolescente.

—Mentalmente, no lo dudes. Debía de estar en primero o segundo de carrera. Un día fui al Rastro y me encontré, a cincuenta pesetas cada uno, los cuatro tomos de *El hombre sin atributos*, de Robert Musil. Me abalancé sobre ellos. Era un novelón que no había logrado acabar casi nadie y que te otorgaba un aura instantánea de intelectual. Por aquel entonces yo valoraba mucho esas cosas, y me obligué a leerlo.

—¿Y qué tal?

—Pues mira, tenía trechos bastante plúmbeos, tanto que supongo que hoy no los aguantaría y los leería en diagonal, pero entonces me los hinqué enteros. Los cuatro tomos, entre pecho y espalda.

—¿Y eso es lo absurdo?

—Imagínate un momento a aquel chaval, en el metro, con el ceño fruncido y absorto en aquel librote demencial, escrito medio siglo atrás por un cenizo austríaco a propósito del hundimiento de su patria...

—¿Y?

—Diecinueve años, te recuerdo.

—A mí me suena entrañable. Debías de ser muy mono entonces.

—Mira, nunca se me habría ocurrido ese adjetivo para describirme. El caso es que de aquella novela imposible, una antinovela casi, saqué unas cuantas lecciones que me han acompañado toda la vida.

—Me temo que estás a punto de compartir alguna.

—Temes bien. Hay un pasaje, y mira que el libro es antiguo, en el que Musil describe cómo la tecnología nos separa de nuestros propios actos, de nuestra responsabilidad sobre ellos y de su gravedad moral. Dice que en muchas decisiones terribles lo que tiene ante sí quien las toma es un botón blanco, pulido y brillante. Hermoso, en cierto modo, y que no cuesta nada apretar. Incluso es placentero apretarlo. Así que uno pulsa el botón y se desentiende de lo que sucede al otro lado del cable al que ese botón blanco e inmaculado está unido. Y lo que sucede es que allí, al otro extremo, hay alguien que va a tener que cumplir la orden, pero no ha de responsabilizarse tampoco de sus actos, porque no los realiza a título personal. Lo que Musil no podía prever es esta vuelta de tuerca que ha dado la revolución digital, donde cada vez más, al otro lado del botón ya no hay siquiera una persona que tenga que esquivar sus culpas, sino una máquina o un algoritmo que no van a hacer nunca nada a título personal, porque no son personas.

Chamorro asintió, admirada.

—Tienes razón. Todo un precursor tu austríaco. ¿De qué año es?

—Allá por los años treinta del siglo pasado.

—Mira tú.

—Hay algo siniestro en la despersonalización del daño —dije—. El buen Dios no debería dejar que se pueda joder a otro sin verle llorar, sin oír sus gritos, sin sentir su dolor y cargarlo en la memoria.

Chamorro se encogió de hombros.

—No debería, pero lo permite. Quizá tiene un plan que no vemos.

—Sólo se me ocurre uno.

—¿Cuál?

—La especie humana ya ha durado demasiado y, sobre todo, ha proliferado demasiado. Es hora de que empiece a extinguirse.

Mi compañera enarcó las cejas.

—Mi subteniente, tú estás muy falto de sueño.

—No te digo que no —le concedí, íntimamente reconfortado. Sentí que había conseguido apartar su pensamiento de su agujero negro particular para atraerlo a aquel otro que acababa de extender para ella; uno que apenas podía causarle esa clase de pesadumbre difusa y abstracta con la que alguien como ella o como yo, con la vuelta dada al cuentakilómetros, podía convivir sin mayores penalidades.

Ya en la habitación del hotel, a solas con mi persona y el macuto que venía conmigo a todas partes, me tocó lidiar con un pesar bastante más concreto y palpable. Ocurrió después de pasar revista a mi madre y a mi hijo, a los que encontré, cada uno por su lado e imaginé que por diferentes razones, un poco desinflados. Mi madre se empeñó en convencerme de que estaba perfectamente y de que la ronquera que me llegaba a través de la línea no era nada; yo le insistí en que fuera al médico, pero como no me fiaba le puse un mensaje a mi prima. Por lo que tocaba a mi hijo, una vez pasada la euforia de la víspera me dio la sensación de que no sabía qué hacer con los días de descanso que tenía por delante. Me dijo que había quedado con sus amigos de la universidad como si se tratara de acudir al entierro de alguien. Saqué fuerzas de donde no me quedaban para animarle a que se lo pasara bien y se olvidara durante unos días de la disciplina benemérita, de la que ya tendría tiempo de aburrirse cuando saliera de la academia. Cumplidos mis deberes para con ambos, me quité la ropa, me metí bajo el edredón y me tendí bocarriba, esperando a que se me recolocaran poco a poco las vértebras y la consciencia me abandonara dulcemente. Lo que sucedió, al cabo de unos minutos de paz, fue algo bien distinto.

Vi iluminarse la pantalla del teléfono, que había silenciado para dormir. Aquella presencia sobre la mesilla de noche, la del inquilino cruel que hemos permitido que gane la primera línea de ese mueble, antaño destinada a artículos tan benignos como libros, medicinas o dentaduras postizas, me pareció de pronto tan nociva que me hizo preguntarme por enésima vez por qué no lo apagaba sin más, aun a riesgo de encontrarme a la mañana siguiente en el buzón cien mensajes de algún superior que se acordara de todos mis muertos o el aviso de un percance familiar en el que ya no podría ser de ninguna ayuda. Dudé durante unos segundos si incorporarme y verlo, o ignorarlo. Al final, sucumbí: terminé agarrándolo y acercándomelo a los ojos.

Leí: *¿Estás por ahí o desaparecido en combate?* Y luego me fijé en quién me enviaba el mensaje y quise estar desaparecido, en combate o en lo que fuera. Quise que mis ojos no lo hubieran visto, para así ahorrarle sentirlo a mi corazón. La persona que me lo mandaba no era una mala persona, ni me había dado ningún motivo para tenerle inquina. Más bien al contrario: si algo le debía era, con toda seguridad, gratitud. No solemos ser conscientes, pero se la debemos, en nuestra insignificancia clamorosa, a cualquiera que decide prestarnos alguna atención. Y sin embargo, no deseaba estar para ella, no quería reanudar, no esa noche, una conversación que no encerraba promesas, sino que demandaba resignación y sacrificio. No era culpa suya, quizá era culpa mía: en el terreno en el que nos habíamos reunido, siempre acababa llegando el momento en el que me sentía de prestado, como si quisiera llevar un traje que habían hecho a la medida de otro, tan ceñido a sus pliegues y sus medidas que no podía dejar de rozarme por todas partes. Si no hubiera leído a Epicteto, a raíz de una investigación anterior que me llevó a hurgar en la biblioteca de un muerto, quizá me habría quedado el recurso de culparla a ella, pero el viejo liberto griego me lo impedía: «Achacar a otro los males propios es un signo de mala educación», dejó dicho. Y pocas verdades me han parecido jamás tan rotundas como la que acepté, irrevocablemente, el día que leí aquellas palabras.

Quise creer, mientras pensaba todo aquello, que podía eludirla; que tenía a mi disposición el sencillo remedio consistente en hacer como que no había leído su mensaje. Pero lo había leído, y tanto yo como el fantasma de Epicteto lo sabíamos, y eso era una dificultad insalvable para desentenderme. Tecleé como si subiera al cadalso. A la vuelta de menos de un segundo, vi cómo caía el hacha: *¿Te puedo llamar?*

Llamé yo. Es lo que hace un caballero.

—Rubén, ¿cómo estás? —respondió Carolina, rauda.

Su voz sonaba apagada, frágil.

—Solo, derrengado y con los sesos hechos pulpa. ¿Y tú? No me dirás que no te lo he puesto fácil para sentirte mejor.

—Pues no te creas. Ahí ando, más o menos.

—Lamento oírlo.

—Es lo que hay. Nos hacemos mayores.

—Tú sigues siendo una niña, en lo tuyo.

—No sé yo. Y para lo que me sirve...

—Si te vale para comparar, yo estoy ahora en una historia en la que trato con gente a la que le doblo la edad y que me triplica el sueldo.

—¿Qué historia?

—Las actuaciones son secretas, señoría.

—No me fastidies, anda.

—Tu compañera podría meterme un puro.

—Mi compañera se enterará de lo que a ti te convenga que se entere, que nos conocemos, viejo zorro ventajista.

—Nunca debí acortar tanto la distancia con una juez.

—Nunca debiste, pero ya no tiene arreglo. ¿Dónde andas?

—En Algeciras.

—¿Por? ¿Algo nuevo?

—No lo he visto aún en los medios. No parece importarle mucho a ninguno. Se trata de un secuestro, pero la víctima es un delincuente, y en estos casos la compasión pública se amortigua bastante.

—¿Sabes ya quién lo tiene?

—No sé nada. Ni siquiera si sigue vivo.

—Eso suena como que te queda mucho.

—Como que me queda todo, diría yo.

—¿Y tienes idea de cuándo volverás por aquí?

—Apuesto que no antes del viernes. Salvo que pase algo raro.

—¿Quieres que nos veamos el próximo fin de semana?

Sentí la estocada. Me la había asestado sin vacilar, o a lo mejor era que había dudado todo lo que tuviera que dudar antes de agarrar el teléfono para escribirme. En ese momento hacía dos o tres meses que la juez Carolina Perea y yo no nos veíamos para hacerle la respiración asistida a la relación intermitente que manteníamos desde hacía años; una relación que había sido al principio plácida y sin compromiso, y que poco a poco había ido adensándose y cargándose con el peso de las deudas vencidas e insatisfechas. No habíamos llegado a pelearnos nunca: no había agravios, ella era una mujer comprensiva y de mundo y yo había aprendido, mucho tiempo atrás, a no reclamar ningún derecho sobre nadie. Y sin embargo, cada vez que reincidíamos, recaíamos o como fuera más adecuado denominarlo, tenía más la impresión de prorrogar un error que acabaría por rasparnos el alma.

—Sabes que nunca me importa verte. Al revés —dije.

Carolina dejó que se instalara un espeso silencio en la línea.

—No acabo de averiguar si eso es un no o un sí —dijo.

—Es un lo que tú quieras. Estará bien. Así nos ponemos al día.

—O sea, un tampoco te creas que me muero de ganas.

—Nos morimos de otras cosas, señoría.

—De falta de fe, principalmente.

—Entre otras. Recuerda que hablas con un experto.

—Te dejo pensarlo. Si de aquí al viernes ves que puedes y te apetece, no tienes más que ponerme un mensaje. Yo ya me he retratado.

—Y te lo agradezco, perdóname.

—No hay nada que perdonar. Yo no perdono. Condeno siempre a alguien. Resuelvo pleitos que siempre pierde una de las partes.

—Por eso me impones tanto.

Carolina optó por reírse.

—Eres de lo que no hay —concluyó.

—No creas, yo siempre me tuve por un tipo vulgar.

—Pregúntate entonces por qué no puedo enfadarme contigo.

—Porque sientes piedad hacia los seres disfuncionales.

—Frío, frío. Anda, descansa. Te mando un beso.

—Y yo otro.

—Buenas noches.

—A sus órdenes, señoría.

Volví a dejar el teléfono sobre la mesilla con esa vieja sensación de deber cumplido sólo a medias. Agradecí ser capaz de convivir con ella como no lo había sido en mi juventud. Es lo que tiene la suma de los ideales y la inexperiencia: sólo ella permite esperar de uno mismo un desempeño que no decepcione, más o menos, a quienes nos rodean. Apoyé la cabeza en la almohada y caí dormido casi al instante.

A la mañana siguiente me reuní con mi gente para tomar el desayuno en la cafetería del hotel. Habíamos quedado a las siete y media; bajé en punto y me complació ver que todos estaban ya allí. A ambos lados de una mesa preparada para cinco comensales, dejándome libre la presidencia, se sentaban Chamorro, Salgado, Arnau y Lucía. Todos despejados y listos para la lucha contra el mal. De hecho, andaban ya en la tarea, mirando cada uno en su tableta fotografías y expedientes. Sabía que era un hombre afortunado; gracias a ellos, estaba exento de responder en la medida que correspondía a mi torpeza. Al verlos allí, no pude reprimir una sensación de agradecimiento y satisfacción.

—¿Cómo habéis dormido? —los saludé.

—Como un bebé —se adelantó Salgado.

—He dormido mejor otras veces, la verdad —se quejó Chamorro—. Mi cama era demasiado blanda. ¿La tuya qué tal?

—No sé —reconocí—. No me acuerdo.

—Eso es buena señal.

—¿Alguna novedad de última hora?

—Todo tranquilo. Que, dada la situación, resulta ser el escenario más inquietante —informó Salgado.

—¿A quién quieres llevarte a Sotogrande? —pregunté a Chamorro.

—Había pensado en llevarme a Lucía y a Chacón, el cabo de aquí, si no lo ves mal —respondió.

—Yo no, pero háblalo con su brigada, por cortesía.

—Ya pensaba hacerlo.

—¿A qué hora habéis citado a los testigos? —le pregunté a Arnau.

—A las diez.

—No me los sueltes sin exprimirlos a fondo. Con que lográramos acotar el modelo del coche ya empezaríamos a tener algo.

—Soy muy consciente. No te preocupes.

—¿Y a mí no me pones deberes? —me reclamó Salgado.

—Tú eres cabo primero y veterana. Toma iniciativas.

—Se me había ocurrido ir a ver a dueños de planeadoras.

—¿Con qué plan?

—Había pensado en desabrocharme un botón, mirarles el paquete y luego a los ojos y cuando estén blanditos soltarles a bocajarro: «Tú no habrás participado en el secuestro de alguien, ¿eh, morenazo?».

—Y serías capaz —calculó Chamorro.

—No lo dudes. Cosas más raras me han funcionado.

Intervine entonces, haciendo valer la nimiedad de mis galones.

—Por si acaso, prepara una versión más *light*. Y ve con alguien.

—Ya pensaba ir con mi amiga Beretta.

—Además de ella. Alguno de aquí, si puede ser. Sé que no conoces el miedo, pero a veces no está de más tener cerca de ti a alguien que te indique detrás de qué esquina no necesitas ir a probar tu valor.

—Si insistes...

Kenton Chen empezó a cantar con su voz tersa y bien afinada desde el bolsillo de mi americana. Saqué el teléfono y lo puse sobre la mesa, mientras meditaba amargamente sobre el arranque de la canción:

Hey, I was doing just fine
before I met you

Chamorro me requirió con un golpe de barbilla.

—Tienes que atenderlo.

—No ha pasado nada, ¿qué puede haber pasado a las siete y cuarenta y seis de la mañana? ¿Por qué tiene que demostrarme que ya está en su mesa, a mí qué me importa si ha llegado o se ha dormido...?

—Cógelo.

Obedecí, de mala gana, lo que me permitió empezar el día con otra conversación prescindible con el comandante Ferrer. Se me ocurrió pensar que me había sido enviado para que me arrepintiera de todas las veces que me había quejado de sus predecesores, desde el teniente coronel Rebollo hasta el primero de todos, el recién promovido a general de división Pereira, uno de los jefes estelares de la empresa y un as a la hora de sacarte el tuétano de los huesos, pero que jamás se había consentido hacerme una llamada que no fuera indispensable.

Al llegar a la comandancia nos acercamos a la cafetería, donde ya estaba el equipo de policía judicial, encabezado por el capitán Álamo, dando cuenta de los molletes con aceite y tomate reglamentarios.

—Hombre, la Bella Durmiente —me recibió Álamo—. ¿Descansaste?

—Algo.

—Con lo que tú has sido, Gardelito. Ahí donde lo veis, este y yo nos empalmábamos tres noches en vela cuando trincábamos un comando. Y luego aún quedaba conducir hasta Madrid, para dejar a los pajarillos de la *txapela* a disposición de la Audiencia Nacional.

—Alguna vez me sigue tocando algo parecido en este negociado de ahora —dije—. Eso sí, el viaje a Madrid nos lo solemos ahorrar.

—Supongo que mientras sobabas no habrás podido avanzar mucho, pero nosotros sí que tenemos algo para ti. Cuéntaselo, Soto.

—La culpa la tiene tu intuición —me reconoció el brigada—. Anoche me di una vuelta con Chacón por el club náutico aquel, el de la salida de Sotogrande. No te lo vas a creer: no sólo conocen a Crístofer. Me han dado el nombre de una chica con la que andaba encariñado.

—Mira que yo en la intuición creo lo justo —dije—. O nada.

—Si lo miras, ibas bien orientado —prosiguió Soto—: pasaba a diario por allí, y más de una noche. Qué más humano que acabar cayendo en la tentación. A la chica ya la tenemos localizada. Se llama Zahara.

Zahara. No pude evitarlo: me imaginé entonces una carne morena, en la que Crístofer, marinero en tierra, se aliviaba de la frialdad del océano de bytes por el que navegaba; aquel océano que le había hecho rico, y a lo peor un cadáver, antes de cumplir los veintiséis años.

10

Que los motores suenen

No sé lo que habrían dormido aquella noche el teniente Roldán y el cabo Meroño, nuestros expertos del grupo de delitos telemáticos. Lo que sí sé es que cuando llegamos a la sala de trabajo, un poco después de las ocho y media, ellos ya estaban allí, desayunados y enfrascados en sus ordenadores. Fue el capitán Álamo el que los invitó a despegar los ojos de la pantalla, al interpelarlos con su dulzura habitual:

—¿Qué? ¿Tenemos algo o habéis estado jugando al Tetris?

—Algo tenemos. Tampoco mucho —le respondió Roldán.

—Vaya por Dios. ¿Y eso?

—Lo que cabía imaginar —dijo el teniente—. El material sensible lo tiene encriptado. Y utiliza protocolos de primera. En la práctica, y hoy por hoy, inviolables. Hemos echado un puñado de horas y sólo hemos podido cazarle unos pocos descuidos. Si queréis, empezamos por lo más simple, que es lo que nos dice su teléfono. Cabo, ¿le cuentas?

En ese momento la silueta de Chamorro se recortó en el umbral de la puerta. Tenía en la mano las llaves del coche. En el pasillo distinguí a la guardia Lucía y el cabo Chacón, preparados ya para salir.

—Nos vamos a Sotogrande —anunció—, si no ordenáis otra cosa.

—Adelante —le dije—. Me llamas si aparece algo de interés.

—Por supuesto.

—Procura localizar todos los dispositivos desde los que Crístofer se pudiera conectar a la red. A ver si la secretaria nos echa una mano; convence al hermano para que la anime a cooperar. Y hazme la lista para pasarla a la juez y pedirle autorización para vaciarlos.

—Hecho.

—Yo voy en cuanto pueda.

—¿Te dejo entonces el coche? Nosotros podemos ir en otro.

—Ya me busco la vida, llévatelo tú.

—A la orden.

Salieron los tres y el pasillo quedó de pronto despoblado. El capitán Álamo retomó entonces la conversación con los informáticos.

—¿Dónde estábamos?

—Con el teléfono —recordó el cabo Meroño—. Hemos sacado una cosa que le va a gustar, mi capitán. Si no le importa venir aquí...

Nos acercamos los dos a mirar la pantalla de su portátil. Apareció en ella un mapa de la zona, descargado de Google Maps, en el formato de imagen de satélite. El cabo apretó una tecla y sobre el mapa se dibujó una línea quebrada de color amarillo, que iba y venía entre San Roque, Sotogrande y Gibraltar. Varias idas y venidas consecutivas.

—Estos son sus movimientos del jueves, interpretados con los datos de las antenas que nos ha facilitado la operadora de telefonía y pasados por un software que tiene en cuenta la saturación de la red para asignar posición en función de lo cargada que estuviera cada una de las antenas en cada momento. No es cien por cien exacto, pero tiene una fiabilidad razonable. Con un margen de error que puede ser en el peor de los casos de quinientos metros, esto fue lo que hizo. Os hemos sacado uno igual para cada día de las últimas tres semanas.

—Qué virguería —dijo Álamo—. ¿Y esto vale en juicio?

Roldán enarcó una ceja.

—Ahí estamos, validando la metodología —dijo—. Siempre puede venir el abogado con un ingeniero de telecomunicaciones al que haya pagado para impugnarla, y en ese caso ya estaríamos a lo que entienda o quiera entender su señoría tras oír a unos y otros. A los efectos de la investigación debe serviros, mientras no tengamos acceso al terminal. Si lográramos abrirlo sí que podríamos daros los recorridos exactos. Siempre que tuviera activada la geolocalización, claro está.

—¿Y crees que Crístofer la tendría? —pregunté.

—Viendo cómo se protegía, me inclino a suponer que no.

—Pues nos arreglaremos con esto, entonces.

—Tenemos algo más —dijo Meroño mientras abría otro archivo, en este caso una tabla de datos—. Todas las personas con las que habló, con día, hora y duración de la llamada, y nombre del titular de la línea. De todos los que están señalados con asterisco tenemos información adicional, extraída de bases de datos públicas accesibles a través de internet; se abre en forma de nota si pinchas en el asterisco, e incluye perfiles de redes sociales, dirección cuando consta, etcétera.

—Joder —exclamó Álamo—. ¿Y si nos prestas al cabo durante una temporada, mi teniente? Así da gusto perseguir el crimen.

—Se lo tendrás que pedir a mi teniente coronel —se zafó Roldán—. Ahora, si os parece, vamos a lo que hemos podido sacar de los ordenadores y que podría ser de vuestro interés. Nos saltamos todos los archivos más o menos prescindibles, las series y las películas que tenía pirateadas en el portátil, fotos de chicas de buen ver y demás, y voy directamente a la chicha. En su portátil hay una carpeta bastante bien escondida con una serie de archivos encriptados. Varios tienen pinta de ser documentos o bases de datos relativamente pequeñas, y otros parecen ser programas. Hay accesos reiterados de los segundos a los primeros, lo que parece confirmar esa hipótesis. Del contenido puede darnos una idea uno de los pocos archivos a los que hemos podido acceder: una hoja de cálculo que debió de hacer sobre la marcha y que no llegó a encriptar; imagino que algo debió de cruzársele y luego se le pasó hacerlo. El archivo está creado el miércoles de la semana pasada, y lo tengo aquí —dijo mientras abría una ventana en la pantalla de su ordenador—. Como podéis ver se trata de una serie de cifras, agregadas en una suma final. Alguna de ellas aparece, a su vez, desglosada más abajo. Y la que más os interesa yo diría que va a ser esta.

Señaló con el bolígrafo en dos puntos de la tabla. A mitad de la suma había, en efecto, una cifra que no podía no llamarnos la atención: 120.000. En la parte inferior, esa misma cifra, desglosada en otras tres: 80.000, 30.000 y 10.000. Álamo y yo nos miramos.

—¿Son los nuestros o es una coincidencia? —me consultó.

—No lo sé —dije—. Pero mucha coincidencia sería.

—Adivina lo que estoy pensando.

—«Normalmente, las cosas son lo que parecen» —aventuré, mientras el capitán asentía, complacido. La frase no era de mi invención. Nos la decía, una y otra vez, el teniente Ruano, un jefe que habíamos tenido en el norte. Recordé en ese momento que había sido en su funeral, cinco años atrás, la última vez que Álamo y yo habíamos coincidido.

—Y también parece —dijo el capitán— que Crístofer era un secuestrado con bastante más potencial del que le asignaron sus secuestradores.

Me señaló entonces la suma de todas las cantidades, en su mayoría de seis cifras, que se alineaban en la primera columna de aquella hoja de cálculo: 3.254.371. No pude evitar preguntarle a Roldán:

—¿Crees que esto puede ser su estado de cuentas?

—¿Ocultas?

—Ya me imagino que ahí no están las legales.

—Podría ser —confirmó—. O podría ser sólo una parte. Cada una de las cifras sale a su vez de una multiplicación; casualmente, por la cotización del *bitcoin* de la fecha en que creó el archivo. En cuanto a los ciento veinte mil, podría ser un monedero abierto ese mismo día y anotado al valor de adquisición, de ahí que la cifra sea tan redonda.

—Quizá para transferírselo en esa misma fecha a alguien, contra la entrega del dinero en efectivo —sugirió el cabo Meroño.

—¿Y el desglose de abajo? —pregunté.

—No hay que ser muy largo, Gardel —intervino Álamo—. Las tres partes en las que pensaba luego invertirlo o blanquearlo.

—Lo que nos falta saber es justamente lo que nos importa —dije—: quién pudo entregarle ese dinero en efectivo, con quién podía estar en tratos para colocarlo y en qué tenía la intención de invertir.

—Ahí ya os toca trabajar a vosotros —dijo el teniente—. Estamos ahora mismo rastreando el resto de directorios y buscando otros datos que puedan serviros, pero esto es lo más suculento que hemos sacado por ahora. Y este otro detalle, curioso: tenía guardada la dirección de un restaurante de Gibraltar, en el que hemos podido comprobar que había hecho una reserva para el viernes. Para dos personas.

—¿Para la comida o para la cena?

—Para la cena. En cualquier caso, ni a una ni a otra habría podido ir, si los testigos del secuestro no mienten.

—¿Y qué hay de los navegadores de los dos ordenadores? ¿Ninguna pista que nos proporcione su historial? —preguntó Álamo.

Roldán meneó la cabeza.

—Navegaba en modo completamente seguro, no queda en ellos ni rastro de los sitios que visitaba. La única manera de verlo sería acceder a la información que pueda quedar en las redes a las que se conectase, y eso ya depende de factores que aquí se nos escapan.

Álamo hizo chascar la lengua.

—No puede decirse que os haya cundido demasiado.

—Es lo que hay, por ahora —dijo el teniente—. No desesperemos. Vuelvo a decirte lo de ayer. Esto viene a ser como un rompecabezas al que todos tenemos que ir sumando piezas. Si nos traéis más, podemos buscar de otro modo y encontrar más cosas. En todo caso, no va a ser fácil: se trata de alguien que ya le había visto las orejas al lobo y que tomaba todas las precauciones disponibles. Y alguna más.

—Pues nada, seguid dándole —le invitó el capitán—. Y una tarde que no tengamos nada que hacer a ver si me explicas cómo coño va eso de los *bitcoins*. No sé yo si me atrevería a colocar en esa cosa tres millones de pavos. Claro que antes tendría que mangarlos.

—Como siempre pasa con el dinero, es una cuestión de confianza. ¿En qué banco tienes guardados tus ahorros, mi capitán?

—A ti te lo voy a decir.

—Me da igual: el que sea no tiene fondos para devolver todos los depósitos de sus clientes, si se juntaran mañana para pedirlos. Tu certeza de que aún tienes ese dinero depende de que nadie se plantee que tu banco está mal gestionado o cuadra a hachazos el balance.

—Bueno, si sucediera eso, salvo que yo esté mal informado, está el Fondo de Garantía de Depósitos —objetó Álamo—, que garantiza los depósitos de menos de cien mil euros, como es naturalmente mi caso...

Roldán asintió, comprensivo.

—Lo del *bitcoin*, salvando las diferencias, va igual. Tienes gestores de monederos más o menos fiables, y con respaldo o no de otros que pueden darles una garantía superior, como hace el Banco Central Europeo, que tampoco es cien por cien infalible: no lo sería, por ejemplo, si se hundiera toda la banca europea de golpe. Eso sí, el *bitcoin* es mucho más volátil que el euro, aunque en los últimos meses no para de revalorizarse.

—No me convence mucho. ¿Tú tienes *bitcoins*?

—No.

—Con eso me quedo —concluyó Álamo con una sonrisita astuta, y se volvió hacia mí—. Oye, Gardel, ¿tú has visto la hora que es?

—Las nueve y cuarto, pasadas —comprobé.

—El letrado y su cliente se retrasan. Del cliente no puedo decir, no le conozco tanto, pero del leguleyo me extraña sobremanera.

—A lo mejor se lo han pensado mejor. Uno, el otro o los dos.

—No deja de ser mosqueante, en todo caso. ¿Qué hago, le llamo?

—Déjale un poco de margen, ¿no?

—¿Qué podemos hacer entre tanto?

—Poca cosa, me temo.

—O sea, nuestra labor natural como jefes.

—Eso tú; yo me quedé a medio camino.

—No quieras darme pena, que veo que tu gente te obedece.

—No me quejo.

Me dirigí entonces a los míos, Arnau y Salgado, que trabajaban con Saro y Azucena, respectivamente, al otro lado de la mesa. Junto a ellos, supervisando lo que unos y otros hacían, estaba el brigada Soto.

—¿Cómo vais?

—Esperando a los testigos, mi subteniente —dijo Arnau.

—Aquí, mirando fichas de angelitos con planeadora —dijo Salgado.

—Ten cuidado con eso. Si vas a ver a alguno, que vaya Saro contigo, salvo que tengas inconveniente, mi brigada —consulté a Soto.

—Ninguno —dijo el interpelado.

Salgado frunció los labios y se dirigió a su compañera.

—Vaya, necesitamos un machote que nos proteja, Azucena.

—Inés, no empieces —le dije—. También yo lo necesitaría.

—No eres la medida de todas las cosas, mi subteniente.

—No. Soy tu subteniente y es una orden.

—Si me tiras la bomba atómica... Pero a lo mejor Azucena y yo solas sacábamos mucho más que llevando de pegote a un civilón.

—Yo no quiero incomodar a nadie —alegó Saro, prudente.

—A lo mejor —le concedí a la cabo primero—, pero estás bajo mi responsabilidad y yo decido a lo que te expongo.

Apretó los dientes.

—Vale. Me ha quedado claro.

—Me alegra.

—Que eres un antiguo, quiero decir.

—Tranquila. Puedo vivir con ello.

A las nueve y media pasadas, el abogado Fabio Alonso y su cliente, el informático y presunto cibercriminal Sebastián Carranza, seguían sin aparecer. Era ya un retraso más que considerable. Era el momento de comprobar qué había sucedido, y Álamo no lo demoró más: marcó el número del abogado y esperó a que se lo cogiera. Dejó transcurrir todos los tonos de llamada hasta que le saltó el contestador.

—Esto se pone cada vez más interesante.

—Reinténtalo —le propuse.

Álamo volvió a marcar el número de Alonso. Una vez más, acabó saltándole el contestador. Arrugó la frente y me aseguró:

—Vamos a ver si es que no puede o no quiere cogerlo.

Trasteó en su teléfono y empezó a escribirle un mensaje.

—Alonso, pedazo de cabronazo —me leyó mientras

tecleaba—, ya llevamos media hora esperándote. ¿Vas a venir o voy a tener que ir a contarle a la juez que hay un picapleitos tomándonos el pelo?

—No estarás escribiendo eso.

—Bueno, lo he suavizado un poco para tus delicados oídos.

—Tío, que ahí queda todo.

—Que me denuncie a la ONU, si quiere.

En ese momento empezó a sonar Kortatu.

—¿Ves? —dijo—. Tú deja al tío Leandro, que sabe tratar a los malos.

Atendió la llamada y se llevó despacio el móvil a la oreja. Al cabo de un par de segundos, empezó a hablar con tono de recochineo.

—Fabio, eres un mariquita. ¿Te has cagado tú o se ha cagado él?

La réplica del abogado, pude advertirlo en la forma en que se puso serio de pronto, no se la esperaba. Escuchó atentamente lo que el otro le contaba, inaudible para mí: Álamo conservaba todavía una buena audición, por lo que no era de esos que tienen al máximo el volumen del auricular. Continuó así cerca de medio minuto, mientras su gesto serio se iba convirtiendo poco a poco en una mueca irritada.

—No me jodas, Alonso, que no estoy para hostias —estalló—. ¿Qué coño es eso de que no sabes dónde está? ¿Te parece que me voy a creer que ese niñato, que es un muñeco en tus manos, te ha dado esquinazo? ¿Quieres que me crea también que Heidi ha abusado de ti?

Volvió a callar, mientras el otro, deduje, se afanaba en sus excusas.

—Mira —dijo al cabo de unos segundos—. Esto es lo que vamos a hacer. Vas a venirte para acá echando cohetes, y si por lo que sea no puedes me dices dónde estás y vamos a verte nosotros. Y me vas a contar, despacito y por su orden, todo lo que sabes y estás siendo tan gilipollas o tan cabrón como para ocultarnos. ¿Nos entendemos?

Dejó apenas que el otro contestara.

—Fabio, no me gastes la paciencia. Hasta ahora me ha dado pereza ir a por ti, pero si insistes en tocarme los huevos te juro que me pongo a ello con toda el alma, y tú sabrás lo limpios que tienes los bajos.

Le hice gestos para que aflojara. Me levantó el dedo medio.

—¿En tu despacho? ¿El de Algeciras? Quietecito ahí. Llegamos en cinco minutos. Y no te me vayas que le como la oreja a la juez para que te ponga en búsqueda y captura. Luego me puedes denunciar, si te apetece, pero ya te habré hecho un roto y lo sabes. ¿Estamos?

Se despegó el móvil de la oreja y apretó furioso la pantalla táctil.

—Que dice que Carranza no aparece ni le coge el teléfono —dijo—. No sé qué milonga es esta, pero no le voy a dejar que nos chulee.

No me lo pude callar:

—Oye, ¿tú vas siempre así? ¿Y todavía no te ha pasado nada?

Álamo me miró entonces como si no estuviéramos allí, jugándonos los cuartos con un turbio abogado de narcos y ciberdelincuentes, sino veinticinco años atrás, en aquella otra guerra que por momentos nos parecía imposible que pudiéramos ganar y que sin embargo él, y otros como él, se las acabaron arreglando para liquidar, aniquilando de paso al enemigo. A ella me invitó, una vez más, a retrotraerme.

—¿Te acuerdas de aquello que decía Ruano?

—¿De qué, de todo lo que decía?

—Lo de cuándo puedes soltar una hostia.

—Cómo lo voy a olvidar. Pero eran otros tiempos. Otro mundo.

—Una verdad eterna: «Si la hostia está bien dada, no te denuncian jamás»—recordó—. Valía entonces y vale ahora. Me apuesto contigo una cena donde te dé la gana a que este no me va a denunciar.

—Yo que tú no forzaría la suerte.

—Pero tú nunca has sido yo, Gardelito, y cada uno vale para lo que vale. Yo ahora te voy a echar abajo a ese payaso, y ya luego tú si eso le pones el cerebro para atar los cabos y sacar las conclusiones.

—No te valores en tan poco. En esa cabezota hay materia gris más que de sobra, aunque a veces prefieras no recurrir a ella.

—Tú siempre pensaste mucho más. Anda, vamos a por él.

Álamo tenía a su disposición un Toyota de los buenos, bastante nuevo todavía. Al ver cómo lo miraba, me contó la historia.

—Contrabandista de tabaco. A lo bestia. Lo empuramos bien.

—Enhorabuena.

—No te creas. No me gustan los coches japos. Además, este es uno de esos moñas que sólo hace ruido cuando le pisas a fondo. Y a mí me gusta que los motores suenen, y vibren. Y te hagan temblar.

—No hay nada perfecto.

Le sobraron dos de los cinco minutos. Haciendo sonar y hasta vibrar el remiso motor de explosión de aquel híbrido, se saltó todos los semáforos hasta el paseo frente al puerto. Sin pensarlo ni medio segundo, encajó el Toyota en un espacio destinado a carga y descarga.

—Es en ese edificio, en el último piso. Como a todos los acomplejados con baja autoestima, a Alonso le gusta mirar desde lo alto.

—Serénate, mi capitán, que acabamos mal.

—No temas, que no voy a arruinarte la carrera.

—¿Qué carrera? —bromeé.

—Algo tendrás en perspectiva, ¿no?

—Llegar vivo y sin que me procesen a la jubilación.

—¿Sólo?

—Moderar la ambición es la mitad de la felicidad. O más.

—Siempre fuiste un filósofo. Demasiadas lecturas, Gardelito.

—Y tú sigues siendo un inconsciente.

—¿Y lo bien que te vino y te viene que lo sea?

—No siempre. No ahora.

—Tranquilo, mi subteniente, te prometo que me portaré bien.

Empezó a incumplir su promesa con la recepcionista del bufete de Fabio Alonso, una rubia larguísima y sensual, notoriamente no elegida por sus habilidades administrativas, que nos recibió con una sonrisa al otro lado de la mesa inmensa que bloqueaba el vestíbulo. Álamo se sacó del bolsillo trasero la cartera y la desplegó con parsimonia.

—Dile a tu jefe que ha llegado Leandro. No hace falta que sonrías, guapa, no vamos a gastarnos ni un euro aquí. Guardia Civil.

La recepcionista reemplazó al instante la amabilidad comercial por un rictus de horror. Descolgó el teléfono, apretó un botón en la base y musitó a quienquiera que la escuchara al otro lado de la línea:

—Está aquí el señor Leandro... —dudó.

—Leandro verde que te quiero verde —dijo Álamo, impasible.

—... de la Guardia Civil —completó la chica mientras palidecía.

Medio minuto después, Fabio Alonso apareció en la recepción. El gesto de su empleada me permitió deducir que no era lo habitual, ni mucho menos. Debía de tratarse de una cortesía reservada a clientes selectos —principalmente narcos y contrabandistas de alta facturación, me imaginé—, entre los que me pregunté si Crístofer había llegado a contarse. El abogado nos tendió una mano cálida y blanda, con la que yo medí la fuerza de mi apretón, pero el capitán, a juzgar por la cara que puso el otro al estrechársela, no tuvo un asomo de piedad.

—No habéis tardado nada —dijo.

—Nosotros cumplimos lo que decimos —le espetó mi compañero.

—Venid al despacho, por favor, y os explico.

El despacho del abogado, como su ropa, sus coches y sus casas, daba la medida de lo bien que le iba. Podía andar por los ochenta metros cuadrados, con un inmenso ventanal que daba al puerto, una amplia mesa de trabajo y otra de reuniones, ambas de diseño vanguardista, como las sillas en las que nos invitó a tomar asiento. Sobre su mesa, sin apenas papeles, un ordenador de último modelo y una estilográfica dorada, cruzada sobre un cuaderno de notas con tapas de cuero.

—Bonitas vistas —observé.

—La verdad es que sí —dijo—: ahí está la isla, o *Al Yazira*, como le decían los árabes, de donde viene el nombre de la ciudad.

—¿La isla?

—La absorbió hace mucho el muelle del puerto —explicó Álamo—, pero es verdad, la isla original estaba justo ahí. Y ahora que ya hemos repasado la lección de geografía e historia, ¿qué cojones pasa, Fabio?

El abogado inspiró hondo y le buscó los ojos.

—¿Quieres que te cuente lo que de verdad tengo en la cabeza?

—Tengo poca fe en que llegues a tanto, pero prueba a engañarme.

—Estoy acojonado, Leandro.

—No digo que no tengas razones, pero me sorprende.

—En serio. Tiene el móvil desconectado, y acabo de hablar con la novia y me dice que no le contesta los wasaps desde anoche.

—¿Viven juntos?

—No.

—¿Con quién vive Carranza entonces?

—Solo.

—¿No tiene familia?

—La madre vive en Zaragoza. También tiene una hermana allí, creo. Con el padre no tiene relación.

—Otro niño perdido —pensé en voz alta.

—¿Tiene la novia llave de su casa? —preguntó Álamo.

—Sí. Le he pedido que vaya y que me llame en cuanto llegue.

—¿Y qué es lo que piensas, exactamente? Escúpelo.

—Que se lo han llevado, tío. Como a Crístofer.

El capitán torció el gesto.

—No soy tu tío ni tampoco tu colega, Alonso, que te quede claro, aunque haga mis mejores esfuerzos por mantener una relación civilizada contigo. ¿Tú te das cuenta de lo que me estás diciendo?

—Claro que me doy cuenta.

—¿Quiénes se lo han llevado? Si tenemos dos secuestros en lugar de uno, se te va a poner muy cuesta arriba seguir encubriéndolos. Si hace falta, te agarramos ahora mismo del pescuezo y te metemos las setenta y dos horas en la nevera. Y que su señoría decida luego sobre ti.

—Mi capitán...

—Tampoco soy tu capitán. Soy tu puto enemigo ofreciéndote una capitulación honrosa, antes de masacrarte. ¿Qué te tiene tan encogido? ¿Lo ha hecho alguno de tus otros clientes? ¿Alguno al que tuviste la mala idea de recomendarle los servicios de Crístofer para que hiciera desaparecer la pasta sucia en internet y que no está contento con cómo le invirtió los ahorrillos del hachís el chaval o que vio la oportunidad de desplumar sin más a un pardillo que jugaba a ser malo?

Me admiré, y no era la primera vez, de la velocidad de la mente de Álamo, una mente entrenada como pocas en el deporte de pensar mal del prójimo, y que podía hacer funcionar, ahí tenía la prueba, con una eficacia y una frialdad pavorosas, incluso mientras parecía enfurecido y ofuscado. El abogado Alonso lo escuchaba sobrecogido.

—Álamo, me tienes que creer —imploró—. No tengo ni idea de quién se llevó a Crístofer, ni a Sebastián, si son los mismos. Hablé ayer con el chico, con Sebastián, quiero decir, y no me supo dar una pista que me permita darte un nombre. Y aunque no debería decírtelo, he hablado con mis otros clientes, como dices, y todos me juran por su madre que no tienen nada que ver y que no saben qué ha pasado. Es más, alguno está muy preocupado, porque no tenía ningún interés en que Crístofer desapareciera de la noche a la mañana, y menos en que ahora también se esfume Carranza. Y no quiero decir más, por favor, que ya me la estoy jugando como no te imaginas. Aquí hay algo muy raro y muy gordo, de verdad, alguien se ha puesto muy burro.

Mi compañero lo escrutó con desconfianza. Lo que sugería el abogado me invitaba a intervenir, para tratar de apaciguar los ánimos y llevar la conversación a un terreno menos accidentado. Pero Álamo era capitán, y por tanto mi superior, y no habíamos pactado una estrategia a la que pudiera atenerme sin molestarle. Y tenía que reconocer que su táctica de asalto con material pesado estaba dándole frutos.

—No compro, letrado —dijo al fin el capitán—. Eso que dices puede ser así o de otra manera. Pueden haberte mentido tus clientes. Puedes haberme mentido tú, para taparlos, o más sencillo todavía: porque el malo, el cerebro de todo este desaguisado, eres tú mismo...

—Por Dios, Leandro, ¿cómo imaginas que yo...?

—Escúchame y no me interrumpas, te conviene. Vamos a dejarnos de gaitas que no te cuestan nada. Vas a tener que invertir un poco en tu libertad, aunque te cueste algo de seguridad. Ayer hablaste con el chaval, decías. Estoy seguro de que hablasteis de algo. Concreto.

Vi la oportunidad de meter baza sin estorbar.

—Carranza me dijo ayer que iba a consultarle sobre algo que quería contarnos, para no perjudicarse en la causa que tiene pendiente.

—¿Ves, letrado? —le urgió Álamo—. Hacemos los deberes, sacamos petróleo hasta de quien no nos lo vende. Por eso sabemos que sabes más de lo que nos acabas de lloriquear. Si resulta que a Carranza lo han secuestrado, nuestro deber ante él, un ciudadano en apuros al que servimos con orgullo, es sacudirte del derecho y del revés hasta que nos lo largues todo. Y nosotros nuestro deber lo cumplimos.

El teléfono móvil de Alonso vino entonces en su ayuda. Empezó a sonar estruendosamente desde el bolsillo interior de su americana. Le tenía puesta lo que me pareció una chirigota gaditana; el volumen la distorsionaba y me impidió entender lo que decía la letra.

—Disculpadme un segundo, es Vanessa, la novia de Sebastián.

—Atiende —autorizó el capitán.

—Sí, dime —se apresuró Alonso.

Asintió en silencio, con gesto grave. La voz de la chica, alterada y llorosa, nos llegaba desde el auricular. El abogado le pidió:

—Estate tranquila, no te preocupes, no toques nada. Vamos a poner la denuncia, en seguida estaré ahí con la Guardia Civil... Sí, Vanessa, la Guardia Civil, confía en mí, de verdad, es lo mejor para Sebas... Y por lo que más quieras, no toques ni muevas nada. No tardo.

—¿Qué hay? —inquirió Álamo, apenas colgó el abogado.

—No está allí. Le han puesto la casa patas arriba. Se lo han llevado, como a Crístofer. Tampoco están sus ordenadores, ni su teléfono, ni su tableta; nada de nada. Es lo que os decía, esto es muy gordo.

—Han corregido el descuido de dejarnos el móvil y los dispositivos de Crístofer —deduje—. Con este han tomado más precauciones.

Álamo observó un instante al abogado. Casi amable, le expuso:

—Muy bien, Fabio, me gusta lo que le has dicho a la chica. Que sea una buena ciudadana y que deje que de esto nos ocupemos los profesionales. Ahora voy a llamar a mi gente para que se persone en la casa del chico y le dé consuelo a su novia, además de hacer todo lo que tengan que hacer. Y tú también vas a ser un buen ciudadano y me vas a contar lo que sabes, empezando por quién le dio a Crístofer a cambio de qué esos ciento veinte mil euros y qué coño iba a hacer tu cliente con ellos. Y como me coloques otra paparrucha, te parto el alma en dos.

Alonso exhaló entonces un suspiro.

—Está bien —se rindió—. Me parece que no tengo otro remedio.

11

Gente muy peligrosa

Mientras recorríamos a toda velocidad la distancia que nos separaba de la casa de Sebastián Carranza, sorteando los coches que se iban apartando —no lo bastante deprisa para el gusto del capitán— al ver el rotativo azul que llevábamos adosado al techo, me preguntaba una y otra vez si Fabio Alonso nos había contado la verdad y, en caso de que lo hubiera hecho, qué era lo que aportaba a la investigación y cómo podíamos sacarle partido. También Álamo, pese a la atención que le demandaba aquella conducción agresiva, rumiaba sus dudas.

—Tú qué crees, ¿nos la ha colado? —me preguntó.

—Tú le conoces más. A mí me ha sorprendido.

—Qué te ha sorprendido.

—Que haya reconocido, prácticamente, que hace de facilitador en delitos de blanqueo. Y sobre todo, que nos haya confirmado que ochenta mil euros de esos ciento veinte mil eran para dárselos al abogado gibraltareño.

—No se acusa de nada, el muy zorro —dijo—. Ni siquiera perjudica a su socio gibraltareño lo que no llegó a pasar. En el peor de los casos, serían delitos cometidos por el secuestrado, que cada día es más un probable difunto, lo que extinguiría su responsabilidad penal.

—¿Tú crees que sabe quién le dio el dinero? Cuidado...

Álamo sorteó por poco un coche que iniciaba, manifiestamente sin vernos, un desplazamiento lateral. Al pasar miró con gesto asesino a su conductor, un hombre con cara de colegial pillado en falta.

—No he podido apretarle más, ya lo has visto. Para ir más allá ya habría tenido que calzarle una hostia. El cuento tiene consistencia, y encaja con lo que te dijo a ti Sebastián y también con esos números que tenía Crístofer en el ordenador. Se me hace un poco chocante que nuestro hombre no le dijera a ninguno el origen de los ciento veinte mil, pero tampoco es imposible. A fin de cuentas, hay transacciones de las que no conviene que estén al tanto ni siquiera quienes te ayudan.

—Es una pena no tener a mano a Sebastián para pedirle más detalles de cómo y cuándo le pidió Crístofer que moviera esos *bitcoins*. Que no esté le pone muy fácil a Alonso inventárselo para despistarnos.

—No lo sé, Gardelito. Diría que hay una posibilidad de que no nos esté mintiendo. Parece cagado de verdad. Que nos haya cantado lo del gibraltareño me resulta casi desconcertante. O lo que le ha dicho a la novia de Sebastián. Nunca antes le había visto tan colaborador.

—¿Y a quién, que Fabio no conociera y no le hubiese presentado, podía Crístofer cambiarle ese dinero en efectivo por *bitcoins*?

—También cabe la posibilidad de que el dinero se lo entregara a Crístofer alguno de los clientes de Alonso sin que este lo supiera. Y que la razón para ocultárselo fuera esa, que pensaba secuestrarlo y quitárselo. Aunque, entre tú y yo, me sigue costando encajarlo con esta gente, con la que trato desde hace años. Los clientes de Alonso ganan mucho dinero y si no meten la pata saben que no lo dejarán de ganar. No necesitan secuestrar a nadie para robarle ciento veinte mil euros.

—Tendremos que investigarlos de todos modos. A ellos y a los de su entorno, especialmente a los pilotos de lanchas.

—Pido que nos preparen una lista.

—También deberíamos hablar con el abogado gibraltareño.

—Se lo pediremos por favor. Y si le divierte, ya nos atenderá.

—Si le divierte... Ya veo. ¿Y crees que existe alguna posibilidad de que las autoridades del Peñón colaboren con nosotros?

—Tenemos un enlace con la policía de Gibraltar. Las relaciones son razonablemente fluidas para asuntos de interés común. Ahora bien, para meterle mano por blanqueo a un miembro tan destacado de su comunidad me temo que encontraríamos algún que otro escollo.

—Aun así, ¿podría ir a verle?

—Podrías. Pidiéndole permiso antes. No vayamos a liarla.

Kenton Chen empezó a cantar en mi americana. Era Chamorro.

—Dime, Virgi.

—Ya me ha contado Soto —dijo—. ¿Quieres que me acerque?

—No. Céntrate en lo que podáis sacar de allí. ¿Cómo vais?

—Están aquí el teniente y el cabo de delitos telemáticos y el letrado del juzgado. Ahora están duplicando el contenido de los ordenadores y certificándolo, para fijar la cadena de custodia y poder examinarlos luego a fondo. En el apartamento de arriba ya hemos acabado.

—¿Alguna cosa de interés?

—Impoluto y ordenado. Todo nuevo, muebles caros de diseño y una televisión que no sé cómo se las arreglaron para meterla por la puerta. En el ropero del dormitorio principal había ropa de mujer. No tanta como para suponer que hubiera alguna viviendo, pero la suficiente como para deducir que pasaba por allí con alguna frecuencia.

—¿Una mujer? ¿Zahara?

—Ropa cara, llamativa, talla de chica joven.

—Apúntate ir a verla cuando salgamos de este zafarrancho.

—Apuntado.

—¿Y cómo ves a la secretaria y al otro informático, Marcos?

—Muertos de miedo. Sobre todo él.

—Agárralo en cuanto puedas y sométele a un tercer grado.

—¿Buscando algo en particular?

—Crístofer cambiaba en *bitcoins* dinero de narcos. No sé muy bien en qué medida, si como un servicio regular o como un favor puntual. El circuito de blanqueo lo cerraba con el abogado gibraltareño que le alquila el piso y le paga el coche. No sé si Marcos estaba al corriente, pero mira a ver si sabe algo y a quién nos podría dirigir.

—¿Estás seguro de eso?

—Es lo que nos ha dado a entender su abogado.

—¿De verdad?

—De aquella manera y sin mojarse mucho, pero sí.

—Ya me contarás cómo lo habéis conseguido.

—Gracias a las técnicas de manipulación psicológica del capitán.

—Dile que superé un cursillo de tortura en Fort Bragg y otro en el Mossad —bromeó Álamo—. Que la pongo al día cuando quiera.

—Estamos llegando a la casa de Sebastián —le dije a Chamorro—. Te llamo cuando terminemos para coordinarnos.

Sebastián Carranza vivía en un bonito ático en la urbanización de La Alcaidesa, entre San Roque y La Línea. Al menos era bonito antes de que lo invadiera una manada de elefantes enloquecidos y lo arrasara. Lo único que no habían destrozado eran las hermosas vistas que tenía desde la terraza. También era o debía de ser bonita su novia, Vanessa, una chica pequeñita y castaña de unos veinticinco años, cuando su rostro no mostraba la huella de las horas que llevaba llorando. Junto a ella estaba la guardia Azucena, tratando en vano de consolarla. Más allá estaban el brigada Soto y la cabo primero Salgado. En las habitaciones, dos agentes del servicio de criminalística barriéndolo todo para tratar de encontrar unas huellas que mi compañera me quitó las esperanzas de que pudiéramos incorporar finalmente a las diligencias.

—Tenemos imágenes de una cámara de la urbanización —me informó—. Llegaron en una moto a eso de las once y media de la noche. Dos tipos con casco, mono, mochila y guantes. Salieron media hora después, pero esta vez en la moto sólo iba uno y el otro conducía el todoterreno de Sebastián, cabe imaginar que con él en el maletero.

—Tendremos el todoterreno en búsqueda, ¿no?

—No ha hecho falta. Ya lo había encontrado una patrulla de Tráfico, abandonado en un arcén, en un punto bien escogido de una carretera secundaria, donde supongo que hicieron el trasvase a otro coche. Ahí no hay cámaras. Ni ahí, ni en varios kilómetros a la redonda.

—Estos son malos malísimos —observó Soto—. Y de un secuestro a otro han mejorado el protocolo de seguridad. Mucho me temo que a nuestro Carranza se lo ha tragado la tierra, a todos los efectos.

—No lo digas muy alto, no vaya a oírte la novia —advirtió Álamo.

—¿Habéis hablado con ella? —pregunté.

—Hasta donde se puede —respondió Salgado—. Para mí que no tiene ni idea de lo que hacía su novio. Es una chica mona con las luces justas, que creía estar saliendo con una especie de Steve Jobs.

—Eso lo digo yo y me como una bronca por machista —le dije.

—Por eso lo digo yo. ¿Es así o no, mi brigada?

—Tampoco me atrevo a repetirlo, pero coincido —dijo Soto.

—¿Ningún vecino oyó ni vio nada? —pregunté—. Mientras provocaban este estropicio me da que tuvieron que hacer algo de ruido.

—Sólo hay alguien viviendo en el primero —dijo Salgado.

—Demasiado lejos —anotó Soto—. Los tabiques son buenos.

—¿Habéis pedido los datos de su teléfono?

—En ello, jefe. Hemos llamado al juzgado, pero parece que al letrado de la administración de justicia lo tenéis ocupado en Sotogrande. Nos han dicho que cuando acabe allí vendrá para acá. Y quien va a dejarse caer por aquí de un momento a otro es su señoría, que nos han dicho que desea hablar con el responsable de la investigación.

Álamo me miró.

—Tú eres el capitán —le dije.

—Y tú el perito —repuso.

—Tú la conoces.

—Eso no es ninguna ventaja.

—¿Y si compartimos el marrón?

—Va, está bien. Por los viejos tiempos.

En ese instante llegó, desencajado, el abogado Alonso. Álamo se las había arreglado para sacarle buena ventaja en la carretera. Alonso se fue directo hacia la novia, que pasó de los brazos de Azucena a los del letrado. Diríase que se hubiera echado en los de cualquiera.

—Tranquila, tranquila, van a encontrarlo, ya verás —le dijo.

Nada parecía menos probable que ocurriera, después de lo que acababa de contarnos Salgado, pero comprendí que no podía decirle otra cosa. Hay situaciones en la vida en las que nos mentimos de forma maquinal, sin plan ni afán alguno. No hemos aprendido a aceptar la verdad según viene, porque somos monos evolucionados para eludirla y no parar de buscarle alternativas menos miserables, por incoherentes e infundadas que nos resulten. Vanessa asintió, entre sollozos.

—Cuando puedas, Fabio —llamó Álamo al abogado.

Alonso se entretuvo aún unos minutos en seguirle

dando a la chica falsas esperanzas. Finalmente, se la encomendó a Azucena y se vino hasta donde estábamos nosotros. Álamo le habló sin tapujos.

—Esto está muy crudo, Fabio. Son gente muy peligrosa, y se han tomado muchas molestias para que no podamos pillarlos.

—¿Qué es lo que sabéis?

—No te diré más de lo que te he dicho. Quizá no estaría de más que tomaras algunas precauciones, por tu propia seguridad.

—¿Qué quieres decir?

—Tú sabrás. Hasta dónde estás metido en los negocios de Crístofer y en qué medida puede, en función de eso, apetecerles a los que se lo han llevado a él y a su mano derecha buscarte ahora a ti.

Alonso estaba blanco como la cera.

—Yo no estoy metido en sus negocios. Sólo le asesoro en cuestiones jurídicas y administrativas. No sé nada de informática.

—Mejor para ti, entonces. Va a venir la juez. Tú sabrás si quieres quedarte. De momento yo voy a cumplir el trato y dejarte fuera, pero si ella te hace preguntas y no le gustan tus respuestas...

—Mi deber es quedarme —rechazó, orgulloso— y buscar a alguien que se haga cargo de esa chica, mírala, está destrozada.

—Por eso no sufras, nos ocupamos nosotros. Tenemos costumbre. Somos los que se quedan cuando todos los demás se han ido. Estamos programados para no dejar a nadie abandonado a su suerte.

El abogado Fabio Alonso adoptó de repente un aire heroico.

—Me quedo igual.

—Está bien. Como prefieras.

La juez llegó una hora más tarde, junto al letrado de la administración de justicia, para inspeccionar el que era con certeza el lugar de un crimen. Los de criminalística no habían encontrado ningún resto de sangre, por lo que podíamos suponer que Carranza había salido vivo de allí, pero el allanamiento y el rapto no dejaban lugar a dudas. La juez, una mujer en mitad de la cuarentena, bien vestida y peinada, y de pocas palabras y menos efusiones, escuchó con gesto grave las novedades que le dio Álamo y echó un vistazo al apartamento. Una vez concluida la inspección, nos pidió al capitán y a mí que fuéramos con ella a donde pudiéramos hablar a solas. Carraspeó y preguntó:

—¿Están seguros de que es otro secuestro?

—Bastante, señoría —dijo Álamo.

—¿Y creen que se lo han cargado o se lo van a cargar?

—No sabemos, pero yo no lo descartaría.

—Como al otro.

—Tampoco eso lo descartamos.

—¿Qué es todo esto? ¿Se ha vuelto loco alguien o qué?

Álamo dudó. Creí que debía arrimar el hombro.

—Parece que estos chicos tuvieron la imprudencia de ofrecerse como colocadores de dinero en criptomonedas para otros —dije— y que alguno de esos a los que les buscaban refugio para sus ganancias ilícitas, o tal vez un tercero, vio la oportunidad de desplumarlos. Por qué han recurrido al secuestro y a la violencia, ya no sabría decirle.

—¿Está seguro? De que ese es el móvil, digo.

—No, pero por ahora no se nos ocurre otro —me apoyó Álamo.

—Crístofer compró *bitcoins* en vísperas del secuestro —añadí—. Por la suma que luego le pidieron a su familia en efectivo como rescate.

—¿Tenemos pruebas firmes de eso?

—Indicios. Y el testimonio informal de su abogado.

—¿Informal?

—No le hemos tomado todavía declaración formalmente —explicó Álamo—. Se resiste un poco. Alega que está bordeando la vulneración del secreto profesional. Lo que nos ha contado es que este otro chico, Sebastián, le dijo ayer que había hecho la compra de *bitcoins* siguiendo las instrucciones de Crístofer. Pero que no sabe para quién.

—¿Tiene algún sentido que lo cite a declarar, hay alguna base para mandarlo detener? Díganme, ustedes tienen las claves.

—Mientras colabore, sería prematuro —opiné.

—Véanlo y me cuentan —ordenó—. Ya sumamos dos secuestros, y a lo peor dos asesinatos. Esto no es lo de siempre, el trabajo este de arar el mar que me ha caído al venir destinada al paraíso del contrabando y el tráfico de drogas, y que despacho como puedo, sin descuidar todo lo demás que tengo que hacer y sabiendo que no voy a cambiar nada. Esto es muy serio, y si tengo que pedir un juez de apoyo, lo pido. En lo que esté en mi mano no voy a permitir que los responsables queden impunes, pero necesito que ustedes me vayan diciendo y pidiendo. Yo no tengo nada, mi personal ya no da más de sí. Son ustedes mis ojos, mis oídos y mis brazos. Estoy completamente en sus manos.

—Por ahora, necesitamos que la operadora nos facilite los datos del teléfono móvil de Carranza —dije—. Y a lo mejor algunas escuchas, aunque no sé cuánto vamos a poder amarrarle los indicios.

La juez volvió a carraspear.

—A ver, ya lo sabe usted: no puedo pinchar teléfonos a mansalva, esto no es la Stasi. Pero un delito así justifica actuar al límite, si toca.

—Entendido. La informaremos puntualmente.

—El número del capitán lo tengo, pero el suyo no.

—Si quiere apuntarlo...

—Hágame mejor una llamada perdida. Le doy el mío.

La juez empezó a dictarme su número, casi sin darme tiempo a sacar mi teléfono. Guardé en la memoria las tres primeras cifras y las tecleé mientras escuchaba y procuraba retener las seis restantes.

—Mercedes Cerrada —se presentó—. Memorícelo, y cuando le haga falta lo marca. A cualquier hora del día o de la noche. Si no lo cojo es que estoy en algo que no puedo interrumpir, pero le llamaré.

—De acuerdo.

—Pásenle al letrado el número del móvil de este chico y el nombre de la operadora para hacerle el requerimiento.

—Ahora mismo.

—Yo me vuelvo al juzgado, que queda mucho día por delante.

—A sus órdenes, señoría —dijimos Álamo y yo a la vez.

Apenas se hubo marchado la juez, el capitán se volvió hacia mí.

—Gardelito, tío, ¿qué les das? A mí eso de cualquier hora del día o de la noche no me lo ha dicho nunca, en dos años que la conozco. Y su número de móvil tardó por lo menos un año en pasármelo.

—Me han dado clases particulares de psicología judicial.

—¿Ah, sí? Eso tienes que explicármelo.

—Otro día. Sobre todo, hay que hacerles sentir que mandan.

—A mí con esta sólo me ha faltado ponerme de felpudo.

—Pues no te cortes la próxima vez. En todo caso, creo que le pesa más lo que se le está montando que mis pobres artes de seducción de jueces. Y eso me recuerda que yo debería hacer una llamada.

—¿A quién?

—A mi comandante, para que se le cierre un poco más el conducto y me traiga todavía más de cabeza, pero no puedo dejar que se entere por nadie que no sea yo de que tenemos una ola de secuestros.

—Te dejo entonces a tu aire. Voy a ver si cerramos esto.

—¿Me llevas ahora a Sotogrande?

—Cómo te gusta tener chófer, ¿eh? En eso no has cambiado.

—Te lo agradezco, mi capitán.

La conversación con Ferrer fue tan engorrosa como cabía prever. Me pidió que le explicara tres veces cómo había llegado a la conclusión de que tanto a Crístofer como a Sebastián los habían secuestrado a raíz de una transacción con *bitcoins* de incógnito beneficiario y cuáles eran las pruebas que teníamos. Supuse que necesitaba formarse la convicción absoluta de que no iba a hacer el ridículo con el coronel, un tipo que, lo sabía por experiencia, hacía pocas preguntas, pero tenía la habilidad de formularte justo la que te sabías peor. Tras dedicar a informarle el triple del tiempo que consideraba necesario, me liberó por fin y pude regresar con mis compañeros. Al ver a Soto recordé algo.

—¿Tienes a mano las coordenadas de esa chica, Zahara?

—Las tengo —confirmó.

—¿Te parece que vayamos a verla esta tarde?

—Me parece.

—Se lo digo a Chamorro, me gustaría que viniera ella también.

—Tú mandas.

Quince minutos después, Álamo y yo nos reunimos con Chamorro y su equipo en la sede de las empresas de Crístofer, en el apartamento de Sotogrande. Seguía allí el hermano, Alejandro, que acusaba el desgaste de los días de incertidumbre, aunque al menos parecía que había dormido esa noche alguna hora y ya no parecía el espectro agotado de la víspera. Estaba también Ariadna, la secretaria, hecha un manojo de nervios, pese a los esfuerzos de la guardia Lucía por distraerla. A los que no vimos en un primer momento fue a Marcos y a Chamorro. El cabo

Chacón nos contó que llevaban un rato encerrados en el despacho del informático. Alejandro González, que se había quedado apartado mientras hablábamos con Chacón, se nos acercó inquieto.

—¿Saben algo de Sebastián? —preguntó.

—Que no aparece —le informé, sin más detalles.

—¿Por qué iban a secuestrarlo? ¿Para qué? ¿Han pedido rescate?

—No se han tomado la molestia, por ahora y que sepamos.

—Esto no me gusta nada.

—No piense en ello. Deje que nos ocupemos nosotros.

—Les dejo. Su gente ha podido mirar todo lo que ha querido.

—Y le agradezco la colaboración.

—Dígame, por favor, ¿qué han averiguado hasta ahora?

Su mirada buscaba respuestas que no podía darle, pero tampoco podía dejarle sin más ahí, sumido en esa ansiedad sin horizonte. Le pasé la mano por detrás del hombro y lo acerqué al ventanal.

—Estamos empezando a ver una línea, Alejandro —le expliqué—. Una línea de la que no puedo decirle nada, y que no es fácil de seguir, porque su hermano se había habituado a vivir borrando sus huellas, lo que ahora nos complica mucho reconstruirlo todo. Pero le aseguro que no nos vamos a rendir. Tenemos un buen equipo dedicado a esto. Han venido de Madrid nuestros especialistas informáticos. Lo que pueda encontrarse lo encontraremos. No tenga usted ninguna duda.

—No sé qué decirle a mi madre.

—No le diga nada. Vaya con ella. Hágale compañía. Intente que la espera le sea leve. En cuanto haya algo que pueda contarse, le aseguro que serán ustedes los primeros en enterarse, después de la juez.

—Está bien. Haré como me dice.

Me dirigí al despacho de Marcos Ramos. Llamé a la

puerta antes de abrirla, para evitarle tanto a él como a mi compañera el sobresalto. Los encontré sentados cada uno a un lado de la mesa. Chamorro estaba inclinada hacia el informático, que tenía el rostro entre sus manos.

—¿Interrumpo? —pregunté.

Chamorro se volvió hacia mí.

—Me parece que hemos acabado.

—¿Estás bien, Marcos? —me interesé.

—¿Usted qué cree? —murmuró.

—No lo sé, por eso te pregunto.

—Estoy todo lo bien que puede estar alguien que teme que vengan a llevárselo en cualquier momento —dijo con gesto crispado.

—¿Y eso? ¿Por algún motivo en particular?

—Marcos y yo hemos estado hablando un buen rato —se interpuso Chamorro—. Ha sido una conversación sincera y provechosa para los dos, creo. Me ha reconocido que ayer, cuando habló con el brigada y contigo, prefirió callarse alguna cosa. Por un sentimiento de lealtad y de gratitud hacia Crístofer; ya le he dicho que lo puedo entender perfectamente y que no estamos aquí para ocuparnos de minucias. Que nosotros no nos dedicamos a eso y que nuestra prioridad es dar con él y liberarlo, si estamos a tiempo, y lo mismo con Sebastián. También le he dicho que si hay que garantizar su seguridad lo haremos.

—Por descontado —corroboré, procurando sonar solvente, aunque era consciente de nuestras limitaciones y de las muchas insuficiencias de las leyes que regulaban el sistema de protección de testigos.

—No sé si quieres contarle tú mismo al subteniente lo que me has contado a mí —le ofreció entonces mi compañera.

El informático dudó. Me di cuenta de lo joven que era. Me di cuenta, también, de lo desvalido que se le veía en medio de aquella coyuntura. Y me dio por pensar que nadie sabe nunca, cuando enfila por un atajo, la velocidad y la violencia con que llegará al punto de destino.

—Casi prefiero que se lo cuente usted —le pidió.

—En resumen, y si no lo he entendido mal —arrancó Chamorro—, que desde hace algún tiempo empezó a ser consciente de que no todo lo que hacían Crístofer y Sebastián se ajustaba a la ley. Que se lo dejaron ver poco a poco, para tantearle e irse ganando su confianza. Que al principio creyó que eran picarescas sin mayor importancia, una forma de cobrarle a la gente por lo que la gente creía que era gratuito, sin que los usuarios se dieran cuenta de que no lo era pero sin que tampoco le supusiera un gran perjuicio a nadie. Que luego empezó a descubrir que había algo más, que las leyes de protección de datos se cumplían de aquella manera, cubriendo las formalidades y poco más, y que las bases de datos de clientes servían para otros fines. Para cuando tuvo claro que sus jefes andaban en operaciones fraudulentas, ya ganaba un buen sueldo, aumentado cada cierto tiempo con gratificaciones muy generosas, y no supo bajarse del tren. Ya le he dicho que es normal; que es la técnica que suele usar quien quiere reclutar a alguien para una actividad ilícita, y que es difícil salirse en ese momento.

Marcos me observaba como un niño avergonzado.

—Me dice —prosiguió mi compañera— que él procuraba no preguntar más de la cuenta y hacía lo que le pedían, incluso cuando temía que podía servir para vender datos o cometer estafas. Que cada vez le fueron haciendo más explícito que ese era el objetivo último de su trabajo, incluso el de las actividades legales que al final comprendió que servían de pantalla, pero que él nunca tomó la iniciativa ni le encargaron diseñar o ejecutar ningún fraude directamente. No ha programado nunca ningún software malicioso ni nada que se le parezca.

—Se lo juro —aseguró Marcos, saliendo de su mutismo.

—Desde hace un par de meses —continuó Chamorro— le empezaron a pedir con cierta frecuencia un trabajo nuevo. Abrir monederos de criptomonedas, sobre todo de *bitcoins*, pero también de otros tipos que yo no conocía y que me he apuntado aquí, y montar bases de datos encriptadas con las claves de todos ellos. Dice que tanto Sebastián como Crístofer, indistintamente, le daban las instrucciones, incluso las cuentas de cargo y las contraseñas para hacer las transferencias iniciales a los monederos, y que él las cumplía y les pasaba a ellos los listados de los monederos con su saldo y sus claves asociadas, después de encriptarlos y sin dejar ninguna copia en su ordenador. Que por sus manos han pasado operaciones por muchos miles de euros, aunque no llevó nunca la cuenta global ni puede saber en qué medida pudiera tratarse de trasvases sucesivos de unos monederos a otros.

Miré entonces a Marcos.

—¿De quién era el dinero? —le pregunté.

Buscó con los ojos el auxilio de Chamorro, que respondió por él:

—Ya se lo he preguntado yo. Dice que no lo sabe. Que al principio creía que era una manera de colocar y esconder el dinero del negocio, es decir, de la parte legalmente dudosa, pero que con el tiempo, y al ver que el volumen de transacciones aumentaba, empezó a pensar que podían estar prestando una especie de servicio clandestino de banca electrónica para terceros, aunque no tiene ninguna prueba.

—¿Terceros? ¿Quiénes? ¿De dónde?

Chamorro volvió la mirada hacia él. Era una forma de enfrentarlo a aquella pregunta. Marcos se pasó la mano por la frente.

—No lo sé —dijo—, le juro que no tengo ni la más remota idea. Para mí los datos eran ciegos: números de cuentas, importe, claves. Sólo ellos sabían quiénes estaban detrás de cada una de esas cifras.

—Entiendo —concedí—. Si eso es así, hay algo que me intriga.

Marcos no se atrevió a preguntarme.

—¿No quieres saber qué es? —le pregunté yo.

Permaneció callado, lívido.

—Lo que me intriga —le expliqué con parsimonia— es la razón exacta por la que estás tan aterrorizado si tú no sabes nada.

Ahí fue donde Marcos logró sorprenderme.

—No es muy difícil de entender. Piense un poco —me invitó.

—No caigo —reconocí—. Me tendrás que perdonar, no estoy muy familiarizado con este submundo de las finanzas digitales.

La voz de Marcos sonó trémula, quebradiza.

—Lo que temo es que quienes se los han llevado a ellos dos crean que yo puedo darles esas claves, y por tanto el acceso a los monederos y el dinero que pueda haber ahora en ellos. Que no sepan que yo no me las quedaba nunca, que no sé dónde las pueden tener guardadas ellos ni cómo acceder, y se crean que soy la llave que abre el cofre del tesoro. Porque en ese caso me parece que mi vida no vale nada.

Chamorro tomó la palabra.

—Le he dicho que tenía que comentarlo contigo y con la juez, pero que si está dispuesto a colaborar podemos ofrecerle protección. Y que por el momento le solicitaremos a la jefatura de la comandancia que le pongan una vigilancia en su casa, para prevenir ese peligro.

—No depende de mí, pero vamos a gestionarlo —me comprometí—. Por ahora procura no estar nunca solo, ni andar por ahí a deshora. Hay algo que no puedo evitar preguntarte, o volver a preguntarte.

—¿El qué?

—Quiénes son. Los que se los han llevado. Y no me digas que no tienes ni idea. Algo tienes que saber. O que temer, por lo menos.

Marcos me dirigió una mirada implorante.

—Tiene que creerme. No lo sé. No sé con quiénes

trataban. No sabía lo de esos ciento veinte mil euros que me dijo, en eso no le mentí. Nunca abrí ningún monedero con esa cantidad, ni sé de dónde la sacó.

Imaginé que Chamorro ya había hurgado cuanto podía hurgarse, y acepté que por más que yo le apretara no iba a llegar más allá. En esas andaba cuando sentí la vibración de mi teléfono móvil. Lo saqué y vi que era un wasap de Arnau. Recordé entonces en qué estaba mientras los demás registrábamos los apartamentos de los dos desaparecidos. Era una tarea que parecía poco prometedora, pero el breve texto de su mensaje deshizo de golpe esa impresión: *Identificado BMW.* Al leerlo, sentí que se me aceleraba el pulso. Teníamos un rastro, al fin.

12

Entre los párpados una rendija

Lo que acababa de conseguir Arnau, con la ayuda del guardia Saro, le había llevado su tiempo y algún esfuerzo. Mi cabo me lo explicó cuando nos reunimos con él en la comandancia, mientras me mostraba la única imagen que teníamos del que a partir de ese momento era, en tanto no se probara otra cosa, el coche de los secuestradores.

—Verás que es la peor de todas las imágenes que manejamos, es de una cámara vieja y con poca resolución, pero la mejoramos todo lo que pudimos, y aquí el mérito es de Saro, para que los testigos la pudieran comparar con las otras en igualdad de condiciones. Y también porque desde el principio tuvimos la corazonada de que este coche podía ser el que buscábamos, más que los otros que teníamos grabados.

—Las corazonadas son para las novelas baratas —le afeé.

—Tienes razón, rectifico, en realidad no era una corazonada, sino un sencillo y modesto razonamiento: nos han demostrado que se trata de gente que toma muchas precauciones, lo que no casaba con el hecho de que hubieran utilizado la autovía como ruta de escape. A los demás vehículos, sin excepción, los registraron las cámaras de la autovía; este era el único que sólo había quedado grabado por esta cámara, que está en la salida del polígono que da a una carretera interior.

—Más que modesto, diría que es un razonamiento certero.

—La cuestión —prosiguió— era que tenían que ser los testigos los que lo señalaran, sin que nosotros les indujéramos, así que les pusimos en fila todas las fotos y les dejamos que las miraran tranquilamente. Uno de ellos no fue capaz de decidir de entrada, dudaba entre esta y una de las otras; pero el segundo la escogió al primer vistazo y sin ninguna duda: se había fijado en que era un coche de dos puertas y también en el carenado posterior este que ves aquí. Tras hacerle firmar la diligencia, fuimos a ver al otro y le pedimos que volviese a mirar bien y que se inclinara por el que creía más probable que fuera, entre los dos que nos había señalado. Se lo pensó, pero acabó eligiendo este también, y le ampliamos la diligencia y recogimos su firma. Con eso amarrado, enviamos la fotografía a Madrid, para que la contrastaran con el banco de imágenes y hacerle un chequeo rápido con la empresa que nos suele hacer de perito en identificaciones de automóviles. Tanto los nuestros como los de la empresa están de acuerdo: es un BMW de un modelo deportivo de producción limitada. No nos consta que se hayan importado a España más de un par de docenas.

—Podría no ser un coche vendido en España —objeté.

—Podría, pero lo más probable es que lo sea.

—¿Y tienes ya la lista de los importadores?

—La tengo. Y algo más. De este color se importaron cinco.

—Que están dónde.

—Uno en Gerona, otro en Alicante, otro en La Coruña y los otros dos no sabemos a ciencia cierta.

—¿Cómo que no sabemos a ciencia cierta?

—El importador del lote al que pertenecían está en la cárcel. Entre otras cosas, por adquirir los coches de manera irregular y hacerlos desaparecer luego en el mercado negro. Están circulando por ahí, es muy posible que con placas y permiso de circulación falsos.

—Mal vamos entonces.

—No tan mal, si trabajamos un poco.

—En qué estás pensando.

—En primer lugar, en pasar aviso a todas las patrullas de Tráfico: si se están moviendo por ahí, existe la posibilidad de que se crucen con alguna. En segundo lugar, en analizar las imágenes de las cámaras de la zona, para ver si lo volvemos a detectar y dónde. Ya sé que es un trabajo ingente, pero podemos pedir apoyo a la unidad. Y en tercer lugar, siempre podemos ir a ver al vendedor a la cárcel. Quizá recuerde todavía a quién le vendió esos coches y quiera contárnoslo.

—Ya me extrañaría. ¿Dónde está encerrado?

Arnau esbozó una sonrisa triunfal.

—En el Puerto de Santa María. Resulta que es de por aquí.

Me quedé mirándolo. Y me acordé, de pronto, de cómo zozobraba apenas siete años atrás, cuando, recién llegado a la unidad, le sometía a un interrogatorio implacable como el que acababa de hacerle. A aquel chaval que pasados los treinta cada día lo era un poco menos podía ya encargarle cualquier misión, en la certeza de que no iba a arrugarse por nada. Sentí que la seguridad y la firmeza que mostraba eran, en parte, obra de mis desvelos y de mis enseñanzas, y que el día que me desalojaran del lugar que aún ocupaba podría irme sintiendo que había contribuido en algo a dejar la trinchera defendida.

—Te felicito, Juan. Y también a ti, Saro. Lo que habéis sacado de aquí es, hoy por hoy, lo más sólido y palpable que tenemos. Le voy a proponer al capitán que lo sigáis vosotros, hasta donde os lleve. Le pediré al comandante apoyo para buscar entre todas las grabaciones que podamos reunir, y a los de Tráfico que estén atentos por si ven ese BMW por ahí. Y os vais a ir a ver a ese vendedor de coches.

—¿Nosotros? —dudó Arnau.

—Bajo tu responsabilidad. Sácale todo lo que sepa. O inténtalo.

—¿Cuándo?

—Ya estás tardando en buscar el número de la prisión.

Durante la comida, que nos sirvieron en la cafetería a regañadientes, por lo tarde que se nos había hecho, le di al capitán la buena nueva, que se sumaba a los demás avances que poco a poco empezaban a permitirnos disipar la niebla recalcitrante que envolvía aquel caso por tantas razones fuera de lo común. Álamo enfrió mi entusiasmo.

—Entramos en la zona de muerte, Gardelito. Esa en la que, o uno remata la faena, o la faena lo remata a uno. A partir de aquí hay que medir los pasos y la secuencia. A ver, ¿qué tienes pensado hacer?

—Primero, ir a ver a esa novia secreta que tenía Crístofer. Me habría gustado ir antes, si no se nos hubiera desordenado la mañana.

—Al final ha sido un desorden fructífero. ¿Y luego?

—Me gustaría que hablaras con Fabio para que hablara a su vez con el abogado gibraltareño y nos consiguiera una cita con él.

—Dependerá del llanito, y de las ganas que tenga de contarle sobre su *business* a un picoleto. Y tendría que hacerle una llamadita a mi amigo de la policía del Peñón, para que no vaya a pensar mal.

—Lo que no se intenta se queda sin hacer.

—Me ocupo, para eso servimos los oficiales. Para el protocolo.

Tuve un súbito acceso de nostalgia.

—Nunca te habría imaginado así —dije—, con estrellas al hombro, cuando estábamos los dos de peones de la lucha contra el terror.

—Te recuerdo que también tú llevas una, mi subteniente.

—De consolación. De menos puntas. No es lo mismo.

—En otros países sería de general... Pero sí, tienes razón, yo a veces me miro y no me reconozco. Y cuando ya se me caen los palos del sombrajo es cuando hay una formación y me toca ir con sable. Aunque a partir de cierto momento la vida es esto, todo el rato: enfrentarte con versiones de ti mismo que nunca previste y que no sabes cómo coño explicarle al chaval que sigue ahí, escondido en alguna parte.

—No era un reproche, ¿eh?

Levantó su vaso de vino y lo vació de un trago.

—Podría haberlo sido. Me va en el sueldo la tirria de la tropa.

—Si no te importa, mi subteniente —me asaltó entonces Salgado—, yo voy a irme a hacer esta tarde unas pesquisas a La Línea.

—¿Qué pesquisas?

—Las que ya te dije. La gente de drogas de la comandancia, aquí por encargo del capitán, nos ha hecho una lista corta de los lancheros que vinculan a los clientes del abogado Alonso. Alguno de ellos se levanta tanto que es cliente suyo también. Hemos seleccionado a tres que nos parecen especialmente interesantes, por la barca que pilotan y por el perfil. Y vamos a ir a echarles un vistazo, si no lo ves mal.

—Ya te dije que...

—Nos llevamos al guardia Saro de *bodyguard*, descuida —aclaró—. Como Whitney Houston, aunque espero que nos salga más apañado que el soso de Kevin Costner. Y que acabemos mejor que ella.

Me hizo notar el retintín, con el *bodyguard* y el chiste. En el fondo, aquella esgrima era su forma de apreciarme. Si alguna vez se ahorraba sus pullas, sabía que las echaría inmediatamente de menos.

—Me parece bien, mi cabo primero —concedí—. Pero tened cuidado de todas formas. Sobre todo tú, que eres la que manda.

—Iré con todos los sentidos bien aguzados.

Zahara Montalvo, que tal era su apellido, vivía en un apartamento de la zona nueva de San Roque, compartido con dos compañeras. Por discreción, y para no generarle ninguna situación embarazosa, no le preguntamos de qué eran compañeras, si es que lo eran de algo más que de piso. Antes de llamar a su puerta, el brigada Soto, que había hecho las gestiones para localizarla, nos había puesto en antecedentes. La chica trabajaba en una tienda de Algeciras, lo que le procuraba el minisueldo, menos que mileurista, que tenía como ingreso oficial. Varias noches a la semana se acercaba al club de las inmediaciones de Sotogrande a redondear sus emolumentos, mediante una actividad complementaria algo mejor pagada y exenta de tributación. El local no la explotaba, ni siquiera la tenía en nómina: le facturaba un porcentaje por el servicio que le ofrecía para desarrollar su tarea con seguridad. En su situación había más chicas, jóvenes, españolas y atractivas, que proporcionaban a los habitantes de la urbanización una oferta más grata y más estimulante que la de los prostíbulos de las redes esclavistas que traficaban con jornaleras inmigrantes; antros que a alguno, después de tantos años de cerrar los ojos, y por efecto de las cada vez más frecuentes desarticulaciones de organizaciones de trata de mujeres, parecían empezar a provocarle dudas morales.

De hecho, hacía varias semanas que Zahara, que no tenía ningún compromiso con el club, no aparecía por allí. Cabía interpretar que había dejado de necesitar aquel sobresueldo en el momento en que había comenzado su relación con Crístofer; incluso que este se lo había pedido y le había facilitado los medios económicos para no tener que acudir más noches al siempre incierto bazar del sexo de pago.

Zahara era tal y como la había imaginado: una belleza morena de veintitrés años, espigada y flexible como un junco, con algo de felino en sus movimientos y en la mirada de sus ojos de color verde oliva, tal vez herencia de una estirpe bereber al otro lado del Estrecho. Se quedó de piedra cuando vio aparecer en la puerta de su apartamento a tres guardias civiles, aunque dejé que fuera Chamorro quien llevase desde el principio la conversación. A la sorpresa le siguió un brote de nerviosismo más que evidente, que mi compañera, al ver que al menos otra de las habitantes del apartamento estaba en casa, recondujo de la manera más inteligente posible. La tomó del hombro y le propuso:

—Zahara, si quieres vamos a algún lugar donde podamos hablar con más privacidad. ¿Hay alguna cafetería por aquí cerca?

El remedio fue, sin embargo, peor que la enfermedad.

—¿Dónde me quieren llevar? —preguntó la chica, desencajada.

Chamorro descifró aquel pánico y le salió al paso:

—Tranquila, no tienes nada que temer de nosotros. Sólo queremos hablar contigo porque sabemos que mantenías una relación con Crístofer González. Una relación que es asunto tuyo, o vuestro, y sobre la que guardaremos toda la discreción que desees o necesites.

—Yo... tampoco lo conocía mucho.

—Ahora nos lo explicas, sin prisa. No te entretendremos demasiado. Dentro de una hora estás en casa de vuelta. Te lo prometo.

—¿Me lo promete?

—Ya te lo he dicho. Y somos gente de palabra.

—Yo no tengo nada que ver con lo que le... Con lo que ha pasado, sea quien sea el que... bueno, ya saben. Ni siquiera sé bien a qué se dedicaba, él me lo intentó explicar, pero de eso no entiendo.

—Vamos y nos lo cuentas desde el principio —dije—. Puedes creer lo que te dice la sargento. No la he visto nunca engañar a nadie.

Cinco minutos después estábamos los cuatro, Zahara, Chamorro, Soto y yo, sentados en el extremo de una cafetería de reciente apertura, providencialmente vacía e impersonal. Aunque quería que fuera mi compañera la que la interrogase, deduje que en aquel contexto pesaba sobre ella, como primer y principal obstáculo para que se soltara y nos contase algo, la presencia de dos hombres en la madurez, perfil que intuí que era común entre su clientela del club, y para ella un posible foco de vergüenza. Así que me apresuré a despejarle la pizarra.

—Zahara, ya sabemos dónde y en qué circunstancias conociste a Crístofer. Ese es un tema que te concierne a ti y que a nosotros, en principio, no nos concierne en absoluto. Lo que queremos preguntarte, al margen de cómo empezara, es qué relación llegaste a tener con él, y lo que esa relación te permitió saber de su vida. Más en particular, de los últimos días. En lo otro no necesitamos escarbar. Y si en algún momento esto te resulta incómodo, lo dices y el brigada y yo agarramos la puerta y te dejamos a solas con nuestra compañera.

Zahara me observó entonces con atención. No contaba con aquel preámbulo, y quizá despertó su curiosidad la forma en que un tipo del que seguro no esperaba nada se lo había planteado. Noté que le caía bien, porque sus ojos se dulcificaron y en una fracción de segundo se volvieron líquidos y seductores. Aquella chica había descubierto que tenía un arma y, cuando veía la ocasión en que podía servirle para amarrar alguna ganancia, la utilizaba sin contemplaciones.

—Bueno, veo que saben lo que hay, que en el fondo, no se crea, es un alivio —dijo, con una repentina serenidad—. No es una historia de princesas, pero hasta aquí he conseguido que no se convierta en una historia de terror. Esto es como todo en la vida: todo tiene su precio, y a todo te acabas acostumbrando. No sé yo si sería mucho más feliz no llegando a pagar el alquiler, o la luz, o el teléfono, o la ropa.

—No se hable más —zanjó Chamorro—. Dime, ¿qué es lo que él te contó y llegaste a entender de lo que hacía para ganarse la vida?

—La primera noche me dijo que era empresario, supongo que eso le hacía sentir más importante; era, o bueno... es un chico muy tímido. Uno de esos que necesitan todo el rato apoyarse en algo. Pasa con muchos, incluso entre los de más años. Supongo que le pareció que tenía más posibilidades conmigo fardando de poderío. También me habló del Jaguar que había aparcado a la puerta. Hasta me ofreció darme un paseo, pero eso es algo que nunca hacemos, por seguridad.

No se me escapó el detalle. Aquel era uno de esos lugares donde el cliente no llega con derechos: tiene que ganarse a la chica, a la que se le permite aceptar o rehusar la propuesta. Un simulacro de riesgo para él; una ficción de libertad para quien acepta vender su cuerpo.

—La segunda noche —prosiguió—, cuando le pregunté cómo se las arreglaba para hacer tanto dinero, me dijo que estaba en negocios de internet. También era muy presumido cuando hablaba de eso. Se le iluminaban los ojos y todo, como si fuera un juego y no un trabajo. Me decía que la red es como un laberinto lleno de secretos. Que él era de los pocos que habían aprendido a entenderlos, y que hasta se permitía programar y esconder a los demás algunos de esos secretos.

—¿No te dio nunca más detalles?

—Al principio, no. Luego, cuando ya... bueno, cuando empezamos, digamos, a salir, sí que me contaba bastantes más cosas.

—¿Por ejemplo? —insistió Chamorro.

—Me explicaba que en la red todo tenía un valor, si sabías sacárselo: la información, las conexiones. Que incluso se podía llegar a fabricar dinero, pero no como los falsificadores: dinero electrónico que valía de verdad, y que sólo podían hacer los que tenían sus conocimientos. Una noche me dijo que no tenía que ir más al club; que él fabricaría para mí, sin esfuerzo, el doble o el triple del dinero que ganaba allí.

—¿Y no te habló nunca de cómo fabricaba el dinero?

—Le he contado lo que llegué a entender. A veces me daba explicaciones técnicas, pero casi le pedí que no lo hiciera. La verdad es que me costaba seguirle, hablaba en esa especie de idioma propio de ellos, los informáticos, que no sirve mucho para los que no lo somos. Lo que sí recuerdo, ahora mismo, es que una vez me comentó que para fabricar el dinero tenía unos socios en Gibraltar, y que gracias a eso podía librarse de los impuestos que habría tenido que pagar aquí.

—¿Unos socios en Gibraltar? ¿Qué más te dijo de ellos?

—Eso, nada más. A veces se las daba de misterioso, creo que sentía que así me gustaba más. Pero lo que me gustaba de él era otra cosa.

—¿Qué cosa?

Aquí Zahara titubeó un instante.

—Mi ofrecimiento sigue en pie —le recordé—. Cuando prefieras que despejemos, mi compañero y yo nos quitamos de en medio.

Volvió a dedicarme esa mirada, como de Catwoman melancólica. Me alegré de ser consciente de dónde estaba mi sitio: como husmeador de maldades por cuenta del contribuyente y como subproducto del siglo anterior, sin otro horizonte que no resultar demasiado ridículo en este que cada vez me resultaba menos familiar e inteligible.

—No soy de cortarme —declaró—. Puedo contarlo sin problemas delante de ustedes. Y se lo puedo contar con un solo detalle. A veces los detalles son los que lo dicen todo, y no hay que decir más.

A veces no: siempre, según mi admirado Stendhal. Pero acepté que ella no lo hubiera leído, y que seguramente tampoco lo necesitaba.

—Fue una de las primeras noches que nos fuimos a su apartamento —evocó—. Quizá fuese la primera, no lo recuerdo bien. Él creyó que yo estaba dormida, pero estaba despierta, y sé mirar dejando entre los párpados una rendija. Vi su cara mientras me acariciaba la cadera;

muy suave, casi como si las yemas de sus dedos no me tocaran la piel. A ver si consigo explicárselo. He visto muchas veces que los hombres me desean, y se alegran de estar conmigo, pero lo que había en su cara era diferente. Me miraba como si yo fuese un milagro, como si tuviera entre los dedos la felicidad que había soñado siempre. No sé cómo decirlo de otro modo, a lo mejor me ha quedado algo cursi. A los otros se les ve contentos de tirarse a una chica como yo, pero luego se vuelven sin más a sus historias. Él me miraba enamorado hasta las cejas.

—Se te ha entendido muy bien —aprobó Chamorro.

Zahara sintió que tenía que contarnos algo más.

—No sé cómo decirle... Era, o es, joder, un chico limpio, una persona que quiere dar y que le den amor, cariño, del de verdad. Me da que le afectó mucho que su padre lo abandonase de pequeño. Se le nota en la manera en que habla de su madre, que es la que le ha cuidado, la que lo ha sacado adelante y le ha podido dar unos estudios. Tiene por ella verdadera adoración. Hasta quería que ella me conociese.

—Pero no la conoces —constató mi compañera.

—No.

—¿Debemos entender que tú no quisiste?

—Es algo más complicado. Él lo decía un poco de aquella manera, aunque creo que lo quería, de verdad. A mí me parecía pronto.

—¿Por?

—Nos conocimos hace apenas unas semanas. Y en esto de las relaciones hay que andar cada vez más con más cuidado. Tan pronto estás muy bien como todo se va de golpe a la mierda. La verdad es que no recuerdo que hayamos discutido ni una sola vez, pero...

Chamorro vio la fisura. Y no la dejó pasar.

—Has dicho que él estaba enamorado de ti. ¿Y tú de él?

Zahara inspiró hondo. No la rehuyó. Ni su pregunta ni su mirada.

—Tengo algunas dificultades para creer en el amor, sargento. Por cosas que pasaron antes, y por cosas que he visto en este último año, supongo. Cuando estás follando con alguien y le suena el teléfono y para y lo coge y le escuchas mentirle a su mujer, y cuando luego cuelga y te pide cierta cosa, porque se le ha cortado el rollo, y tú se la haces y el rollo le vuelve, el romanticismo se te queda algo tocado.

—¿Es por eso o era por Crístofer, sin más? —apretó mi compañera.

—Me gustaba —aseguró la chica—. Ya le digo, estaba bien con él. A lo mejor con el tiempo me habría convencido de que era el hombre con el que podía pasar el resto de mis días. Y quién sabe, lo mismo me habría hecho más feliz que el hombre o los hombres que antes o después me engañe para soportar, si es que consigo convivir con alguno. Me temo que ya no voy a tener la oportunidad de comprobarlo. ¿Qué pueden decirme, hay todavía alguna posibilidad de que esté vivo?

—Mientras no aparezca su cadáver, todas —dije.

Zahara me dedicó entonces una sonrisa sin segunda intención.

—Gracias por mentirme. Pero soy una experta.

—Cuéntanos sobre las últimas dos semanas —le pidió Chamorro.

—¿Qué quieren saber ustedes?

—¿Cuántos días os visteis?

—Los tres del fin de semana. Y el martes, si no recuerdo mal.

—¿Y el resto?

—Nos llamábamos. Por la mañana y por la noche. Supongo que pueden comprobarlo mirando las llamadas de su móvil.

—Y no recuerdas que te dijera nada acerca de algo que lo tuviese preocupado o a la expectativa. Algo fuera de lo corriente.

—No. Sólo recuerdo que estaba muy animado. Por

lo de los juicios que tenía pendientes, que parecía que iban a quedar en nada.

—¿Qué te contó de eso? —me interesé.

—Poco, y yo no le pregunté. Me dijo que era un error de la policía. Que lo tenía todo bajo control y que acabarían absolviéndole.

—¿Y te conformaste con esa explicación?

—¿Y por qué tenía que dudar de él? Era un amor.

Admiré la contundencia del razonamiento. Y su suficiencia.

—¿Y este fin de semana teníais algún plan? —retomó Chamorro.

—Él tenía una cena de trabajo, en Gibraltar, no muy tarde. El plan era que cuando terminara pasaría a recogerme y nos iríamos a pasar el finde en el apartamento de Sotogrande. Pero nunca apareció.

—¿Y tú qué hiciste?

—Fundir el WhatsApp durante dos días, mandándole mensajes que no leía y no me contestaba. Hasta que el domingo supe por qué.

Chamorro me consultó con la mirada. Bajé los párpados.

—Muchas gracias, Zahara —le dijo—. Cumplo mi promesa.

La entrevista con Zahara Montalvo, que permitía atisbar el tejido humano de Crístofer desde un ángulo distinto, me dejó un regusto amargo: habría sido más fácil que me hubieran eximido de verle a la luz de aquella chica ante la que se volvía vulnerable y digno de afecto, aupado a la mejor de las posibles versiones de sí mismo. Me habría causado menos contradicciones con el hecho de que simultáneamente se dedicara a aprovecharse de miles de personas, y me habría ayudado a afrontar con más distancia la eventualidad de su muerte.

No tuve mucho tiempo para ahondar en estas cavilaciones. Mientras hablábamos con Zahara me había entrado un wasap de Álamo. La gestión con el abogado gibraltareño, a través de Fabio Alonso, estaba hecha y había dado resultado positivo. Nos citaba a las seis y media en una cafetería-restaurante de Punta Europa, el extremo de la Roca que se asomaba a África, si le confirmábamos que podíamos. Le escribí a vuelta de mensaje que se lo confirmara y le pregunté a Soto:

—¿Te importaría venir con nosotros a Gibraltar? Nos vendrá bien tenerte, para guiarnos y aligerar los trámites en la aduana.

Soto, de natural circunspecto, se permitió una comedida ironía.

—Encantado de serte útil, mi subteniente.

Lo fue. Gracias a él conseguimos saltarnos la fila de coches que esperaban para entrar en la colonia y llegamos diez minutos antes de la hora al lugar de la cita, un establecimiento nuevo y con una soberbia terraza con vistas al continente africano, que a la luz incendiaria del atardecer adquiría una belleza extravagante y turbadora. Allí estaba ya aguardándonos Patrick Caetano, un caballero elegante en mitad de la cincuentena, al que no le pasó inadvertido nuestro porte de forasteros desorientados y que se puso en seguida en pie para recibirnos.

—Uno de ustedes es el teniente Bevilacqua, me imagino —dijo, con una voz bien modulada y un agradable deje andaluz.

—Subteniente —corregí—. Yo mismo. ¿El señor Caetano?

—Yo soy. Siéntense. Les he citado aquí porque es el sitio más abierto de esta roca, donde todo está un poco demasiado apretado.

—Pensé que era por otro motivo —me atreví a provocarle.

—¿Cuál?

—Si no se lo hubieran llevado no sabemos aún quiénes, el viernes pasado Crístofer habría estado cenando aquí. ¿Con usted?

Caetano fijó en mí sus ojos, a la vez cálidos e implacables.

—Veo que son ustedes buenos investigadores. Bueno, ahora su fama ya les precede, no como cuando yo era chico, que a los guardias civiles se los tenía por gente más bien rústica y un poco primaria.

—Seguimos siendo primarios, pero echamos horas.

—En todo caso, no hay absolutamente nada que esconder; ahora si quiere le explico de qué iba esa cena. ¿Qué toman ustedes?

Incluso en aquel local, que no era suyo —o quizá sí, se me ocurrió de pronto—, Caetano dominaba las artes del perfecto anfitrión. Se ocupó de que la camarera nos atendiera con celeridad y eficacia y sólo una vez que todos estuvimos servidos retomó el hilo pendiente.

—La cena. Van ustedes bien orientados, iba a cenar conmigo, y con otras dos personas. Si tienen curiosidad, no creo que a ellos les importe que les dé sus nombres. Son dos ciudadanos rusos que residen aquí de forma legal y cuya actividad es también legal y honorable.

—¿En concreto?

—¿Ha oído usted hablar del *bitcoin*?

—Algo, últimamente —reconocí.

—¿Y sabe usted lo que es la minería de *bitcoins*?

—Por encima. Una actividad que crea nuevas unidades de *bitcoin* mediante la resolución de problemas matemáticos complejos.

—Ya me gustaría a mí saber así de por encima las cosas que sé por encima. Si me lo presta me lo aprendo para cuando me pregunten. Lo que yo respondo es más enrevesado y me obliga a volver a explicarlo, con el inconveniente de que no soy informático y me pierdo.

—¿Andaba Crístofer en la minería de *bitcoins*? —le pregunté.

—No pierde usted el tiempo —observó.

—*Vita brevis*. Tenemos a dos ciudadanos en paradero desconocido.

—Pues la respuesta es sí —admitió sin resistencia—. Se había asociado con esta empresa rusa para sumar potencial de cálculo. Digamos que funcionaba con ellos como una especie de contratista, a porcentaje de los *bitcoins* que con sus medios les ayudaba a minar.

—Siempre he pensado que debería decirse mejor *extraer* o *generar*. En español, *minar* es otra cosa, el anglicismo queda raro.

—Lo siento, aquí somos mucho de anglicismos, por razones obvias.

—Si no estoy mal informado, para esa tarea hacen falta ordenadores de muy alta potencia, que además consumen bastante energía.

—Eso tengo entendido.

—Lo digo porque hoy hemos intervenido todos los ordenadores que tenía Crístofer y me parece que no hay ninguno así. Son unos cuantos, entre puestos y servidores, pero su capacidad está ya ocupada con el proceso de datos de sus varias empresas, no creo que les sobre.

—Los pormenores técnicos se me escapan. Quizá lo solventaba comprando capacidad en otra parte. Internet no tiene fronteras.

—O quizá no era exactamente comprarla lo que hacía.

Chamorro y Soto me miraron con extrañeza. No había puesto en común con ellos aquella conjetura, que se me había ocurrido durante nuestra entrevista con Zahara, y que necesitaba contrastar, tan pronto como tuviera ocasión, con nuestros especialistas informáticos. Caetano no trató de escurrir el bulto. Recibió la acometida de frente.

—Andan ustedes apurados, y a mí también me importa decirles cuanto antes lo que puedo contarles, por si les sirve para la investigación, que quiera Dios que acabe con Crístofer sano y salvo en su casa. Así que no me voy a andar con rodeos ni le voy a obligar a hacerme todas las preguntas. Mi asesoramiento a Crístofer, en todas sus formas, tiene que ver con el negocio que generaba fuera de España. Un negocio que, por razón de los altísimos impuestos que hay en su país, le interesaba canalizar a través de sociedades gibraltareñas, que no repartían los beneficios y evitaban así que tuviera que tributar. Yo no conozco el día a día de lo que hacía, ya le digo que no soy informático. Lo que sí sé es que lograba generar un gran flujo de fondos, que procurábamos invertir de la forma más ventajosa posible. Y siempre legal.

—¿Como esos dos apartamentos de Sotogrande?

—Hay un contrato de alquiler. Con una renta de mercado. Pueden comprobarlo cuando quieran. Recurrí a alguna solución audaz, no le digo que no, pero basada en una interpretación consistente de las leyes.

Estaba elaborando mi réplica ingeniosa cuando me vibró el teléfono. Miré y vi que era un wasap de Álamo. Sólo decía: *Llámame. Ahora.*

Le llamé. Prescindiendo del saludo, me soltó a bocajarro:

—Vente cagando leches. Tu cabo primero está sitiada en La Línea.

13
Sin novedad en El Álamo

Pese a haber servido por espacio de casi tres décadas en un cuerpo militarizado, me sobraba con los dedos de una mano para contar las ocasiones en que me había sentido dentro de un contexto bélico. Recordaba aquel tiroteo de Guipúzcoa, cuando Álamo y yo tomamos la decisión que cambió su vida más que la mía; un feroz enfrentamiento con unos rumanos en Gavà, Barcelona, con muerto y todo; una desastrosa emboscada en el Gallinero, en la Cañada Real de Madrid; y un convoy polvoriento en Afganistán. Por culpa de la intrepidez de la cabo primero Salgado, sumaba ahora un episodio para darle uso al quinto dedo: la batalla campal en las inmediaciones de la playa de la Atunara, en el casco urbano de La Línea, a la que nos incorporamos después de despedirnos algo más bruscamente de lo que me habría gustado del abogado Caetano en la cafetería de Punta Europa, a poco más de cinco kilómetros al sur. Cuando llegamos, vimos un despliegue espectacular, con unidades tanto nuestras como de la Policía Nacional, que era la responsable del municipio, y de la Policía Local. Mantenían acordonado un tramo del paseo marítimo y ante los dos cordones de seguridad se aglomeraban los curiosos, como si estuvieran rodando una película. Tuvimos que abrirnos paso entre ellos y pude oír cómo menudeaban los chascarrillos. Muchos de los congregados celebraban el apuro en que se veían las fuerzas policiales, aunque algún otro, en voz más queda, se dolía de aquello que albergaba la ciudad. Álamo, que estaba junto al jefe de nuestro operativo, me puso al día.

—Los tienen arrinconados dos calles más allá. Acabo de hablar con Saro: están bien, y en relativa seguridad, refugiados en una tienda. Del que parece que podemos olvidarnos es del coche, menos mal que no le dejaste a tu cabo primero el Volvo. Estamos juntando las fuerzas para entrar por dos lados y disolver el tumulto que no les deja salir.

—Otra vez, le aconsejo que nos pregunten antes de meterse según dónde —dijo entonces el jefe del operativo, un capitán joven y fornido en uniforme de faena—, o que nos avisen, por lo menos, para estar preparados o incluso acompañarlos y evitar estas situaciones.

—Mi cabo primero iba con dos guardias de la comandancia, creí que eso era suficiente garantía para evaluar los riesgos —alegué.

—Ya ha visto que no —respondió, con una mirada malévola—. Pero no se preocupe, en cuanto vean que cargamos, nosotros por un lado y los de la Policía por otro, se largarán en seguida. Lo mismo nos toca comernos alguna pedrada, pero para eso vamos protegidos.

—Por cierto —dijo Álamo—, que gracias a tu cabo primero tenemos al comisario de Policía contento, y de rebote a mi gran jefe, al que ya le ha llamado para comerle la moral. Tampoco te aflijas mucho, nos pasa todos los días. Aquí todo está pegado y es de lo más normal que lo que hacemos nosotros les salpique a ellos y viceversa, y no siempre hay tiempo para avisar cuando te pones a perseguir a alguien.

—Pues ya lo siento, de veras —dije, pensando en mi comandante Ferrer y en las posibilidades que tenía de que me amparase si alguien le pedía mi cabeza por haber desestabilizado la comarca.

—Nada te turbe, Gardelito. Aquí estamos unos cuantos profesionales para sacar la pata que ha metido tu chica. Y bueno, también mi gente, ya me tendré unas palabrillas con Saro cuando lo rescaten.

Me tranquilizó ver que ambos se lo tomaban con humor y calma, sobre todo el jefe del operativo, que intercambiaba por la radio mensajes con sus jefes de pelotón y con el jefe del operativo de la Policía. Hubo varios avisos por megafonía, mientras los efectivos iban tomando posiciones para lanzar la carga. Los dio el jefe de las fuerzas de la Policía; el de las nuestras escuchaba con aire lejano.

—Esto es lo que se llama cumplir una formalidad —dijo—. No se van a mover un pelo hasta que vean que vamos a arrearles.

Su pronóstico se cumplió en todos sus términos. Hasta que se desplegaron por las calles los antidisturbios de los dos cuerpos, los que mantenían el asedio a los nuestros permanecieron firmes y desafiantes, tirando de vez en cuando sin mucha convicción alguna piedra, que llegaba floja e inofensiva hasta donde estábamos. En cuanto la primera línea de intervención avanzó de manera decidida sobre ellos, se revolvieron primero furiosos, arrojando sobre la fuerza una lluvia de pedradas que rebotó ruidosamente en los escudos; pero al ver que la distancia se reducía y se les venían encima los agentes, empezaron a correr como gamos en todas las direcciones. En apenas un minuto, la zona quedó despejada y desierta. Ni rastro de la muchedumbre que había retado a la autoridad, en su inmensa mayoría chavales adolescentes y veinteañeros, convenientemente enmascarados con pañuelos y pasamontañas, que concluido aquel acto de afirmación de su poder sobre la ciudad se habían acogido a los muchos refugios con que contaban en aquel barrio adyacente a la playa en la que todas las noches, y alguna vez a la luz del día, solían alijar el tabaco y el hachís.

—Hala, ya está —comentó Álamo—. Hecha la *pax* benemérita, por lo menos durante el rato necesario para sacar a estos. ¿Vamos?

Avanzamos por la calle que habían despejado los nuestros. Hubo que hacerlo con alguna precaución, pese a la ausencia completa de viandantes, porque desde alguna de las ventanas nos increpaban al ver los uniformes o el chaleco que nos identificaba a los que íbamos de paisano como guardias civiles. Alcancé a entender a uno:

—Fuera de aquí, putos aceitunos, y *dejarnos* vivir.

—Mira, un liberal —comentó Álamo con regocijo.

—Bueno, ¿no era Cádiz la cuna del liberalismo español? —anoté.

—No les digas a estos que esto es Cádiz —me aconsejó Chamorro.

El capitán asintió, como si se le hubiera adelantado.

—Eso, haz caso a tu sargento, que sabe de lo que habla.

Llegamos hasta la tienda, que estaba en la segunda paralela al paseo marítimo, entre las dos calles por las que habían avanzado los agentes del dispositivo antidisturbios. Ahora protegían la zona, con los escudos en la mano y la mirada fija en las alturas. También allí había gente asomada a las ventanas insultándonos. A la puerta de la tienda vi a Salgado y los guardias Azucena y Saro, departiendo ya con un teniente nuestro y el inspector de la Policía Nacional.

—Inés, te voy a matar —saludé a Salgado.

No se cortó.

—A sus órdenes, mi subteniente, sin novedad en El Álamo.

Todos los que la oyeron se echaron a reír, especialmente el capitán cuyo apellido acababa de mencionar. Todos menos yo, que no podía.

—No sé cómo te quedan ganas de hacer chistes.

—Al final no ha pasado nada. Sólo hemos tenido que pegar unos tiros al aire y esperar a que vinierais a sacarnos. No son tan mala gente, sólo estaban un poco mosqueados y necesitaban demostrarlo.

—¿Nada? Mira cómo has dejado la ciudad.

—Un poco de trabajo para el servicio de limpieza, nada más —la apoyó Álamo—. Eso sí, mi cabo primero, y también va por ti, Saro: vais a tener que dar alguna explicación para este gasto extra que el contribuyente ha tenido que hacer para libraros el pellejo.

—Y si podéis compartirla, lo agradeceríamos —dijo el inspector de la Policía—. Yo tengo que contarle algo a mi comisario.

—En realidad, todo se lio de la manera más tonta, antes casi de que pudiéramos darnos cuenta —explicó Salgado—. Iba todo como la seda, habíamos localizado a uno de los lancheros y tenido una charla de lo más enrollada con él. Un tío simpático, que mentía de puta madre: nos dijo que la barca de mil doscientos caballos que tiene la usa para pescar, me imagino que ballenas y que el método es clavarle un arpón, darle todo el gas a la lancha y arrancarle al bicho la cabeza...

—Salgado, al grano —la urgí.

—Pues eso, que ya habíamos hablado con el primero, y al verle tan suelto y tan dicharachero lo habíamos apuntado como descartado, y fuimos a por el segundo, con el que la historia fue todo lo contrario. Lo pillamos en la terraza de un bar, y fue sacarle la placa, sin la menor acritud, todavía bajo los efectos del buen rollito del anterior, y me arreó un manotazo que por poco me la manda a Ceuta.

—¿Sin mediar nada más? —pregunté.

—Como te lo estoy contando. Bueno, para ser más exactos, me dio tiempo a decirle que no íbamos por nada de droga, que andábamos tras la desaparición de Crístofer y Sebastián. Lo que me parece que significa algo, a lo mejor que en vez de echarme una charla me tienes que felicitar y pedirme una medalla. El sujeto se llama Diego Toribio Luna, veinticuatro años y 1,80 de estatura. La misma que el piloto de la planeadora que se acercó a Sotogrande para recoger el rescate de Crístofer y que grabaron nuestras cámaras. Y la misma complexión.

—Sigue —le pedí.

—Pues eso, que el individuo me arreó una leche que todavía me duele el antebrazo y, oye, una no ha pasado la oposición y los cursos que la convierten en autoridad para que el primer chulángano que se le cruza se permita faltarle al respeto, así que lo primero me preocupé de recoger la placa del suelo, no fuera a usarla quien no debía para lo que no debía, y después eché mano a la pistola. Y como vi que el tío había arrancado a correr, le di el alto; y como comprobé que no se paraba, y aunque me apetecía dispararle sé que no puedo, pedí a la fuerza a mi mando que me ayudara a perseguirlo. Lo que la fuerza en cuestión, o sea, los guardias Azucena y Saro, cumplió disciplinadamente.

—Una mala idea, se mire por donde se mire —dijo el inspector.

—Coincido —opinó el capitán de nuestras fuerzas de reserva.

—Creí que debíamos intentarlo —se defendió Salgado—, pero tengo que admitir que no salió bien. Un par de minutos después, una masa tumultuaria que todavía no sé de dónde salió, ni cómo se organizó tan rápido, nos rodeó y nos obligó a acogernos a esta tienda.

—Yo sí lo sé —dijo el inspector.

—Al principio amagaron con asaltarla en fuerza, pero lo evité plantándome en la puerta y disparando al aire dos tiros de advertencia. Luego les dije que tenía trece balas más, y que si intentaban eso con lo que me estaban amenazando me llevaría a unos cuantos conmigo. Se mostraron receptivos al argumento y, aunque siguieron gritando y no nos permitían salir, dejaron una zona de respeto en torno al local. Y ahí ya fue cuando dimos el aviso para que vinieran por nosotros y no pasó nada más digno de mención, hasta ahora que estamos aquí.

—Y no deberíamos quedarnos más de lo indispensable, no vaya a ser que se calienten otra vez los ánimos

—juzgó el inspector—. Si os parece, le pido a mi gente que tome la filiación de los de la tienda, para el atestado, y le voy pidiendo al jefe de la Policía Local que llame al servicio de limpieza, para despejar lo antes posible la zona.

—Nos parece —le confirmó Álamo—. Si tú, compañero, no tienes inconveniente —añadió, mirando al otro capitán.

—Ninguno —dijo—. Mi gente ya se ha desentumecido, tampoco hay que malgastarles las energías ni aumentar tontamente el problema.

—Está bien, dentro de lo que cabe te felicito por haber controlado la situación —le dije entonces a Salgado—. Eso sí, esta noche te va a tocar escribir un poco. Sobre todo, quiero que justifiques que has tenido que gastar pólvora de forma que nuestro comandante se quede contento, y también el coronel, y el coronel de la comandancia, y el alcalde de aquí.

No se arrugó por el desafío.

—Sin problema. Y si tienen dudas, se lo explico en persona.

La observé, admirado. En la vida y en el trabajo se necesitan personas así, capaces de sonreírle a cualquier contrariedad. Sobre todo, los que no somos como ellos y tendemos a mirar con ojo aprensivo las consecuencias de cualquiera de nuestros actos. Entre la gente como Salgado se reclutaban las estrellas y los estrellados, los héroes y los que se quedaban estúpidamente por el camino. Podía tratar de tenerle compasión, o de reprocharle algo, pero en el fondo se lo envidiaba.

—También cuenta algo para que nos perdonen lo del coche —le dije, señalándole el vehículo de servicio, reventado a pedradas.

—Es una cosa. Tiene seguro —replicó tan ufana.

—De mayor quiero ser tan feliz como tú —le soltó Chamorro.

—Cuando quieras te doy la teórica, mi sargento primero.

—Deja, para eso hay que valer —declinó mi compañera.

De regreso en la comandancia, Álamo recibió una llamada que no podía por menos que esperarme. La atendió con aire disciplinado y serio y, cuando interrumpió la comunicación, me hizo saber:

—Gardelito, nos toca ir a dar la cara por la tropa.

—Pues para eso estamos, ¿no?

—Te dejo ponerla a ti primero. Luego ya si acaso pongo la mía para que termine de soltar el vapor que habrá estado acumulando.

—Así yo también soy solidario, Moro.

—Tú estás aquí de paso, y te irás. Yo me quedo.

—Mirándolo así... Vamos allá pues.

No fue tan terrible como auguraba. El coronel jefe de la comandancia escuchó mi informe en silencio y con gesto concentrado, pero cuando lo terminé, en lugar de la filípica que temía y muy bien habría podido soltarme, para desahogarse y achicarme con total impunidad, hizo un análisis más bien reflexivo y ponderado de la situación.

—Son, después de todo, las consecuencias de tener una sociedad prendida con alfileres y el principio de autoridad comprometido por una realidad que de hecho vive a diario al margen de la ley. El tema nos sobrepasa y tenemos que enfrentarlo con cabeza y con proporcionalidad. Ni yo ni mucho menos usted, subteniente, que viene aquí de visita, como quien dice, podemos hacer nada contra una situación que tiene tantos padres y padrinos: tanto chico con tan poca formación, tanto paro juvenil, una sociedad que necesita drogarse, una plantación descomunal de droga ahí en el continente de enfrente, un paraíso fiscal de soberanía extranjera adosado a la comarca y, para redondear el cuadro, hasta nuestra propia industria tabacalera, que es la que mete como exportación en Gibraltar el tabaco que luego vuelve en forma de contrabando, en las gomas que descargan cada noche en la playa, esa de la que viene usted ahora mismo, y que yo no tengo patrulleras para interceptar. Ni las tengo, ni podría tenerlas. Necesitaría que los yanquis me prestaran su Sexta Flota para controlar ese tráfico, mientras cuido de que no se ahoguen más inmigrantes de la cuenta las noches que los señores que dirigen allí abajo el negocio de las pateras tienen a bien inundarme el litoral de desgraciados que no saben nadar.

Debo reconocer que aquella exposición, casi filosófica, me dejó algo descolocado. No ignoraba que en los escalones superiores de nuestra oficialidad había gente muy formada, incluido alguno que iba ya por la segunda carrera, al margen de la militar, cuando no por el doctorado. Pero me sorprendió la distancia con la que aquel hombre hablaba de algo que en definitiva era su propio trabajo, su propia realidad y la responsabilidad con la que había de bregar cotidianamente.

—Dicho lo cual —continuó, aprovechando el silencio que acababa de hacerse—, lo sucedido tiene que servirnos de lección. A todos, mi capitán —subrayó, dirigiéndose a Álamo—. No terminamos muy bien de saber dónde y a quién salpican estos dos secuestros, de modo que no podemos ir por ahí como si estuviéramos de pícnic. No os estoy echando la culpa de nada, con el panorama que tenemos aquí es fácil meter la pata, y más para quien no está familiarizado. El comisario de Policía me ha echado la bronca, pero es lo que me toca, en el marco de la tradicional cordialidad entre los dos cuerpos hermanos. Ya le he recordado que alguna vez los suyos han pegado también un tiro al aire en La Línea, o nos han metido en nuestra zona un marrón del que no nos habían dado aviso y que resolvimos como buenamente pudimos. Pero a partir de ahora quiero que evaluemos antes los riesgos de cualquier movimiento que pueda ser comprometido, y que el respaldo preciso, incluso de unidades centrales, lo tengamos previsto antes, y no haya que improvisarlo como hoy. Acabo de hablar con su coronel, subteniente, y le he pedido que sea generoso con el apoyo que pueda usted pedirle de otros medios de su unidad. Me ha dicho que lo que necesite, así que no se corte y pida, que será mejor para todos. Y de paso, felicite a su gente, y también tú a los tuyos, Álamo. Lo que no es incompatible con que les advirtáis que si vuelven a liarse a tiros estaré muy interesado en que vengan a explicármelo en persona.

—Recibimos y transmitimos el mensaje, mi coronel —dijo Álamo—, que me parece que tiene la virtud de no dejar lugar a dudas.

—Me alegra. ¿Qué vais a hacer ahora?

Lo preguntó casi como si no estuviéramos a sus órdenes, como si se tratara de algo que teníamos completa autonomía para decidir. Una técnica de jefe avezado: nadie cumple una instrucción con tanto entusiasmo y entrega como los que pone al servicio de sus propias decisiones; incluso, o sobre todo, cuando se revelan erróneas o inadecuadas. Álamo y yo apenas lo habíamos podido comentar por encima, pero estábamos en línea. Y la jerarquía imponía que lo explicara él.

—Lo bueno de haber tenido un día tan accidentado —dijo— es que después de estar a dos velas ahora disponemos de tres líneas potentes: el coche utilizado en el secuestro, el lanchero que se nos ha dado a la fuga esta tarde y el descubrimiento de que Crístofer les vendía *bitcoins* a gentes variadas de mal vivir. Bueno, no sólo las vendía, parece que además las generaba, en sociedad con unos rusos de Gibraltar a los que también habrá que echar un ojo, dentro de las limitaciones.

—De toda índole —recordó el coronel.

—Puede que ellos no tengan nada que ver —observé, por simplificar un poco la tarea—. El abogado gibraltareño nos los mencionó con toda transparencia, y si lo pensamos, y si es verdad que Crístofer les aportaba capacidad para generar criptomoneda, no tenían ningún interés en secuestrarlo, y menos en hacerlo desaparecer.

Por cierto, que quiero comentar una cosa con el teniente Roldán. Tengo una sospecha.

—¿Cuál? —se interesó el coronel.

—Conozco bastante por encima la mecánica del *bitcoin*, pero tengo entendido que para generarlos hace falta mucha capacidad de cálculo, y que es normal que los mineros usen múltiples ordenadores a la vez. Sabemos que Crístofer no sólo tenía conocimientos para lograr meterse en dispositivos y ordenadores ajenos y ponerlos a su servicio, sino que lo hacía repetidamente. Del mismo modo pudo hacerlo para ponerlos a hacer los cálculos que necesita la generación de *bitcoins* sin que lo supieran sus usuarios, apoderándose de sus procesadores y cargándoles el gasto energético en su recibo de la luz. Los rusos no tenían por qué estar en el ajo, sólo utilizar la capacidad que Crístofer les ofrecía y que no les contaba, ni ellos le preguntaban, de dónde venía.

Álamo puso cara de asombro. El coronel ni se inmutó.

—Tampoco yo soy un experto en informática —dijo—, pero eso que sugiere suena verosímil. No es un rasgo que mejore la reputación de nuestra víctima, así que habrá que manejarlo con cautela. No hay por qué echarle encima a la familia el baldón de un delito que no será fácil de probar, supongo, y del que, si como parece se lo han cargado, no vamos a poder llevar a nadie ante la justicia para que responda.

—Coincido con usted, mi coronel —dije.

—Volviendo al caso —continuó Álamo—, muy mal se nos tendría que dar para que esas tres líneas no se crucen y empecemos a tener resultados sin tardar mucho, lo que dicho sea de paso es otro motivo para extremar las precauciones, porque sentir que avanzamos debe de poner a más de uno algo nervioso. Vamos a pedirle a su señoría intervenciones sobre el lanchero, al que ya podemos acusar de atentado a la autoridad, y su entorno, y a intentar por todos los medios averiguar a quién se le vendió en su día ese BMW. Sin aflojar sobre el abogado Alonso y su red de contactos y clientes, por si alguno tiene algo que ver, aunque ahí de momento no podemos entrar a saco.

—¿Y el otro chaval que trabajaba con Crístofer? —se interesó el coronel—. Me ha llegado una petición de protección. He dicho que sí, pero no puedo mantenerla mucho, no ando sobrado de guardias para estas cosas, y me gustaría saber mejor por qué y para qué.

—Le hemos apretado esta mañana —dije—, y ha cantado alguna de las fechorías en las que estaba su jefe y había empezado a implicarse él. Da la sensación de que no estaba en el secreto de todo, que sólo lo usaban como peón para labores técnicas. Está muy asustado y se comprende, con los antecedentes; yo diría que va a colaborar en lo que pueda. De todos modos, y ya que pedimos a la juez intervenciones e información de teléfonos, no nos cuesta nada meter el suyo en la lista, por si nos da alguna pista complementaria. La juez parece que se ha concienciado de que tiene entre las manos el caso de su carrera, yo la veo por la labor. No sé cómo lo ve el capitán, que la conoce más.

—Igual, y eso que dices no me parece una mala idea.

El coronel sopesó nuestro informe con expresión satisfecha.

—Pues muy bien, a seguir. O a descansar, que el día ha sido largo.

—Todavía queda cerrar un par de flecos antes de eso.

El coronel se levantó, dando por terminada la reunión.

—Tenme informado —pidió al capitán—. Gracias a los dos.

—A la orden de usía, mi coronel —dijimos al unísono.

Mientras volvíamos a las oficinas de la unidad de policía judicial, el capitán Álamo se entretuvo en comentar a su estilo la jugada.

—Tienes una flor en el culo, Gardelito. Eso que le ha hecho tu cabo se lo hace uno de los míos y me tiene un año picando piedra por la mañana y haciendo flexiones por la tarde. Y a ti casi te felicita.

—No me parece que sea tan fiero —dije—. Mientras le escuchaba, casi tenía la sensación de que estaba hablando con un sociólogo.

—Sí, le sale esa vena a menudo, con las visitas. Si quieres te cuento cómo es visto desde el lado oscuro, cuando le pides medios o dinero para confidentes y le sale el espíritu de amo del calabozo.

—Administra como puede lo que tiene, me imagino. Como todos.

—Oye, muy bien visto eso de los ordenadores mineros esclavos de *bitcoins*. Ya me jode que la idea no se me ocurriera a mí.

—Me la sugirió algo que nos contó la novia que le dijo un día.

—¿El qué?

—Que no tenía que prostituirse, que él fabricaría dinero para ella.

—Ostras, qué romántico.

—Sí, el romanticismo 3.0.

—Lo digo en serio. Si yo pudiera decirle eso a mi mujer y pudiera hacer que se lo creyera, lo mismo hasta le reavivaba la llama.

—A lo mejor te iba a costar un poco más, si te conoce algo.

—Debajo del agua —admitió—. Es duro, esto de la convivencia. Porque la quiero un huevo, después de lo que se ha tragado por estar casada conmigo, que si no te tendría envidia, soltero de oro.

—De estaño. Nada que envidiar. Cada noche me lamo las heridas a solas. Si no estoy muy machacado me pongo una película de John Ford, o releo algún libro o pinto durante una hora algún soldadito. Y luego me meto en mi cama fría y vacía a esperar al sueño.

—Prueba con otro, bribón. ¿Sigues pintando soldaditos?

—Cuando me dejan.

—¿Qué estás pintando ahora?

—Uno británico, curiosamente.

Álamo era conocedor de la exigencia que imponía a las figuras que consentía en decorar: su pertenencia a ejércitos derrotados. Por eso le sorprendió que anduviera con un soldado de esa nacionalidad.

—Pero si esos cabrones casi no han perdido guerras.

—Alguna que otra, y una pila de batallas. Este es un fusilero del 44.º regimiento de infantería, aniquilado en la batalla de Gandamak, en la primera guerra anglo-afgana. Una de las grandes cagadas históricas de los estrategas de Su Graciosa Majestad, que intentaron enfrentar entre sí a los jefes tribales afganos y se encontraron con que uno de ellos, un tal Akbar Khan, se tomó un poco mal que conspiraran para hacerlo asesinar y les dio cera hasta en el carné de identidad. De los pobres soldados, como de costumbre. En su mayoría indios, por cierto.

—Mira que eres estrafalario cuando te pones.

—Me distrae, y aprendo. La historia de las derrotas humanas es lo más instructivo que uno puede leer. También para este oficio.

Álamo meneó la cabeza.

—No sé tú, pero yo de esta pienso salir victorioso. Qué quieres que te diga, le he cogido el gustillo a eso de ganar, después de pasarme tantos años empatando y hasta temiendo a veces que perdía.

—Ya somos dos.

Ya en la unidad, quise contrastar con Roldán la teoría que acababa de exponerle al coronel sobre el posible uso por parte de Crístofer de ordenadores mineros ajenos. El teniente se quedó pensando.

—Casos hay ya documentados de eso, y no pocos —dijo al fin—. No es sencillo, y tiene algunas restricciones técnicas, pero bien podría ser. Lo que provocaría además un tráfico peculiar entre los ordenadores de las empresas de este hombre y los clientes, y quizá también con los de esos rusos. Por desgracia, nuestras posibilidades de rastrearlo no son tantas como me gustaría. Hemos analizado los *routers* con los que se conectaba en la empresa, y los habían intervenido para que no guardaran la memoria del tráfico que pasaba por ellos. Ni siquiera de los dispositivos que se conectaban. Para ser más precisos, tenían una rutina de borrado diario. Crístofer se había tomado muy en serio no volver a darnos la más mínima oportunidad de pillarle. Tendremos que acudir a las operadoras, pero sus registros históricos, en lo que respecta al tráfico de datos, suelen dejar bastante que desear.

—Ya ves tú, tanta diligencia en esconderse de la ley, y ahora para lo que sirve es para proteger a sus secuestradores —dijo Álamo.

—Es una paradoja del destino, pero sí —opinó Roldán.

—Tampoco pasa nada —le quitó importancia el capitán—. Nos hemos malacostumbrado con eso de que todo el mundo esté conectado y la mayoría no tenga cuidado, ni siquiera de dejar el teléfono móvil en casa cuando va a matar a alguien. O que alguno hasta se conecte al Facebook para actualizarlo en la casa que acaba de robar, como pasó con el gilipollas aquel en no sé dónde de Estados Unidos. Si hay que recurrir a la inteligencia de siempre, la de patear la calle y el ensayo y error, para eso quedamos todavía por aquí unos cuantos de los viejos caimanes, ¿eh, mi subteniente? Nos los vamos a comer igual.

—Si podemos y nos dejan —le templé.

—No lo pongo en duda —dijo Roldán—. A mí me fastidia porque tengo la sensación de que os estamos siendo de mucha menos utilidad que en otros casos en los que vamos a prestar apoyo técnico.

Álamo le dio una palmada en la espalda.

—Ya llegará vuestro momento, no desesperes. Ni aflojes.

Quienes llegaron sobre la hora de la cena, con novedades del máximo interés, fueron Arnau y Chacón, que se había ido con él al penal del Puerto de Santa María para apoyarle en la gestión con el traficante de coches, aquel que, según nuestras pesquisas, había importado, casi con toda seguridad, el BMW que buscábamos. Por un momento, en mitad de la refriega en La Línea, pensé que había sido una mala idea dejar que Salgado se llevara a Saro, apartándolo de la investigación sobre el coche. Más que nada, porque se me ocurría que si hubiera ido con Chacón, más veterano, con más galones y con más picardía, habría ido más respaldada. Sin embargo, y considerando que después de todo en La Línea no había llegado la sangre al río, y a cambio habíamos señalado un objetivo, cuando Arnau y Chacón nos dieron su informe tuve la impresión de que la fortuna estaba aquel día de nuestro lado; también al repartir de esa manera, que en principio no parecía la más idónea, los efectivos de los que disponíamos.

Al pedirle que me contara cómo le había ido, mi buen Arnau, con la complicidad de Chacón, no se privó de hacerse el misterioso.

—¿Qué prefieres antes, las buenas o las malas noticias?

—Las malas, siempre.

—No nos ha dado ningún nombre.

—Vale, ahora levántame el ánimo.

—Nuestro hombre, Victoriano Duque se llama, trajo esos coches y vendió uno en Algeciras. Dice que no se acuerda bien a quién, pero que con el conveniente estímulo lo mismo podría acordarse.

—¿Qué estímulo?

—Está preventivo, pendiente de la provisional. Dice que colaboró y los maderos le engañaron, y que si alguien arregla lo suyo le estaría tan agradecido que se pensaría volver a colaborar con la justicia.

—Angelito —exclamó Álamo—. ¿Y qué le habéis dicho?

—Que por supuesto, que se lo arreglamos, como hay Dios, que para eso somos la Guardia Civil —dijo Chacón.

—¿Tú y cuántos más, cachondo? —le espetó el capitán.

—Ya se nos ocurrirá algo, ¿no? —se defendió el cabo—. El caso es que no podíamos irnos de allí sin dejarle prendida la llama.

—¿Cómo te llevas con la Fiscalía? —le pregunté a Álamo.

—Va por rachas. Ahora, así así. Hay una tía que es una siesa.

—¿Te acuerdas de cuando íbamos a ligar en Guipúzcoa? —le dije.

—Eso es un *oximoro*, o como coño se diga.

—Oxímoron —le corregí—. Te toca marcarte otro.

Le guiñé el ojo. Por cómo me miró, aquello no me lo iba a perdonar.

14
La grieta del mundo

Aquella noche descargué a Álamo de la tarea de entretenernos y me ocupé yo de organizar la cena para el equipo que había venido desde Madrid. Me los llevé a Tarifa, de donde tenía recuerdos de otro tiempo y otra coyuntura que se revelaron desfasados. No supe encontrar el chiringuito que buscaba, quizá desaparecido, y al final nos acabamos sentando en otro cualquiera, con vistas a la isla de las Palomas.

Unida por un puente a la punta más meridional de la península y del continente, en aquella isla el cuerpo mantenía unas instalaciones que servían para acoger a los inmigrantes que llegaban en las pateras durante las primeras horas, antes de entregarlos a la Policía Nacional para que se ocupara de los trámites de extranjería. Estos, según nos explicó el cabo Chacón, que no tenía a la familia allí y se sumó con gusto a la partida, respondían a una variada casuística: peticiones de asilo, verdaderas o fingidas; devoluciones inmediatas, en el caso de inmigrantes procedentes de países con los que había convenio; protección y tutela de menores, acompañados o no; y expulsiones formales, con o sin traslado a un centro de internamiento. Salvo en el caso de las devoluciones, los demás, más tarde o más temprano, acababan colándose en la fortaleza europea y se dispersaban camino de Alemania, Holanda, Calais o cualquier otra tierra de promisión, incluida España. Ese era el objetivo en el que gastaban sus ahorros, por el que padecían abusos y vejaciones sin cuento y arriesgaban sus vidas y las de los suyos ante las fauces del mar que ya se los había tragado a miles.

—Se te pone mal cuerpo sólo de pensarlo mientras lo estás mirando —dijo Chamorro, señalando la playa tras la que se veía África.

—Es el pan de cada día por aquí —dijo Chacón—. Quieras o no, te acabas habituando, y deja de arañarte el corazón, salvo cuando los ves, y sobre todo las ves a ellas, a las negritas, tan jovencitas, con un niño a saber de quién, que a veces ni siquiera es suyo, se lo ponen las mafias para colarlas, y que acabarán sabe Dios dónde. Hasta los del Servicio Marítimo, que son los que tienen más callo, porque han sacado a un montón del agua, vivos y muertos, te dicen que hay veces que no se puede soportar, que tienes que mirar a donde sea para no verlos, que si los miras y los ves todo el rato, dan ganas de matar a alguien.

—*Lontano dagli occhi, lontano dal cuore* —murmuré.

—¿Cómo? —preguntó Chacón.

—Nada, un dicho de mis antepasados. Una tontería.

—Lo que me pasma es cómo lo lleváis tan bien —dijo Arnau.

—¿El qué?

—Tener tantos frentes simultáneos como tenéis aquí.

—Ahora ya entiendes por qué en esta comandancia, que sólo abarca un trozo de una provincia, hay destinados más de mil hombres. Esto es el puñetero extremo, estamos lejos de todas partes y asomados al precipicio. Y dejados de la mano de Dios, aunque aquí no nos tiremos todo el día despotricando contra Madrid y yendo de víctimas.

Todos los que le escuchábamos pensamos, sin remedio, en otros que en esos días estaban todo el rato en la portada de los periódicos y los telediarios, y llevaban ahí muchos meses y seguirían ocupándolos meses después, con el argumento fundamental del agravio y el proyecto único de desentenderse de los problemas y penurias del resto.

—En fin, que muy poco pasa para lo que podría pasar —sentenció Chacón—. Por eso mismo, y como me enseñaron mis mayores, hay que llevarlo con alegría y buen humor, mientras se pueda.

—¿Y tú, cómo es que acabaste aquí? —le pregunté.

—De Málaga, donde tengo la familia, no está tan lejos. Más cerca que Menorca, que era donde estaba antes. Y puedo ir y venir en coche y vivir en un piso decente. En las islas estaba condenado al piso patera y me dejaba el sueldo en los putos vuelos *subvencionados*.

—Está claro, todo depende de con qué lo compares.

—Tampoco hay que sobrevalorar lo que os ha pasado esta tarde. Ni es lo normal, ni tampoco da la medida de lo que es el trabajo aquí. Si no te metes en un sitio como ese, y tampoco hay tantos, se puede vivir como en cualquier otra parte. Yo llevo aquí cinco años y no he sacado la pistola ni una sola vez. A muchos de los malos los conocemos, y hasta los que has detenido alguna vez se lo toman con deportividad, y si te ven luego por ahí te saludan, sin rencores. Hay un abogado de por aquí que defiende a los pececillos chicos, no a la clientela de Fabio el del Maserati, que suele decir que la mayoría de ellos en realidad no son malos. Si acaso, dice, son traviesos, por la costumbre de vivir en un lugar donde la ley sólo es una referencia aproximada.

—De un modo u otro, eso vale para todo el país —dijo Chamorro—, incluidos sus dirigentes, o sobre todo ellos. Por eso te encuentras todos los días a gente que tiene una excusa para infringir las normas.

—No hasta el punto que llega aquí —dijo Chacón—. Aquí la gente sobrevive, y alguna no sobrevive nada mal, básicamente porque la ley no se impone y se les deja faenar en los agujeros que hay para quienes la incumplen. Tampoco sería tan difícil. Sólo con que se prohibiera que cualquiera tenga lanchas de mil caballos, que no sirven nada más que para echar carreras y delinquir, y se controlara seriamente las más pequeñas, buena parte de todo lo que pasa se reduciría a cero. Si no se hace es porque en el fondo no conviene, porque el remedio es peor que la enfermedad. Mira lo que pasa con la barrera antinarcos que han puesto en el Guadarranque, el río ese que desemboca en la bahía, por el que se metían antes las planeadoras para alijar. Ya la han saboteado y todo lo que ha conseguido es trasladar los alijos a La Línea.

—Siempre es la misma historia —dije—. Lo que pasa en Madrid cuando desmantelan alguno de los supermercados de la droga. Antes o después, hay que dejar que lo monten en otro lado, y tolerarlo hasta que la situación se pudra y vuelva a empezar en otra parte.

—Son las grietas del edificio social. A quienes mandan tampoco les preocupan mucho, mientras no se vayan de madre, y para eso ya nos tienen a nosotros, que les salimos baratos —opinó Chacón.

—Esto, así y todo, es otro nivel.

—Es lógico, mi subteniente. Esto es la grieta social al borde de la grieta del mundo. Para *jartarse* de rodar películas, si aquí tuviéramos quien las hiciera. Al lado de esto, Baltimore es Barrio Sésamo. Aquí al pobre McNulty no le duraba la placa ni la primera temporada.

Otro consumidor de *The Wire*, constaté. A Chacón también le pegaba la devoción por la obra magna de David Simon, y pensé que no era nada casual que su referente fuera McNulty, que dicho sea de paso era también el mío, por encima del mitificado Omar Little, al que quizá convenía no llevar una placa en la cartera para poder venerar.

Acabada la cena, Chacón señaló la isla y nos preguntó:

—¿Habéis estado alguna vez ahí dentro?

Nos miramos entonces los cinco forasteros: Chamorro, Salgado, Arnau, Lucía y yo. Ninguno había estado. Chacón lo pilló al vuelo.

—¿Queréis echar un vistazo? Merece la pena. Y seguro que conozco al que está de servicio. Nos dejan pasar sin problemas.

Nadie se opuso a la propuesta. Fue un hermoso paseo nocturno por la isla fortificada que, más allá de los edificios del centro de acogida temporal de inmigrantes, estaba vacía, salvo por el faro que se alzaba en su extremo y los búnkeres de las viejas baterías de costa.

—Dicen que en tiempos del tío Paco —refirió nuestro guía, con aire socarrón—, como no había dinero pero había que marcar paquete ante la morisma y ante el mundo en general, los supercañones que tenían aquí y que apuntaban al mar eran de atrezo. No me lo toméis como un dato histórico, es lo que circula entre la gente de por aquí.

—No sería el primero en apostar cañones de pega —dije.

—Ahí la tenéis, África, la cuna de la humanidad —exclamó Chacón, con una solemnidad tirando a irónica—. La verdad es que no es como para que te premien, haber echado al mundo una especie tan dañina, pero algún día podría empezar a tener algo más de suerte.

Chamorro hizo chasquear la lengua.

—Mientras siga dependiendo de los africanos renegados y pálidos que vivimos de este lado, me parece que lo tienen crudo.

—Muy seguros estáis de que lo que tenemos nosotros es mejor —dije.

—En términos de renta per cápita, mortalidad infantil y dignidad de la mujer, entre otros indicadores, cabe poca duda —dijo Salgado.

—Quizá eso, siendo mucho, no sea todo. Quizá no tener conexión a internet y tener a un abuelo que te cuente historias valía algo más de lo que les estamos inculcando a nuestros chavales que vale.

—Quizá —asintió Chacón—. Pero ellos siguen queriendo venir.

Recordé algo, desde un rincón muy lejano de mi memoria.

—«No es mejor que sucedan a los hombres cuantas cosas quieren.»

—Eso lo dirás tú —se opuso Salgado—. ¿Y a las mujeres?

—No lo digo yo —la corregí—. Lo dijo Heráclito de Éfeso. Otro hijo del Mediterráneo, de hace dos mil quinientos años. Tendrás que disculparle. Entonces andaban un poco flojos en lo del lenguaje inclusivo. De hecho, a las mujeres ni siquiera les daban derecho a votar.

—Ah, qué bellos tiempos —se burló.

Chacón nos miró con extrañeza.

—¿Todas las conversaciones que os echáis tienen este nivel?

—Cosas del subteniente —explicó Chamorro, con retranca—. Es un intelectual desaprovechado, por culpa de la empresa.

—Al revés, Virgi —objeté—, aquí me he salvado de echarme a perder en brazos de la razón pura, gracias a las bondades de la razón práctica.

—Otra cosa que sería muy práctica es irse a dormir —observó mi compañera—. Mañana habrá que madrugar y tratar de aprovechar el día.

Le dediqué una mirada cargada de estoicismo.

—Decididamente, los dioses no te hicieron poeta.

—Para eso ya te tenemos a ti.

—A mí tampoco. Sólo cazo al vuelo versos sueltos de otros.

—Ya eres más poeta que yo.

—Está bien, vámonos, antes de que vengan a echarnos. Un bonito paseo, Chacón, gracias por tener la idea de proponerlo.

El cabo se encogió de hombros.

—De nada. A mí me gusta venir, y más de noche. No sé muy bien por qué, pero me tira esto: el mar, la tierra. Y que no haya nadie.

—Yo sí sé por qué —dije.

—Y yo —me secundó la guardia Lucía, absorta en la negrura del mar y en la línea salpicada de luces de la costa de enfrente.

Era la más nueva, y la más taciturna, y por ello esas palabras suyas se quedaron resonando en la noche con más peso, y más contenido, que las de quienes éramos más habladores. Nadie dijo nada hasta que regresamos al continente, como si ella hubiera encontrado un secreto que a los demás nos había pasado inadvertido. O quizá era la fatiga, sin más, y que, como decía Chamorro, tocaba irse a la cama.

Volví a dormir como una piedra, hasta que, a las siete de la mañana, en punto, empezaron a sonar los acordes pausados de la canción que tenía por esos días puesta en el despertador del teléfono: *In Hell I'll Be In Good Company*, una maravilla sin más instrumentación que un chelo y un banjo debida al talento y el desparpajo de The Dead South.

Dead Love, couldn't go no further,
proud of and disgusted by her...

No era la canción más alegre del mundo, pero tenía la virtud de despertarme poco a poco y de ponerme de buen humor. Justo lo contrario que quien a continuación irrumpió en mi WhatsApp con uno de sus mensajes apremiantes: *Cuando puedas me llamas, por favor*. Miré el reloj: las siete y seis minutos. Me autoricé a afeitarme y ducharme antes de cumplir la orden del comandante Ferrer, aquel regalo de la Providencia que me impedía olvidar que era un pecador condenado a expiar mis faltas y un simple engranaje de la maquinaria de la ley. Fue una ducha larga, insensible al derroche energético y a la sequía.

Media hora después de recibir su mensaje, marqué el número del comandante. Me respondió disimulando a duras penas su irritación por mi retraso en llamar. No quise alegar nada en mi descargo. Todo el motivo de su urgencia era el informe que le había mandado la noche anterior, con las explicaciones de Salgado sobre el incidente que había tenido en La Línea y las mías sobre el momento de la investigación. Vi que en realidad sólo quería asegurarse antes de darle cuenta directa al coronel, en ausencia de nuestro teniente coronel, un tipo tranquilo y bregado que solía mantenerlo a raya y que se había ido el día anterior a unas jornadas de delincuencia organizada en Francia. Temí lo peor durante los días en que se prolongara aquella ausencia; incluso estuve tentado de inquirir cuándo volvía el teniente coronel, pero no quise que se oliera el motivo por el que se lo preguntaba. Juzgué mejor invertir el tiempo y las energías en tratar de aliviarle la asfixia.

—No se preocupe, mi comandante, estuve hablando con el coronel jefe de la comandancia y el percance entra dentro de lo normal, nadie le ha dado por aquí mayor importancia —le aseguré—. Y en cuanto a la investigación, ahora sí hemos empezado a avanzar: dentro de no mucho puede que haya resultados. A ver qué nos da de sí hoy.

—Eso espero. Luego te cuento qué me dice el coronel.

—Muy bien, quedo pendiente.

La experiencia me decía que lo que el coronel opinara a raíz de un informe como el que le iba a dar, si repetía con alguna solvencia lo que yo le había mandado, poco iba a cambiar lo que ya teníamos en marcha, pero le dejé con la ilusión de estar gestionando algo. Una vez satisfecha mi servidumbre, como escalón intermedio-bajo en la cadena jerárquica, solté aire y fui a reunirme con los míos para desayunar.

Esa mañana había tarea abundante para todos. El que había pasado a ser el frente principal de la investigación correspondía al lanchero, el llamado Diego Toribio, que se había quitado de la circulación y al que algunos rumores recogidos de confidentes situaban a esas horas en Marruecos, refugiado al abrigo de alguno de sus socios de la otra orilla en los alrededores de Tetuán. Lo que sí pudimos constatar fue que su planeadora había desaparecido, o por lo menos no estaba en los dos o tres lugares donde según los informes que se tenían de él era su costumbre guardarla. También estaba inoperativo el teléfono móvil que nos constaba que utilizaba en los últimos tiempos, por lo que la única manera de intentar controlarlo era a través de su entorno.

La primera gestión del día, que asumió el capitán Álamo junto al brigada Soto, era ir a pedirle a la juez intervenciones escogidas dentro de ese entorno: dos de sus asociados conocidos y la novia. Después de esa gestión judicial, que confiábamos en poder sacar adelante a la vista del talante que su señoría nos había mostrado la víspera, le quedaba al capitán el trago de ir a ver a la fiscal y tratar de mejorar la situación del importador de coches preso en el Puerto de Santa María, para moverle a contarnos algo más sobre la venta del BMW sospechoso y la identidad del comprador. Entre tanto, el equipo iría adelantando la tarea con la información que ya obraba en nuestro poder, bajo la dirección de Chamorro. Por mi parte, me reservé una diligencia que el día anterior se me había quedado a medias y que creí que no podía omitir.

El abogado Caetano, que había tenido el detalle de darme su tarjeta y rogarme que le llamara si necesitaba algo por su parte, me atendió por teléfono con la misma cortesía que ya me había mostrado durante nuestra entrevista en la cafetería de Punta Europa. Cuando le dije que me interesaba volver a hablar con él, si podía ser en persona, y que esta vez pasaría la frontera a pie, para mayor comodidad y no tener que buscar un sitio donde aparcar dentro de Gibraltar, me ofreció:

—Dígame a qué hora estará y le mando un coche.

—No es necesario, podemos quedar en algún lugar próximo a la verja, o puedo caminar hasta donde me diga. No soy perezoso.

—Por favor, insisto.

No son demasiadas las ocasiones en que en el curso de mi trabajo alguien se ofrece a facilitarme las cosas. Después de dudar durante un segundo, pensé que no infringía ninguna regla ni incurría en ninguna actitud inadecuada por dejar que me tuviera aquella deferencia.

—Está bien, calculo que estaré allí sobre las diez.

—Perfecto. Le espero en mi despacho. Y le invito a un café.

A las diez menos cinco, después de que Arnau me acercara hasta la frontera, y tras pasar como cualquier otro ciudadano el control aduanero —que me pareció bastante ágil, al menos para los que como yo iban con las manos en los bolsillos y con un DNI electrónico—, llegué al lado británico. Allí me esperaba ya un Mercedes plateado de último modelo con un conductor de aspecto magrebí que, en cuanto me vio aparecer, se apresuró a abrir la puerta, bajar del vehículo y consultarme, en español impecable con fuerte acento andaluz:

—¿El señor Rubén Bevilacqua?

—Sí —respondí, aún sorprendido.

—Ahmed, me envía el señor Caetano. Suba, por favor.

Habría preferido sentarme en el asiento del copiloto, pero no me dio opción. Me abrió la puerta trasera del lado derecho y me pareció más sencillo aceptar ese trato de privilegio, tan inhabitual para mí.

Cinco minutos después me dejaba en una esquina de Main Street, en las proximidades de la llamada King's Chapel, uno de los edificios más antiguos de la Roca, originariamente una capilla franciscana del siglo XVI, administrada por la Iglesia de Inglaterra desde comienzos del XVIII. Allí, en el cogollo de la colonia y a unos pocos pasos de la sede de la corte de justicia, tenía Caetano su despacho, al que Ahmed me dio las indicaciones para poder llegar por la calle peatonal.

El abogado, seguramente avisado por el conductor de mi llegada, me estaba esperando. Apenas me anunció la recepcionista, una mujer de mediana edad que me pareció española, aunque era difícil saberlo, me hizo pasar hasta su despacho. No era enorme ni tenía unas grandes vistas, pero todo en él transmitía una sensación señorial.

—Bienvenido a mi modesta oficina —me recibió—. Ya lamento que ayer se viera interrumpida nuestra grata conversación de forma tan abrupta. ¿Se solucionó el problema? ¿Están bien sus compañeros?

Me tomé un instante para responderle y observarle. En su momento no le había dicho nada de la índole de la urgencia que nos obligaba a regresar a toda prisa, pero era evidente que se había informado.

—Todo bien —respondí, lacónicamente.

—Me alegra. Bueno, usted me dirá.

—Quería preguntarle, sobre todo, acerca de un par de cuestiones que ayer se nos quedaron pendientes. La primera tiene que ver con esa gestión que, según tuvo la amabilidad de informarnos, usted le hacía a Crístofer de sus ingresos y sus inversiones fuera de España. Ya me hago cargo de que estamos en una materia sometida para usted a secreto profesional, pero también le ruego que se haga cargo usted de la situación en la que está su cliente, desaparecido desde hace cinco días en circunstancias que hacen temer por su vida, y de que mi principal empeño, no tenga usted ninguna duda, es salvarlo, si estamos a tiempo.

—No la tengo, y me hago cargo. Dígame, qué quiere saber.

—Es un asunto delicado, lo sé, pero tengo que preguntarle por cierta información que nos ha llegado. ¿Incluía su operativa la colocación de sumas en efectivo, entregadas a usted por su cliente?

Caetano sonrió como un zorro.

—No se apure. Sé por qué y cómo lo sabe. Yo mismo autoricé a mi buen amigo Fabio Alonso a que le contara lo que le contó, porque en efecto creo que puede ser relevante para su investigación, y yo, como usted, lo que quiero es ver a Crístofer sano y salvo. Más allá de ser un buen cliente, es un chaval al que le cogí cariño. Un chico con mucho talento y con una vida difícil, todo un ejemplo de superación.

En ese instante temí, muy seriamente, que Patrick Caetano, aquel *gentleman* meridional forrado hasta niveles que no podía imaginar, y con tanto mundo como muy poca gente que me hubiera echado a la cara, me estaba tomando el pelo. Pero me tocaba aguantarme.

—Entiendo —dije—. Así era, entonces.

—Voy a explicarle algo, para situarlo en sus términos. Se trataba de transacciones rigurosamente excepcionales, en las que Crístofer lo que hacía era convertir en efectivo cantidades generadas fuera de España y representadas por activos digitales. No sé quiénes le facilitaban ese efectivo ni cuál era su procedencia. Lo que sí sé, y así lo reflejaba su contabilidad, es que su contrapartida eran capitales procedentes de operaciones exteriores, desarrolladas a través de compañías situadas fuera de España, y por tanto esas cantidades de dinero en efectivo que me entregaba debían revertir en inversiones de la misma naturaleza, recogidas en el balance de dichas compañías no españolas. Y eso era justamente lo que hacíamos. No sé si me estoy explicando ...

—Más o menos —concedí—. No deja de plantearme algunas dudas, en todo caso. Qué pensaría de todo eso la Agencia Tributaria española. O en qué se diferenciaría lo que me cuenta de una pura operación de blanqueo, si no se acredita lo que me dice que había detrás...

—Bueno, para hablar de blanqueo habría que probar que se trata de efectivo de procedencia ilícita, lo que a mí no me consta. Y no estoy hablando con la Agencia Tributaria española, con la que podría llevar a los tribunales cualquier discrepancia, sino con el investigador que busca resolver el secuestro de mi cliente, si no entendí mal.

—No, no entendió mal.

—Verá, Rubén, ¿me permite que le llame Rubén?

—Adelante.

—Usted y yo somos personas ya con un cierto recorrido. No sólo por la edad, sino por todo lo que hemos tenido que ver, todo lo que hemos tenido que aceptar; incluso lo que hemos tenido que olvidar. Se lo noté tan pronto como le vi. Por eso me permito hablarle con una franqueza que puedo asegurarle que no tendría con otro.

—Y se lo agradezco.

—La vida me puso en esta roca, a la que vinieron mis antepasados hace un par de siglos, y siempre he procurado vivir en ella de una manera decorosa, sin dejar de aprovechar las oportunidades que ofrece, que en este momento son muchas. En cierto modo, este lugar viene a ser ningún lugar: eso que el mundo globalizado, este en el que vivimos y en el que la información y el dinero viajan a la velocidad de la luz, necesita a ciertos efectos. Yo les ofrezco a quienes tienen esas necesidades un puerto seguro, y para eso no puedo implicarme en acciones deshonestas. Las estructuras que diseño para mis clientes se ajustan a la legalidad gibraltareña y nunca he aceptado participar en actos o en entramados de naturaleza delictiva. No creo que Crístofer fuera un delincuente, ni que los fondos que me entregaba para administrárselos tuvieran origen criminal. Nada me permite afirmar eso. Si en algún momento hubiera tenido constancia de algo así, le habría sugerido que se buscara otro abogado. Los hay con menos escrúpulos.

Me pregunté si aspiraba a persuadirme. Tampoco era importante.

—Tengo una pregunta para usted —dije.

—Hágala.

—¿Podría decirme a cuánto asciende el efectivo que *convirtió*, por decirlo así, con arreglo a esa operativa que me ha descrito?

Caetano se echó hacia atrás en su silla y cruzó los dedos ante la cara. Luego puso en palabras aquel inequívoco lenguaje corporal.

—Me temo que ese dato sí que forma parte del secreto profesional que bajo ningún concepto puedo traicionar en esta conversación.

—Bien, contaba con ello. Bastante me ha dicho ya.

—Tanto como creo posible, se lo aseguro.

—Tengo otra curiosidad. Me dijo usted ayer que el viernes Crístofer había quedado a cenar con usted y con dos ciudadanos rusos.

—Así es.

—Hay algo que me descuadra. En su ordenador quedó huella de la reserva. Era sólo para dos personas.

Caetano me sonrió con expresión indulgente.

—Veo que son ustedes meticulosos. Le explicaré. Como todos los jóvenes, Crístofer tenía a veces una conducta algo impulsiva. Sé que reservó para dos personas, me dijo que él lo haría cuando cerramos la cita. Con posterioridad yo me ocupé de que Alexéi y León se sumaran a la cena y de ampliar la reserva. Tengo buena relación con los dueños del local. Si quiere, podemos comentarlo con ellos mismos, con Alexéi y con León. Les he invitado a tomar café con nosotros a las once.

—¿Y eso? —no pude evitar preguntarle.

—Me pareció que le interesaría conocerlos. ¿Habla usted inglés?

—Me manejo.

—Les he convencido para que hablen con usted. Les he hecho ver que es mejor que se adelanten a contarle qué hacen y qué relaciones comerciales tenían con Crístofer. Sé que cuando en España se dice «unos rusos», todo el mundo empieza a pensar en mafias siniestras y cosas por el estilo. Verá usted que estos son dos muchachos listos y emprendedores: dos ingenieros, nada que ver con el culturista tatuado ese que sacan siempre en las películas para asustar al público.

—No me había hecho ninguna idea. Pero gracias por convencerlos.

—Son menos cuarto. ¿Quiere que vayamos dando un paseo?

—Por qué no.

Caminar con Patrick Caetano por el centro de Gibraltar equivalía a detenerse a saludar aproximadamente a una de cada tres personas con las que nos cruzábamos. Tardamos casi aquel cuarto de hora en recorrer los pocos metros que nos separaban de la cafetería donde había citado a los rusos. No lo deploré: la mañana era soleada y agradable y me gustaba aquel sitio un poco anómalo, aquel retal británico adosado por capricho de la Historia a la vieja montaña de Tarik, el general bereber que se zampó la península como si nunca la hubieran poseído Roma ni sus divididos e insolventes herederos germánicos.

Los rusos ya estaban sentados a una mesa en la terraza de la cafetería, situada en el patio interior de un edificio comercial. Andarían los dos por los treinta, tenían aire de *hipsters* pero su ropa se veía buena y no precisamente económica. Los dos se levantaron y me dedicaron el consabido *nice to meet you* con aire servicial. Reparé en que ambos hablaban un buen inglés, aunque fue sobre todo uno de ellos, León, un tipo moreno de pelo muy corto, el que a petición de Caetano lo usó para darme cuenta de lo que hacían y de sus tratos con Crístofer. Según me vinieron a decir, llevaban sólo unos meses trabajando con él, pero desde el principio les había ofrecido muy buenos resultados.

—Estamos radicados en Gibraltar porque es mucho más ventajoso para nuestra actividad, orientada a clientes de todo el mundo —me explicó, como si quisiera justificarlo—. El *bitcoin* es una moneda sin fronteras y sin banco central, por eso se gestiona mucho mejor desde un territorio como este, preparado para ese tipo de operación.

Y sobre todo, pensé, es mucho más apetecible generar riqueza bajo una soberanía fiscal relajada, además de las facilidades que para las transacciones internacionales les ofrecieran las leyes gibraltareñas.

—Toda cara tiene sin embargo su cruz —prosiguió—. No sé si sabrá que el proceso de generación —traduje para mí *mining*— de *bitcoins* supone un gran gasto de energía, y aquí nos encontramos con ciertas limitaciones, derivadas del aislamiento energético de la Roca, que no tiene conexión eléctrica con el resto de la península. Parece que no son ustedes muy partidarios de dársela —bromeó por primera vez.

—Hay una especie de litigio antiguo y engorroso sobre la presencia de los británicos en este pedazo de tierra —reconocí, no sin atisbar de reojo la beatífica sonrisa que se dibujó en los labios de Caetano.

—Por eso nos buscamos proveedores de capacidad de cálculo fuera, y tengo que decirle que Crístofer nos abastecía a plena satisfacción, a cambio de un porcentaje justo del valor de la moneda generada.

—¿Con qué capacidad?

—Eso ya era cosa suya. Nosotros tenemos un contrato que estipula que posee esa capacidad y que la posee de modo legítimo. Un contrato por el que asume indemnizarnos plenamente a ese respecto.

Siempre lo mismo, no pude evitar constatar una vez más: los ojos que no veían, el corazón a buen recaudo del remordimiento. Aunque no estaba en mi terreno, y sabía que tenían tanto deber de contestarme como de abrocharme los zapatos, no quise dejar de escarbar:

—¿Cómo le satisfacían sus honorarios?

—¿Cómo cree usted? —me la devolvió.

—No sé.

—En *bitcoins*, naturalmente. La ventaja de generar tu propio medio de pago. Demasiado buena como para no aprovecharla.

—Entiendo que ahora han perdido ese aporte de capacidad.

León asintió gravemente.

—Desde el lunes. Nos notificaron por correo electrónico que tenían problemas técnicos transitorios y que se acogían a una de las causas de suspensión del contrato. Un verdadero contratiempo.

Ahora ya sabía uno de los quehaceres de los que se había ocupado Sebastián Carranza, antes de desaparecer y ante la proximidad de la Guardia Civil: borrar aquel rastro que podía comprometerlos.

15
El futuro

La conversación con los dos rusos transcurrió hasta el final con aquel tono de cordial transparencia. Si el objetivo era transmitirme la sensación de que se trataba de dos asépticos empresarios tecnológicos en busca de la manera más razonable y provechosa de llevar a cabo su actividad, tuve que reconocer que la *performance* resultaba perfecta. En algún momento me planteé hacerles alguna pregunta incómoda, como quién era titular del capital de la empresa, quiénes eran los clientes a los que vendían los *bitcoins* que generaban o si había alguna otra actividad relacionada con la tecnología que desarrollaran desde aquella base tan conveniente que les proporcionaba Gibraltar. Había oído algo de que la Roca era también el paraíso de las apuestas online, sin ir más lejos, y me parecía verosímil que dos chavales tan despejados hicieran sus pinitos en ese prometedor territorio. Al final, me conformé con lo que quisieron contarme. No necesitaba creerles en todo para sacar la sensación que ya tenía de antes: era muy poco probable que aquellos rusos estuvieran detrás de la desaparición de alguien que les prestaba un servicio que para ellos tenía valor y los exoneraba de costes y también de responsabilidad. A raíz del descubrimiento de que Sebastián se había ocupado de hacer desaparecer las huellas de la actividad de minería que él y Crístofer habían estado desarrollando para los rusos, había otra idea que había empezado a rondarme, que no tenía nada que ver con ellos y que cada vez me resultaba más inquietante.

Caetano quiso acompañarme hasta la verja. Caminamos hasta una esquina en la que apareció al instante el Mercedes plateado conducido por Ahmed. Nos instalamos en los asientos traseros, el abogado en el derecho. Me apeteció, de pronto, hacer una observación malévola.

—¿No es este mucho coche para un sitio tan pequeño?

Caetano sonrió deportivamente.

—Desde luego. Por fortuna, y a diferencia de otras épocas, ahora sus autoridades nos dejan salir, y me gusta mucho su país. De hecho, la inmensa mayoría de los kilómetros que marca el contador los hemos recorrido por carreteras españolas, ¿no es así, Ahmed?

—Así es, señor Caetano —confirmó el chófer.

—¿Le puedo hacer una pregunta personal? —probé entonces.

—Dígame.

—¿Tiene usted *bitcoins*?

Se echó a reír de buena gana.

—Ni uno solo —dijo—. No termino de creer mucho en lo que no puede tocarse, aunque me gane la vida asesorando a quien sí.

—¿Sabe? Tengo la sensación de que Crístofer tampoco creía más de la cuenta en esa supuesta moneda. No puedo evitar pensarlo cuando veo que la cambiaba en cuanto podía por billetes que luego se ocupaba de invertir, a través de esas sociedades, en cosas que pueden tocarse y disfrutarse, como esos dos apartamentos de Sotogrande.

Caetano opuso una sutil objeción.

—Yo nunca le he dicho que esos apartamentos fueran suyos.

—Tampoco me lo ha negado.

—No es argumento suficiente para presumir la titularidad. En todo caso, le reconozco la agudeza. No está mal visto eso que dice.

—Tengo la obligación de pensar en todas las posibilidades —alegué en descargo de mi suspicacia—. Y eso me lleva a otra idea.

—¿Cuál?

—Que Crístofer podía estar pensando en reorientar sus actividades, sobre todo las referidas a esa moneda virtual, en la que está claro que no tenía una absoluta confianza. A lo mejor empezó a ver que con ella corría un riesgo. O a lo mejor hasta tuvo algún tropiezo.

El abogado meditó —o simuló meditar— gravemente.

—La verdad —dijo al fin—, no tengo ninguna constancia de eso.

No iba a sacarlo de ahí, por lo que no me empeñé en malgastar su tiempo ni el mío. Disfruté del breve trayecto hasta la frontera y allí me despedí de mi anfitrión, que bajó del coche para estrecharme la mano. Un caballero hasta el final, pensé. Caetano volvió a ofrecerse.

—Cualquier cosa en la que yo pueda ayudarle, ya sabe dónde me tiene. Marque mi número cuando lo considere necesario.

—Gracias por la hospitalidad. Me llevo buen recuerdo de aquí.

—Me alegra si en algo he contribuido a que nos vea como lo que somos, unos andaluces británicos que vivimos y dejamos vivir.

—Una interesante definición. Me la guardo.

—Toda suya.

Al otro lado del control aduanero ya estaba Arnau, esperándome en el otro coche que habíamos traído de Madrid, un Range Rover Evoque cuyo éxito comercial entendía sólo a medias. Respondía bien, pero no lograba hacerme a la sensación claustrofóbica que me producía una luna trasera tan angosta. Apenas subí, se interesó mi compañero:

—¿Qué tal ha ido? ¿Algo nuevo?

—Una desazón —respondí.

—¿Una desazón?

—Se me ha ocurrido algo muy incómodo. Para mí, sobre todo, en mi calidad de responsable de la investigación. En ningún momento nos hemos planteado, o bueno, sí nos lo hemos planteado pero lo hemos descartado demasiado rápido, la posibilidad de que nos encontremos ante algo distinto de lo que hemos venido aceptando hasta aquí.

—¿Como qué?

—Sebastián y Crístofer, nuestros dos desaparecidos, se dedicaban no sólo a actividades delictivas, sino al lavado de dinero de oscura procedencia a través de un activo peliagudo, como son las monedas virtuales. Tanto lo uno como lo otro tenían sus riesgos, con probabilidad grande de concretarse a medio plazo, lo que bien podía sugerirles la conveniencia de quitarse de la circulación. Por otra parte, cabe suponer que disponen de recursos sobrados fuera de España, desde donde podrían continuar más ventajosamente con su tinglado.

—¿De qué me estás hablando exactamente?

—Piensa en esta hipótesis: que Crístofer primero, y Sebastián después, una vez reconducidos sus negocios y eliminados los rastros que no les interesara que nosotros pudiésemos seguir, se subieran de noche a la lancha de Diego Toribio y este los desembarcara sigilosamente en un lugar seguro, donde empezar de nuevo sin tener que responder de las pifias de su vida anterior. Me mosquea que para lo del rescate utilizaran ese proveedor de correo australiano, un recurso que huele a truco de informático avezado. Piensa en Marruecos, que está a poco más de quince minutos en esa lancha. O, por qué no, en esa roca. Diría que Patrick Caetano bien puede acondicionarles un escondrijo seguro durante el tiempo necesario para que se los dé por muertos.

Arnau no respondió en seguida. Aprecié el detalle. Tiempo atrás se habría visto presionado para hacerlo. Ahora sabía resistirse.

—Tengo un par de reparos —dijo, al cabo de su reflexión—. Uno, el que ya nos planteamos en su día: si tu objetivo es desaparecer, cada persona a la que implicas en la operación es un peligro. Por lo menos dos, en el caso de Crístofer, y otros dos en el de Sebastián.

—No hemos comprobado dónde estaba Sebastián cuando secuestraron a Crístofer. Los testigos hablan de dos hombres. Uno podía ser el propio Sebastián, y el otro el lanchero, Diego Toribio. La misma regla podemos aplicar a la tripulación de la lancha que fue a recoger el rescate a Sotogrande: Diego el que va al timón y Sebastián el que baja a por la mochila; la estatura coincide, más o menos. Y en el caso de la desaparición de Sebastián, nada nos permite excluir que él fuera uno de los dos que llegaron en la moto, y luego el que condujera su propio coche. Con tan sólo tres personas, todo resultaría factible.

—Yo hablaría en todo caso con Ariadna y con la novia de Sebastián —propuso Arnau—; me parece que después de hacerlo concluiríamos que al menos hizo falta una persona más. Pero tengo otro reparo más importante. Si fuera como dices, no me cuadra con la reacción de Toribio, tan violenta que de hecho le condena a hacerse prófugo. No es un delito tan grave. Ni siquiera sería un delito real, sino simulado. ¿Por qué agredir a una agente de la autoridad y huir a Marruecos?

—Quizá irse a Marruecos era algo que ya tenía previsto.

—No digo que no haya que tenerlo en cuenta, pero no me cuadra. Tampoco con ese amor que Crístofer le tiene a la madre, a la que ha dejado sumida en la desesperación de no saber dónde está su hijo.

—No sabemos si no es una extraordinaria actriz.

—No sé, mi subteniente. Yo soy más de la navaja de Ockham, y esto está empezando a parecerme un poco demasiado enrevesado.

—No digo que no tengas razón —admití—. Quizá estoy reaccionando de forma desproporcionada a lo que acabo de vivir al otro lado de esa verja. Por momentos tenía la sensación de ser el único espectador de una comedia diseñada para encubrir la verdad, con dramaturgia y actores de primera. Lo cierto es que igual puede serlo, pero con otra intención: desde tapar otra verdad que no les interese que conozcamos hasta tratar de convencernos de buena fe de que ahí no hay nada que rascar.

—Tampoco nos cuesta nada darles esa vuelta a Ariadna y a la novia. Diría que ninguna de ellas tiene motivos para mentirnos.

Agradecí su mezcla de buen juicio y gentileza.

—Bueno, por asegurar. Metamos la idea en la nevera y centrémonos en lo que hoy por hoy puede llevarnos a un suelo donde hacer pie.

Nada más llegar a la unidad, el brigada Soto vino a darme cuenta del resultado de la entrevista con la juez responsable del caso.

—Se ha resistido un poco y al final ha limitado la escucha a quince días, pero por suerte nuestro personal de drogas tiene un buen mapa de esta gente, con indicios sólidos para vincularlos con Toribio. Aunque no nos sirva para echarles abajo el chiringuito de la droga, ahora sí nos sirve para controlarle. Lo de la novia nos ha costado un poquillo más, pero al final ha dado también su brazo a torcer. Tengo que reconocer que ahí el capitán ha estado brillante. Fiel a su estilo, eso sí.

—No quiero imaginarlo, ni preguntar.

—Le ha dicho que una de las cosas que más resultado les daba con los etarras era controlar a los familiares. Antes o después, uno siempre quiere ver por la Navidad o por el cumpleaños a los suyos.

—Los tiene cuadrados. Igual podía haberle salido mal.

—Le ha salido bien. La juez está presionada, tanto como no la había visto antes. Quizá ayude que desde la desaparición del segundo el asunto haya salido con cierto ruido en la prensa local. Hoy ya había una columna de opinión preguntándose si en el Campo de Gibraltar la justicia pinta algo o es un adorno para cubrir el expediente.

—Si yo fuera juez, no leería jamás la prensa.

—La carne es débil. Y parece que la juez tiene perspectivas de pasar a mejor vida. Está bien colocada para dar el salto a la Audiencia. Debe de haber visto que de esta, o lo consigue, o se lo echa a perder.

—Qué sería de nosotros sin la vanidad de unos y de otros. ¿Y cómo va la intervención? ¿Cuándo tendremos las orejas puestas?

—En cualquier momento. Nos hemos traído el mandamiento firmado y las gestiones con las operadoras están en marcha.

—¿Y el capitán?

—En la Fiscalía. Tenías que haberle visto la cara. Como un cordero camino del matadero. Esta te la va a guardar de por vida.

—Eso me pareció. ¿Tan terrible es?

—Treinta años, primera de su promoción, se lo sabe todo y según ella somos unos patosos que no enfocamos nunca nada bien. Le damos los paquetes mal envueltos una y otra vez y por eso, salvo las pocas veces que los trincamos con los fardos, porque se les jode el motor de la lancha o algo así, estos cabrones se van siempre de rositas.

—¿Cuánto tiempo lleva?

—¿Aquí? Un año. Está todavía en plena digestión del principio de realidad. Suele pasar, pero esta se resiste como gato panza arriba.

—¿Abandono toda esperanza entonces?

—No subestimemos al capitán. Se fajará, por vergüenza torera más que otra cosa. Si tenemos una oportunidad, la aprovechará.

Kenton Chen llamó entonces mi atención. Saqué el teléfono y eché un vistazo aprensivo a la pantalla. No era quien me temía, pero aquel número que tenía marcado con las iniciales GP, y desde el que muy rara vez recibía llamadas, tampoco era precisamente de los que me transmitían tranquilidad. Lo atendí con presteza y resolución.

—A la orden de vuecencia, mi general.

—Vila, quítame la vuecencia de una puta vez.

—No puedo, mi general. ¿Y si tengo intervenido el teléfono?

—¿Has hecho algo malo?

—Uno nunca sabe, en este oficio.

—Oye, perdona que te moleste.

—Por favor, mi general.

—Me ha llamado tu coronel para darme novedades y me ha contado lo que hay en Algeciras y que andas tú con ello.

—Así es.

—No he podido resistir la tentación de llamarte. Me interesa mucho el asunto. Desde que he llegado a esta oficina estoy peleando para que nos potencien el área de delitos informáticos, andamos apenas con cuatro gatos para un embolado que es el futuro de la criminalidad, donde vamos a tener el ochenta por ciento del trabajo de aquí a nada. Ya sabes que nunca hay dinero, así que no me hacen ni puñetero caso, pero me da que esta podría ser una historia bonita para concienciar a los que mandan. Supongo que estarás de acuerdo conmigo.

Pereira llevaba dos meses al mando de la policía judicial dentro del cuerpo. En tal condición, mi antiguo jefe directo, al que había conocido de comandante, y con el que había desarrollado a lo largo de los años una colaboración mutuamente provechosa —sobre todo para él, a un paso de la cúspide absoluta del organigrama, las tres estrellas de teniente general—, había pasado a ser el jefe de mi gran jefe. Así las cosas, no estaba en condiciones de contradecirle mucho. Por otra parte, debía tener cuidado para que mis jefes inmediatos no recelasen de la relación que yo pudiera mantener con él, al margen de ellos.

—Le reconozco el punto, mi general —dije, cauto.

—También te puedes saltar el *mi general*, y tampoco

me importaría nada que alguna vez te tomaras la libertad de tutearme. A estas alturas nos conocemos de toda la vida y te estoy llamando como amigo, no como general. Esto, además, es algo que pasa más rápido de lo que alguno se cree. Para cuando te quieres dar cuenta te jubilan y pasas a ascender a la categoría de cero a la izquierda. Y cuando llegue ahí me gustaría seguir creyendo que puedo marcar tu número.

—En ese momento yo ya seré un cero a la izquierda del cero.

—Cómo eres, mi subteniente. Bueno, voy al grano. Podría pedírselo al coronel, pero prefiero saltarme el protocolo. ¿Puedes mandarme tú directamente, por correo electrónico, todo lo que vayáis haciendo? Así lo voy mirando y lo preparo para convertirlo en caso práctico de mi propuesta a la superioridad. Y si no te importa, si tengo alguna duda te llamo. También prefiero hablar con quien está a pie de obra.

Supuse que sí, que me importaba tener una interferencia más en mi trabajo, pero a Pereira lo apreciaba, me había cubierto no pocas veces y me cubriría alguna más, si hacía falta, así que me avine a ello.

—Cómo no, mi general. Encantado.

—Te debo una. Otra, quiero decir.

—Pues ya que estamos...

El general agarró al vuelo la insinuación.

—Lo que quieras. Pide.

—Verá, tal y como va evolucionando esta historia me parece que podría llegar a sernos de bastante utilidad contar con algunos de los recursos escasos de la unidad. Usted ya me entiende...

—¿Qué recursos, en particular?

—Apoyo técnico y grupo de seguimientos.

—Visto, Vila. No tienes más que mandarme una señal y ya lo digo donde y cuando tenga que decirlo, como si fuera idea mía.

—Muy agradecido, jefe.

—Un gusto serte útil. Un abrazo fuerte, compañero.

—A la orden.

Pensé que veinte, incluso sólo diez años atrás me habría dado algún pudor jugar aquella carta de ventaja. Pensé, también, que diez años atrás no contaba con ella, y que la vida, en compensación por todo lo que te va quitando, desde la inocencia hasta el vigor de la juventud, te facilita no sólo otras herramientas sino el aplomo para usarlas, y para hacerlo además de un modo que no resulte demasiado infame. Pereira no iba a favorecerme en algo que no tuviera el aroma de ser justo, ni iba yo a invitarle jamás a comprometerse en algo indigno.

Tan pronto como tuvimos operativas las escuchas pudimos comprobar que en el entorno de Diego Toribio, el lanchero, había cundido tras su huida un llamativo nerviosismo. Sus dos socios habituales no paraban de hablar, con otra gente y entre sí, y aunque utilizaban un lenguaje en clave pudimos deducir que les inquietaba la posibilidad de que fuéramos a por ellos, por un lado, y por otro, que no terminaban de explicarse muy bien por qué su colega le había dado un manotazo a la *picola* y a continuación había puesto mar de por medio. Uno de ellos le preguntaba al otro, insistentemente, si sabía en qué andaba Diego, y este juraba y perjuraba que no tenía ni pajolera idea. También nos permitieron interpretar que con la marcha de Toribio, que además se había llevado su montura, se les complicaban su propios trapicheos, para los que era vital contar con alguien que podía ir y venir por el agua a más de cien por hora, lo mismo de día que de noche.

Entre tanto, Salgado había estado removiendo, con ayuda de la guardia Azucena, en la lista de los clientes del abogado Alonso, en busca de alguno de quien nos constara que había contratado a Diego y al que pudiéramos considerar sospechoso de haber colocado sumas de dinero negro en la lavadora en moneda virtual de Crístofer. Aquel frente era mucho más problemático: para empezar, se trataba de gente bastante más escurridiza que los compañeros de faena del lanchero, y sin vínculos cien por cien probados con este, sino tan sólo indicios; y además, ir a por ellos implicaba ponerse enfrente al habilidoso letrado, por lo que no podíamos dar un solo paso en falso.

—Hay un par que me huelen especialmente mal, sobre todo uno de ellos, con antecedentes por delitos violentos —me informó Salgado—. Pero los de drogas llevan años tras ellos sin poder probarles jamás la relación con un solo alijo. Siempre actúan a través de peones interpuestos, que en lo último que piensan, si caen, es cantar para quién trabajan. Sería la forma de echarse a perder el seguro económico que tienen, tanto ellos como la familia, a cargo de la organización, durante los pocos años de talego que te caen por traficar con hachís.

—Vamos, Inés, dime que has pensado algo —la invité.

Salgado se encogió de hombros.

—Claro que he pensado algo, pero igual me da. Tendríamos que montar un dispositivo importante, para seguirlos veinticuatro horas y poder relacionarlos con algo que les haga vulnerables. La intervención telefónica, aparte de que está por ver que pudiéramos conseguirla, ya me han dicho que no nos serviría de nada. Sólo hablan por teléfonos encriptados con teléfonos también encriptados. Mientras no haya una ley que considere malo, salvo prueba en contrario, al que se gasta en hablar con los colegas diez o doce veces lo que gastaría un ser humano normal, sólo para que nadie pueda oír lo que dice, estamos listos.

Chamorro, que escuchaba junto a mí el informe de la cabo primero, sacó, por ambos, las conclusiones que se desprendían de él:

—En una estructura de crimen organizado no puedes entrar así como así por la punta de la pirámide. Tienes que ir desde abajo, poco a poco y sin prisa. Justo lo que ahora no nos podemos permitir.

—Alternativas —le pedí.

—Seguir revolviendo lo que tenemos. Y rezar para que las escuchas nos den algo y el capitán ablande a la fiscal.

—Pues reza tú, que tienes más influencia.

—¿Y eso? —preguntó Soto, que acababa de sumarse al grupo.

—La sargento primero tiene un pasado —me limité a decir.

—Lo dices como si fuera para avergonzarse —se quejó.

—No, sólo soy respetuoso con la gestión de la memoria ajena.

—¿Qué pasado es ese? —indagó el brigada.

—Tocaba la guitarra en la parroquia—declaró resignada—. Cometí el error de contárselo cuando aún no le conocía mucho. Así que lleva ya casi veinte años tocándome las narices con la cuestión.

—Lo respeto profundamente —me excusé—. De hecho, creo que si hubiera más creyentes en Dios y menos en el Euromillón tendríamos menos trabajo y el mundo sería en general más habitable.

—Vale ya, anda.

—Lo digo completamente en serio.

Al final de la mañana, poco antes de la hora de comer, apareció en la unidad el capitán Álamo. Se asomó a la puerta de la sala común en la que trabajábamos los forasteros y me interpeló, misterioso:

—Mi subteniente, ¿puedes venir un momento?

Le seguí hasta la puerta de su cubil, al que me hizo pasar primero. Luego me invitó a que me sentara y se dejó caer sobre su silla.

—Bueno, ¿qué? —pregunté, impaciente.

Aún se me quedó mirando, muy serio, durante unos segundos.

—Un día, Gardelito —comenzó a decir al fin—, me tienes que contar con qué riegas la flor esa que te crece en el culo. De verdad. Ya me acuerdo de los tiempos en que nos distinguiste con tu presencia allá arriba. Lo que a otro le costaba una troncha de diez horas, a ti, apenas te plantabas, parecía que vinieran a verte expresamente...

—No exageres. Eso pasó un par de veces, como mucho.

—Al asunto. He estado hablando con la fiscal.

—¿Y?

—No me gusta para novia. Ni yo a ella para novio.

—Tampoco se trataba de eso.

—Nunca está de más hacerse la pregunta. Nunca se sabe, en la vida, por dónde va a acabar saliendo el sol. O poniéndose. El caso es que le he planteado el marrón ese que me encargaste, y aquí es donde voy a sorprenderte y donde vas a ver por qué te digo lo de la flor.

—No lo retrases más, por favor.

—Nuestro amigo el importador ilegal de coches y vendedor no menos ilegal, ese que atiende por el nombre de Victoriano Duque, ha metido un recurso contra su prisión incondicional, que se tiene que resolver en los próximos días. Dentro de esta semana, o la que viene.

—Eso no quiere decir que vayan a estimárselo.

—Salvo si tienes en cuenta una circunstancia que es la que ha tenido la deferencia de comunicarme la fiscal, aunque en algún momento me ha parecido que le jorobaba darme la buena noticia. Acaba de hacer sus alegaciones en ese recurso, en las que no se opone a que el imputado sea puesto en libertad bajo fianza a la espera de juicio. Considera que los seis meses que se ha comido son suficientes, y que no concurren ya las razones por las que se acordó la prisión preventiva.

—Eso quiere decir que...

—Que ya nos había dado lo que íbamos a pedirle, y que, como ha presentado el escrito, ya no puede quitárnoslo. Que puedes irte esta misma tarde a venderle a tu preso la moto, aunque no te haya costado nada y supongo que este no te la comprará hasta que se vea libre.

Y que no dejes de cuidar esa flor tuya, que es tu principal activo.

—La flor la tiene más bien tu cabo Chacón —alegué—, que fue el que le hizo la oferta antes de saber que podríamos cumplirla.

Álamo se encogió de hombros.

—Tú o él, o tú y él. El caso es que podéis iros los dos al penal del Puerto de Santa María y fardarle a este tío de que habéis conseguido que lo pongan en la calle. Porque la semana que viene, como tarde, lo van a soltar.

—Es una magnífica noticia.

—Es lo que hay. No sé yo si será tan bueno que suelten a ese.

—Tampoco se iba a hacer mejor en la cárcel, y sacándolo al menos podemos tener otra bala para disparar en lo nuestro.

—Pues eso, Gardelito, ve a sacarle brillo. ¿Alguna cosa más durante mi ausencia? ¿Alguna otra carambola de tu diosa Fortuna?

—He estado en Gibraltar. Y estamos oyendo teléfonos.

—¿Y?

—Nada concreto. El lanchero está desaparecido y a sus compadres no les llega la camisa al cuerpo. En Gibraltar, por el contrario, todo es tranquilidad. He conocido a un par de rusos que andan enredando con ordenadores y que trataban con Crístofer, pero dicen no saber nada de cómo gestionaba su negocio ni por qué se evaporó. El futuro.

—¿Y eso?

—También he hablado hace un rato con mi general, que ahora que lo pienso también es el tuyo, como jefe funcional, y que fue antes mi jefe directo. Una de las mentes más penetrantes de la empresa.

—No jodas. ¿Pereira?

—El mismo. Está convencido de que el futuro de nuestro oficio está en las redes y los bytes. O dicho de otro modo, que tú y yo empezamos a tener los días contados. Anda muy pendiente de la investigación, de la que me pide que le dé informe directo, por si te interesa.

—Sólo nos faltaba eso.

—Tengo alguna costumbre de pastorearlo y nos tenemos aprecio. Es una puñeta más, pero no creo que sea la peor que nos caiga.

Álamo miró entonces su reloj.

—En fin, habrá que ir comiendo, ¿no?

Esa tarde, aceptando al vuelo la sugerencia del capitán, me fui con los cabos Arnau y Chacón hasta el Puerto de Santa María, al objeto de conocer a Victoriano Duque y moverle a apreciar nuestra inexistente intervención en su inminente puesta en libertad. Mientras meditaba en el asiento trasero del Range Rover cómo llevar a cabo la promoción de aquel producto ficticio, me pregunté cuántas veces en el curso de la vida acabamos sintiendo y demostrando gratitud por quien nada ha hecho por nosotros ni puede ni querrá jamás hacerlo. Cuántos pagos afectivos son en realidad estafas emocionales, que seres ventajistas e inescrupulosos nos recaudan con la desfachatez que yo me disponía, en aras de un bien superior, a desplegar ante aquel hombre.

Haber pasado varias veces por la experiencia no me había vuelto inmune al desasosiego que produce entrar en un recinto habitado por seres humanos privados de forma duradera de libertad. Aunque las prisiones españolas podían parecer livianas a quienes conocieran los agujeros infectos que en otras latitudes tenían ese nombre, no por ello dejaban de ser lugares donde vivir era una experiencia degradada y poco apetecible, a la que sólo un frívolo o un ignorante podía restar importancia. En tanto que mi trabajo podía conducir, y a menudo conducía, a que alguien fuera a parar a un lugar así, no estaba de más que de vez en cuando me dejase caer por una, para no olvidarlo.

Superados los controles de acceso, y tras recorrer una

sucesión de lóbregos corredores, nos encontramos en el locutorio con nuestro hombre. Victoriano Duque acudió a la cita con una sonrisa de oreja a oreja. No porque le inspirásemos una simpatía incontenible, sino porque para un recluso cualquier novedad es bienvenida, y más si tiene que ver, como era el caso, con alguna perspectiva, por remota que sea, de acabar perdiendo esa condición en un plazo más o menos breve. Fui yo quien asumió, desde el principio, el peso de la entrevista.

—Me llamo Rubén —dije, buscando complicidad—. Estoy al mando de la investigación de la que le hablaron ayer mis compañeros.

Duque me observó, divertido.

—Encantado, Rubén —repuso—. ¿Qué me trae usted?

—Buenas noticias. Aunque nos lo puso usted un poco difícil.

—¿Y eso?

—¿Conoce a la fiscal?

—Sí, he tenido el gusto.

—No estaba por la labor. Parece que una vez le robaron el coche.

—Yo no he robado coches nunca, Rubén.

—Ella no lo tiene tan claro. Por suerte, lo que sí tiene claro es que sin nosotros lo lleva crudo para sacar adelante un par de investigaciones que le interesan mucho. Sutilmente, se lo hemos recordado.

—¿Y?

Me pareció que era el momento justo para pasar a tutearlo.

—No va a oponerse a tu libertad. Estás fuera, como quien dice.

—¿De verdad? —se asombró—. ¿Tan pronto?

—Ya te dije —intervino Chacón, para asegurar la estocada—. Ahora estás hablando con la Guardia Civil. Nosotros cumplimos.

—Y tú, ¿vas a cumplir? —emplacé al agraciado.

—En cuanto salga por esa puerta.

Era lo esperable, pero no quise dejar de advertirle:

—Más vale. Ya sabes que sirve para salir y para entrar otra vez.

—Yo soy legal, Rubén. Como vosotros.

No supo, ni tenía que saber, por qué sonreí al oír esas palabras.

16

La mitad del todo

Siempre llega un momento, en toda investigación compleja, en el que las fuentes de las que estaba manando información reducen su caudal y se abre un compás de espera. Entonces uno hace lo que puede, si no tiene otra cosa que le apriete, pero los resultados de la pesquisa diaria tienden fatalmente a cero. Eso fue lo que nos sucedió durante la tarde del miércoles y toda la jornada del jueves.

Ya por la mañana, el teniente Roldán vino a vernos al capitán y a mí para contarnos que en vista de los pocos avances que podían hacer en lo suyo sobre el terreno, y habiendo duplicado la información de los ordenadores que nos interesaban a efectos de la investigación, no tenía para ellos sentido continuar en Algeciras y se volvían a Madrid. No quería eso decir que abandonaran el asunto, como se cuidó de puntualizar. Iban a seguir removiendo entre los ficheros que se llevaban y a ocuparse de reconstruir los itinerarios de los teléfonos móviles que íbamos interviniendo y de los que habíamos recabado los posicionamientos, incluidos los del lanchero Toribio y sus socios, y los de los dos informáticos a sueldo de Crístofer, el desaparecido Sebastián Carranza y el aterrado Marcos Ramos. Me producía cierta comezón no tener aún dentro de esa panoplia de teléfonos susceptibles de monitorización el —o los— del abogado Fabio Alonso, pero si queríamos llegar hasta ahí nos lo teníamos que trabajar más.

Había, además, otra tarea que quería completar Roldán y para la que le venía mejor regresar a Madrid. Nos la anunció, antes de irse, con su prudencia y reserva habituales.

—Vamos a aplicarnos a abrirle la protección al terminal de Crístofer, tenemos un par de empresas especializadas que pueden hacer la labor. Y cuando la operadora nos entregue el duplicado de la tarjeta SIM que le ha requerido la juez, que espero que no tarde, vamos a intentar abrir otras vías para acceder a la información personal de Crístofer.

—¿Qué vías son esas? —pregunté.

—¿Has oído hablar de la autenticación de doble factor?

—Eh... la padezco, como casi todos.

—¿Y no se te ocurre nada?

—Así a bote pronto...

—Si hacemos esa tarjeta operativa en otro terminal podremos recibir en él mensajes. Que nos permitirán acceder a todos los servicios en los que ese número de teléfono estuviera acreditado como receptor de los mensajes de confirmación de la identidad del usuario. Y cambiar las contraseñas y entrar a saco en todos ellos, sin necesidad de oficiar a sus proveedores ni de engorrosas comisiones rogatorias para los que están situados fuera de España. Un bendito atajo para evitarlas.

—Veo que vuestra mente no descansa —dijo el capitán.

Roldán se encogió de hombros.

—Hay que ingeniar maneras de saltar las vallas, ya que nos ponen tantas. De todos modos, en este caso tenemos una limitación.

—¿Cuál?

—Crístofer no tenía perfiles de redes sociales, o no que sepamos, y no me extraña, porque era buen conocedor del agujero de seguridad y privacidad que eso supone. Y tampoco estamos muy seguros de todas las cuentas de correo o de otros servicios que manejaba, procuraba no dejar nunca huella en sus dispositivos. Las dos cuentas de correo que le tenemos localizadas es muy posible que no nos suministren información relevante; estoy convencido de que tenía otras, bien escondidas, para hacer aquello que más nos interesaría poderle fisgar.

—Bueno, suerte en todo caso —le deseó Álamo.

—Os vamos contando. Si no mandas nada más, mi capitán...

—Yo no mando nada, en general —repuso—. Buen viaje.

Llegó la noche del jueves sin ningún avance significativo. Volvimos a buscar un lugar donde cenar, esta vez lo más cerca posible del hotel, y relativamente pronto nos recogimos a dormir. Controlé antes de acostarme a todos los míos: comprobé con alivio que a mi madre ya se le había quitado la ronquera y di una vez más gracias a su proverbial entereza mesetaria; y me alegró ver a Andrés más relajado y dándose a la vida social con las amistades con las que no había tenido mucho contacto desde que andaba por Jaén. No llegué a tiempo, en cambio, de llamar a Carolina antes de que lo hiciera ella, lo que le proporcionó un motivo, que no desaprovechó —habría sido raro que lo desaprovechase, como la juez implacable que era—, para ponerme falta.

—Ya veo que no pensabas llamar.

—Te he dejado para el final, para tener más tiempo —alegué.

—Eso suena un poco paradójico.

—No lo es, si lo piensas bien.

—Entonces qué, ¿nos vemos? ¿Mañana, pasado?

—Creo que podré —me complació anunciarle—. Tal y como está esto, no creo que sirva de mucho fastidiarle al equipo el fin de semana. Mañana me toca decidirlo, de acuerdo con mi jefe. No sé si llegaremos muy a tiempo para que sea mañana, quizá mejor el sábado.

—Cuanto más tarde mejor, ¿no?

—Es para estar lo más presentable y entero posible.

—Ya.

—En serio.

—También podemos aplazarlo a otro fin de semana. Incluso a otro año, ya que a este le queda poco, si así se te hace más llevadero.

—No seas susceptible. Te he dicho que me parece bien este sábado. Y ya soy mayor para decir lo que no quiero ni pienso.

—¿Se es alguna vez lo bastante mayor como para eso?

—Lo procuro, al menos. Lo otro ya me cansa demasiado. Me falla la memoria, y mentir exige tenerla muy bien engrasada. Trato a diario con gente que se olvida de ese detalle, lo que me da ocasión para hacer que lo lamenten. No es por integridad, sino por escarmiento.

—No sé por qué, pero me apetece verte.

—Y a mí. Será porque sabes compadecerte de los lisiados. Las dos cosas: que a ti te apetezca y que me apetezca a mí también.

—Deja de usar esa coquetería conmigo.

—Soy realista, nada más.

—Te estás volviendo demasiado seguro; cuidado que no acabes por hacerte un cínico, ya sabes que te prefiero con tu Triste Figura.

—Eso lo tienes garantizado. No aprendo a perderla. No me dejan.

—Te veo el sábado entonces.

—Eso espero.

—Un beso, ladrón.

—Otro, mi reina mora.

—Aunque no me lo crea, me gusta que me digas eso.

—Casi nada de lo que nos gusta es creíble.

—Anda, vete a dormir.

—Con la venia, señoría.

Recuerdo con nostalgia aquellos tiempos en los que antes de dormir me imponía siempre el deber del examen de conciencia, e incluso el repaso de los proyectos o las expectativas que justificarían levantarse al día siguiente. Conforme los años se fueron llevando mi juventud, este ejercicio se fue volviendo irregular y negligente. Y en la madurez había llegado al convencimiento de que la mayoría de las noches lo más sensato era apoyar la cabeza en la almohada y dormir sin más. A partir de cierto momento, ni enjuiciarnos nos hace ya mejores ni hay proyecto más apasionante que ver una vez más subir y declinar el sol sin recibir el merecido castigo de verse privado de tal privilegio. Eso fue lo que hice aquella noche de jueves: acostarme y dormirme sin más, pensando difusamente que la noche siguiente la dormiría en mi cama y a la otra me reuniría con Carolina, a quien ya se me ocurriría algo para no defraudar de manera demasiado estrepitosa.

Por la mañana, mientras el equipo retomaba sus tareas, recibí una llamada de Alejandro, el hermano de Crístofer. Sonaba abatido.

—Le llamo desde Sevilla —me informó—, me he tenido que volver porque empezaba a jugarme que me despidan, y necesito trabajar.

—¿Cómo está su madre?

—Ahí va. Mi tía y la señora que la ayuda están con ella. Yo iré para el fin de semana. ¿Tienen ustedes alguna novedad?

—Ya les dije que serían los primeros en saberlo.

—Les he pedido a Ariadna a y Marcos que se queden en casa, y les he garantizado que me ocuparé de que se les pague el sueldo este mes, sea como sea. Creo que no tiene sentido que sigan yendo a trabajar.

Me mostré de acuerdo.

—De momento, no mucho. Y a Marcos lo tenemos con protección, nos facilita la vida si le exime usted de ir y venir a Sotogrande.

—Le confieso que no sé si estoy haciendo bien. No sé si no habría que estar pendiente de algo, si no le complicaré la vida a mi hermano si finalmente aparece, pero no se me ocurre nada mejor.

—A mí tampoco. Por lo que sabemos, la parte crucial de la actividad de sus empresas la gestionaban Crístofer y Sebastián. Si no están ni uno ni el otro, de poco sirve hacer trabajar al resto. No se preocupe, ya se arreglará lo que haya de arreglarse. Esto es fuerza mayor.

—Buen marrón me ha caído —se desahogó—. De todos modos, lo que más me importa es que a mi madre le salpique todo esto lo menos posible. Fuera de lo que no tiene más remedio que salpicarle.

—Céntrese en eso. Nosotros nos ocupamos de lo demás.

—Muchas gracias, subteniente. Espero que sepa perdonarme el trato destemplado del otro día. Esto es muy difícil de procesar.

—Peores destemplanzas me han ido y me van en el sueldo. Descuide.

A continuación, llamé al comandante Ferrer, que milagrosamente no me había pasado aún revista aquella mañana. Comprendí por qué cuando me atendió en voz baja y me dijo que me llamaba más tarde, que estaba en una reunión con el coronel. Por una vez, me supo mal que no pudiéramos hablar. Me urgía confirmar si podía o no decirle a mi gente que pasaría el fin de semana con los suyos. Me llamó media hora después, y debía de tener la cabeza en otra cosa, tal vez algo que le hubiera encomendado el gran jefe, porque no puso objeciones a mi propuesta de hacer volver al equipo a Madrid y evaluar el lunes si volvíamos a bajar a Algeciras o les dejábamos el seguimiento del caso a nuestros compañeros de policía judicial de la comandancia.

El plan era salir después de comer para Madrid y, viendo que no había nada que nos reclamase ni que pusiera encima de la mesa una línea novedosa de investigación, me fui a buscar a Chamorro. Estaba examinando con Lucía, sin ningún resultado, las grabaciones de las cámaras de vigilancia de Sotogrande, de la noche en que Alejandro había llevado el rescate a donde le indicaron los secuestradores.

—Nada —me dijo—. Tenemos la entrada y la salida de Alejandro, e incluso sus movimientos en el espigón, que concuerdan al cien por cien con lo que nos contó. Ni se para a mirar atrás. Pero nadie más de quien podamos deducir que participa en la recogida o le vigila.

—Ya te lo dije. Le vigilaron desde el agua. Desde la lancha. Nada más seguro, teniendo una y llevando un buen piloto, capaz de zafarse a tiempo incluso en el caso de que la familia nos hubiera puesto sobre aviso.

—Otra vía muerta. Y van...

—Pensemos en las que están vivas y crucemos los dedos.

—Qué remedio.

—¿Te vienes conmigo a ver a alguien?

—¿A quién?

—A Marcos Ramos. Se me ha ocurrido que antes de irnos no sería malo ver cómo está. Si se siente seguro. Si alguien le ha molestado, o si se ha acordado de pronto de algún detalle que no nos contara.

—Le tenemos pinchado el teléfono —me recordó—, una deferencia de nuestra juez. Por cierto, que todavía no sé cómo os las apañasteis el capitán y tú para convencerla, cuando no se trata de un sospechoso de nada. El caso es que no ha hablado nada más que con su familia y con una chica que tiene toda la pinta de ser su novia. No le llama nadie más. Y las conversaciones son insustanciales, a nuestros efectos.

—Aun así, algo habrá que hacer de aquí a la comida.

—Bueno, si te empeñas.

Marcos Ramos vivía en una barriada relativamente popular de La Línea, nada que ver con los apartamentos de postín de sus jefes. Por suerte para los nuestros, no estaba en el cogollo del narcotráfico y el contrabando de la ciudad, donde habría sido mucho más difícil ponerle una vigilancia. Antes de subir al piso de Marcos, hablamos con los compañeros que estaban aparcados delante del portal. Eran un cabo y una guardia de la plantilla de seguridad ciudadana de la comandancia que llevaban —porque la discreción nunca está de más, aunque no se tratara de la barriada más conflictiva— un coche camuflado.

—¿Qué tal? —les pregunté, tras identificarme.

—Un coñazo, mi subteniente —dijo el cabo—. La compañera y yo ya nos hemos pasado todas las pantallas del Candy Crush.

—Bueno, miraréis al portal de vez en cuando, ¿no?

—Por el prurito de hacerlo, nada más. Aquí no va a venir nadie: aunque hayamos traído un coche sin distintivos nos tienen fichados desde que nos pusimos aquí. El chaval está seguro, salvo que manden un ejército para liquidarnos antes, que podría ser, pero entonces daría igual, no íbamos a poder evitarlo por más que lo intentáramos.

—Un enfoque muy filosófico.

—Es lo que hay, aunque estoy de coña, mi subteniente. Estamos al loro. Por él y por nosotros. Todo tranquilo, alguno mira mal, pero también cuando no estamos vigilando portales. No pasan a mayores.

—Vamos a hacerle una visita —le dije—. Buen servicio.

Marcos tardó medio minuto en abrirnos la puerta del piso. Aunque el bloque parecía humilde, vimos que era bastante grande y que estaba bien surtido de costosos cacharros electrónicos. No tardé en darme cuenta, por la disposición del salón, de que estaba unido al piso contiguo, y que habían tirado, justamente, el tabique que antes servía para separar los salones de ambos. Marcos, al que se veía fatigado y ojeroso, nos invitó a pasar y tomar asiento en un enorme sofá, nada barato y en forma de L, que tenía frente al inevitable megatelevisor.

—¿Quieren un café, una Coca-Cola, una cerveza?

—nos ofreció, con una entonación más bien mustia—. No tengo mucho más.

—No te molestes —le descargué—. ¿Cómo andas?

—Hecho polvo, la verdad.

—¿Y eso?

—Me acabo de dar cuenta de que no sólo estoy expuesto a que me secuestre no sé muy bien quién, ni por qué, ni para qué, sino que para colmo me he quedado sin curro. Y no era un mal curro.

—Bueno, ya veremos —dijo Chamorro—. Y en el peor de los casos, los informáticos siempre encontráis un trabajo, ¿no?

—Pero no siempre bueno, ni aquí. Me tendré que ir fuera. Aunque en realidad lo mejor va a ser que me vaya fuera de todos modos, y por otras razones. Es lo que llevo dos días pensando sin parar.

—Avísanos, si tomas esa decisión —le dije—. ¿A dónde irías?

—No sé, a Granada tal vez. Tengo contactos allí. Incluso un profesor que quería que me quedara con él en el departamento. No quise en su día porque la beca que me daban era una mierda en comparación con lo que me pagaba Crístofer, pero ahora a lo mejor me va a venir bien ganar un poco menos y estar un tiempo en algo menos peligroso.

—¿No tuviste nunca la sensación de que esto podía ser peligroso?

Marcos pareció meditar su respuesta.

—Bueno, mentiría si dijera que nunca. Alguna vez, borrosamente. Lo que no me podía imaginar, pero ni de lejos, era que me iba a ver en medio de una película de Tarantino como esta, muerto de miedo y con un coche con dos picoletos, perdón, dos guardias civiles...

—No te apures, lo tenemos asumido —le disculpé.

—Pues eso, con dos guardias civiles en la puerta.

—Procuraremos resolver este lío lo antes posible para que no tengas que andar con ese miedo —le aseguré—.

Pero quizá no sea una mala solución quitarte de en medio una temporada. Lo que está claro es que Crístofer, de alguna forma, removió un buen avispero.

—Entiéndame, no estoy ciego ni soy un ingenuo. Llevo toda mi vida viviendo aquí, y viendo lo que hay por la calle, y más allá, pero sinceramente siempre me he mantenido al margen de eso: me fui a Granada a estudiar, traté de buscarme un buen trabajo, no creí que tuviera que verme metido en algo así. Tan chungo, además. Aquí en el trapicheo está mucha gente, pero malos, lo que se dice malos, son pocos.

—Sigues sin tener idea de quién puede ser el que lo haya hecho. De quién eran los ciento veinte mil. A quién le lavaba el dinero Crístofer.

—Ni idea. Yo venía a ser el becario de la empresa, con la diferencia de que Cris me pagaba bien, y no aquel sueldo de miseria que habría ganado si me hubiera quedado de becario en la universidad.

—¿Y Diego Toribio, te suena de algo? —metió baza Chamorro.

—Lo he oído nombrar, sobre todo estos días. Me suena su cara, aunque no estoy seguro de si no lo confundo con otro. Nada más.

—No lo conoces.

—No.

—Ni a nadie que lo conozca.

—Ya se lo he dicho, me he mantenido siempre al margen de ese mundo. A muchos chavales les mola todo lo que tienen los narcos, o los lancheros: los coches, las motos, las chicas. Yo, cuando era chaval, me fijaba más en que ninguno acababa bien. Por eso quise estudiar.

Mi teléfono móvil vibró con un wasap. Lo miré. Era Salgado, y el mensaje tenía su estilo inconfundible: *Novedades. Gordas. Fin de semana jodido. Ven, llama, lo que sea.* Me volví a guardar el teléfono.

—Me temo que la sargento y yo tenemos que irnos —dije.

—¿Ha pasado algo? —preguntó, inquieto.

—No, de momento. A ver si acaba pasando. Ya te contaremos. Ten paciencia, relájate y dinos lo que vayas a hacer. Si te preocupa algo, tienes a los compañeros abajo y también mi número. Úsalo.

Marcos bajó los ojos, con aire avergonzado.

—Muchas gracias, la verdad es que no sé cómo...

—Sin problemas. Para eso estamos.

No esperé a llegar a la comandancia. Tan pronto como me instalé en el asiento del copiloto del Volvo marqué el número de Salgado.

—Inés, que sea algo, o te parto las dos piernas —la avisé.

—Soy inoportuna porque el mundo me ha hecho así, mi subteniente. Yo no tengo la culpa —se excusó—, sino las circunstancias.

—A ver, cuéntamelas.

—Hemos pillado a uno de los compadres de Toribio, el lanchero, una llamada recibida desde un móvil marroquí. Como comprenderás, hemos puesto las dos orejas y ha entrado la voz de un morillo, por el acento, que le ha contado algo un poco críptico: que le va a llevar las piezas para la moto el sábado. A las doce, o si no a las cuatro, y cito sus palabras exactas, en el taller de siempre. El de Torres, donde los cabezones. Media hora después, desde el mismo número con prefijo de Marruecos, el mismo morillo ha llamado a la novia de Toribio.

—¿Más piezas para la moto?

—No. Que le manda besos de su tía, cuando resulta que la chica no tiene, que sepamos, una tía marroquí. Y que el sábado, si quiere, podrá verla. Que ya le pasa recado con el primo para quedar.

—Qué coincidencia. ¿Y con eso qué hacemos?

—Jefe, ¿piensas que te llamaría si no hubiera hecho los deberes?

—Sí.

—Pues mal pensado. He ido veloz a someterles los

dos audios a nuestros especialistas en drogas. Y con un porcentaje de probabilidades de la leche, tenemos ubicado el lugar del encuentro. Lo de Torres y lo de los cabezones es una referencia en clave que les tienen pillada de otras operaciones. Me juran por sus muertos que va a ser esa.

—¿Una referencia de qué?

—Jefe, estás mayor.

—Vuelve a decirme eso y te hago fusilar.

—De qué va a ser. De la playa a la que va a acercarse Diego Toribio con su puta lancha el sábado por la noche, para descargar algo ilícito y, con dos cojones, para darle un morreo a la novia. La playa donde le vamos a trincar y nos lo vamos a follar vivo, si espabilamos.

—Inés, sabes que no apruebo ese lenguaje.

—Era por resultar más expresiva.

—Eso lo has conseguido, pero entiendo igual sin tanto alarde.

—¿Y bien?

—Que tienes razón. Que se nos ha jodido el fin de semana. Y que tengo que llamar al comandante, para empezar.

Fue sólo una de las muchas llamadas que me tocó hacer a lo largo de aquella jornada, que habiendo comenzado plácida, casi aburrida, se volvió, de pronto, febril y frenética. Hablé con el comandante Ferrer, con los de drogas de la unidad central, con los de drogas de la comandancia, con el teniente jefe del Servicio Marítimo, con el patrón que estaba de servicio con la patrullera la noche del sábado, con los responsables del Servicio Aéreo para comprobar las posibilidades de tener el helicóptero disponible la noche del sábado, con el capitán de nuestro grupo de seguimientos y hasta con el general Pereira, a quien me pareció oportuno ponerle al corriente de lo que tenía entre manos y de lo que nos estábamos jugando: agarrar, o no, uno de los pocos hilos buenos que teníamos para desenredar la investigación. La llamada, como me imaginaba, surtió efecto casi inmediato; lo advertí en la rapidez con que todo el mundo me fue confirmando su disponibilidad.

Además de esas llamadas mantuve, de la mano del capitán Álamo, innumerables conversaciones con los responsables de la comandancia, desde el jefe de las unidades de apoyo hasta, al final de la tarde, el mismísimo coronel. Para asegurar aquella jugada, había que montar un zafarrancho de primera magnitud, y había que cuidar no sólo de que todos los elementos estuvieran coordinados, sino también de que la preparación del operativo pasara completamente inadvertida al enemigo, lo que en un territorio lleno de ojos avizor, y todos ellos muy bien remunerados, era cualquier cosa menos una tarea fácil.

Ya por la noche, hice las tres llamadas que no podía omitir, aunque me imaginaba que ninguna iba a ser demasiado reconfortante. Mi hijo y mi madre, mejor o peor, encajaron que no fuera a verlos ese fin de semana, aunque ambos, en cierto modo, contaban con ello; todos los domingos que podía iba a comer con mi madre, y con mi hijo había más o menos apalabrado el almuerzo del sábado y alguna sesión de cine a continuación. Quien no lo recibió bien fue Carolina. Escuchó en un silencio pétreo mis explicaciones y mis excusas, y cuando terminé de dárselas sentenció, con un tono entre amargo y escéptico:

—En fin, ya me lo esperaba, de un modo u otro.

—Tú sabes cómo es esto. Tú mejor que nadie.

—Sí, lo sé. No me hagas caso. Que haya suerte.

Y colgó.

Después de hablar con Carolina, regresé a la cafetería donde estaba mal cenando con Chamorro. El resto del equipo, que había cenado ya, andaba ocupado en preparativos diversos. Mi compañera y yo, tras una tarde sin tregua, nos habíamos escapado para echar algo al estómago y aclarar las ideas. El lugar no tenía nada especial, salvo por las vistas al puerto, aquella enorme bestia que nunca descansaba y cuyas grúas y luces marcaban el paisaje de Algeciras. La cena tampoco era particularmente memorable: unas tapas correctas, con materia prima en buen estado; al menos, cabía albergar esperanzas de que no resultaran tóxicas. Nos habíamos autorizado, eso sí, la liviandad de pedirnos un par de vinos de Rueda; aunque estábamos más o menos de servicio, ya hacía unas cuantas horas que nos habíamos pasado de la jornada legal, y un par de días que habíamos excedido las horas que nos correspondían por semana. Para sacudirme el recuerdo de la voz seca y opaca de Carolina, vacié de un trago lo que quedaba en la copa.

A Chamorro no se le escapó el detalle; tampoco la expresión que lo subrayaba en mi rostro, y que había aprendido a descifrar como nadie, aparte de la mujer que me trajo al mundo. O quizá mejor aún.

—¿Cuál es el contratiempo? Si puedo preguntar.

Dejé que la mirada se me perdiera al fondo, donde las luces y las grúas y los barcos, aquel vasto espacio de paso para mercancías legales e ilegales, donde nada ni nadie tenía ni tendría nunca su hogar.

—Sí, por qué no. Puertas que chirrían en la casa. Por no ponerles aceite en las bisagras, supongo. Uno siempre es responsable de lo que no funciona en la casa donde vive, sobre todo si la ha elegido.

—¿Y sin metáforas?

—Carolina.

—Ah, su señoría. Es lo que tienen las apuestas de riesgo.

—¿Y eso?

—Los principios son importantes. ¿Quién me dijiste que lo decía?

Hice memoria. Tenía la cabeza un poco espesa.

—Lawrence, Thomas Edward Lawrence. Para ser más exactos, decía que los principios eran lo que más le gustaba. Que luego todo tendía a perder color y a dejar de apasionarle y hasta de interesarle.

—Es otra idea, entonces. Quiero decir que los principios marcan lo que van a ser luego las cosas, y es imposible escapar de ellos.

—Ah, perdona, me confundí de cita —me percaté entonces—. «El principio es más de la mitad del todo.» Eso es de Aristóteles.

—Ahí iba. Cuando la conociste, era tu jefa; ocasional, pero tu jefa. Y supongo que eso se le ha quedado de alguna manera ahí.

—Nunca lo había pensado.

—No te creo.

—Vamos, que nunca había pensado que eso marcara la relación con ella. Que dicho sea de paso no sé si es, siquiera, una relación.

—Pues si no lo sabes tú...

Le busqué los ojos. Los tenía líquidos y brillantes, de un suave color arena que, volvía a comprobar, me resultaba deliciosamente cálido y acogedor; como para tenderse en él, y abandonarse, y olvidar.

—¿Puedo sincerarme contigo? —le pregunté.

—Tú sabrás. ¿Es muy repulsivo lo que vas a contarme?

—Psé. Guardo secretos peores. Verás: tengo la sensación de que no soy capaz de dar a las mujeres lo que ellas esperan de mí, de que siempre hay un desajuste entre sus expectativas y mis, ¿cómo decirlo?, mis prestaciones como pareja. O como amigo con acceso a más. O tal vez como individuo. Me pasa en general y con cada una de ellas.

—Interpreto que tu juez espera de ti más de lo que estás dispuesto a entregarle, si es que estás dispuesto a entregarle algo.

—Hemos estado bien muchas veces. La aprecio, la admiro. Me gusta encontrarla, escucharla, hablar con ella. Y le tengo mucho cariño. En realidad, no puedo evitar sentir cariño por cualquiera que me hace caso y no me ha partido la cara, y ella cumple los dos requisitos.

—Pero.

—No me veo yendo a vivir con ella, poniéndole mi mundo a los pies, construyendo mis días alrededor de ella. Ni de ella ni de nadie. De más joven pude hacerlo; a lo mejor lo hice, o a lo mejor me engaña la memoria y eso no he podido hacerlo nunca. Pero ahora no puedo, no me sale; hay algo que me llama a estar solo, o si acaso con quien sepa aceptar la soledad como yo la acepto y la he aprendido.

—Puedo entenderte —dijo inesperadamente.

—¿Ah, sí?

Ahora fue a ella a quien se le perdió la mirada en las luces lejanas del puerto, o quizá en algún destello aún más remoto de su memoria.

—Por experiencia. Lo he intentado, pero ahora me veo como dices. Sola, sin siquiera un amigo... ¿Cómo lo llamaste? «Con acceso a más.» Y se me hace cada vez más cuesta arriba tratar de salir de ahí.

—Hace meses que no veo a Carolina —le aclaré—. No estoy muy seguro de que sigamos manteniendo ese tipo de amistad.

Chamorro asintió, sonriente.

—Entonces estamos igual. Solos los dos y nadie en el corazón.

Se hizo un silencio, en el que sucedieron varios percances mínimos, y sin embargo explosivos. Apuró su copa y al dejarla sobre la mesa se le escapó un mechón del pelo. Atraído por él, no pude evitar admirar la belleza fatigada de las finas arrugas que nacían de sus párpados. Justo entonces se inclinó, se entreabrió su blusa, asomó el nacimiento de sus pechos, los ojos se me fueron y ella vio cómo se me iban.

—Me apetece dar un paseo —dijo, levantándose—. ¿Quieres?

No estaba en condiciones ni albergaba el menor deseo de negarme, aunque entreví, borrosamente, complicaciones y catástrofes. La seguí y juntos caminamos sin prisa y sin decir nada junto al agua, no sabría precisar por cuánto tiempo. Finalmente se detuvo y me confió:

—Tengo frío.

No entendí, o no quise entender, pero ella quiso que entendiera.

—Que me des un abrazo.

Hice lo que me pedía. Temblaba. Me miró.

—Y ahora, aunque eres mi jefe y ya sé que eso es un mal principio y que vamos a seguir estando solos, dame un beso también.

17
La diplomacia nunca falla

Me gustó ver el puerto de Algeciras, y sus luces, y sus grúas, y los barcos amarrados, desde aquella perspectiva, tan diferente de la que había tenido hasta entonces. Estábamos en el muelle donde tenía su base nuestro Servicio Marítimo, junto a la patrullera en la que iba a embarcarme en pocos minutos. Eran las diez de la noche del sábado y estaba con el teniente jefe del Servicio Marítimo y el capitán Álamo, el brigada Soto y la sargento primero Chamorro, que iban a encargarse de coordinar nuestro equipo en tierra. Esperábamos a los hombres de mar del cuerpo, que salieron a paso tranquilo del pequeño edificio donde tenían los vestuarios y la oficina. Eran tres y venían ya en ropa de faena. El de más edad, a mitad de la cincuentena, el brigada Merlo, era el patrón de la patrullera y vestía un anorak y unos pantalones impermeables. Los otros dos, un cabo y un guardia todavía treintañeros, venían embutidos en trajes de neopreno y provistos de correajes para el equipo, el armamento y la munición. Todos sabían ya lo que íbamos a hacer, dónde, cuándo y con quién. Aquella breve reunión se limitó a ajustar los últimos detalles. La voz cantante la llevó en todo momento el teniente del Servicio Marítimo, para aleccionar a los suyos.

—Vosotros dos —se dirigió al cabo y al guardia—, ya sabéis. Cada uno por un lado y con intervalo de diez minutos. Según salgáis del puerto, tiráis rápido para Sotogrande y más o menos a esa altura viráis para Marruecos y os quedáis a siete u ocho millas, motores parados, esperando órdenes. Con este Levante habrá poco tráfico norte-sur; con que os coloquéis fuera del paso de las rutas este-oeste y estéis atentos debería de ser suficiente para que nadie se fije en vosotros.

Soplaba, en efecto, un viento de Levante moderado, que según nos dijeron a los profanos no impedía la navegación pero la hacía algo más dificultosa, y peligrosa, para las embarcaciones menores. Una ventaja era que en noches así no solían pasar pateras, porque el riesgo de que su travesía acabara en tragedia se multiplicaba. El teniente se dirigió entonces al patrón de la patrullera, con quien iba yo a navegar. Puse especial atención en lo que le decía, y en la reacción del otro.

—Tú, Merlo, más o menos igual. Sales tranquilo, como una noche cualquiera, y te vas a La Línea. Que parezca que el objetivo principal es la Atunara, estorbar el contrabando de tabaco desde Gibraltar y, si cae, alguna llegada de hachís por esa zona desde Marruecos. Y ahí te quedas. Lo siento esta noche por el negocio del tabaco, pero que tengan la sensación de que nos empeñamos en joderlo a base de bien.

Merlo era un hombre taciturno, robusto, lento de movimientos, bronceado y de pelo casi completamente cano. Sus ojos, pude verlo bajo las luces potentes del puerto, eran pequeños e intensos, y parecía que miraban desde lejos o a lo lejos, no terminaba uno de saberlo. No dijo nada tras recibir las instrucciones de su oficial al mando. Se limitó a asentir en silencio, como si hubiera hecho aquello mil veces.

—El subteniente irá contigo —continuó el teniente—, para llevar la coordinación con la gente en tierra, al habla con el capitán y el brigada y la sargento primero, que se ocuparán a su vez de estar en contacto con las unidades de apoyo y el equipo de seguimientos de Madrid. La idea es tener en todo momento controlados los dos frentes: el de mar, vosotros con el apoyo de las cámaras del servicio integral de vigilancia; y el de tierra, el capitán y la gente de policía judicial con el apoyo del equipo de seguimientos, que va a controlar a la novia y a los compadres del objetivo. Por si la cosa se complica, el helicóptero estará también alerta, pero tengo plena confianza en que no nos hará falta, en que vosotros tres os bastaréis para encerrarme al artista este.

—No lo dude, mi teniente —dijo el cabo.

Aguardé la reacción del patrón de la patrullera. No prometió nada. En vez de eso, se volvió hacia mí y me espetó, imperturbable:

—¿Qué tal marinero eres?

—La última vez, mediano, tirando a regular —reconocí.

—Bien.

Pareció que iba a dejarlo ahí. Pasados unos segundos, me advirtió:

—Tal y como está la mar, lo mismo te mareas.

—¿Tú crees? —pregunté—. ¿Me tomo algo?

—Tú verás. Yo intentaría aguantar. Nunca se sabe.

—Eso haré entonces.

—Bajo tu responsabilidad.

—Claro.

No quiso saber por qué tenía que llevarme ni qué pintaba en su barco, más allá de aquella explicación general y más bien imprecisa que le había dado el teniente. En algún momento me pareció que no le hacía ninguna gracia, pero luego, pensándolo un poco mejor, llegué a otra conclusión: no le importaba mucho, o nada. Con cosas mucho peores había tenido y tendría que bregar. Ganas me daban de decirle que era yo quien había pedido ir en su patrullera, y lo había hecho por motivos profesionales, para hacerme cargo de Diego Toribio si le echábamos el guante en el mar; pero también porque me apetecía por razones personales navegar por aquellas aguas, bajo el frío de la noche de diciembre, para conocer y entender un poco mejor el país y el mundo en que vivía y, quizá, conocerme y entenderme un poco mejor a mí mismo. Miré entonces a Chamorro, que se dio cuenta de que la miraba y dejó que a los labios le asomara una sonrisa que quería decir, contra todos mis pronósticos y las enseñanzas de todos mis deslices, justo aquello que quería que me dijera. Que todo estaba bien, y que lo que había pasado entre nosotros la noche anterior, tan contenido y breve pero tan intenso —y placentero y bello, y bueno y limpio—, quedaba confinado ahí; en un recuerdo secreto que no había por qué invocar si no nos servía para sentirnos mejor, o si por alguna razón le resultaba inconveniente o contraproducente a cualquiera de los dos.

Cinco minutos después estaba junto al brigada Merlo en el puente de mando de la patrullera, que ponía proa hacia la bocana del puerto. Detrás de mí se había colocado el cabo Arnau, que sería mi sombra y mi auxiliar durante toda la noche. La tripulación constaba de otros cinco hombres, todos ellos bastante veteranos: al más joven no le eché por debajo de los cuarenta y cinco. Eran tipos curtidos y silenciosos como su jefe, salvo uno, un gaditano que se apellidaba Poveda y que no perdía ocasión para soltar alguna cuchufleta que el brigada dejaba correr con una mansedumbre que a ratos parecía indiferencia.

—¿Primera vez en una de estas? —nos preguntó el gaditano.

—Pues sí —reconocí.

Adoptó entonces un aire de impostada gravedad.

—Normalmente no nos hundimos, a ver qué pasa esta noche.

—Me tranquiliza saberlo.

—¿Se marean?

—No por ahora.

—Yo tampoco —dijo Arnau.

—Todavía no hemos salido del puerto —nos advirtió

Merlo—. El momento de comprobarlo será cuando estemos en mar abierto.

Se notó la diferencia. Una vez que abandonamos la protección de los diques, la embarcación empezó a cabecear y la navegación se volvió mucho más movida. Algo en mi semblante debió de delatarme.

—No se preocupe, mi subteniente —dijo Poveda—. Tenemos bolsas de sobra. Busque usted un punto ahí delante y no deje de mirarlo.

Resistí, sin embargo, mucho mejor de lo que me esperaba. De hecho, recordaba haberme mareado alguna vez en barcos más grandes y con el mar menos picado. He de reconocer que hubo un momento en el que pasé cierto apuro, pero respiré hondo y apreté los dientes y poco a poco me fui acostumbrando a aquel vaivén. El patrón me previno:

—Empeorará un poco cuando doblemos Punta Europa; entonces tendremos el Levante de frente y daremos algún que otro salto.

—De momento aguanto, creo. ¿Y tú, Arnau?

—Igual —dijo el cabo, aunque le vi algo rígido.

Avanzábamos hacia Gibraltar. La mole oscura de la Roca y las luces de la abigarrada ciudad que se tendía a sus pies atrajeron mi atención con su aura misteriosa, que debían, además de la noche, a la soberanía extranjera que recaía sobre ellas y a los peculiares personajes que prosperaban a su abrigo. Me fue imposible no pensar en el abogado Caetano, que a esa hora estaría en su casa, imaginé. Una casa a la que le adiviné mejores vistas que a su despacho engañosamente austero; tal vez colgada del peñón, con la bahía entera a sus pies. A lo lejos vi una lancha no demasiado grande, navegando paralela a la costa.

—*Gibraltar Police* —dijo Merlo—. Nuestros vecinos.

—¿Qué tal está la cosa con ellos ahora?

—Como siempre.

—¿Es decir?

—Bien, en general. Salvo cuando se da una mala coincidencia.

—No entiendo.

—La mayoría son gente sensata. Y nosotros también. Los problemas vienen cuando coincide por su lado y por el nuestro alguno que no lo es. Entonces es cuando se lía. Me refiero a los gibraltareños, los de la policía del Peñón. Los de la Royal Navy son más puñeteros. No son de aquí, están a disgusto, con esos hay que andarse con más ojo.

—Unos cabronazos de cuidado —le respaldó Poveda, enérgico—. Más vale evitarlos, si no quieres acabar liándote a tiros. Según ellos, sus aguas territoriales llegan hasta Huelva, más o menos.

—Vamos a rodear tranquilamente y guardando distancia razonable —dijo Merlo—. Si no los provocas, no suele haber problema.

Pasamos, en efecto, a cierta distancia de la colonia, pero lo bastante cerca como para ver sus calles, las ventanas iluminadas de los edificios, las farolas que derramaban su luz amarillenta sobre las aceras. Se veía Gibraltar quieto y apacible, como si apenas nada sucediera detrás de sus fachadas. A la altura de Punta Europa reparé en una mezquita blanca con un alto y estilizado minarete. Ya me había fijado en ella días atrás, pero de noche e iluminada era mucho más vistosa.

—¿Y esa mezquita?

Merlo no se apresuró a responder.

—Regalo de los saudíes para los musulmanes de la Roca.

Me acordé de Ahmed, el chófer del abogado Caetano.

—¿Tantos hay?

—Un par de miles —calculó el brigada—. O por ahí.

Al doblar la punta, tal y como había vaticinado el patrón, el mar se puso más bravo y la patrullera comenzó a cabalgarlo con brusquedad. El fondo del casco iba golpeando rítmicamente contra las olas, lo que transmitía una sensación inquietante, aunque no desagradable.

—Tranquilo, mi subteniente —dijo Poveda—. El brigada todavía no ha conseguido partir la barca. Aunque le pone interés, ya ve.

—Poveda, ya —dijo Merlo, sin énfasis.

Por aquel lado, el de Levante, la Roca tenía una especie de falda rocosa, abrupta y cortada a pico, contra la que batía el mar deshecho en espumas que la oscuridad de la noche permitía apenas adivinar. La patrullera progresaba a buen ritmo con rumbo a La Línea, hacia donde nos dirigíamos para despistar a quienes nos estuvieran vigilando —y según nos comentó el teniente jefe del Servicio Marítimo lo estaban haciendo desde el mismo instante en que soltamos amarras— sobre nuestro verdadero objetivo de aquella noche. En ese momento sonó la radio que comunicaba con el COS, o lo que es lo mismo, el centro de operaciones de la comandancia. El operador nos transmitió un aviso: las cámaras del sistema de vigilancia habían captado a un pesquero marroquí faenando ilegalmente en aguas territoriales españolas. Nos facilitaron la posición y el patrón consultó entonces su reloj.

—Las diez y veinte. Nos da tiempo. Lo cogemos.

—Recibido, COS, vamos allá —respondió Poveda por la radio.

Merlo viró con decisión y puso proa a África. Mientras nos alejábamos de la costa pude admirar el espectáculo de la bahía, un verdadero océano de luces que contrastaba con la costa africana, en la que sólo podía competir con él la isla luminosa de la ciudad de Ceuta. Advertí entonces las dificultades de moverse por aquellas aguas, mayores de lo que a primera vista parecía. Mientras buscaba el rumbo y afrontaba el oleaje, Merlo tenía que estar pendiente de los gigantescos mercantes que cruzaban rumbo al Atlántico o en ruta a Suez. Pasamos a escasa distancia de un par de ellos y se nos hizo patente la desproporción de tamaño con la patrullera: a su lado éramos apenas una cáscara de nuez. A nuestro patrón más le valía estar atento para sortearlos.

Media hora después, localizamos el pesquero. Era un barco bastante pequeño, al que aquellas aguas en las que se encontraban el Atlántico y el Mediterráneo sacudían de mala manera. Daba miedo ver a los pescadores faenar en cubierta, echando las redes al agua oscura de la que esperaban extraer el sustento. Merlo maniobró hasta situarnos a unos cien metros de donde se hallaban. Se volvió hacia Poveda.

—Mariano, ya sabes lo que hay.

—¿Yo otra vez? —protestó Poveda.

—Eres el más moderno y el que está ahora de turno. Dos razones a falta de una. Ponte el impermeable y a la proa. Yo le doy el foco.

—Mira que...

—Vamos, sin rechistar. Que tenemos que volver pronto a La Línea.

De mala gana, Poveda se colocó un impermeable con capucha, se ajustó los guantes y agarró un megáfono. Antes de salir, y como una suerte de gentileza hacia nosotros, los pasajeros, nos informó:

—Ahora iré y les rogaré educadamente a estos trabajadores de la mar y súbditos del país vecino que abandonen nuestras aguas.

Salió a la cubierta, fustigada regularmente por las salpicaduras de las olas. Avanzó hasta la proa, afirmó los dos pies sobre ella, se agarró con una mano al guardamancebo, se volvió hacia el puente y asintió un par de veces. Merlo acercó la patrullera al pesquero, hasta donde podía con seguridad y sin exponerse a enganchar las redes. Poveda se llevó el megáfono a la boca y arrancó a vocear a pleno pulmón:

—¡Sarraceeenos! ¡Fuera de aquiií! ¡Que esto es Espaaaña, cojones!

Merlo observó, flemático:

—No te preocupes, a esta distancia y con el ruido del mar y de su barco no le entienden. En realidad podría decirles cualquier cosa, lo que importa son los gestos y que les apunte yo con el foco.

En efecto, el foco de la patrullera iluminaba ya a los pescadores, que levantaban las manos en señal de acatamiento, o saludaban, o se las llevaban al pecho, y empezaban a recoger las artes de pesca. En pocos minutos las tuvieron a bordo y se volvieron hacia la costa marroquí. Empapado, porque en la proa era donde el mar atizaba con más saña, Poveda se reintegró al interior de la embarcación. Soltó el megáfono, se despojó del impermeable y se secó el agua de la cara.

—La diplomacia nunca falla —constató satisfecho.

Merlo meneó la cabeza.

—Mira que eres fantasma. Anda, baja a descansar si quieres.

Poveda bajó a los camarotes y subió a relevarle un guardia de aire cachazudo y pocas palabras, poco más o menos de mi edad. Gómez, nos dijo Merlo que se llamaba. Parecía un poco soñoliento.

—A la orden —me saludó, mientras se apostaba junto a la radio.

—Y ahora a La Línea —dijo Merlo—. A por un poco de movimiento.

No erró en el pronóstico, apostaba sobre seguro. Tan pronto como avistamos las luces de la playa de la Atunara, vimos en seguida a una planeadora pequeña que venía desde Gibraltar a toda velocidad. Iba a apenas veinte metros de la costa, un lujo que podía permitirse gracias a su mínimo calado, y que era su principal recurso defensivo.

—Ahí están, los chicos del tabaco —dijo Merlo.

—¿Aviso al COS? —preguntó Gómez.

—Dale, yo voy a acogotarlos un poco.

Mientras Gómez informaba por radio de la presencia en la playa de contrabandistas, Merlo acercó la patrullera hasta donde era posible. No podía, con aquel barco de veinte metros de eslora, aspirar a interceptar las pequeñas y ágiles lanchas; tan sólo se trataba de hacer acto de presencia y de molestar, y sobre todo de intimidar a quienes estaban en tierra, esperando para alijar el cargamento de tabaco que transportaban. Cuando Gómez hubo dado el aviso, Merlo le pidió:

—Pásale al subteniente el visor de infrarrojos.

El guardia me tendió un armatoste que tenía la forma de unos prismáticos, pero bastante más voluminoso. Lo cogí con precaución.

—Si quieres ver algo increíble, estate atento.

El patrón dio gas a los dos hidrojets que propulsaban la nave, hasta que se aproximó a una de las lanchas, que maniobraba en ese instante cerca de la playa. Sus ojos, hechos a la oscuridad nocturna, barrían el frente como si tuviera una especie de radar. De pronto me dijo:

—Ahí. Justo enfrente.

Apunté el artilugio en la dirección que él me señalaba. Vi cómo la lancha neumática viraba de pronto, levantando un abanico de espuma, y embestía la arena hasta varar en ella. Simultáneamente, un grupo de unas doce personas, salido no se sabía de dónde, se acercaba corriendo en dos grupos simétricos. Uno abordaba la lancha por babor y el otro por estribor y, ejecutando una coreografía perfecta, sus integrantes se turnaban para recoger el fardo correspondiente a cada uno y salir otra vez corriendo como gamos hasta desaparecer en las calles que daban al paseo marítimo. Apenas se despegaba el último porteador, uno de los dos que iban en la lancha la empujaba al agua y volvía a subirse de un salto en su proa. El que en popa manejaba el timón la hacía retroceder y le daba gas para alejarse todo lo posible del punto de descarga, navegando siempre paralelo a la costa. En total, la operación no les llevaba mucho más de tres segundos: uno para encallar la lancha, otro para descargarla, otro para desencallarla y huir. Daba miedo ver cómo la lancha brincaba sobre las olas, sobre todo por el que iba en la parte delantera, dando botes constantes. Todo lo que podíamos hacer era admirar su pericia temeraria. Y algo más, me explicó Merlo:

—Mientras estemos nosotros aquí, lo que les impedimos es volver a guardar la lancha en el garaje donde suelen tenerla escondida. En esa operación tardan un poco más y nos sería fácil ver dónde la meten. Tampoco les importa mucho, pueden aprovechar para hacer otro viaje a Gibraltar y traer otro alijo. Y si ya tienen cubierto el cupo sólo es cuestión de ir playa arriba y playa abajo hasta que nos larguemos, que ya saben ellos que siempre nos tenemos que acabar largando.

—¿Y no se puede hacer nada más?

—Sí, mira. Los nuestros de tierra y los del cuerpo hermano ya han recibido el aviso. Ahora les toca a ellos ponerse en medio.

Doscientos metros más allá, vi cómo llegaba desde un lado un coche de la Policía y desde el otro uno de los nuestros, ambos con las sirenas encendidas. Llegaron justo a tiempo de pillar en pinza a un grupo de porteadores que acababa de descargar otra lancha. De repente, de las dos calles más cercanas salió una turba enfurecida que la emprendió a pedradas con los dos coches patrulla y con los agentes, que ante la avalancha tuvieron que refugiarse detrás de sus vehículos. En medio de aquel festival, uno de los policías hizo un par de disparos al aire, lo que arredró sólo hasta cierto punto a quienes los acosaban.

—Llama al COS y diles que manden a la caballería, que esto se nos está yendo de las manos —le ordenó Merlo al guardia Gómez.

—A la orden.

—Nosotros desde aquí no podemos hacer más—dijo el brigada—. No mientras no nos pongan ametralladoras en el barco.

—Que todo llegará —calculó distraídamente Gómez.

—Por lo demás, para lo tuyo esto viene bien, mi subteniente —me dijo el patrón—. Cuanto más follón en La Línea, más se confiarán.

Nos mantuvimos en aquella zona, yendo y viniendo a lo largo de la playa de la Atunara, acosando a las lanchas de los contrabandistas e informando al centro de operaciones de todos los movimientos que observábamos desde el agua, hasta pasadas las dos de la mañana. Fue entonces cuando recibí una llamada de mi sargento primero.

—Virgi, dime —la atendí.

—La novia ya va con uno de los colegas de Toribio hacia la playa. Los de seguimientos los tienen controlados a ellos dos y al otro.

—Movimiento en tierra —le dije a Merlo.

Se encogió de hombros.

—Nosotros tenemos que esperar hasta que pase la lancha —dijo.

—¿Qué tal por ahí? —me preguntó Chamorro.

—Bien, hemos montado otra batalla en La Línea.

—Ya lo he oído por la radio. Tiros y todo.

—Al aire, nada más —la tranquilicé.

—Esperamos entonces acontecimientos, ¿no?

—Eso es. Nos vamos informando.

A eso de las tres menos cuarto de la madrugada entró por la radio un aviso del COS. Lo atendió el guardia Gómez, sin mucho afán.

—Adelante, COS.

—Planeadora grande saliendo a la altura de Tánger Med, rumbo aproximado hacia la zona de Tarifa —dijo la voz en la radio.

—Ahí está —constató Merlo, sin alterarse.

—Recibido, COS —dijo Gómez—. Vamos allá.

—¿Cuánto tardaremos? —le pregunté a Merlo.

—Esto sólo da treinta y pico nudos, con buena mar, ahora un poco menos. Es bastante para un trasto de esta envergadura, pero estamos al otro lado; para cuando lleguemos ya estará en la playa, que es de lo que se trata. Voy a comprobar que lo han recibido los otros dos.

Cogió entonces el micrófono de su radio.

—Pato 1 y Pato 2, aquí Mamá Pato, ¿me recibís? —preguntó.

—Aquí Pato 1, alto y claro —respondió una voz.

—Aquí Pato 2, ya me estaba empezando a helar —dijo otra.

—¿Habéis anotado posición?

—Aquí Pato 1, perfectamente. Motores arrancados.

—A por él —ordenó Merlo—, y avisad cuando estéis detrás de ellos. Con cuidado de que no os vean hasta que nos den la orden.

—Recibido, Mamá.

—Ellos llegarán antes —me informó el patrón—, están más cerca y dándole a tope pueden pasar de los cincuenta nudos.

De pronto, el brigada Merlo se convirtió en otra persona. Hizo virar la patrullera y la puso a plena potencia rumbo al oeste. Aunque por fuera seguía aparentemente inconmovible, en sus ojos brillaba la excitación de la caza. La embarcación cabalgaba ahora sobre las olas con más facilidad que antes: el viento de Levante la empujaba desde popa y avanzaba también a favor del oleaje, lo que la hacía brincar menos sobre sus crestas. El brigada se dirigió entonces a Gómez.

—Avisa a los de abajo, que se vayan preparando para la fiesta.

—A la orden —acató el guardia.

Llamé entonces a Chamorro.

—Ya ha salido la planeadora. ¿Qué tal por ahí?

—Están en la playa —me confirmó—. Nuestros tres objetivos y unas quince personas más. Los tenemos controlados con apostaderos fijos y la fuerza está en reserva, lista para cortar todos los accesos.

—¿Habéis avisado al helicóptero?

—Listo para despegar cuando nos diga el COS.

—Tendrá que esperar al último momento. Ahora cruza los dedos para que nuestros malos lleguen a la orilla sin contratiempos.

—En eso estamos.

En los minutos siguientes fue subiendo el resto de la tripulación. En seguida el espacio cubierto de la patrullera se vio lleno de hombres expectantes, algunos aún con las legañas pegadas a los ojos. Me volví a Arnau, que llevaba allí, como yo, cinco horas sin perder detalle.

—¿Qué tal esa adrenalina? —le pregunté.

—En aumento —admitió—. ¿Va a salir bien?

—Sesenta por ciento —auguró Merlo—. Esa probabilidad nos doy. Depende sobre todo de nuestras dos planeadoras. Pero cuando nos va a subir de verdad la adrenalina va a ser dentro de un rato.

—El mar está perfecto para una persecución —dijo Poveda.

—Yo lo preferiría con menos Levante —intervino Merlo—. A ellos les afecta menos, le ofrecen mucho menos flanco al viento.

Minutos después, la radio informaba:

—Aquí COS, la planeadora se acerca a la playa. A dos millas. Damos orden de despegue al helicóptero.

—Pato 1 y Pato 2 —los llamó Merlo—, ¿por dónde andáis?

—Aquí Pato 1. En posición, con contacto visual por infrarrojos, listos para ir a darles por el culo.

—Esperad la orden del COS —advirtió Merlo.

—¿Cuánto tardamos en llegar nosotros? —le pregunté.

—A esta marcha, poco más de cinco minutos, calculo.

—¿No será tarde?

—Nosotros daremos el apoyo, con este armatoste no somos quienes podemos agarrarlos, si tratan de escabullirse. Nuestra misión es cerrar, imponer y vigilarlos con el radar. Mira, ya los tenemos ahí.

Me señaló la pantalla del radar, donde se veían en efecto los tres puntos que nos interesaban: la lancha que se acercaba a toda prisa a la playa y, situadas detrás de ella, nuestras dos planeadoras. Poco después, los acontecimientos se precipitaron. Por la radio, una voz femenina, la de la operadora que acababa de tomar el relevo en el COS, nos avisó de que la lancha estaba en la arena, dando con ello a todo el mundo, en mar y en tierra, la señal de intervenir. Por nuestra parte, eso significaba mantener el rumbo que llevábamos, a toda máquina, pendientes del radar y de la distancia respecto de los tres puntos significativos que en la pantalla nos señalaban las posiciones de los nuestros y del objetivo. Vimos cómo los dos nuestros se lanzaban sobre el tercero, rezando para que este no se moviera; en ese momento pasó por encima de nosotros el helicóptero, haciendo sentir el ruido de sus rotores y hendiendo con su foco la oscuridad. Poveda comentó:

—El pájaro. No puede cazarlos, pero acojona.

—Toribio tiene callo, no se va a asustar tan fácil —dijo Merlo.

—¿Lo conoces? —inquirí, sorprendido.

—Aquí nos conocemos todos. Alguna vez he ido tras él, incluso. Y se me ha escapado siempre, pero le he hecho tirar algún fardo.

Lo decía como si fuera el único triunfo posible sobre su rival.

—Con la planeadora cargada tenemos una oportunidad —aclaró Poveda—. Cuando tiran la carga se nos escapan sí o sí.

—Pero luego tienen que explicárselo al cliente, y baja su caché como transportistas —dijo Merlo, con una sonrisa malvada.

—Esta noche yo creo que le va a ir peor —apostó Poveda.

—Por una vez, llevamos la iniciativa —admitió el patrón.

Sucedió entonces lo que nadie deseaba que pasara: el punto que se veía junto a la playa se separó de ella para iniciar una maniobra de evasión. Los otros dos puntos se le echaron encima, cortándole la escapatoria hacia el sur y el oeste, lo que no le dejó otra salida que virar y dirigirse hacia nosotros. Merlo gritó entonces a la radio:

—Pato 1 y Pato 2, así, sin aflojar. Voy derecho hacia él con las luces apagadas. Sujétenlo ahí y córtenle el escape hacia Marruecos.

No hubo respuesta en la radio. Me imaginé que bastante tenían los de nuestras planeadoras con mantener el rumbo, a la velocidad a la que debían de ir, con el agua helada dándoles en la cara y con el estrés al que en ese momento estarían sometidos. En el aire el helicóptero pasaba una y otra vez por encima de nosotros, barriendo con el haz de su foco las picadas aguas. En la pantalla del radar veíamos cómo los tres puntos se acercaban en línea recta hacia nosotros. Merlo, con inaudita sangre fría, aguantó hasta que los tuvimos casi encima. Sólo entonces encendió las luces de la patrullera, que alumbraron a la planeadora con la que mantenía rumbo de colisión, cegando momentáneamente a quienes la tripulaban. Conectó la megafonía y les conminó:

—¡Alto a la Guardia Civil!

La planeadora viró, la patrullera viró, y tuve que agarrarme, como los demás, para no irme al suelo. Las olas provocadas por una y otra chocaron y de la oscuridad salieron, como dos rapaces lanzándose sobre la presa, nuestras dos planeadoras, que lograron encerrar contra la patrullera a la embarcación a la que perseguían. Antes de que pudiera darme cuenta, el guardia Gómez, que hasta ahí juraría que no había pasado de las treinta pulsaciones por minuto, salió a cubierta con un fusil con bocacha cargado con una pelota de goma. Visto y no visto, la disparó contra la proa de la planeadora de Toribio, a quien vi entonces, con el rostro contraído por la rabia y la desesperación. Tras él, un marroquí presa del pánico alzaba las manos en señal de desistimiento. Gómez se apresuró a recargar el arma y gritarle al lanchero:

—Suelta los mandos o la próxima te va a la cabeza, cabrón.

El helicóptero, suspendido en vuelo estacionario, dominaba e iluminaba la escena. Ese fue, y no antes, el momento en que Toribio acató su suerte. Y en el que el brigada Merlo, siempre inexpresivo, celebró para sí que su sesenta por ciento se hubiera impuesto al cuarenta del otro; que la partida, por una vez, se hubiese decidido a su favor.

18

Nadie es inofensivo

Diego Toribio optó por no resistirse. Dejó que Poveda y Gómez, que saltaron a la planeadora, lo subieran a la patrullera, tras ponerle los grilletes. Otro tanto hizo el marroquí que le acompañaba. Mientras, otro miembro de la tripulación amarró la lancha a nuestro barco para remolcarla hasta el puerto. Desde tierra nos confirmaron que habían detenido a los dos cómplices del lanchero, a su novia y a media docena de personas más. El resto de los porteadores se había dispersado a pie por las inmediaciones de la playa; tampoco eran nuestra prioridad. Antes de bajar a los detenidos a uno de los camarotes, donde quedarían encerrados durante la travesía de regreso a Algeciras, les leímos sus derechos. La lista de cargos era larga: tráfico de hachís, resistencia y atentado a la autoridad y, en el caso de Toribio, además, detención ilegal, extorsión y un par de posibles homicidios o asesinatos.

—¿Lo ha entendido usted bien? —le pregunté.

—Perfectamente —me replicó, desafiante.

—¿Algo que quiera decir?

—Que me encierre cuanto antes donde sea y no tenga que seguir soportando el ver junto y tan contento a tanto picoleto.

—Le complaceremos. Ya podéis bajarlo —le dije a Poveda.

Aún permanecimos allí un rato. Además de cerciorarnos de que la lancha estaba bien sujeta y los detenidos asegurados, nos tocó rastrear las aguas en busca de los fardos que, según nos informaron nuestros compañeros de las planeadoras, habían arrojado por la borda para huir más deprisa, después de sorprenderlos a mitad de la descarga. En total, acabamos pescando media docena de fardos de cuarenta kilos cada uno. El experto en atraparlos, con un bichero que enganchaba en la cuerda de nailon que los rodeaba, era el guardia Gómez, que tenía una destreza sobrenatural para hacerse con ellos. Luego los subía a pulso y otros dos guardias, con la ayuda de Arnau, los recogían y los iban depositando sobre la cubierta. Entre un fardo y otro, jadeando y con el bichero en las manos, Gómez me hizo una confidencia.

—Estos chutes de adrenalina son lo mejor, mi subteniente. Te hacen sentir otra vez como si tuvieras veinticinco años.

Calculé que Gómez andaba por el doble de edad, año arriba o abajo. Miré también los fardos que se iban amontonando sobre la cubierta. En total, doscientos cuarenta kilos de hachís que acabarían, junto a los que hubieran intervenido en la playa nuestros compañeros, ardiendo en el horno de alguna central eléctrica. Y con ellos, las ilusiones de sus propietarios, que tampoco me inspiraban mayor congoja, porque no buscaban con aquella droga aliviar las pesadumbres a sus conciudadanos, sino, pura y simplemente, hacer suyo el suculento margen comercial de una mercancía ilícita. Pensé en los miles de kilos que sí pasaban y enriquecían a sus dueños, que a despecho de las leyes se iba a acabar fumando alguien, en Madrid o en Zaragoza o en París o en Berlín. Pensé, en fin, que el valor y el sudor y la adrenalina de Gómez se iban en una tarea que como le había oído decir a la juez equivalía a arar el mar, algo que él bien sabía, y había decidido olvidar para limitarse a desempeñar su papel.

Volví al puente con el brigada y me quedé junto a él mientras regresábamos a puerto. A nuestra derecha, en el cielo bajo el que se perfilaba la costa africana, se insinuaba el fulgor del día que llegaría un poco más tarde. Era un espectáculo sobrecogedor, el de aquellas aguas en las que se debatían y se perdían tantas vidas humanas, a aquella luz leve y dudosa de la madrugada que se consumía. Merlo, que no había descansado ni un minuto en toda la noche, seguía firme y silencioso al timón. Algo, sin embargo, debían de haberle ablandado la coraza las horas que llevábamos juntos, porque se avino a hacerme una confidencia.

—No has visto lo peor —me aseguró—. Lo peor no es nada de esto que hemos tenido esta noche, que en el fondo, y aunque a veces detengas a alguien y se pongan tan farrucos cuando los coges, no pasa de ser una comedia. Por su parte y por la nuestra, y no te digo por parte de los gibraltareños, que ya se habrán ido a dormir después de pasearse con su lanchita por el lado de la Roca en el que nunca pasa nada, mientras no paran de salir contrabandistas desde el otro lado.

Se tomó una pausa dramática, que no osé interrumpir.

—Lo peor —continuó— es cuando hay que sacar del agua hombres, o mujeres, o niños muertos. Rígidos, derrotados, perdidos. Una vez me pasó algo con una chica, marroquí. La recogimos una vez, cuando trataba de cruzar, y la devolvieron a Marruecos. Volvimos a recogerla un par de semanas después; se acordaba de mí y yo también de ella: era una chica guapa, poco más de veinte años, y estuve hablando con ella antes de que la devolvieran otra vez. A la tercera fue la vencida. Esa vez no pude hablar con ella, porque la sacamos fría y quieta del agua. La reconocí apenas la vi. Ahí ya no la devolvieron: acabó en una fosa común del cementerio de Tarifa. No hay derecho a que una vida joven se pierda de esa manera. Todo lo demás son insignificancias.

Me pareció entender, al fin, desde dónde miraban aquellos ojos.

—Gracias por contármelo, compañero —le dije.

—Mal regalo te hago. Da gracias a que esta noche

hubiera Levante. No te tienes que llevar ese recuerdo y has cazado a tu pichón.

—Las doy. Y a ti por hacerlo posible.

—«El guardia civil no hace más que cumplir con su deber» —recitó, con expresión ausente, la sentencia grabada en su memoria.

—No todos, no siempre —disentí—. No tan bien.

—Vamos a dejarlo ahí —propuso.

Durante la maniobra de atraque en el puerto de Algeciras vi que en el muelle nos esperaba parte del equipo. Pude identificar al capitán Álamo, el cabo Chacón, la guardia Azucena y la cabo primero Salgado. Junto a ellos había una decena de guardias uniformados de la unidad de reserva, listos para hacerse cargo de los detenidos. La que no se habría querido perder aquello por nada del mundo era Salgado. Estaba allí, toda ufana, con el chaleco de la unidad, los brazos cruzados de forma ostentosa y la Beretta bien visible en su cadera. Me di cuenta de que aguardaba su momento de gloria, que llegó cuando dos de los marineros, tras sacar al lanchero Toribio del camarote donde lo teníamos encerrado, se lo entregaron a los de la unidad de reserva.

—Hola, señor Toribio, volvemos a vernos —le espetó, con la mano apoyada en la culata de la pistola—. ¿Ha tenido buena travesía?

—Las he tenido mejores —gruñó el otro.

—Eso le pasa por tratar mal a las damas, pero no le guardo rencor. Andaré por aquí, si necesita algo no tiene más que llamarme.

—Lo tendré en cuenta.

—Bienvenido a casa —le deseó, con una sonrisa angelical.

Tuvimos una primera entrevista con Toribio media hora después, en una sala de la comandancia. Frente a él nos sentamos el cabo Chacón, que lo conocía de alguna detención anterior, y yo. Desde fuera de la sala observaban Álamo, Chamorro y Soto. El detenido, lo dejó claro, no estaba por la labor de facilitarnos ninguna información:

—No voy a declarar nada, y menos sin abogado.

—Ahora lo llamamos, sólo queríamos cambiar impresiones —dije.

—No tengo impresiones. Y menos para vosotros.

—Hay dos personas desaparecidas. En peligro quizá, usted sabrá.

—Yo de eso no sé nada.

—Diego, esto no es lo de siempre. Esto, como no andes listo, es un marrón para toda la vida —le advirtió Chacón.

—Un marrón para quien lo haya hecho, no para mí.

—Muy bien —tomé nota—. Tendrá sueño, no ha dormido mucho esta noche. Le dejamos descansar, y así descansamos nosotros.

Llamamos para que se lo llevaran a los calabozos.

—¿Y eso? —me dijo Álamo cuando nos reunimos.

—Que piense un poco. Y lo otro lo digo en serio y creo que es lo que procede. Por lo menos Chacón y yo, que vamos a enfrentarnos con él, sería bueno que durmiéramos un poco: tenemos por delante setenta y dos horas para sacarle todo lo que al final vaya a darnos de sí.

—Algo menos de setenta ya —puntualizó el capitán.

—Igual me da. ¿Se puede ir ocupando tu gente de drogas de tomar declaración al resto? Interesaría, eso sí, que con la novia y con los dos compadres no se dieran mucha prisa en llevarlos ante el juez.

—Ya veo por dónde vas.

—En realidad, lo digo por la novia, pero para disimular habrá que retener también a los otros.

—Ya lo pillé. Muy bien, así lo hacemos. ¿Cuándo te esperamos?

—Me levantaré para comer. Y tú, Virgi —me dirigí a Chamorro—, díselo al equipo: el que quiera sobar que aproveche, porque esta tarde nos ponemos y a lo mejor ya vamos del tirón hasta el martes.

—Visto —dijo—. Lo transmito.

—Y tú, Chacón, igual —invité al cabo.

—Con su permiso, mi capitán —le consultó a Álamo.

—Ve —le dijo este—. Hasta el martes eres suyo.

No dormí más de cuatro horas, pero me sentaron de maravilla. Los años, y los apretones que llevaba a las espaldas, me habían enseñado a concederme estas pequeñas licencias, cuando veía que maltratarme no me ofrecía rendimiento alguno y que, en cambio, darme una tregua iba a permitirme conseguir mucho más después. También me habían enseñado a dormir profundamente; por lo menos durante un rato, fuera cual fuese la hora a la que me acostara y el tiempo que tuviese para hacerlo. Reparado y sereno, y bajo el influjo benéfico de la cafeína que acababa de consumir, volví a sentarme delante de Diego Toribio sobre las cuatro y media de la tarde. Al cabo Chacón y a mí, recién duchados y afeitados, se nos veía en plenitud de facultades. El lanchero, ojeroso y con la sombra de una barba de dos días, ofrecía un aspecto mucho menos prometedor. Eso era lo que pretendía, aunque no me permití sobrevalorar nuestra ventaja. Era un tipo duro, lo había demostrado, y tenía buenos motivos para seguirlo demostrando.

—¿Y el abogado? —nos espetó, apenas nos sentamos.

—Sigue sin ser un interrogatorio —le respondí—. Nos gustaría antes limar asperezas. Tenemos la sensación de que si no la conversación no va a sernos de provecho, ni a nosotros ni tampoco a usted.

—No se preocupe por mi provecho, que ya lo decido yo.

—Me preocupo, Diego, porque es posible que no se haga cargo de que lo que nos ocupa no es lo del hachís, que todo el mundo, la gente, los jueces, incluso nosotros, considera una guerra perdida. Estamos hablando de dos secuestros; a lo mejor de dos asesinatos. Y en estas historias llegamos siempre al fondo, y los jueces nos dan todo lo que pedimos, y la gente ve bien que quien las monta se pudra en el talego. No sé si me entiende: hay que estar muy seguro de las propias fuerzas, y de que uno lo tiene bien atado todo y no ha cometido en ningún momento ningún error, para aspirar a aguantar el tiro en un asunto así. Y cuando uno no tiene todas esas seguridades, más vale empezar a aligerarse la carga en lo que se pueda, sobre todo si uno no apretó el gatillo.

—¿Qué gatillo? ¿De qué coño me habla?

—Era una forma de expresarlo. A lo mejor usted sólo puso la lancha para recoger el rescate, y no ha secuestrado ni matado a nadie.

Toribio me miró con cara de fatiga, o de asco, o de algo peor.

—No sé a qué cojones se refiere. Me han pillado dejando hachís en la playa y han pescado luego otro poco del agua. Vale, sé perfectamente cómo se llama eso, asumo los riesgos de mi trabajo. Me lo cuelgan y me mandan al juez para que me ponga los años que me tocan. Y me los como, y luego salgo y santas pascuas. ¿Me entiende usted?

—Diego —intervino Chacón—. Os tenemos grabados a tu lancha y a ti recogiendo el dinero en el espigón de Sotogrande. *Quillo*, no me seas gilipollas... Estás jugando en otra liga, la de buscarte la ruina.

—No voy a caer en esa trampa, *quillo* —se la devolvió, con retintín.

—No es una trampa.

—Ponme la grabación.

—Cuando quieras te la ponemos.

—Hay más lanchas como la mía, y de noche no se ve una mierda. Tendréis a uno que se me parece, el juez necesitará que se me vea a mí sin ninguna duda, ya tendré un abogado que se lo recuerde.

—La cámara es de infrarrojos.

—¿Y qué? Se verá una mierda igual.

—Diego.

—Deja de decir mi puto nombre.

—Como quieras. ¿Sabes quiénes son los desaparecidos?

—No, ni me importa.

—Dos chavales —comenzó a decir Chacón—, de aquí. Andaban con ordenadores, haciendo alguna fechoría, no te lo voy a negar, pero en el fondo unos pardillos, chicos que se metieron en algo que no conocían muy bien y que seguramente les venía grande. Tienen una madre, una novia, esas cosas. Como tú. Que los están echando de menos.

—Lo siento por ellas.

—No suena como que lo sientas mucho —observé.

—Mirad, no sé cómo coño os lo tengo que decir. Que esa no es mi guerra, que yo me dedico a lo que me dedico, y ya lo sabéis, y ya sabes tú, Juanito —le dijo a Chacón—, que no me voy a avergonzar.

—¿Por qué le pegaste a mi cabo primero entonces, cuando te dejó claro que no quería preguntarte por nada de droga, sino por si sabías algo de la desaparición de esos dos chavales? —le recordé.

En la mirada de Toribio había ahora un odio espeso.

—A lo mejor porque me toca las pelotas que una niñata de mierda se me ponga chula sólo porque se ha dejado joder en una academia de guardias para que le den una placa con la que vacilar por ahí.

—No es una niñata. Te saca diez años, por lo menos.

—Me la suda lo que me saca.

—Y también tiene más cojones que tú. Ella no mentiría, y tan mal, si la pillaran fuera de juego. Preferiría comerse lo que le tocara.

Me sostuvo la mirada, con aire retador.

—No voy a picar. ¿Busca que le pegue o algo?

—Si eso te desahoga... —le ofrecí—. Ya tienes cargos por atentado a la autoridad, sólo se trataría de rellenarlos un poco más.

—No tengo intención.

—Ni nosotros de joderte, Diego —intervino Chacón, conciliador—. Coño, te conozco, te he tenido que detener un par de veces, y como eres listo las dos veces te han soltado y me he quedado con las ganas. Tú no eres un secuestrador ni un asesino. Ni te va ni te hace falta, ya te ganas la vida de puta madre con algo que te divierte más. Y tampoco eres tan poco inteligente como para comerte por otro algo en lo que tengo la sensación de que sólo echaste una mano, a lo mejor hasta sin saber en qué te estabas metiendo y a quién estabas ayudando...

Por un momento, me pareció que Toribio consideraba aquella vía de escape que mi compañero, con toda intención e innegable finura, le estaba proponiendo. Y no descarto que así fuera, pero el cerebro del lanchero procesó a toda velocidad una respuesta bien distinta.

—Estáis perdiendo el tiempo —dijo al fin—. Os estáis equivocando. Yo no tengo nada que ver con ningún secuestro. Con lo único con lo que tengo que ver es con la droga que me habéis quitado esta noche. Ni siquiera con lo de vuestra colega. Ella dice que fui yo, yo diré que no estaba en La Línea esa tarde. Será su palabra contra la mía.

—Su palabra y la de dos guardias más —le aclaré.

Toribio no se inmutó por eso.

—Los dos conchabados con ella. ¿No habéis visto ninguno de esos documentales sobre mafias policiales y las cloacas de la Policía?

—Nosotros no somos de la Policía.

—También tenéis cloacas.

—Procuramos limpiarlas. En todo caso lo tendrías que probar, tú o tu abogado. Y mi compañera tiene una hoja de servicios intachable.

—Seguro.

—Puedes estarlo.

—¿Y si dejamos de perder el tiempo y llamáis al abogado?

—Está bien —acepté—. Nos gusta cumplir con la legalidad vigente.

Salimos de la habitación. En la puerta, me resumió Chacón:

—La *omertà* de La Línea. Ya contaba yo con ella. En ese pueblo sólo hay una cosa peor que ser madero o picoleto: ser un chivato. Nos va a costar Dios y ayuda que Toribio la rompa. Incluso si le beneficia.

—Pues habrá que intentarlo. No hemos agotado aún el arsenal.

Álamo, Chamorro y Soto se nos unieron.

—¿Qué hacemos? —me preguntó el capitán.

—Lo que le he dicho. Llamar al abogado. Y que le tomen declaración los de drogas; cualquiera de ellos, si tenéis uno nuevo que lo haga ese. Con el hachís le hemos pillado en flagrante delito. Que vea que eso no nos importa y que pasamos de la historia. Y luego ya afinaremos.

—Te has vuelto malo, Gardelito —observó el capitán.

—Qué remedio.

—Antes eras menos retorcido.

—Era más joven, como todos. Como tú, incluso.

—Pero yo he sido malo siempre —dijo, guiñándome un ojo.

—No pienso salir contigo, mi capitán —le seguí la broma.

—Lástima. En fin, iré poniendo a los míos a la tarea.

Dedicamos unas horas a completar el papeleo y luego nos fuimos a cenar tranquilamente. Lo hice con mi equipo y el cabo Chacón, que a los efectos ya casi era uno más. Alguien rumiaba un disgusto que no se privó de hacerme saber. Esperó a que nos trajeran los postres.

—Estoy muy enfadada contigo —me soltó de pronto Salgado.

—¿Y eso?

—Porque todavía no te has dignado utilizar mis servicios para tratar de hacer derrotar a nuestro correoso detenido.

Tenía una buena excusa, y la puse sobre la mesa.

—Chacón le conoce. Es mejor que haya alguien que le dé confianza.

—Ya, la teoría me la sé. Pero ese os está chuleando.

—¿Qué propones? ¿Entrar de golpe con una barra de hierro?

—Uf —exclamó—. Me pone. A mil.

—Inés...

—Es coña. Estaba pensando en otra cosa.

—Yo no tengo inconveniente —declaró Chacón—. No le falta razón. Por más que queramos tenderle puentes, hay algo más fuerte que él que le impide cruzarlos, y me temo que va a seguir siendo así.

—¿En qué has pensado? —le pregunté a Salgado.

—Déjame sorprenderte.

—No quiero que me expulsen, tan cerca de la jubilación.

—Por eso mismo te juegas menos, una parte ya te queda seguro.

—La quiero toda. Y poder trabajar en esto unos años más.

—Estaba pensando, bueno, en llamar a su corazón.

—¿Cómo?

—Seguro que se te ocurre si lo piensas un poco.

Chamorro tomó entonces la palabra.

—Lo mismo me arrepiento de decir esto, pero podría funcionar. O no perdemos nada por probarlo, teniéndolo tan cerrado en banda.

—Está bien —claudiqué.

Fuimos a buscarlo al calabozo a las tres de la mañana. Había tenido tiempo sobrado para dormir durante el día y desde la última vez que lo habíamos sacado, así que nadie iba a poder acusarnos de malos tratos por negación de sueño. Diego se dejó conducir con alguna contrariedad, aunque no diría que del todo sorprendido. No era la primera vez que lo detenían, incluso había pasado, años atrás, un breve periodo en prisión, así que sabía de sobra que la vida del privado de libertad está sujeta a esa clase de vicisitudes y nunca le pertenece del todo. Lo que le causó algo más de extrañeza fue que cuando se abrió la puerta de la sala donde íbamos a hablar con él fuera la cabo primero Salgado la que entrase primero, seguida por mí y el cabo Chacón, que nos sentamos también en segundo término, mientras ella tomaba asiento justo al otro lado de la mesa que nos separaba a los tres del detenido.

—¿De qué va esto? —preguntó Toribio.

—Buenas noches, Diego —le saludó Salgado con dulzura.

—¿Qué hace esta aquí? —nos preguntó el lanchero a Chacón y a mí. Con arreglo a la estrategia pactada de antemano, ninguno de los dos abrió la boca: nos quedamos ambos escrutándole en silencio.

—Me han nombrado instructora de tus diligencias —dijo Salgado.

—¿Qué cojones...? ¿Y mi abogado?

—Nos da palo despertarle, antes de saber si tiene algún sentido que le llamemos —le explicó mi compañera—. Queríamos saber antes si, ahora que ya está zanjado lo de la droga, has podido meditar.

—¿Meditar sobre qué?

—Sobre la vida y la muerte. Sobre lo mal que se vive cuando te ves en un calabozo. Sobre lo solos que se quedan los muertos.

—Pero ¿esto de qué va? Juanito —se dirigió entonces a Chacón—, ¿esta tía se ha tomado un ácido o qué hostias le pasa? Y usted —me interpeló—, ¿no se supone que era el jefe de todo este circo?

Quise decirle que ni era el jefe ni me dedicaba al circo, pero me callé.

—Diego, no te guardo rencor —le dijo Salgado—. Aunque te cueste creerlo, soy tu amiga y quiero tu bien. He venido para tratar de hacerte recapacitar, para invitarte al camino de la bondad y de la luz.

—Quiero a mi abogado. Ya.

Salgado se quedó entonces mirándole. Antes de entrar en aquella habitación se había soltado el pelo, se había retocado los ojos y también, no pasé por alto el detalle, se había desabrochado un botón. Por la postura, y a juzgar por un par de miradas que pude ver que se le escapaban al detenido, este tenía algún atisbo de su sostén.

—No necesitas un abogado, Diego —le respondió—. Lo que tú necesitas es darte cuenta de que hay gente que sufre por lo que has hecho y de que está en tu mano aliviarles en algo ese sufrimiento.

—Mire —se me dirigió, con gesto exasperado—, haga salir de una vez a esta chalada. Esta mierda de táctica no os lleva a ninguna parte.

Salgado se puso aún más tierna.

—No quieras ocultarlo. Sé que tienes sentimientos. Déjalos salir.

—¿Qué quieres? ¿Ligar conmigo? ¿Delante de tus jefes? Si vas por ahí, aparte de que esta situación corta el rollo que te cagas, te advierto que a mí me gustan más jóvenes, estás perdiendo el tiempo.

—Y a mí con más sentido del humor. No va por ahí, chiquitín.

—¿Por dónde va entonces?

Salgado se puso seria de pronto.

—Hay gente a la que estás jodiendo con esto, Diego —le dijo—. Gente que no tiene la culpa de nada, que no te ha hecho nada para que la jodas de esta manera. Eso va por Crístofer y Sebastián, que ni a una hormiga le harían daño, y por sus familias, pero también...

—Eso lo dices tú.

—¿El qué?

—Que eran tan inofensivos. Nadie es inofensivo.

Salgado lo cazó al vuelo, sin misericordia.

—¿Eran? ¿Ya no son? ¿Los conocías? Mm, interesante.

Toribio inspiró hondo. Aquello le había pillado con la guardia baja. Su rostro se crispó y dejó ver cuánto le repateaba fallar ante ella.

—Era sólo una suposición —dijo—. Por lo que me habéis contado.

—Qué suposiciones más precisas haces, campeón —se admiró Salgado—. El caso es que hay otra gente a la que esta actitud tuya le está dando por saco, y esa a lo mejor te interesa algo más. Ya fue una pésima idea citar a tu novia para verla mientras descargabas hachís, podías haberle pagado un billete en el ferry de Tánger y haber ido a recogerla al puerto, como un caballero, en lugar de hacerle pasar ese mal rato...

—Sé que tenéis agentes de enlace con los moros. ¿Qué esperabais, que fuera tan gilipollas como para hacer eso y que me trincarais?

—El resultado ha sido parecido, al final. Yo diría que peor, incluso: que al final has sido más gilipollas todavía, porque aquí estás y, lo que es más triste, también está tu novia, acusada de narcotráfico.

Toribio abrió desmesuradamente los ojos.

—¿Que la tenéis aquí? ¿Detenida? ¿Todavía?

Salgado asintió despacio, antes de admitir, con voz cristalina:

—Eso me temo.

Toribio estalló.

—Os vais a cagar —amenazó—. Le voy a pedir a mi abogado que os meta un paquete por detención ilegal, para que os enteréis.

Salgado no se arrugó.

—¿Estaba en la playa o no estaba en la playa?

—Sois unos hijos de puta.

—Somos precavidos. No nos dices nada. No podemos descartar aún su implicación. Ni en lo del hachís, ni en los secuestros.

—Ella no ha hecho nada, joder, eso lo ve cualquiera.

—Tendrás que ser un pelín más convincente.

Toribio se quedó callado, pensativo. Intuí lo que estaba pensando, y no me equivoqué. Recobrando la serenidad, se limitó a decir:

—Veo por dónde vais, pero eso conmigo no funciona. Tengo el culo demasiado pelado para caer en una así. Cuando pueda, ya le pediré yo perdón a mi novia. Vosotros tendréis que llevarla al juez el martes, como muy tarde, y el juez la va a soltar, y hasta entonces vosotros la vais a tratar lo mejor que sepáis, por la cuenta que os trae.

Salgado no se vino abajo.

—Debo entender que el resto de la gente a la que jodes te da igual.

—Entiende lo que te apetezca.

—Eso no va a jugar a tu favor en el juicio.

—En el juicio ninguno de los tres pintaréis nada. O sí: ya le diré a mi abogado lo que tiene que preguntaros cuando os llame como testigos, para dejar claro cómo os saltasteis la ley con estos numeritos.

—La ley no nos prohíbe darte conversación.

—¿A las tres de la mañana?

—Hace una bonita noche. Si pudieras salir lo verías.

—Que no. Que lo dejes. Que soy más fuerte que tú.

El lanchero la miraba con altanería. Salgado se puso en pie.

—Es una pena. Me gusta hablar contigo, Diego. Tienes algo. Lástima que la empatía no sea tu fuerte, podrías molar y todo.

Y salió de la habitación, dejándonos a Chacón y a mí con él.

—Qué —nos escupió—. ¿Os vais a quedar ahí, sin decir nada?

No me apresuré a contestar. Chacón meneó la cabeza.

—Sí, yo te voy a decir algo —le anuncié—. Me habías parecido algo más valiente y algo más listo. No hay que fiarse nunca de la primera impresión. Duerme, de aquí al martes se te va a hacer largo.

—Y a vosotros —me la devolvió—. Y nunca más sin abogado.

Me puse en pie. Chacón me imitó.

—Tú no eres el jefe de pista de este circo —le hice

notar—. Si querías seguir tomando decisiones sobre tu vida, tenías que haberte dedicado a otra cosa, o haber sido un poco más espabilado en lo tuyo.

En ese momento, y Chacón fue del mismo criterio, tuve la certeza de que no se derrumbaría, hiciéramos lo que hiciésemos. Pese a todo, era nuestro deber intentarlo y lo intentamos, varias veces más, por las buenas y sin abogado y con el abogado delante y volviendo a preguntarle, una y otra vez, sobre aquello que la ley del silencio a la que se sometía le impedía respondernos. También enviamos su planeadora al laboratorio, para que recogieran cualquier vestigio que pudiera haber quedado en ella. No esperaba que obtuviéramos gran cosa, en una lancha expuesta al mar y la intemperie, pero los nuestros de criminalística cada vez afinaban más, y no podía descartar algún resultado.

El lunes pusimos a su novia a disposición judicial: salió en libertad con cargos y sin fianza. El martes por la mañana les pedí a los míos que fueran redactando los informes con todo lo que teníamos, descartando ya la confesión del detenido y confiando en que haberse dado a la fuga antes ayudaría a que le decretasen prisión incondicional. En esas andábamos cuando recibí una llamada. Era un número desconocido, o que al menos yo no tenía fichado.

—¿Rubén? —preguntó una voz con acento andaluz.

—Soy yo, ¿quién es?

—Victoriano. El del Puerto de Santa María. ¿Te acuerdas?

—Ah, sí, ¿cómo estás?

—En la puta calle. Oye, sois unos fenómenos.

—Cumplimos, o lo intentamos. ¿Podemos vernos?

—No, voy a cambiar de aires. Pero si tienes para apuntar te doy un nombre, un teléfono y una dirección.

—Preferiría que nos viéramos —insistí.

—Negativo, mi subteniente. Apunta lo que voy a decirte. Es bueno y es todo lo que necesitas. Yo también cumplo.

Qué otra cosa podía hacer. Me procuré un bolígrafo. Y apunté.

Dos horas después, tras algunas averiguaciones, pedí que volvieran a sacar del calabozo a Diego Toribio. Chacón, Salgado y yo volvimos a sentarnos frente a él, con una carpeta de por medio. Le dejé a la cabo primero que la abriera, le mostrase la foto y lo machacara.

—Dime que no lo conoces, chiquitín. Que tengo ganas de reírme.

Toribio no se rio. Se le puso cara de estar de entierro. El suyo.

19
En el infierno

Chamorro y yo estábamos junto al sargento responsable del equipo de seguimientos de la unidad central, viendo la imagen que mostraba la tableta a la sombra del portón trasero de su todoterreno. Era una vista aérea de La Línea, captada en tiempo real. El dron que con la misma tableta pilotaba el sargento, diminuto y casi inaudible en cuanto se elevaba a más de veinte metros sobre el suelo, avanzaba despacio, siguiendo el trazado de una de las calles más peligrosas del territorio comanche linense. Mientras observábamos aquella imagen, nos manteníamos pendientes de las transmisiones, que recibíamos a través de un pequeño auricular inalámbrico incrustado en la oreja.

—Colibrí, aquí Hurón —dijo una voz en la malla de radio—, acaba de decirle a la novia que va a salir. En seguida deberíais verlo.

Les había costado lo suyo a nuestros compañeros instalar, con la oportuna orden judicial, el micrófono que nos permitía oír las conversaciones que se producían en la vivienda del sospechoso. Pero a alguien que apenas usaba el teléfono móvil, y al que sólo se le escuchaba, cuando lo hacía, hablar del tiempo y de fútbol, no teníamos otro modo de tratar de sorprenderle yéndose de la lengua. El sargento hizo zoom con la cámara sobre la acera y en ese momento lo vimos salir.

—Hurón, aquí Colibrí, lo tengo —dijo el sargento—. A todas las unidades, todos preparados. Me lo quedo hasta que salga de La Línea, atento cada uno en su posición para ver quién lo coge. Y en función de a quién le toque, los demás a los puntos de relevo establecidos.

El sospechoso apenas estuvo un par de segundos en la acera, antes de que junto al portal se detuviera un cochazo negro, un todoterreno BMW de los más grandes, a cuyo asiento trasero subió sin más trámite. No era un tipo muy alto, pero su musculatura, esculpida a conciencia en el gimnasio, y siempre intuida bajo una indumentaria que nunca buscaba encubrirla, le daba un aire hosco y temible. Llevaba la cabeza rapada al cero y en todo momento una visera negra y unas gafas de sol del mismo color. Tenía sólo veinticinco años, como Crístofer, y aún no se había labrado una reputación a la altura de sus merecimientos, pero era, posiblemente y por lo que sabíamos, uno de los criminales más brutales de la ciudad. Así me lo había advertido Victoriano Duque, el hombre que le había vendido aquel otro BMW deportivo, el mismo que había usado para llevarse a Crístofer a un lugar desconocido que aquel seguimiento al que lo sometíamos tenía por objeto, entre otros, tratar de localizar. El sargento que manejaba el dron comentó:

—Estos juguetes nos dan la vida en sitios así. Meter a alguien ahí es, con un noventa por ciento de probabilidades, arriesgarse a quemarlo, a quemar el seguimiento y si se da mal a algo mucho peor. Con nuestro maravilloso pajarillo israelí lo tenemos controlado sin riesgo.

—Se va a poner muy cuesta arriba ser malo —observé.

—No va a estar al alcance de cualquiera, como el resto de las cosas en la vida, pero los malos con posibles también tendrán drones para vigilarnos a nosotros, no nos lo van a poner tan fácil.

—Ya me imagino.

—Ahora vamos a ver por dónde sale de la ciudad, y a partir de ahí seguimos al estilo convencional. Nosotros recuperamos el dron y nos vamos tras ellos, por si lo necesitamos para rematar la jugada.

El todoterreno negro buscó la salida que llevaba en dirección a La Alcaidesa y Sotogrande, es decir, la que teníamos señalada como más probable para ubicar el lugar donde habían llevado a los secuestrados. El sargento, una vez que estuvo seguro de la ruta, dio el aviso:

—Rata 4, es vuestro. Los demás: va a salir por la A-383, a toda leche a vuestros puntos asignados. Rata 1, quédate en reserva.

Siguió todavía durante unos segundos al vehículo objeto de la vigilancia, hasta que lo vio meterse efectivamente por la carretera que había señalado a los suyos. Luego avanzó un poco más, hasta unos cuatrocientos metros por delante en esa misma carretera, e hizo zoom en un coche gris que estaba preparado para incorporarse a ella. Les dio la orden:

—Rata 4, en marcha.

El vehículo se puso en movimiento. Así era como seguían de verdad a un coche, y no como lo hacían en las películas: por delante y no por detrás, y teniendo siempre controladas con otros vehículos todas las bifurcaciones para anticipar cualquier ruta que pudiera seguir. Para acechar a aquel tipo, al que sabíamos no sólo peligroso, sino también desconfiado y escurridizo, habíamos movilizado —gracias al impulso directo del general Pereira, que había honrado la palabra que me había dado días atrás— un equipo de veinte personas, con ocho vehículos de distintos tipos, además del dron. Muy vivo tenía que andar, y mucho tenía que acompañarle la suerte, para zafarse del seguimiento.

—Ahora es suyo —dijo el sargento—. Voy a recuperar el pájaro.

Simplemente pulsó un botón del menú que desplegó en la pantalla. Al cabo de unos minutos, el dron apareció sobre nuestras cabezas y se posó automática y suavemente un par de metros por detrás del coche, en la posición exacta desde la que había despegado un rato antes. El sargento no pudo evitar enorgullecerse de su eficiente artilugio.

—Con este cacharro, puedes dedicarte a pensar sólo en lo que tienes que pensar. Lo demás ya lo resuelve él. Mejor que un humano.

—Da miedo —dijo Chamorro.

El sargento se encogió de hombros.

—Es el mundo en el que ya vivimos. Más vale mentalizarse.

El resto de la operación, ya sin imágenes, la seguimos a través de las comunicaciones de radio. Cuando ya nos parecía que iban a meterse en La Alcaidesa, el BMW tomó bruscamente una desviación por una carretera secundaria para dirigirse hacia San Roque. La novedad se dio al instante y un coche se desplazó a controlar la salida de esa carretera, antes de que llegaran a ella. Maniobras semejantes se repitieron tres o cuatro veces más, pero siempre nuestro coche, que lo iba controlando por delante, avisó a tiempo de que otro se colocara por donde el sospechoso iba a pasar después. Finalmente, se metió por un camino que conducía a algunas casas de labor y una nave abandonada. El sitio era prometedor, pero complicado para seguirlos por tierra sin que se percataran. El sargento le pidió al guardia que llevaba el coche en el que íbamos que lo acercara a toda prisa a las inmediaciones de aquella posición. Por suerte, o más bien por un buen cálculo previo, íbamos en un todoterreno, con el que nuestro conductor buscó, sin piedad para su suspensión, un apostadero conveniente y alejado del camino.

Un par de minutos después, el dron estaba de nuevo en el aire, y con él rastreó el sargento la zona hasta que divisó el techo negro del BMW, que estaba aparcado al lado de una construcción de aire un tanto destartalado. A partir de una casa de labor preexistente, alguien había añadido otras edificaciones, alguna tan precaria que era poco más que una chabola. Algo así era lo que estábamos buscando.

—¿Hemos hecho bingo? —preguntó el sargento.

—Lo sabremos si su señoría nos da permiso para registrarla.

—¿Lo duda, mi subteniente?

—Nunca se sabe, con las togas. Apuesto que sí, pero veremos.

El BMW permaneció junto a aquella casa por espacio de dos horas. El sargento recuperó un par de veces el dron, para cambiarle la batería por otra completamente cargada y mantener la vigilancia con plenas garantías. Pasado ese tiempo, salieron cuatro hombres. Dos subieron con el sospechoso al coche y el tercero volvió a entrar en la casa.

—A todas las unidades —avisó el sargento por la radio—, cada uno en su sitio y listos para recogerlo otra vez, que va a salir.

Siguiendo un protocolo parecido de marchas y contramarchas por su parte y de relevos por parte de nuestro equipo, al cabo de un rato volvimos a encerrarlo en el piso de La Línea donde lo teníamos bajo escucha y donde le esperaba la novia. Cuando lo vimos meterse de nuevo en aquel portal, el sargento dio por concluida su parte.

—Hurón, todo tuyo otra vez.

—Recibido, Colibrí.

Media hora después estábamos en la comandancia. Fuimos a la sala de escuchas, donde estaba la cabo primero Salgado, sin perder detalle de lo que captaba el micrófono instalado en el piso del sospechoso. Al vernos llegar, se llevó un dedo a los labios y puso los altavoces del equipo para que pudiéramos escuchar. El sonido no era el ideal: las voces se oían lejanas y mezcladas con el ruido de fondo de la vivienda y de la calle. Era nuestro hombre el que estaba hablando:

—Lo hemos limpiado bien. Ya no hay de qué preocuparse.

—No sé, tío, yo no estoy tranquilo —repuso otra voz masculina.

—¿Qué va a pasar?

—Diego se puede romper.

—Diego no se rompe. Conozco a la gente, y lo he visto en acción. Tiene pelotas y sabe de sobra lo que no puede hacer.

—Lo tienen trincado con casi una tonelada.

—¿Y? Tres años. Cuatro, todo lo más. Oyendo música y haciendo deporte se te pasa rápido. Es una putada que le haya pasado ahora, cuando tenía la vida resuelta y se podía salir de ese negocio de mierda y dejar de jugársela en el agua, pero es cosa de tener paciencia.

—Yo creo que tendríamos que bajarnos al moro. Por lo menos unos meses, hasta estar seguros de que no pillan nada.

—Si te quedas más tranquilo, a mí no me importa. Me gusta bajar al moro, aunque sea más aburrido. Sólo tengo que convencer a la churri, pero hará lo que yo le mande, que para eso le pago los caprichos. Y si no, me busco una mora guapa, tampoco me voy a suicidar.

—Ríchar, vamos a quitarnos del medio. De verdad.

—Vale, me lo pienso. Pero no te me cagues, hostia, que no tienen nada. Si lo tuvieran, ya habrían venido a buscarnos. Diego se puso nervioso y metió la pata, pero ahora aguantará, no se va a convertir en un puto soplón de la noche a la mañana. ¿Y cómo lo van a asociar con nosotros? Ni siquiera hemos hablado por teléfono nunca. Lo hemos hecho todo bien, todo limpio y sin errores. Ahora a disfrutarlo.

—Vale, tío, me abro. Pásalo bien.

Se oyó una puerta que se abría y luego se cerraba, y a continuación Ríchar puso la televisión. Esa parte ya nos interesaba menos.

—Tendremos ya como veinte conversaciones de este estilo —dijo Salgado—. ¿Hasta cuándo tenemos que esperar para ir por él?

La pregunta era pertinente, y cada vez más. Desde que nos lo había señalado Victoriano Duque, y Diego Toribio había reconsiderado su obstinación en callar para reconocer que le había prestado a Ríchar el servicio de ir a recoger el rescate con la lancha —desvinculándose, eso sí, del secuestro y de lo que hubiera podido pasar luego con Crístofer y con Sebastián, y pidiéndonos protección a cambio de su testimonio—, habían pasado ya siete largos días. Ese era el tiempo que llevábamos controlando a nuestro sospechoso, un delincuente natural de La Línea que se había quitado de la circulación cinco años atrás, después de una oscura muerte con la que se le relacionó pero que nunca se le pudo probar. Tras pasar algún tiempo en Sevilla y Granada, había regresado a su ciudad al frente de una banda de gente de fuera, incluidos un par de moldavos, para especializarse en un ramo delictivo que nunca daba lugar a ninguna denuncia y que por eso pasaba más inadvertido que otros a las autoridades: el vuelco o robo de droga, y en algunas ocasiones de dinero, a los propios narcotraficantes. Lo hacían con extrema violencia y siempre encapuchados, por lo que sembraban el terror y no habían sido todavía fichados por el colectivo de sus víctimas.

La hipótesis con la que trabajábamos, en parte gracias a las declaraciones del lanchero Toribio, era que probablemente a través de otra persona, quizá un narco, habían contactado con Crístofer, o Crístofer con ellos. Lo habían contratado para lavar dinero en *bitcoins* y luego lo habían secuestrado para quedarse con las dos cosas: los *bitcoins* y el dinero. Y algo más, su verdadero objetivo y el gran pelotazo: las claves de todos los monederos de criptomonedas que Crístofer tenía en su poder. Nos quedaba entender por qué habían ido luego a por Sebastián Carranza, del que seguíamos sin tener el menor rastro. Tal vez porque algo había fallado con Crístofer, o porque creyeron que así podían tener acceso a más monederos, a los que no quisieron renunciar. De lo que las alusiones a uno y otro nos daban muy pocas esperanzas era de hallarlos con vida: no los aludían como un problema en curso, sino como un lastre del que se habían librado rápidamente.

—Creo que hemos localizado el sitio donde los llevaron —le conté a Salgado—. Entre eso, y la propuesta que acaba de hacerle su colega, de irse a Marruecos, me temo que sí, que nos toca reventar ya.

—Por fin —exclamó—. Estoy ya hasta el moño de quedarme aquí sentada, escuchando las paridas de estos descerebrados.

—Cerebro tienen —juzgó Chamorro—, el asunto es que lo aplican a lo que lo aplican. Si hubieran aprendido a darle otro uso...

—Lo que cada vez yo me creo menos, mi subteniente, es el cuento de Diego Toribio —cuestionó Salgado—. ¿Te has fijado en lo que ha dicho? «Ahora que tenía la vida resuelta.» Es su puñetero socio. La lancha la necesitaban para recoger el rescate, ese tío no era una pieza accesoria de la trama, estaba en el meollo desde el principio.

—Eso tendremos que probarlo, mi cabo primero —le recordé.

—Qué ganas de tenerlos a todos metidos en la nevera, echándose mierda encima los unos a los otros.

—Veremos. Y eso tampoco sería una prueba —advirtió Chamorro.

—Me voy a hablar con el capitán —les anuncié—. Y luego con el comandante. Para agarrar a esta gente vamos a tener que montar un buen belén. Y en el sitio menos a propósito para montarlo.

—Dale otro toque a Pereira. Funciona —sugirió Chamorro.

—No se te puede contar nada —la reprendí.

A partir de ahí, la cosa se nos fue de las manos. El dispositivo exigía entrar simultáneamente en media docena de inmuebles, incluido el piso donde paraba Ríchar en La Línea, la casa en el campo y los pisos donde vivían sus secuaces. Algo así se escapaba de nuestro nivel de responsabilidad, para pasar al del coronel jefe de la comandancia y mis jefes en Madrid. Hubo que echar mano de todos los recursos de la comandancia y de parte de los servicios centrales, incluida la unidad especial de intervención. A ellos, con el apoyo de las fuerzas de reserva, que tomaron literalmente el barrio, les correspondió irrumpir en la madrugada del martes, cinco días antes de Navidad, en la vivienda de nuestro principal sospechoso, neutralizarlo y llevarlo detenido a la comandancia. La operación, gracias al factor sorpresa, se llevó a cabo con menos contratiempos de los esperados. Nosotros entramos en el piso después de los de la unidad de intervención, cuando nuestro hombre, soñoliento y en calzoncillos, ya estaba embridado y sentado en la cama, mirando con aire lejano a su novia, presa de un ataque de nervios que la guardia Azucena se aprestó a tratar de aplacar.

Fue el capitán Álamo quien le leyó, a su manera, los derechos:

—Se te acusa de los secuestros de Crístofer González y Sebastián Carranza. Tienes derecho a un abogado, a callarte como una puta y demás gaitas, pero si aún siguen vivos en alguna parte y tienes entrañas, lo primero que te pediría es que nos dijeras dónde están.

Ríchar lo miró con desprecio. Tenía unos ojos de color gris acero, pequeños y penetrantes. No consintió en despegar los labios.

—Y si no están vivos —siguió Álamo—, también te agradeceríamos, yo y los suyos, que nos dijeras dónde podemos encontrarlos.

Aquí a Ríchar se le iluminó la mirada. Me pareció que sonreía.

—No conozco a esa gente —dijo—. No tengo ni puta idea de dónde pueden estar. Estáis metiendo la pata hasta la ingle.

—Bien, no me esperaba menos de ti —observó el capitán—. Ya los buscamos nosotros. Y te pierdes el positivo que iba a ponerte.

—Suerte —deseó Ríchar, sonriendo, ahora sí, de oreja a oreja.

Hicimos, cómo no, todos los deberes. Registramos todos los pisos, registramos la casa, sin dejar ni uno solo de los chamizos que tenía adosados. Incautamos móviles, tabletas, pero curiosamente, o no, ni un solo ordenador: ni Ríchar ni su gente los utilizaban. Enviamos los dispositivos a nuestros expertos en delitos telemáticos, que los destriparon y miraron todo lo que podía mirarse, sin encontrar nada que los vinculara con una sola transacción en *bitcoins*. No lo necesitábamos para inculparlos, porque ya teníamos las grabaciones de las escuchas, el vehículo utilizado en el secuestro y multitud de indicios más, pero nos fastidiaba no ser capaces de cerrar el círculo, y más allá del prurito de amarrarlo todo, que no fuésemos a dar, al final, con el modo de privar a los criminales de los beneficios del delito. Fuera cual fuese la existencia real y futura del dinero virtual, si no lo localizábamos seguía a su disposición e iban a poder manejarlo, no ya cuando salieran de la cárcel, sino incluso antes, a través de personas interpuestas.

El otro detalle enojoso era, por supuesto, que no hubiera aparecido ningún cadáver. A esas alturas, teníamos la convicción de que ambos, Crístofer y Sebastián, estaban muertos, pero sin cuerpo del delito esa imputación era siempre cuestionable. Podía suceder que al jurado, en el juicio, un habilidoso abogado lo convenciera de que sin él no podía condenar por homicidio o por asesinato. Y si Ríchar seguía teniendo acceso a una fortuna en *bitcoins* —o incluso, por qué no, en efectivo— iba a poder pagarse una defensa letrada sobradamente competente. Los perros especializados en detección de cadáveres que llevamos a la casa del campo no fueron capaces de encontrar nada, ni en las edificaciones ni en los alrededores. Podían haberse deshecho de los cuerpos en cualquier sitio, y sólo teníamos dos vías para averiguar dónde estaban: una, preguntar una y otra vez a los detenidos, afán que desde el principio pudimos comprobar que estaba condenado al fracaso, dada la férrea disciplina de silencio que Ríchar observaba e imponía al resto; y otra, tratar de reconstruir los itinerarios de todos los teléfonos móviles que les habíamos intervenido, tarea ímproba y de incierto resultado a la que, a pesar de todo, pedimos a nuestros compañeros técnicos que se pusieran.

Así, en medio de diligencias infructuosas, que apenas aumentaban las pruebas que ya teníamos de antemano, fueron transcurriendo las setenta y dos horas del plazo de detención, que se cumplirían en la madrugada del 23 de diciembre. La sensación del equipo, agravada por la contrariedad de tener que estar trabajando en aquellas fechas, era agridulce: por un lado, teníamos la convicción de haber dado con los culpables; por otro, de que quedaban demasiados cabos sueltos. En nuestras conversaciones, mientras completábamos unos informes que a nadie dejaban del todo satisfechos, no dejaban de surgir dudas y detalles que nos generaban incomodidad. A media mañana del día 22, con todos los miembros del equipo reunidos en la sala de trabajo, nos enredamos otra vez en una de aquellas. Razonaba Chamorro:

—Hay dos cosas que me tienen fastidiada. La primera, cómo es que esta gentuza contactó con Crístofer, o Crístofer con ellos, y cómo no se dio cuenta de lo peligrosos que eran y puso tierra de por medio.

—Intermediario —recordó Salgado nuestra hipótesis de trabajo.

—Vale, ¿pero quién?

—Otra posibilidad es que no contactara con ellos, que descubriesen ellos que se dedicaba a ese negocio de lavado de dinero en *bitcoins* y se aprovecharan de una transacción con otros para cazarlo —apuntó Arnau—. Un vuelco con secuestro, para pillar un botín mayor.

—¿Y quién se lo contó? —insistió Chamorro—. De

nuevo tenemos ahí una casilla en blanco. La otra cosa que me tiene mosqueada es lo tranquilos que están, con un pastizal que está encerrado en unas claves informáticas. Ninguno de ellos me parece un as tecnológico.

—Pueden tener a alguien suelto que se ocupe.

—¿Quién? —volvió a preguntar Chamorro—. Otro hueco.

Miré mi reloj. Y constaté:

—No nos queda mucho. Hemos quedado con la juez en llevárselos a media tarde, para que pueda tomarles declaración y mandarlos a la cárcel antes de Nochebuena. Habría que hacer un último intento.

—Es perder el tiempo —opinó el brigada Soto.

—Alguien tendrá que perderlo, por última vez. ¿Quién se viene?

—¿Puedo ir yo? —se ofreció Chamorro.

Todavía le brillaba en la mirada aquella rabia de no terminar de comprender lo que teníamos entre manos. Hube de admitir que por esa rabia, y por otras muchas razones, era quien prefería que me acompañase en aquel intento desesperado. Acepté su oferta.

—Vamos —la invité.

Para entrevistarnos con Ríchar habíamos establecido un protocolo reforzado de seguridad. Entre otras cosas, nunca nos quedábamos solos con él. A aquella última conversación, además de Chamorro y yo, asistieron como testigos los dos agentes de la unidad de reserva que lo habían sacado del calabozo, listos para reducirlo si era preciso.

—Esto es un puto coñazo —nos escupió Ríchar, nada más vernos—. ¿Puedo saber cuándo me vais a llevar a la juez?

—Falta un rato aún —le dije—. Creí que te apetecería charlar.

—¿Contigo? Tú estás mal de la chola.

—Con ella —señalé a mi compañera.

—No es mi tipo. ¿Las tenéis con más tetas?

Chamorro no se alteró. Continuó observándole.

—Ríchar —le dijo al fin.

—Me llamo. ¿Qué se te ofrece?

—Sé que no eres buena gente y que todo te la suda.

—Qué va, soy de puta madre. Si me soltaras lo verías.

—Tú crees que no, pero te vas a comer los dos muertos.

—Nadie puede ver el futuro.

—Yo sí veo el tuyo.

—¿Y? A ver, dime, qué pasa luego.

—Que te vas a quedar el último chupando celda, cuando todos los demás estén ya en la calle, dándose la buena vida.

—¿Seguro?

—El primero, Diego. Según él, sólo puso la lancha para ir a recoger el rescate a Sotogrande, el resto de la movida era cosa tuya.

Ríchar paladeó aquel momento. No cedió un ápice.

—No sé quién es Diego. No creo nada de lo que me digas. Nada de esto vale nada. Ya veremos en el juicio lo que hay de verdad.

—Estás en un agujero muy hondo, Ríchar. Regálate una escalerita para poder asomar la cabeza, aunque sea un poco.

—¿Qué escalerita es esa?

—Dinos dónde están.

—¿Quiénes?

— Sebastián y Crístofer.

—En el infierno. Como tú y como yo, sargenta. La diferencia entre tú y yo es que yo me he enterado y tú todavía no. Ya te enterarás.

—Piénsalo. Es la última oportunidad que te damos.

—Ya. ¿Algo más?

—No vamos a rendirnos. Vamos a encontrarlos.

—Bueno.

—Muchas gracias por todo, Ríchar —decidí cortar, poniéndome en pie—. Vamos a dejarlo aquí. Ya nos veremos en ese juicio.

Cuando se lo llevaron, nos quedamos los dos a solas en el cuarto de interrogatorios. A Chamorro el fracaso la había dejado algo mohína, y, aunque podía comprenderla, traté de quitarle importancia.

—Había que probar, pero con este bicho no hay nada que hacer.

—Tenemos que encontrar algo. Algo importante nos falta.

—¿Lo presientes? —bromeé.

No me siguió la broma. Permaneció seria y reconcentrada.

—No. Lo sé positivamente —aseveró.

De momento, no podíamos hacer otra cosa que dejar que el procedimiento de la justicia siguiera su curso. Ríchar y sus cómplices pasaron esa tarde a disposición judicial y al día siguiente los enviaron a prisión incondicional y sin fianza. Aquel 23 de diciembre era viernes y nos apresuramos para cerrarlo todo y volver a Madrid. Me ocupé de que se remitieran al juzgado todos los informes y de dejar a la gente de la unidad de policía judicial de la comandancia pendiente de los flecos de la investigación, como procesar y clasificar todas las muestras que habían recogido los de criminalística para enviarlas a analizar a los laboratorios centrales. Por suerte, contaba con el carácter resolutivo del capitán Álamo y la sobria meticulosidad del brigada Soto.

A media mañana, me fui a tomar café con los dos a la cafetería de la comandancia. Álamo, a diferencia del ánimo raro y dividido con que los demás llevábamos aquel desenlace feo y áspero, que no sólo para Chamorro tenía el sabor amargo de las cosas a medias, estaba de un excelente humor. Nos contó que acababa de recibir una llamada.

—Ahora me arrepiento de no haberla grabado —dijo—. Todavía no doy crédito a lo que acabo de oír. El abogado Fabio Alonso ronroneando como un gatito agradecido. Como si acabaran de quitarle un peso de quince toneladas de encima. Dice que nos admira por cómo nos hemos fajado en un asunto en el que la víctima era un presunto delincuente; por la profesionalidad y la objetividad con que hemos llevado la investigación. Y que no es, por si nos interesa saberlo, el único que nos está muy reconocido. Que hay en La Línea muchos que han respirado aliviados al ver a la banda del Ríchar desfilar hacia el talego. Me ha dado a entender que entre ellos hay clientes suyos.

—No sé yo si me alegra mucho haber prestado ese servicio, ni tener a esa gente en nuestro club de fans —rezongó Soto.

—Tampoco yo me pondría a disparar cohetes —le apoyé—. Hemos cazado a los malos, pero no hemos encontrado los cuerpos, el dinero se ha esfumado, y tengo a mi gente jodida, con razón, porque tiene la sensación de que no hemos logrado juntar todas las piezas.

Álamo me miró con curiosidad.

—¿Y qué pieza falta? —preguntó.

—¿Quién puso en contacto a Ríchar y Crístofer? O si quieres imaginarlo de otra manera y plantear otra historia, ¿quién le contó a Ríchar que había un tío que sabía lavar el dinero negro en internet y le dio el soplo de que ese tío tenía ciento veinte mil euros en efectivo en su casa?

El capitán frunció el entrecejo.

—Así a bote pronto se me ocurren dos posibilidades —dijo.

—A ver, sorpréndeme.

—Un narco al que conociera o con el que tuviese tratos. Además de darle al vuelco, sabemos que Ríchar ha traído algún alijo, y que de ahí justamente conocía a Toribio. O eso es lo que nos contó este.

—¿Y la otra?

—Esta es un poco más retorcida: Sebastián Carranza. Y por eso se lo calzó también luego, para eliminar testigos.

—En fin —medité—. No te digo que me parezca imposible.

—Lo que no creo es que podamos probarlo —dijo Soto—. Ellos no van a hablar y Carranza me temo que tampoco.

—No hace falta —juzgó Álamo—. Ya ha pagado su traición, si es que la cometió. No tenemos que hacer nosotros toda la justicia.

—Hay otra cosa que a mí me está dando la mañana —confesé.

—¿Qué te pasa, Gardelito? —se interesó el capitán—. Por la cara que pones, una paranoia de las tuyas, seguro.

—Puede ser —admití—. Tengo que llamar al hermano de Crístofer. Se lo prometí en medio de todo el fregado, cuando le di un toque para decirle que teníamos a los malos. Que le volvería a llamar cuando termináramos para explicárselo mejor. Para tener que explicarle, ahora, que no tengo ni idea de dónde tiraron el cuerpo de su hermano.

—Sí —reconoció Álamo—. Eso es una putada.

—Por eso mismo creo que no voy a retrasarlo más.

Una voz femenina me llamó por la espalda. Su propietaria debía de haber escuchado el final de aquella conversación. Era la guardia Lucía, y traía en el semblante una expresión que me costó interpretar.

—Mi subteniente, no le llame todavía.

—¿Qué pasa?

—Me manda la sargento primero Chamorro. Que vaya en cuanto pueda para la unidad de policía judicial. Nos han enviado algo.

—¿Qué, quienes?

—De Madrid, los técnicos. Me dice que no le diga más.

Fuimos los tres juntos, el brigada, el capitán y yo, casi a la carrera. Encontramos a Chamorro, con Arnau, Salgado y Chacón, mirando un ordenador. Fue el malagueño quien nos dio, sin darla, la noticia.

—Esto es acojonante. Vais a ver.

Chamorro, que manejaba el ratón, nos lo explicó al fin.

—Esta línea amarilla sobre el mapa es el itinerario de uno de los móviles que le intervinimos a Ríchar. Estaba a nombre de su novia. Aquí veis el movimiento de los quince días previos al secuestro.

Fue pasando pantallas, una por día.

—Ahora voy a poner en rojo el itinerario de otro móvil, de esos mismos quince días. Mirad cuántas veces y dónde y a qué horas se cruzan. ¿Sabéis quién lo utilizaba, y lo sigue aún utilizando?

La observé. Aquello rellenaba, de golpe, todos los huecos que tenía nuestra historia. Y entendí por qué no podía dar por cerrada, jamás, una investigación de modo que a ella no la dejara satisfecha.

20
El lado oscuro

Antes de ir a por él, y ya que la Navidad en familia se nos acababa de ir al garete, nos tomamos nuestro tiempo para amarrarlo todo. Lo primero que hice fue llamar a mi comandante, Ferrer, para informarle del hallazgo y de lo que a partir de él se seguía casi inexorablemente, incluida la cancelación de nuestro regreso a Madrid. Por una vez, tuve la sensación de que se quedaba sin palabras, incluso sin saber cómo desempeñar su papel. Apenas le hice mi resumen, me preguntó:

—¿Estás seguro, Vila?

Era la primera vez que utilizaba la abreviatura coloquial y habitual de mi apellido. Aquel gesto casi llegó a conmoverme.

—Completamente, mi comandante —respondí con firmeza.

—Me refiero a que... Bueno, a que os quedéis sin pasar las fiestas con la familia. Podríais venir para el fin de semana y volver ahí el 26.

—Mi comandante, el pichón está a tiro y lo tenemos todo amarrado. Hay que agarrarlo cuanto antes, darle el menor tiempo posible para que se prepare. Ir a por él y hacerlo pedazos. A ese efecto, la Navidad nos viene hasta bien, nos ayudará a dejarlo hecho unos zorros.

—Tú lo decides, me sabe mal ordenártelo.

—No hace falta que me lo ordene. Ya lo he hablado con mi gente. Todos quieren rematar, ni uno solo me ha pedido irse a Madrid. Cada uno se lo explicará a su familia como mejor pueda y ya sacaremos un rato para hacer aquí una cena de Nochebuena. Dándose bien, por la mañana lo liquidamos y por la noche hasta podemos celebrarlo.

—Entonces, no sé qué más me queda por decir.

—Nada, mi comandante. Cuénteselo al teniente coronel y al coronel. Y dígales que vamos a dar la campanada navideña, llegando de verdad al fondo de esta historia, que va a dejar helada a la gente.

—Entre tú y yo, me sigue sorprendiendo el poco seguimiento que le están dando los medios al asunto, fuera de la prensa local.

—Para ellos son cosas de malos, no tienen glamur, como la muerte de algún figurón o de alguna chica de buen ver. Pero cuando les contemos la historia completa, si se lo curra nuestra gente de prensa, van a alucinar. Es una radiografía espeluznante de nuestro tiempo.

—Eso te tocará a ti explicárselo al de prensa.

—Lo que haga falta.

—¿Quieres que le dé un cariñito a su señoría?

—Lo tenemos todo en marcha, pero nunca está de más. Le gustará.

—Ahora mismo la llamo —prometió, muy disciplinado, y de pronto ufano por poder ser útil. Decididamente, no era mala gente, sólo algo nuevo y demasiado vulnerable al afán de agradar a la jefatura.

Podríamos haberlo hecho de muchas otras maneras. Podríamos, por ejemplo, haber ido en mitad de la madrugada, para sorprenderlo durmiendo y valernos del sobresalto que eso siempre produce. Podríamos haberle echado la puerta abajo con un equipo de intervención y haberlo tumbado en el suelo, esposado y reducido a la condición de fardo humano a disposición de la administración de justicia, que es algo que también suele mermar un poco el ánimo. De hecho, disponíamos de un mandamiento judicial que nos habilitaba para hacer esa entrada por la fuerza y registrar su domicilio. Sin embargo, y de acuerdo con la juez y el letrado de la administración de justicia, que debía levantar acta del registro, lo hicimos de otra forma. A fin de cuentas, estaba controlado todo el tiempo, no teníamos que temer que se nos escapara. De modo que fuimos a su casa a las diez de la mañana del día de Nochebuena y, sencillamente, llamamos al timbre.

Marcos Ramos nos abrió la puerta con cara de sueño, despeinado y vestido de cualquier manera y deprisa. Aunque le habíamos dado un margen, razonable, lo estábamos sacando de la cama. Hablé yo.

—Buenos días, Marcos, ya nos perdonarás por molestarte. Creímos que a estas horas estarías ya despierto.

—Sí, no se preocupe, sólo estaba remoloneando un poco.

—¿Qué, trasnochaste? —dije, para que se relajara.

—Me quedé viendo una serie.

—¿Ah, sí? ¿Puedo preguntarte cuál?

Pude percibir su desconcierto. Me convenía.

—*Black Mirror* —me informó dócilmente.

—Ah, he visto algún capítulo. Está bien hecha, pero no sé, no acaba de convencerme. Siento que le falta algo. Alma, tal vez.

—Bueno, a mí me entretiene.

—Claro, y sobre gustos... Queríamos comentar contigo un par de detalles, ¿te importaría que pasáramos?

De repente, Marcos dudó.

—Eh, ¿tiene que ser ahora? ¿Es urgente?

—Verás, es Nochebuena, y todo el mundo se quiere ir a Madrid con la familia. Nos quedan por cerrar un par de flecos, si podemos hacerlo en la mañana nos ponemos en carretera y llegamos a cenar.

Aquello redujo su preocupación, fuera la que fuese. Era la intención.

—Ah, vale, entiendo. Sí, pasen, por favor.

Pasamos por delante de él. Chamorro no se privó de

observarlo de arriba abajo, desde las pantuflas a cuadros y con pelotillas hasta la sudadera de Grand Theft Auto V, arrugada y con lamparones. Aquello también formaba parte de la guerra psicológica. Por un instante, casi me dio pena. De todos los que habíamos tenido que enfrentar era, con diferencia, el más flojo y el más asequible, aunque en algún momento, durante las últimas horas, había llegado a preguntarme si no se trataría de un tipo mefistofélico que había representado con pericia consumada aquel papel. Al verlo azorarse ante la mirada de mi compañera, esa conjetura se me vino abajo por completo. Y sin embargo, paradojas de la vida, aquel imberbe casi sin espíritu era el que se las había arreglado para engañarnos, desde el principio y casi hasta el final.

—Puedo hacer café, si quieren. A mí no me vendría mal uno.

—Háztelo tú —le invité—. Nosotros acabamos de tomar.

Aproveché los cinco minutos que pasamos a solas en el gran salón de Marcos para examinarlo a fondo. Una casa es el espejo del alma de quien la habita. Reparé en el amontonamiento anárquico de objetos y enseres y artefactos, algunos carísimos y otros baratos, casi todos feos. En la higiene manifiestamente mejorable. En las referencias culturales que acreditaban los carteles colgados de las paredes, todas ellas audiovisuales, musicales o extraídas de videojuegos. Vi que Chamorro hacía otro tanto y en cierto momento nuestras miradas se cruzaron. Me sonrió plácidamente. Estábamos donde habíamos buscado estar desde que habíamos llegado allí, dos semanas atrás: en el gozne que lo explicaba todo. Y también, quizá, donde nos habíamos preparado durante toda una vida para estar: allí donde sentíamos, tanto ella como yo, y ella conmigo y yo con ella, habernos hecho quienes éramos.

Marcos regresó de la cocina con una enorme taza negra en la mano. Tenía la forma de la cabeza de Darth Vader y humeaba. Salvo que el paladar de Marcos fuera de amianto iba a tardar en beberse aquello. Tomó asiento en una butaca enfrente del sofá oceánico en el que nos habíamos sentado Chamorro y yo, a dos metros uno del otro.

—Ustedes dirán.

—¿Quién empieza? —le pregunté a mi compañera.

Demoró su respuesta. Aquel momento era para saborearlo.

—Tú eres el jefe —dijo al fin.

—Tú tienes la espinita clavada.

Marcos nos miró a uno y a otro, notoriamente desorientado.

—¿Qué... qué espinita? —balbuceó.

—Díselo tú —la invité.

Chamorro exhaló un largo suspiro. Cruzó las rodillas y se sujetó con las dos manos la que se le había quedado encima.

—Voy a ser directa. Es mejor ahorrar tiempo. La espinita que tengo clavada es que el otro día, cuando quise darte confianza y ayudarte, me metieras el pedazo de trola que me metiste. Y sin despeinarte.

Marcos palideció. Mejor no podíamos ir.

—¿Trola? ¿Qué trola?

Chamorro meneó la cabeza.

—¿Por dónde empiezo, Marcos?

—De verdad que no sé de qué me está hablando.

—Lo sabes. Lo sabemos. Y dentro de nada lo va a saber todo el mundo. ¿Sabes por qué estamos aquí así de buen rollito, y a esta hora, en lugar de haberte echado la puerta abajo de madrugada, con un montón de tíos grandes con botas para destrozarte todo?

El informático estaba paralizado. Por un instante, llegué a temer que se desplomara allí mismo. De otra reacción no le vi capaz.

—Estamos aquí así, y a esta hora, y de buen rollito,

porque después de todo nos das pena, Marcos. Nos da pena ver a alguien metido en algo que le viene tan grande. A alguien que la ha cagado tanto.

Aquello no ayudó a sacarlo de su estupor.

—¿Te gusta *Star Wars*? —le pregunté.

—Eh...

—A mí no mucho —no esperé su respuesta—. Un poco demasiado esquemático para mi gusto. Pero eso del *lado oscuro de la Fuerza* tengo que reconocer que es una metáfora que ha hecho fortuna.

—¿No había tazas de Luke Skywalker? —preguntó Chamorro.

—Si las hubiera, yo tampoco me las compraría —le justifiqué—. Es un soso. Y para coña Darth Vader mola más, eso lo comparto. Lo malo es cuando uno deja la coña y se pasa en serio al lado oscuro.

—Están cometiendo un error —protestó—, no sé quién les ha...

—Nadie, Marcos, nadie —le tranquilicé—. Ni Diego Toribio ni ese animal del Ríchar son gente partidaria de hablar con la Guardia Civil. ¿Y sabes por qué? Porque son gente que sabe que ya no tiene nada que perder, que está en el último círculo del infierno y que ya no hay otro al que se pueda bajar. Un poco más Ríchar que Diego, en honor a la verdad, pero ninguno te ha delatado ni nos ha dado tu nombre.

—¿Cómo iban a dárselo, si no los conozco? —Su voz, más que como una protesta, sonó apenas como un maullido quejumbroso.

Chamorro se puso seria.

—Hasta aquí, Marcos. Ahora vamos a empezar a hablar de cosas de hombres. Hemos venido a verte por las buenas porque con lo que te va a caer encima sólo tienes una manera de salvar algo, y esa manera es dejar de mentirnos y contarnos todo lo que sabes y nos has estado ocultando desde el principio. A ti callarte no te vale, como a los otros, porque tú no tienes su aguante y no estás preparado, ni de lejos, para comerte a pelo lo que te va a tocar. ¿Sabes lo que te va a tocar?

Marcos no podía articular palabra.

—Pues te va a tocar pasarte veinte años en la cárcel, pero ese es el menor de tus problemas. Lo que a mí me preocuparía, sobre todo, es que cuando sepan que te hemos detenido se temerán, con razón, que tienen un punto débil en su montaje, y que ese punto débil es el que puede joderles. ¿Y sabes lo que hace Ríchar con un testigo incómodo? Claro que lo sabes. ¿Te acuerdas alguna vez de Cris y de Sebas?

En ese instante empezó a temblar.

—Marcos —intervine—, ni la sargento ni yo vamos a decirte que aprobemos lo que has hecho. Ni siquiera que nos caigas bien. Pero hay algo que es de interés común, tanto tuyo como nuestro, que es lo que venimos a ofrecerte. El marrón ya lo tienes encima. El doble marrón que te acaba de decir mi compañera. Tu única posibilidad de tener un mañana, o algo que se le parezca, es garantizarte que esos bichos se comen las dos muertes con todos los pronunciamientos y agravantes, para que pasen el mayor número posible de años en la cárcel.

Me miraba como si estuviera ido.

—De paso —continué—, eso permitiría bajarte tu tiempo de talego todo lo que sea posible y conseguirte la protección de la justicia por colaborar. Si lo haces bien, y te enrollas, y los jueces lo ven, podemos ayudarte a convencerlos de que te den una buena cobertura. Otro nombre, bajo el que ellos no te puedan encontrar. Bajo el que puedas seguir dedicándote a los ordenadores, ya que se te da bien, pero esta vez sin tomar atajos tenebrosos y sin provocar más catástrofes.

El informático se rehízo a duras penas. Lo bastante para hablar.

—Y cómo... cómo sé que no me están engañando.

—No lo sabes, pero mírame a los ojos. Míranos, a los dos. Los ojos son el espejo del alma; me lo decía un jefe que tuve hace muchos años, un sabio. Yo te miro a los ojos y sé que has hecho una canallada, pero que no eres un canalla, o no tan canalla como la gente con la que te has juntado. No te embarques con ellos, y no ya porque ese barco no vaya a llevarte a ningún puerto, sino porque en cuanto puedan te tirarán por la borda para que te coman los tiburones. ¿Me entiendes?

Le costaba dar el paso. Ya contábamos con ello.

—Todo esto... —titubeó entonces— ¿no es ilegal? ¿No debería venir alguien del juzgado? ¿Dejarme llamar a un abogado?

—No —contesté—. Hemos llamado al timbre. Nos has dejado pasar. No has dicho nada, todavía, sólo te estamos contando, honradamente, cómo lo vemos nosotros. No nos has pedido que nos vayamos. Puedes pedírnoslo en cualquier momento y nos levantaremos y saldremos por esa puerta sin rechistar. Pero volveremos a entrar al minuto siguiente, derribándola si es necesario, con un funcionario del juzgado que está abajo esperando y con este papel. Puedes leerlo, si quieres.

Me saqué de la americana el mandamiento judicial y se lo tendí.

—Si entramos en virtud de esto, además de desordenarte un poco el piso y a lo mejor romper alguna cosa, te esposaremos y te leeremos tus derechos. Te los puedo ir leyendo ya. Tienes derecho a permanecer en silencio y a manifestar que sólo declararás ante el juez. Tienes derecho a designar un abogado, y a ser asistido por él de forma inmediata. Tienes derecho a poner en conocimiento de un familiar tu detención. Ah, y lo más importante, bajo qué acusación vamos a detenerte.

Lo dejé ahí. No tuvo más remedio que preguntar.

—¿Qué acusación es esa?

—Coautoría por cooperación necesaria en el secuestro y asesinato de Crístofer González y Sebastián Carranza, tus compañeros.

—Yo no hice nada —exclamó.

—Hiciste —lo fulminó Chamorro—. Y podemos imaginar por qué, pero preferiríamos que nos lo explicaras tú. Para empezar, por qué le contaste a tu antiguo compañero de instituto Ricardo Borge Borge, alias Ríchar, que Crístofer tenía cantidades ingentes de dinero de las que se podía disponer sólo con acceder a unas claves informáticas. O que tenía ciento veinte mil euros en efectivo en su casa, aunque nos tememos que eso formaba parte de la trampa. Por los posicionamientos de tu teléfono y el que usaba Ríchar, entre otros indicios, deducimos que tú mismo hiciste de intermediario entre ambos: que le llevaste a Crístofer el dinero en efectivo, que te facilitó Ríchar, y que tu jefe, a cambio, te dio las claves de los *bitcoins* para que se las pasaras a Ríchar. Así este se convenció de que el mecanismo pitaba y le tendió la encerrona que le iba a permitir limpiarle todo. Con una comisión para ti que no sabemos cuál pudo ser, pero que te compensaba lo bastante como para traicionar al tipo que te ayudó en Granada y que luego te dio un buen trabajo con el que te levantabas cinco mil euros al mes. Luego Ríchar se temió que Sebas fuera un peligro, o quizá calculó que era la llave para ganarse algo más, y lo quitó también de en medio. Con lo que tu soplo llevó, en fin, a la eliminación física de dos seres humanos.

Marcos empezó a boquear.

—¿Có... cómo habéis averiguado todo eso?

—Llevamos dos semanas con la oreja y con el ojo puestos aquí y allá —le dije—. Además echamos horas, y aunque no todos somos muy listos, tenemos gente que lo es bastante. Informáticos, ingenieros. Y sobre todo, el tiempo, que lo acaba poniendo todo en su lugar.

—¿Iba en serio la oferta de antes? —indagó, a la desesperada.

—Completamente —le ratifiqué.

—Pero tiene algunas condiciones, que pueden resultar algo gravosas para ti, quizá —le aclaró Chamorro.

El informático casi no se atrevía a preguntar. Al fin murmuró:

—¿Qué condiciones?

Mi compañera no se apiadó. Fue nítida, inapelable.

—Queremos que nos cuentes con todo detalle cómo sucedió todo, con días, horas y demás. Queremos saber dónde está el dinero. Y que nos des toda la información que tengas y que nos pueda conducir a encontrar los cadáveres. Si logramos averiguar dónde están, te anotas el tanto gordo. Habrás contribuido a mitigar el dolor de las familias, ese dolor que los hijos de puta que los mataron pretenden imponerles de por vida, y eso hablará muy poderosamente en tu favor.

—¿Qué les hace pensar que sé dónde está el dinero?

—Hemos pasado tres intensos días con Ríchar —le informé—. No nos parece el Steve Jobs español. No sólo te necesitaba para llegar al cofre del tesoro de Crístofer, sino también para guardarlo.

El silencio de Marcos sonó a asentimiento.

—No te oculto que seguramente se va a cabrear mucho si se lo confiscamos —proseguí—, pero a ti te toca comparar opciones y ver la que mejor te encaja: perder toda la juventud en la cárcel y seguir cuando salgas a su merced, a cambio de la parte que quiera darte del pastel, si es que quiere darte algo y no prefiere arreglar que alguien te liquide en el patio; o abreviarte el mal trago y ser pobre, pero libre, y tener la esperanza de poder vivir más allá de lo que a Ríchar le plazca.

Se quedó pensativo. En medio del desastre y de la desesperación, su cerebro, al fin y al cabo bien engrasado, no dejaba de funcionar. Por primera vez aquella mañana, Marcos se permitió sorprendernos:

—Puedo decirles algo de dónde están los cuerpos.

—¿De veras? —se interesó Chamorro.

Levanté entonces la mano.

—Alto, no digas nada. Vamos a parar aquí. Ahora ya sabes lo que hay, por dónde vamos y cuál es tu margen de maniobra. Lo que nos quieras contar nos lo contarás delante del abogado de tu elección, libre y conscientemente, y se levantará acta de tus declaraciones.

—No conozco a ningún abogado.

—Se te pondrá uno de oficio. Ahora voy a llamar al funcionario judicial y cuando él esté delante se acaba esta conversación amistosa y empezará la diligencia propiamente dicha. Los derechos, el registro y demás. Si me aseguras que no nos vas a obligar a ello, no te esposaremos, pero a partir del momento en que aparezca la comisión judicial estarás detenido. ¿Has entendido lo que te acabo de decir?

Me imaginé a qué velocidad estaba batiéndole el corazón en ese instante. Lo había vivido ya unas cuantas veces, pero la mirada que entonces nos dedicó Marcos, tan conocida, parecía siempre nueva: la mirada de quien acaba de caer en la cuenta de que de pronto, y quién sabe por cuánto tiempo, ha dejado de ser un hombre libre. Saqué el teléfono y marqué el número, mientras él se hundía en la butaca.

El letrado de la administración de justicia, acompañado por el resto del equipo, se presentó en el piso pocos minutos después. Le pedimos a Marcos que fuera él quien le abriera la puerta, para que quedase claro desde el principio que se avenía a colaborar por su propia voluntad. El capitán Álamo supo reprimir su habitual facundia. Se quedó todo el tiempo en segundo plano, observando y sin intervenir. En cuanto al funcionario del juzgado, no las tenía todas consigo; quizá todavía se preguntaba cómo habíamos convencido a la juez de hacerlo de aquella manera, pero era difícil argumentar que fuera mejor, legalmente o desde cualquier otro punto de vista, irrumpir de forma violenta en la casa de una persona, cuando podía lograrse que esta franqueara de buen grado el paso a la comitiva judicial. Le explicó a Marcos el contenido del mandamiento y que íbamos a proceder a registrar la vivienda. El informático asintió, cabizbajo, y fue a sentarse otra vez en la butaca. Por la cara que puso el letrado, aquel era el registro más extraño de su vida, y a juzgar por la edad que tenía, los cuarenta ya no iba a cumplirlos, debía de llevar alguna que otra experiencia peculiar a las espaldas.

Estuvimos en el piso durante buena parte de la mañana. Le requisamos todos los dispositivos electrónicos y muy poco más. Marcos apenas tenía papel en casa: ni documentos, ni libros, ni nada hecho de ese material, al margen de algunos embalajes, un par de tetrabriks en la nevera y un par de docenas de comics en una estantería pequeña. Una vez concluida esa diligencia, lo llevamos a la comandancia, donde le dimos en primer lugar algo de comer y le preguntamos si le parecía bien que llamáramos al abogado para tomarle declaración a primera hora de la tarde. Me contempló con cara de cordero degollado.

—Lo antes posible —dijo—. Acabemos con esto ya.

Antes de interrogarlo formalmente, lo dejamos un rato a solas con el abogado de oficio. Según el capitán Álamo, que ya lo conocía de otras veces, era un tipo prudente, que no sólo no estorbaría la estrategia que habíamos puesto en marcha, sino que podía ayudar a Marcos a aceptar que el único camino que le quedaba para reducirse la condena era tomar la máxima distancia respecto de los ejecutores del secuestro, la extorsión y las presuntas muertes, y restringir su papel a facilitar una información que nunca creyó que llevara a ese resultado. Esto era, al final, un juicio de intenciones: en el reducto de su conciencia quedaba confinada la verdad, con la que él tendría que vivir —y que con el tiempo acertaría a recordar del modo más benévolo posible—, pero sobre la que a un jurado siempre podía inducírsele a dudar.

La conversación entre ambos duró apenas quince minutos, lo que todos consideramos una señal positiva. A continuación, nos sentamos en la sala y yo asumí, con la mayor delicadeza pero sin renunciar a la precisión ni a la exhaustividad, el peso del interrogatorio. Marcos se mostró dócil y colaborador en todo momento: nos admitió que había hecho de intermediario en la operación de blanqueo de ciento veinte mil euros para Ríchar y que así lo había puesto en contacto con su jefe, con quien le arregló la cita en la que habían de raptarlo. Que lo que a él le dijeron fue que se trataba de recuperar los ciento veinte mil y presionarle además para que diera las claves del resto. Que nunca le contaron que tuviesen el plan de matarlo, y que de hecho Ríchar, a través del canal seguro por el que se comunicaban cuando no podían verse en persona, una aplicación de mensajería no interceptable que destruía los mensajes y que él mismo le instaló en un móvil, le dijo que en el curso del secuestro, y después de sacarle la información, algo había salido mal: según Ríchar, Crístofer había intentado escaparse y no habían tenido más remedio que acabar con él. En cuanto a Sebastián, Ríchar había decidido ir a por él porque temía que nos diera alguna pista que pudiese comprometer sus ganancias y también para sacarle información sobre otros posibles monederos que Crístofer se hubiera podido guardar. Al oírle contar todas aquellas cosas, tuve la tentación de hurgarle sobre si realmente no era consciente de la violencia, eventual o ya consumada, a la que su actuación contribuía de forma tan evidente y previsible: con su silencio no sólo la encubría, sino que la posibilitaba, en la medida en que no daba pie, denunciándola, a que alguien pudiera impedirla. Pero lo que me interesaba, por encima de todo, era que estuviese tranquilo y lo más confiado posible; ya le haría su señoría todas aquellas preguntas incómodas y alguna más, cuando lo considerase oportuno.

Al llegar al punto del dinero, Marcos superó todas mis expectativas. Preguntó si había en la sala algún experto en informática. Le dijimos que no, pero que podíamos llamarlo cuando quisiera. Manifestó que controlaba, por cuenta y bajo amenaza de Ríchar, monederos virtuales en varias criptomonedas por importe de unos seis millones de euros. Que sus claves, que le habrían sido arrancadas a Crístofer antes de matarlo, estaban custodiadas y encriptadas en varios de sus dispositivos y en almacenamientos en la nube, y que si le poníamos un informático para pasárselas le facilitaría el acceso a todos ellos. Que estaba dispuesto a ayudarnos a intervenir todo el dinero, sin excepción.

Podía creerle o no, pero seis millones de euros era mucho dinero. Si no era todo el capital cifrado en dinero digital que le habían robado a Crístofer, debía de estar muy cerca de serlo. Le agradecí lo mejor que supe la colaboración, para animarle a pasar al último punto.

—¿Puede decirnos dónde están los cuerpos de los desaparecidos?

Marcos bajó la vista. Se había consentido una relajación profunda de los estándares morales y de gratitud hacia quien le había dado empleo y un lugar en la vida, pero no acababa de ser un desalmado.

—Esto es lo que sé —dijo, tras inspirar a fondo—. Me lo dijo Ríchar por la aplicación de mensajería, cuando le pregunté qué iba a pasar si aparecían los cadáveres. Por lo visto, los cargaron los dos en la lancha de Diego y los llevaron hasta la mitad del Estrecho. Allí los echaron al agua, bien envueltos y atados y con varias pesas grandes dentro del fardo para asegurarse de que se hundieran hasta abajo del todo.

—¿En mitad del Estrecho? —preguntó Álamo.

—Eso fue lo que me dijo Ríchar. Diego es el que podrá indicarles mejor dónde, si quiere. Tienen ustedes buceadores, ¿no?

—Sí —dijo el capitán—, pero ninguno capaz de bajar a novecientos metros, si lo tiraron en el punto de mayor profundidad.

—Bueno, o qué sé yo, un submarino —propuso Marcos.

—Si están ahí, ya nos podemos ir olvidando —opinó Álamo—. A las familias no les quedará otro consuelo que subirse a un ferry y cuando pasen a medio camino echar un ramo de flores en el agua.

De todas las posibilidades, no me había dado por pensar en aquella, aunque era lúgubremente verosímil. Tenían los medios, era efectiva y reunía a Crístofer y a Sebastián —dos aprendices de brujo que se creían más listos que el resto y que encontraron la muerte por ligar sus vidas a una fortuna hurtada al prójimo— con las almas de todos los ahogados en aquella fosa voraz que se tragaba a los desheredados del mundo.

Una vez impresa el acta, se la pusimos a la firma. Marcos la rubricó sin rechistar, y lo mismo hizo su abogado, tras leerla de cabo a rabo.

Completada aquella última formalidad, devolvimos al detenido al calabozo. En cuanto nos quedamos solos los miembros del equipo, la cabo primero Salgado se me acercó y poco menos que me exigió:

—Me pido ir a ver a Diego a la cárcel para comprobar si ahora tiene huevos para volver a decirnos que él se limitó a recoger el rescate.

—Espérate, Inés —le dije—. Es Nochebuena, hay que ver qué dice el laboratorio, si nos dice algo, y ahora hay tareas más urgentes.

—¿Por qué? Vamos allá ahora mismo.

—Inés: soy el jefe, soy más viejo, sé más. Esperaremos.

Tenía mis razones, que se demostraron sólidas. Apenas cuatro días después, el laboratorio nos remitiría el informe definitivo sobre las muestras recogidas en la lancha de Toribio. Entre el ADN obtenido no apareció el de Crístofer, pero sí el de Sebastián Carranza, a quien interpretamos que no habían embalado tan bien, y que hizo mucho más fácil y fructífero ese interrogatorio que Salgado quería precipitar. Y lo que en ese momento me urgía, antes que nada, era dar cuenta del desenlace a tres personas a quienes se lo debía: mi comandante Ferrer, mi general Pereira y Alejandro González. Con los dos primeros fue más fácil: recibí sus parabienes y pude notar que la conversación, es lo que tienen los éxitos, robustecía y mejoraba nuestras relaciones; más en el caso del comandante, con quien me hacía más falta. A Alejandro, en cambio, tenía que contarle que su hermano había muerto porque ese chaval al que él conocía, y al que había ayudado a hacerse un sitio y ganarse el pan, lo había vendido a una jauría de chacales.

—¿Por qué, subteniente? —me preguntó al fin, desolado.

—No hay que pensarlo mucho, lo que no quiere decir que sea fácil de comprender —dije—. Es una combinación antigua como el hombre: primero, la codicia, y a partir de cierto momento, el miedo. A lo hecho, a perder lo obtenido, a correr la suerte de los que ya cayeron. De eso se alimenta, una y otra vez, la indiferencia hacia el dolor de los otros que lleva a alguien a cometer o consentir que se cometa un crimen.

—No me consuela, francamente.

—No lo pretendía. Creí que se merecía usted la verdad.

—Y se lo agradezco. Todo. A usted y a su gente. Dígaselo, por favor.

—Así lo haré.

Fue una singular cena de Nochebuena. Haciendo una pausa en el papeleo, a las nueve nos juntamos en torno a la mesa los desplazados, pero a eso de las diez se presentaron todos los de la policía judicial de la comandancia, con sus familias, niños incluidos, para hacernos compañía y tomarnos juntos el cava y el turrón. Me gustó conocer a la mujer de Álamo, a la de Soto, a la de Saro; al marido de Azucena, un hombre cálido y afable como ella. A las doce, aparecieron Chacón y su familia. Se habían hecho los ciento y pico kilómetros desde Málaga.

—Tú estás mal —le regañé.

—Qué mejor plan para la Nochebuena —bromeó.

Aguantamos hasta más allá de las dos, brindando por nosotros —y, a sugerencia de Álamo, por Ruano y los demás *celícolas*, esto es, los viejos compañeros que ya no estaban—; celebrando, entre otras cosas, que habíamos sido capaces de llegar hasta el final de aquello. También que, al margen de la familia de cada cual, teníamos otra que estaba allí y nos protegía del destino oscuro del hombre que a esa misma hora, dentro del mismo edificio, y en la soledad de un calabozo, pasaba la que iba a ser, sin lugar a dudas, la peor Nochebuena de su vida.

Epílogo
Lejos del corazón

Aunque habríamos podido entregárselo antes, la juez nos sugirió que le lleváramos a Marcos Ramos a primera hora del lunes, así ella no tenía que movilizar a sus funcionarios el día de Navidad y nosotros teníamos más tiempo para sacarle información al detenido. No sirvió mucho a estos efectos: las dos veces que entramos a hablar con él, se limitó a decir que ya nos había contado todo lo que sabía y que no iba a añadir nada si volvíamos a llamar a su abogado para ampliar su declaración. En una de esas entrevistas traté de saber más de él, de su infancia, su adolescencia, su familia, de cómo había logrado sortear el estigma de su origen más bien humilde y de su vecindad en un barrio conflictivo, y formarse como ingeniero informático, para regresar de la peor manera posible a la realidad que había logrado abandonar. Pero en ningún momento le vi por la labor: me pareció que pesaba en él una especie de vergüenza; no ante mí, sino quizá ante sí mismo.

Le dimos de comer y cenar lo más decentemente que pudimos, dentro de nuestras posibilidades, y el lunes a las ocho de la mañana lo condujimos al juzgado, donde lo entregamos a la maquinaria judicial que dispondría de su destino. En nuestros informes, conforme a nuestro compromiso, habíamos dejado constancia de su colaboración. El valor que a eso se le diera ya no dependería de nosotros, sino de los hombres y mujeres que tienen por oficio —y eligen como lugar en la vida— dictar las consecuencias que se siguen de los actos de otros.

Con ese trámite quedaba concluido nuestro papel en aquella función y dejaba de ser necesaria nuestra presencia allí. Nos despedimos de los compañeros, y yo, en particular, de aquel que lo había sido tantos años atrás y con quien ahora había vuelto a compartir fatigas. Álamo atajó de raíz cualquier tentativa de darle solemnidad al momento:

—Me ha gustado volver a verte, Gardelito. Los caimanes como tú y como yo somos cada vez más lo que fuimos y menos lo que seremos, así que estas cosas, qué coño, le reconfortan un huevo a uno.

—Lo mismo digo, mi capitán.

—Moro, para ti Moro —me corrigió, raudo—. Hay algo que puedo confesarte, ahora que hemos llegado al final sin que saltara. Estaba acojonado por si resultaba, como tantas veces nos pasa por aquí, que alguno de los nuestros andaba complicado en esta historia. Ahora puedo respirar. Aunque sepa que, si no ha sido aquí, será en cualquier otra mugre donde antes o después pillemos a otro.

—El diablo enreda en todas partes.

—Me habría sabido mal, tú siempre supiste ser limpio.

—Bueno, no siempre.

—Más que yo. Y los dos sabemos de lo que hablo.

—Pero los dos lo hemos olvidado.

—Bueno, la mayor parte del tiempo.

No se me escapó el brillo en su mirada. Era el fulgor de aquello que muchos nunca conocen, que otros preferimos eludir, cuando nos sale al paso, y que en cambio otros, como él, se imponen cargar.

—Está todo prescrito —dije—. Los verdugos están jubilados. Hasta les hacen homenajes, como a tantos otros verdugos de la Historia.

—Al menos, tú y yo verdugos no fuimos —se consoló.

—Mejor así. Aunque no nos homenajee nadie.

—Sólo los débiles de espíritu esperan y necesitan homenajes.

Al final, temí, sí que íbamos a ponernos solemnes.

—Una cosa les reconozco a aquellos —dijo de pronto.

—Cuál.

—Algunos, bastantes de hecho, se lo creían, y tenían un sentimiento. Esta gente con la que tratamos ahora no cree en nada que no pueda cambiar en euros. Ni sienten nada más que el afán de juntarlos.

—El capitalismo ha vencido, al final. En todos los frentes.

—«El tiempo viejo que lloro, y que nunca volverá» —canturreó.

—Cuídate, Moro —le pedí—. Y ten cuidado, no la líes al final.

—Lo intentaré, Gardelito. Ve atento en la carretera.

—Siempre —dije, mientras correspondía a su abrazo.

Aludía Álamo a la larga ruta que me esperaba aquella jornada. En el primer trecho, sin embargo, no iba a tomar yo el volante: hasta San Fernando, donde vivían sus padres, con quienes iba a reunirse para pasar el resto de las fiestas, el Volvo lo conduciría Chamorro. De ahí hasta Madrid, para devolverlo a las cocheras de la unidad, ya me tocaría llevarlo a mí: setecientos kilómetros para estar a solas con mis pensamientos, mis recuerdos y el resto de la chatarra mental propia de un hombre con mis trienios. Tampoco me afligía la perspectiva.

Fue en cualquier caso agradable el rato que pude compartir con mi compañera, mientras avanzábamos por la autovía paralela a la costa, viendo de vez en cuando África a nuestra izquierda. Durante la primera parte del recorrido apenas dijimos nada. Habían sido días intensos y ambos arrastrábamos el cansancio de cerrar todos los pormenores y dejarlos documentados en los informes. De pronto, ella me pidió:

—Pon algo de música, anda.

—¿Qué te apetece? —pregunté, mientras conectaba el teléfono.

—Lo que te apetezca a ti. Algo apropiado para este momento.

Mirando en el historial de búsquedas vi de nuevo aquella canción, *Lontano dagli occhi*. Se me ocurrió algo, pero preferí consultarle:

—¿Te gustó la canción italiana esa del otro día?

—¿La de los ojos que no ven?

—Esa. ¿Quieres oír la versión original?

—Bueno.

La busqué y se la puse. Era más melódica, y mucho más tranquila, que la versión de la Nannini: en vez de guitarrazos, tenía un fondo de violines, todavía más presentes cuando atacaba el estribillo:

Lontano dagli occhi,
lontano dal cuore,
e tu sei lontana,
lontana da me.

—¿Qué dice? Tradúceme algo —me invitó.

—«Lejos de los ojos, lejos del corazón, y tú estás lejos, lejos de mí.»

—Me dijiste que este hombre tenía más canciones.

—Sí.

—Ponme luego alguna otra.

—Cómo no.

Dejé que terminara aquella y puse en el buscador el título de la otra que en ese momento recordaba, *Io che amo solo te*. Era de nuevo una pieza melódica, quizá algo menos amarga, más esperanzada. Volvió a pedirme que le tradujera algún verso. Me costó escoger, pero al final opté por traducirle los primeros, quizá los más representativos.

—«Hay gente que ha tenido mil cosas, todo el bien y todo el mal del mundo —dije, y dudé, pero proseguí—:

Yo sólo te he tenido a ti, y no te dejaré, no te perderé, para buscar nuevas aventuras.»

—Un romántico —opinó—. De los que ya no quedan.

—Cada vez menos.

—Era bonito, cuando los había.

—Algún despistado quedará por ahí.

—No sé yo. Búscame algo diferente, anda. Algo de lo último que hayas descubierto. Esto me ha puesto un poco melancólica.

—Entonces echaré mano de un valor seguro.

—¿Quién?

—Robe.

—Bueno, si no hay más remedio —sonrió, indulgente.

—Es de las últimas. Y diría que es la mejor que ha hecho nunca.

—Dale, anda.

Preveía sólo hasta cierto punto, y sólo hasta cierto punto sabía, lo que aquella elección iba a desencadenar, entre ambos y dentro de mí. Empezó con los primeros acordes y fue creciendo, sin aflojar, durante los siete minutos que duraba la canción. La piel se me erizó antes de que transcurriera el primero, mientras la veía conducir y me fijaba en cómo iba atendiendo a lo que decía aquella letra, que en esta ocasión no necesitaba traducirle. Y se me hizo un nudo en la garganta cuando la voz madura y escarmentada de aquel hombre —que había dado con el secreto para convertir en poesía honda y perdurable la fugacidad banal del tiempo y el lugar en que ambos vivíamos— cantó:

> Del tiempo perdido,
> en causas perdidas,
> nunca, nunca me he arrepentido...

La escuchó atentamente hasta llegar al final, pasando por la última estrofa, con aquellos versos traspasados de una sutileza a la que muy pocos compositores de canciones se habían acercado nunca:

> Presiento que el frío de mi mirada,
> queriendo no herirte nunca en nada,
> tal vez te engañe,
> te haga pensar que no siento nada.

Cuando se extinguió la última nota, se quedó callada. Yo tenía la sensación de haber oído por primera vez todo lo que aquella canción contenía; todo lo que me había esperado hasta llegar a ese instante, en aquel coche que ella conducía, serena, con rumbo a poniente.

—¿Qué te parece? —le pregunté.

—Que te pega mucho.

—¿Por?

—«Si lo olvido, recuérdamelo —citó—, que yo soy un poeta, y mi vida la escribo en hojas en blanco.»

—Buena memoria —me admiré.

—He puesto atención.

—Se me está ocurriendo ahora mismo una gilipollez —dije.

—Suéltala.

—Me da vergüenza.

—No te cortes.

—Cuando me muera, me da igual lo que hagan con mi cuerpo, y no espero que rece por mí sino quien quiera y sepa. Pero si estás en mi funeral, ocúpate de que pongan esta canción. Y si no, póntela tú.

—Vale —dijo, risueña.

—¿Prometido?

—Prometido.

Nos quedamos en silencio. Pudo durar diez minutos, o más. Por mi cabeza pasaron muchas imágenes: de mi vida, de la parte que sólo yo recordaba y de la parte de la que ella había sido testigo, como el paseo que habíamos dado frente al puerto de Algeciras, días atrás.

—Me acabo de acordar de una escena de una película —dije al fin—. Una de esas que veía en mi juventud, cuando todavía quería ser un intelectual. Del tipo de las que veían los que leían a Robert Musil.

—No sé si preguntarte el título.

—No voy a recomendártela. Se llama *Nostalghia*, y la firma un tal Andréi Tarkovski. La mayoría de la gente que conozco y que ha visto alguna película suya lo odia. Y esta película tiene sus momentos duros, pero también tiene, para mí, el plano-secuencia más maravilloso que nadie haya rodado nunca. Durará nueve minutos, o más.

—¿Y qué pasa en ese plano?

—No es fácil de describir. Un hombre camina por el suelo de una alberca que han vaciado para limpiarla. Lleva una vela en una mano, con la otra la protege y lo que intenta es cruzar la alberca entera sin que se le apague, porque así se lo ha prometido a un chiflado al que conoce en la primera parte de la película. Lo intenta varias veces, pero la llama se le apaga siempre antes de conseguir cruzar. Cada vez se lo ve más angustiado, cada vez se acerca más la llama al corazón, para protegerla con su cuerpo. Al final, a duras penas, lo logra. Y cuando toca el bordillo del otro lado cae fulminado por un infarto.

—Vaya.

—A eso se reduce nuestra vida. A eso: un cuerpo empeñado en mantener viva una llama junto al corazón, de lado a lado de la alberca. A eso, o a nada en absoluto. A nada que merezca la pena ser.

Asintió, lentamente.

—Estamos de acuerdo, mi subteniente. Veré la película.

—Yo no te la he recomendado, ¿eh?

—No te preocupes. No te pediré cuentas.

—Es un alivio tener a alguien que te diga eso.

—¿Lo dices por algo o por alguien en particular?

—Para qué entrar en más detalles.

Volvió la cara hacia mí.

—Tú y yo, por fortuna, ya estamos más allá de esas cosas —dijo—. Y está muy bien que así sea. Si lo piensas, es una especie de regalo.

—Lo pienso. Lo es.

—¿Has llamado a su señoría? A la tuya, quiero decir.

—No.

—Llámala. Llévala a cenar. Haz que se sienta bien.

—Quizá debería, pero tengo mis dudas.

Sacudió la cabeza, con la vista fija al frente.

—No te lo pienses tanto. No escatimes.

—Si es una orden, mi sargento primero...

—Es una sugerencia, de alguien que te conoce un poco.

—Entonces la consideraré.

La dejé con sus padres, en el escueto chalé de San Fernando en el que vivían. El padre, coronel de infantería de Marina retirado, a quien conocía de otra ocasión, fue cordial y se mostró agradecido. La madre, a quien también había visto anteriormente, me concedió una gratitud y una cordialidad algo menos efusivas. No se lo tuve en cuenta: cada uno da según su talante, y vi que le ponía la mejor intención.

En el camino hacia Madrid tuve tiempo de hacer varias llamadas. Hablé con mi hijo, al que propuse pasar a recogerle e irnos los dos a Salamanca para celebrar, con dos días de retraso, la Nochebuena con su abuela. Hablé con mi madre, a quien avisé de nuestra llegada y le dije, sabiendo que era inútil, que no preparase nada, que ya llevaba yo la comida. Y siguiendo la sugerencia de Chamorro, hablé con Carolina, que aceptó cenar conmigo un par de días después. Ya se me ocurriría cómo lograr que fuera un encuentro grato para ambos. Cómo hacer para que la llama cruzara la velada sin lastimarnos ni apagarse.

Era ya de noche cuando recogí a mi hijo en casa de su

madre y le cedí el volante de mi coche, para que fuera él quien lo llevara hasta la ciudad donde vivía su abuela. Durante el viaje se interesó por la investigación en la que había estado enfrascado las dos últimas semanas. Por primera vez en su vida, le conté lo que había hecho con todo lujo de detalles. A fin de cuentas, ya no era el niño a quien tenía el deber de no mezclar con el dolor que veía en mi trabajo, sino un hombre a quien debía preparar para soportar el espectáculo de la crueldad humana sin dejar que le debilitara ni le envileciese. Él mismo percibió la diferencia y no me hizo tantas preguntas como solía cuando era más pequeño; se contentó con lo que le conté, que era todo lo que creí que importaba saber para entender cuanto yo entendía de aquella historia.

—Hay una idea a la que se ha rendido demasiada gente —le dije—. Pasa por ser una buena idea, una idea astuta incluso, pero una historia como esta te hace ver lo destructiva que puede ser. Viene a decir, la idea en cuestión, que lo que a uno le conviene es siempre legítimo; que lo que puedes hacer, porque tienes los medios o la oportunidad, y te gusta o te apetece o te renta, tienes que tener también el derecho a hacerlo.

—¿A qué te refieres, en concreto? —me preguntó.

—A que la gente se ha hecho a tomar lo que tiene a mano, y más si siente que no mira nadie y no siente el daño que pueda hacerle a otro. Pero la vida no es eso: la vida es encontrar un deber. Uno personal, que tú te creas y descubras por ti mismo, no el que otro quiera ponerte. Y a ese deber dárselo todo, pase lo que pase: te festejen o te maldigan, ganes o pierdas, cuando te recompense y cuando sea tu cruz.

Mentiría si afirmara que no dudé, al decirle aquello, si mi hijo debía anotarlo y asumirlo o, como es saludable que los hijos hagan con lo que les dicen sus padres, ponerlo en cuarentena y al final ignorarlo y trazarse su propio itinerario para vivir. En su gesto creí percibir que le calaba y esperé que le sirviera, al menos, para no dar el mal paso que tantas veces había visto dar a otros. Para esquivar, en fin, el abismo que llama a quien no acierta a empeñar en nada el corazón.

Algeciras, La Habana, Illescas, Getafe,
Madrid, Barcelona, Málaga,
8 de noviembre de 2017 - 3 de marzo de 2018

Agradecimientos

Todos los libros son fruto de un camino largo, en el que se cruzan muchas personas. Cada vez el camino es más largo, y cada vez hay más personas que se han cruzado y lo han enriquecido y es más difícil recordarlas a todas. Asumo que olvidaré a alguna, pido disculpas y en todo caso no quiero dejar de mencionar a mis lectores de guardia, Noemí Trujillo, Juan José y Manuel Silva y Carlos Soto, siempre al quite y tan providencialmente generosos y sinceros; a mis editores, Emili Rosales, Anna Soldevila y Alba Serrano, por la confianza, el impulso y las ideas; y a mis agentes, Laure Merle d'Aubigné, Luis Miguel Palomares Balcells, Gloria Gutiérrez y Teresa Pintó, por todo eso y por el calor y la fe para seguir peleando por llevar mis libros más allá.

No quiero olvidarme tampoco, este año 2018 en el que se cumple el vigésimo aniversario de la publicación de la primera novela de la serie Bevilacqua, *El lejano país de los estanques*, de quien ya no es mi editora, pero lo fue y tuvo el olfato y el coraje de apostar por un libro que otros editores habían preferido descartar: María Antonia de Miquel.

Para poder escribir estas páginas, como el lector avisado deducirá, han sido cruciales las enseñanzas de no pocos guardias civiles. Tantos que no podría enumerarlos a todos. Los citaré en grupo, destacando a los profesionales de los grupos de delitos contra las personas, delincuencia organizada, seguimientos, apoyo técnico y delitos telemáticos de la Unidad Central Operativa (UCO) y los de diversas especialidades de la comandancia de Algeciras, con especial mención a su unidad de Policía Judicial y al Servicio Marítimo, que me hicieron, y más de una vez, el regalo vital de permitirme navegar con ellos. Mi gratitud se extiende a sus respectivos jefes, tanto de la UCO como de la comandancia de Algeciras, que son ya amigos. Y entre los amigos debo citar también a Joaquín, Félix y José, tres guardias civiles de muy distintos perfiles y graduaciones que me han enseñado, cada uno a su modo, casi todo lo que sé de lo que significa hoy ser guardia civil; es decir, haberse entregado al servicio a la ciudadanía en defensa de su libertad y sus derechos, frente a los muchos que por intereses diversos, arrebatos del espíritu, deficiencias del carácter, o sin más porque sí, se aplican a vulnerarlos. A todos estos guardias civiles debo sumar a alguien que no lo es, pero que me ha resultado igualmente providencial para escribir esta novela en particular: mi buen amigo gibraltareño Michael Caetano, al que tuve la suerte de conocer en otra vida de ambos y que, aceptando hacerme de guía, me ayudó a conocer mejor su lugar natal, además de prestarme su apellido para ponérselo a un personaje que ni le representa ni es portavoz de sus juicios y opiniones, pero con el que quise, en cierto modo, hacerle un homenaje. Lo poco que yo haya acertado a entender y transmitir de realidades tan complejas como la Guardia Civil o el microcosmos del Estrecho es mérito de cuantos acabo de relacionar. Los fallos de percepción y/o descripción, por completo míos.

En otro orden de cosas, y aunque aún no haya leído este libro a la hora de redactar estas líneas, quiero dar las gracias a Paul Preston por la generosa y sutilísima lectura de la serie, que además ha tenido la gentileza de poner por escrito, y que es una poderosa motivación para continuar con ella, mientras el ingenio y la realidad lo permitan.

Por último, y aunque tampoco hayan leído este libro, quiero anotar mi deuda, que va más allá de la literatura, para con varios de los mencionados en él: Heráclito de Éfeso, Epicteto, Stendhal, Thomas Edward Lawrence, Carlos Gardel, Robert Musil, John Ford, Andréi Tarkovski, David Simon, Kenton Chen, Gianna Nannini, The Dead South, Robe Iniesta y, muy en especial, Sergio Endrigo, un enorme músico que no tuvo, seguramente, el premio que merecía su talento.

Otros libros de la serie en Booket

Serie Bevilacqua y Chamorro
LORENZO SILVA
La marca del meridiano
booket

Serie Bevilacqua y Chamorro
LORENZO SILVA
Los cuerpos extraños
CRIMEN Y MISTERIO
booket

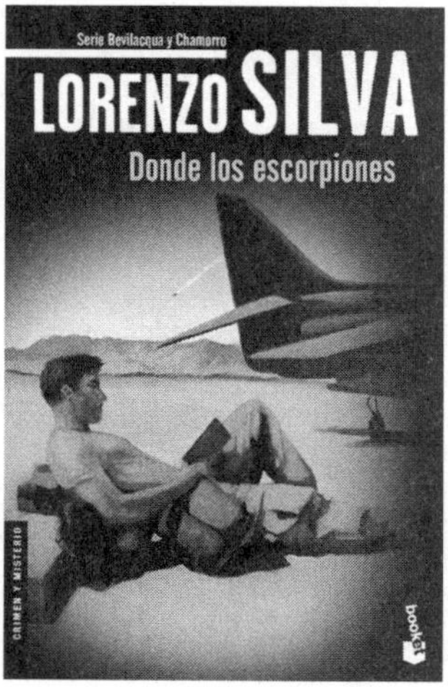
Serie Bevilacqua y Chamorro
LORENZO SILVA
Donde los escorpiones
CRIMEN Y MISTERIO
booket

Serie Bevilacqua y Chamorro
LORENZO SILVA
Tantos lobos
booket